谷长春／主编

满族口头遗产传统说部丛书

萨布素外传 绿罗秀演义（残本）

《萨布素外传》于瓜尔佳氏族中流播了三百多年。讲述的是谙熟民间疾苦、深受百姓爱戴、率众开疆守边的萨布素从士兵到将军的成长历程，赞颂其在捍卫国土、誓保家园、抗击外寇的斗争中所作出的重要贡献。

《绿罗秀演义》虽为残本，却生动地再现了大唐初兴时期与渤海国之间发生的一段鲜为人知的纷争。

关墨卿／讲述 于 敏／整理

吉林人民出版社

滿族口頭遺產
傳統說部叢書

愛新覺羅啓驤題籤

滿族説部是我國
非物质文化遺産的瑰寶

周巍峙题 丙戌年

满族说部是北方
民族的百科全书

九十三翁贾芝

丙戌之春

满族说部

康熙皇帝朝服像

吉林省吉林市小白山望祭殿遗址

清军北上运送给养（摄于黑龙江省爱辉历史陈列馆）

书内图片均为荆宏摄影

雅克萨之战，清军用红衣大炮攻击“罗刹”（摄于黑龙江省爱辉历史陈历馆）

清代盛京将军行署

渤海疆域及政区图

黑龙江省宁安市渤海上京龙泉府遗址

黑龙江省宁安市渤海时期的大型佛教石雕石灯幢

黑龙江省宁安市渤海宫廷八宝琉璃井

2003年10月，整理者于敏（右）赴黑龙江省海林县长汀镇访问关墨卿的遗孀关玉琴

2003年10月，整理者于敏在黑龙江省海林县长汀镇访问当年常听关墨卿讲《萨布素外传》和《绿罗秀演义》的邻居刘明善（78岁）、张战友（68岁老人）

满族口头遗产传统说部丛书编委会

总序

《满族口头遗产传统说部丛书》在文化部和中共吉林省委、省人民政府的领导与支持下，经过有关科研和文化工作者多年的辛勤努力和编委会的精选、编辑、审定，现在陆续和读者见面了。

中华民族大家庭中的满族，同其他民族一样有着自己独特的文化源流，作为非物质文化遗产的满族传统说部，是满族民族精神和文化传统的重要载体之一。“说部”，是满族及其先民传承久远的民间长篇说唱形式，是满语“乌勒本”（ulabun）的汉译，为传或传记之意。20世纪初以来，在多数满族群众中已将“乌勒本”改为“说部”或“满族书”、“英雄传”的称谓。说部最初用满语讲述，清末满语渐废，改用汉语并夹杂一些满语讲述。在漫长的历史进程中，满族各氏族都凝结和积累有精彩的“乌勒本”传本，如数家珍，口耳相传，代代承袭，保有民族的、地域的、传统的、原生的形态，从未形成完整的文本，是民间的口碑文学。清末以来，我国社会发生了翻天覆地的变化，由于历史的、社会的、政治的、文化的诸多原因，满族古老的习俗和原始文化日渐淡化、失忆甚至被遗弃，及至“文革”，满族传统说部已濒临消亡。抢救与保护这份珍贵的民族文化遗产已迫在眉睫。现在奉献给读者的《满族口头遗产传统说部丛书》，是抢救与保护满族传统说部的可喜成果。

吉林省的长白山是满族的重要发祥地。满族及其先民世世代代在白山黑水间繁衍生息，建功立业，这里积淀着深厚的满族文化底蕴，也承载着满族传统说部流传的历史。吉林省抢救满族传统说部的工作始于20世纪80年代初。在党的十一届三中全会解放思想、拨乱反正精神的指引下，民族民间文化遗产重新受到重视，原吉林省社会科学院有关科研人员，冲破“左”的思想束缚，率先提出抢救满族传统说部的问题，得到了时任吉林省社会科学院院长、历史学家佟冬先生的支持，并具体组织实施抢救工作。自1981年起，我省几位科研工作者背起行囊，深入到吉林、黑龙江、辽宁、北京以及河北、四川等满族聚居地区调查访问。他们历经四五年的艰辛，了解了满族说部在各地的流传情况，掌握了第一手资料，并对一些传承人讲述的说部进行了录音。后来由于各种原因使有组织的抢救工作中断了，但从事这项工作的科研人员始终怀有抢救满族说部的“情结”，工作仍在断断续续地进行。1998 年，吉林省文化厅在从事国家艺术科学规划重点项目《十大艺术集成志书》的编纂工作中，了解到上述情况，感到此事重大而紧迫，于是多次向文化部领导和专家、学者汇报、请教。全国艺术科学规划领导小组组长、中国文联主席周巍峙同志，文化部社文图司原司长陈琪林同志，著名专家学者钟敬文、贾芝、刘魁立、乌丙安、刘锡诚等同志都充分肯定了抢救满族传统说部的重要意义，并提出许多指导性的意见。几经周折，在认真准备、具体筹划的基础上，于 2001 年 8 月，吉林省文化厅重新启动了这项工程。2002 年 6 月，经吉林省人民政府批准，省文化厅成立了吉林省中国满族传统说部艺术集成编委会，团结省内外一批专家、学者和有识之士，积极参与满族说部的抢救、保护工作。

这项工作，得到中国民间文艺家协会以及黑龙江、辽宁、北京、河北、吉林等省市民间文艺家协会和有关人士的认同与无私帮助，特别是得到了文化部和有关部门的鼎力支持。2003 年 8 月，满族传统说部艺术集成被批准为全国艺术科学“十五”规划国家课题；2004 年 4 月，被文化部列为中国民族民间文化保护工程试点项目；2006 年 5 月被国务院批准为第一批国家级非物质文化遗产名录。这使我们增强了责任感、使命感和克服困难的信心。根据文化部和中国民族民间文化保护工程国家中心有关指示精神，我们对满族说部采取全面的保护措施，不但要忠实记录，保护好文本，还要保护传承人及其知识产权；不但要保护与说部的讲述内容和表现形式相关的资料，还要保护与说部传承相关的文物，从而对满族说部这一口头遗产进行整体保护。我们坚持保护为主、抢救第一的原则，以只争朝夕的精神，组织科研人员到满族聚居地区深入普查，扩大线索，寻源探流，查访传承人，利用现代化手段，通过录音、录像、文字记录等方式采录传承人讲述的说部。在记录整理过程中，不准许增删、编改，只是在文法、句式、史实方面作适当的梳理和调整，严格保持满族传统说部的原创性、科学性、真实性，保持讲述人的讲述风格、特点，保持口述史的原汁原味。

几年来的工作，使我们深感“抢救”二字的重要。目前健在的传承人多已年逾古稀，体弱多病，渐渐失去记忆。就在二三年前，我们刚刚采录完傅英仁、马亚川讲述的说部，还没来得及进一步发掘其记忆宝库，他们就溘然长逝了。一些熟悉往昔满族古老生活的长者和说部传承人，如二十多年前我们曾经访问过的黑龙江省的富希陆、杨青山、关墨卿、孟晓光，吉林省的何玉霖、许明达、关士英、赵文金、胡达千、张淑贞，辽宁省的张立忠，北京市的陈氏兄弟、富察·庄净，河北省的王恩祥，四川省的刘显之等先生都已相继谢世，使其名传遐迩、珍藏在记忆中的说部无以名世，成为永远的遗憾。今天出版这套丛书，也是对他们最好的纪念。

《满族口头遗产传统说部丛书》所选的作品，都是满族各氏族传承人讲述的优秀传统说部的忠实记录，反映了满族及其先民自强不息、勤劳创业、爱国爱族、粗犷豪放、骁勇坚韧的民族精神，具有很强的思想震撼力和艺术感染力，可以说是我国民间文学中的宝贵珍品，具有较高的科学价值。它的出版，不仅是对弘扬我国优秀民族文化遗产，建设社会主义先进文化的贡献，而且也为世界非物质文化遗产保护工程增添了一分光彩。

一、满族传统说部产生的历史渊源

满族及其先民是一个有着悠久历史的古老民族。满族的先民肃慎人自古就在白山黑水一带繁衍。据《山海经》载：“东北海之外……大荒山中有山，名曰不咸，有肃慎氏之国。”据《孔子家语》卷四载：肃慎就以“楛矢石砮”为信物贡服于周天子。而后，汉、魏、晋、南北朝之挹娄、勿吉，隋唐之靺鞨，辽宋之女真，明清之满洲，这些同属于肃慎族系，只是不同朝代称谓不同罢了。唐朝初年，靺鞨人曾建立“渤海国”，是北方少数民族的地方政权，史称“海东盛国”。辽代以降，满族先世黑水女真部迅速崛起，其首领阿骨打，承继祖业，敏黾韬晦，扫平有二百余年历史的桀骜恃强的庞然大国——辽王朝，建立了雄踞北方的大金王朝。到金世宗乌禄时代，在文化和经济等诸方面均达到了鼎盛时期，史称“小尧舜”。明末，建州女真首领努尔哈赤统一女真诸部，建立中国历史上又一个东北少数民族地方政权“后金”。其后人又从建立大清国，到打败明王朝，定鼎中原。满族及其先民绵长的一脉相承的历史，是满族传统说部赖以产生的客观基础。

满族是一个创造源远流长、光辉灿烂文化的民族。满族及其先民女真人作为北方边远的游牧、渔猎少数民族，能够两度逐鹿中原，建立政权时间长达420年，对统一中国版图，形成多元一体的历史格局产生了深远影响，做出了重要贡献，这是与其以自己的文化养育顽强、坚毅的民族精神分不开的。一方水土养一方人。满族及其先民历经三千余年的风雨沧桑，世代生活在广袤数千里的山林原野，征伐变乱的砥砺，苦寒环境的锤炼，培育了自己的民族精神与品格，使他们成为粗犷剽悍、质朴豪爽、善歌尚勇、多情重义，“精骑射，善捕捉，重诚实，尚诗书，性直朴，习礼让，务农敦本”（引自《盛京通志》）的民族。渤海的武人颇喜角斗，以骁勇为荣，有“三人渤海当一虎”（引自宋·洪皓《松漠纪闻》）之谚。靺鞨人盛行歌舞之风，其渤海乐不仅传入中原王朝和日本，而且在民间不断延续流传。金太祖完颜阿骨打在对辽作战相当激烈的时候，便命开国元勋完颜希尹创制女真文字，在金朝建国不久的太祖天辅三年（1119年）正式颁行，当时被称为国书。女真有了文字，促进了文化的发展，以歌伴舞在民间广为盛行。有些贵族子弟为求佳偶，常“携尊驰马，戏饮其地，妇女闻其至，多聚观之，间令侍坐，与之酒则饮，亦有起舞讴歌以侑觞者”（见《三朝北盟会编》）。这说明，女真民间一直保持先祖古朴的风俗习惯。随着北宋灭亡，金人大量入关，女真民间歌舞很快传遍中原大地，甚至在金、元杂剧中广为传唱。满洲统治者从建立后金到入主中原，注意保持满族及其先民尚武骑射和语言风俗方面的独立性，努尔哈赤时期创制满文，皇太极时期改革老满文，推动了民族文化的发展。康、雍、乾等几代皇帝，在强调“国语骑射”为治国之本的同时，也注意各民族之间的文化交流与融合，特别是积极吸收汉文化。这是满族传统说部得以滥觞的文化根源。

几度争战几度崛起，几度鼎盛几度衰落，漫长的历史充满着可歌可泣的英雄人物和壮烈悲怆的故事，构筑了深厚的文化根基，从而孕育和产生了古朴而悠久的满族民间口头文学——传统说部。满族说部的形成与传播，历史相当久远。满族先民，在从肃慎、挹娄到靺鞨以及创建大金国的历史过程中，各氏族、部落迁徙、动荡、分合频繁，到明中叶以后，随着女真社会内部矛盾日益尖锐，强凌弱，众暴寡，各部落之间互相争雄，连年战乱，及至进入清代，内部争斗不断，外患与内祸迭起，这使各个氏族都无法选择地交织在历史的漩涡里，涌现众多的英雄人物和感人的业绩。满族及其先民凭借自己对善恶美丑的感受和对社会现象的审视，把一桩桩、一件件值得传诵、讴歌的人和事，详细地记载在各个氏族世代传袭的口碑之中，以此谈古论今。为此，不遗余力地随时积累、记录、采集、传扬本氏族的英雄故事，以光耀门楣，激励族人。满族诸姓氏间，都以据有“乌勒本”而赢得全族的拥戴和尊重，“乌勒本”令族众铭记和崇慕。

满族传统说部的广泛流传得益于“讲古”的习俗。满族及其先世女真人，是一个讲究慎终追远，重视求本寻根的民族。他们通过“讲古”、“说史”、“唱颂根子”的活动，将“民间记忆”升华为世代传承的说部艺术。讲古，就是一族族长、萨满或德高望重的老人讲述族源传说、家族历史、民族神话以及萨满故事等。元人宇文懋昭所撰的《金志》中说，女真金代习俗，“贫者以女年笄行歌于途，其歌也乃自叙家世”。这说明在女真时期就有“行歌于途”，“自叙家世”的讲古习俗。据《金史》卷六六载：“女真既未有文字，亦未尝有记录，故祖宗事皆不载。宗翰好访问女真老人，多得祖宗遗事。”从中可知，金代初期民间讲古的习俗就很盛行，已引起上层统治者的重视。据《金史·乐志》载：世宗不令女真后裔忘本，重视女真纯实之风，大定二十五年四月，幸上京，宴宗室于皇武殿，共饮乐。在群臣故老起舞后，自己吟歌，“上歌曲道祖宗创业艰难……歌至慨想祖宗音容如睹之语，悲感不复能成声”。世宗及群臣参与“唱颂根子”的活动，势必张扬民间讲古的习俗。满族先人的故事在“讲古”中传播，在传播中又不断被加工、修改或产生新的故事。讲古不单单是本氏族内部的事，各氏族间互相比赛，场面十分热烈。据《爱辉十里长江俗记》中记载：“满洲众姓唱诵祖德至诚，有竞歌于野者，有设棚聚友者。此风据传康熙年间来自宁古塔，戍居爱辉沿成一景焉。”由此可见，满族早年讲唱“乌勒本”，是相当活跃的，甚而搭棚竞歌，聚众观之。此景与我国南方一些民族的歌圩相类似。

满族及其先民将“讲古”、“说史”、“唱颂根子”的“乌勒本”，推崇到神秘、肃穆和崇高的地位，考其源，同满族先民所虔诚信仰的原始宗教萨满教的多元神崇拜观念，有着十分密切的关系。原始先民在漫长的社会劳动和生活中，由于生产力的极端低下，无力与强大的自然力抗衡，于是幻想在人的周围有一种超自然的力量主宰一切，并认为自然的东西都有灵魂，是他们控制着人类，给人类带来幸福，也带来灾难。正如恩格斯所说的，“由于自然力被人格化了，最初的神产生了”。这就是万物有灵论和原始神话。原始先民有了原始信仰和原始神话，便利用各种方法举行祭祀，向神灵祈祷、膜拜，于是产生了原始宗教，即萨满教。在萨满教诸神中，除自然神祇、动物神祇（包括图腾神祇）外，最重要而数目繁多者便是人神，即祖先英雄神祇。宗教与民俗从来就是形影相随的，“讲古”的习俗与萨满教的祭祀仪式结合了起来。满族及其先民以讲唱氏族英雄史传为中心主题的说部艺术，正是依照传统的宗教习俗，对本族英雄业绩和不平凡经历的讴歌和礼赞。人们对祖先英雄神，供奉它，赞美它，毕恭毕敬，祈祷祖灵保佑族众，荫庇子孙。萨满教极力崇奉祖灵，亦包括对本族历世祖先和英雄神祇的讴歌与缅怀。所以，在萨满祭祀中，有众多歌颂和祈祷祖先神祇的神谕、赞文、诗文和祷语，亦有叙事体的长篇祖先英雄颂词。满族及其先民的“颂祖”、“讲祖”礼俗，世代承继不衰，是因为把勉励子孙铭记祖先创业艰难，承继祖德宗功，继往开来，奋志蹈进，作为祖先崇拜的根本目的和信条。特别是乾隆十七年颁布的《钦命满洲跳神祭天典礼》，统一了萨满祭规，使萨满祭祀变成家族祭祖活动，把祖先崇拜推向高峰。经年累世，各氏族在集体智慧的滋育下，赞文日益丰富扩展，情节愈加凝炼集中，使之逐渐升华为长篇祖先颂歌。这也成为满族传统说部的一种源流。

二、满族传统说部的本体特征

满族传统说部经过千百年来的创作、传承和演变，形成了独特的表现空间和表现形式。满族先民自古“无文墨，以语言为约”（《太平御览》卷七八四），所以，说部是以口头形式产生和传承的，讲唱内容全凭记忆。最初记述手段，用一缕缕棕绳的纽结、一块块骨石的凹凸、一片片兽革的裂隙，刻述祖先的坎坷历程。这便是说部的最古老的形态，也叫“古本”、“原本”、“妈妈本”。满族人将这种“妈妈本”尊称“乌勒本”特曷。古人就是通过望图生意，看物想事，唱事讲古的。随着社会的发展，氏族中文化人的增多，满族说部的“妈妈本”逐渐用满文、汉文或汉文标音满文来简写提纲和萨满祭祀时赞颂祖先业绩的“神本子”。讲述人凭着提纲和记忆，发挥讲唱天赋，形成洋洋巨篇。

满族传统说部内容丰富，气势恢宏，它包罗天地生成、氏族聚散、古代征战、部族发轫兴亡、英雄颂歌、蛮荒古祭、生产生活知识等，每一部说部都是长篇巨著。满族说部之所以如此厚重，主要有以下三个方面的因素：

（一）关于记录和评说本氏族所发生的重大历史事件的说部，具有极严格的历史史实约束性，不允许隐饰，以翔实的根据来讲述；

（二）说部由氏族中德高望重、出类拔萃的专门成员承担整理和讲述义务，整理和讲述时吸收了众人谈资，所讲内容全凭记忆，口耳相传，无固定文本拘束，因而愈传愈丰愈精，是群体创作的累积；

（三）具有民间口头文学的生动性。说部多由一个主要故事为经线，辅以多个枝节故事为纬线，环环相扣，错综复杂，又杂糅地域的、民俗的奇特情景，加之口语化的北方语言，因而有深厚的文化积淀和感人的艺术魅力。

据我们掌握的三十余部满族说部来分析，从内容上可分为四种类型：

（一）窝车库乌勒本：俗称“神龛上的故事”，是由氏族的萨满讲述，并世代传承下来的萨满教神话和萨满祖师们的非凡神迹。窝车库乌勒本主要珍藏在萨满的记忆与一些重要的神谕及萨满遗稿中，如黑水女真人创世神话《天宫大战》、东海萨满创世史诗《乌布西奔妈妈》、爱辉地区流传的《音姜萨满》、《西林大萨满》等。

（二）包衣乌勒本：即家传、家史。如富察氏家族富希陆、傅英仁从爱辉、宁安传承的姊妹篇《萨大人传》和《萨布素将军传》（又名《老将军八十一件事》），黑龙江省双城县马亚川先生承袭的《女真谱评》，河北石家庄王氏家族传承的《忠烈罕王遗事》，乌拉部首领布占泰后裔赵东升先生承袭祖传的《扈伦传奇》，富氏家族传承的《顺康秘录》、《东海沉冤录》，傅英仁先生传承的《东海窝集传》等。

（三）巴图鲁乌勒本：即英雄传。满族说部有关这方面的内容很丰富，可分为两大类：一是真人真事的传述，如金代的《金兀术传》，明末清初的《两世罕王传》（又名《漠北精英传》）、《雪妃娘娘和包鲁嘎汗》，清中期的《飞啸三巧传奇》等；一是历史传说人物的演义，如《乌拉国佚史》、《佟春秀传奇》等。

（四）给孙乌春乌勒本：即说唱故事。这部分主要歌颂各氏族流传已久的历史传说中的英雄人物，如渤海时期的《红罗女》、《比剑联姻》，明代的《白花公主传》以及民间说唱故事《姻缘传》、《依尔哈木克》等。

满族传统说部在长期流传中形成了自己独特的风格，凝聚了有别于其他口头文学的鲜明特征。主要表现在：

（一）讲述环境的严肃性。各氏族讲唱“乌勒本”是非常隆重而神圣的事情。一般在逢年遇节、男女新婚嫁娶、老人寿诞、喜庆丰收、氏族隆重祭祀或葬礼时讲唱“乌勒本”。讲唱“乌勒本”之前，要虔诚肃穆地从西墙祖先神龛上，请下用石、骨、木、革绘成的符号或神谕、谱牒，族众焚香、祭拜。讲述者事前要梳头、洗手、漱口，听者按辈分依序而坐。讲毕，仍肃穆地将神谕、谱牒等送回西墙上的祖宗匣子里。这一系列程序表明有严格的内向性和宗教气氛。不像平时讲“朱奔”（意为故事、瞎话）那样随便地姑妄言之，姑妄听之。

（二）讲述目的的教化性。满族传统说部与萨满祖先崇拜的敬祖、颂祖、祭祖观念密切相关。讲述祖先过去的事情，都是真实地记述，是对祖先英雄业绩的虔诚赞颂，不允许隐瞒粉饰和随意编造，否则则认为是对祖先的不敬。讲唱说部的目的，不只是消遣和余兴，而是非常崇敬地视为培育儿孙的氏族课本和族规祖训，是对族人进行爱国、爱族、爱家的教育，起到增强氏族凝聚力的作用。因此，讲述内容、目的以及题材艺术化程度，均与话本、评书有较大区别。

（三）讲述形式的多样性。满族传统说部多为叙事体，以说为主，或说唱结合，夹叙夹议，活泼生动，并偶尔伴有讲叙者模拟动作表演，尤增加讲唱的浓烈气氛。从《萨大人传》和《飞啸三巧传奇》中我们可以看出，有说有唱，甚至还记录了讲唱的曲谱。讲唱说部关键在于说，说讲究真、细、险、趣四个字。真，即真实，故事情节合情入理，真实可信；细，即细腻，绘声绘色，细致入微；险，即惊险，突出关键的地方，有悬念，有艺术魅力；趣，即语言要风趣幽默，使人发笑。说唱时多喜用满族传统的以蛇、鸟、鱼、狍等皮革蒙制的小花抓鼓和小扎板伴奏，情绪高扬时听众也跟着呼应，击双膝伴唱，构成跌宕氛围，引人入胜。

（四）传承的单一性。满族传统说部的承继源流，主要以氏族中的一支或家庭中直系传承为主，虽有师传，但多半是血缘承袭，祖传父，父传子，子子孙孙，承继不渝，从而保持了说部传承的单一性与承继性。《萨大人传》是富察氏家族的祖传珍藏本，其传承顺序是：富察氏家族第十一世祖、清道光朝武将发福凌阿传给长子、爱辉副都统衙门委哨官伊郎阿将军；伊郎阿又传给长子富察德连；富察德连又传给其子富希陆和其侄富安禄、富荣禄；富希陆又传给长子富育光。一般来说，讲唱人大都与说部所宣扬的事件及其主人公有直系血缘关系，他们既对本氏族历史文化有一定的素养，又谙熟说部内容，并有组成说部题材结构的卓越能力和创作才华。《扈伦传奇》的传承就是很好的证明，其最早的传承人乌隆阿，纳喇氏第十一代，他把家史传给曾孙德明（五品官，通今博古），德明经过梳理后传给其侄十六辈霍隆阿（笔帖式），再传给十七辈双庆（五品官，精通满汉文），下传伊子崇禄（八品委官），二十辈的赵东升继承祖父崇禄先生，对家史进行整理。这些传承人都有高深的文化和创作才能。他们把记忆和传讲自己的族史视为己任，当做崇高而神圣的事情，世代不渝。他们在氏族中自行遴选弟子或由自己的后裔承继传诵。传承的方法是口耳相传，心领神会。所以，传承人在满族说部的纵向传承与横向传播的过程中，为保存民族文化遗产做出了应有的贡献。可以说，没有传承人，就没有满族说部。

（五）流传的地域性。满族说部在一些地域流传过程中，深受广大群众喜爱。因此，有的说部逐渐脱离原氏族的范围，被众多氏族传承诵颂，如《尼山萨满传》、《红罗女》、《飞啸三巧传奇》、《双钩记》（又名《窦氏家传》）、《松水凤楼传》、《姻缘传》等，在长期传诵中，已成为该地域更多姓氏甚至外族群众讲述的书目，并代代传承。

满族传统说部和其他口头文学一样，在流传过程中也有变异性。在传播中，传承人根据自己对讲述内容的认识和理解，不断加工、升华，从而产生新的故事纲目。特别是，随着氏族的繁荣，分出各个支系，每个支系都有自己的传承人，在讲述内容和形式上也有了变化。所以在不同的支系、不同的地域出现了不同的传本，如《红罗女》在黑龙江省牡丹江一带流传《比剑联姻》、《红罗女三打契丹》，而吉林省的东部就有《银鬃白马》、《红罗绿罗》等不同传本，这是正常的现象。说部在传播中演变，获得新的发展，并吸收汉族的评书和明清小说章回体的特点，这正是满族传统说部具有顽强生命力的表现。

三、满族传统说部的价值和意义

满族传统说部，是满族及其先民在一定历史时期、一定社会中的一种意识形态的反映，其中蕴藏着丰富、凝重的社会、历史内容。

满族传统说部具有历史学价值。满族传统说部大都是以古代英雄人物为中心、以历史事件为背景编织而成的，是述说满族及其先民各个部落、氏族的兴亡发轫、迁徙征战、拓疆守土、抵御外患等“先人昨天的故事”。如《萨大人传》、《东海窝集传》、《扈伦传奇》等所讲述苦难的经历，不朽的宗功，都从不同的侧面反映了各个氏族充满血泪、卓绝斗争的雄浑壮阔的历史。从各个氏族的说部中，能使人更好地了解到满族及其先民是怎样从遥远的过去走过来的，经历了哪些曲折坎坷和历史沧桑，而且比起正史有更多底层人民群众的历史活动和当时社会各层面的具体细节。高尔基说：“如果不知道人民的口头创作，那就不可能知道劳动人民的真正历史。”说部的历史价值在于它是原生态的历史记忆，是“那时”民间留存下来的口述史。满族的先世在没有文字时，许多史实都靠各个氏族的说部代代相传，据《金史》卷六六载：“天会六年（1128 年）诏书求访祖宗遗事，以备国史。命勖与耶律迪越掌之，勖等采撷遗言旧事，自始祖以下十帝，综为三卷。”金代统治者重视采集民间遗闻旧事，并根据民间传说给始祖以下十帝立传，编入金史，这是满族说部为民间口述史的很好证明。满族说部是满族及其先民用自己的声音记述自己的历史，对各个部落、氏族重大事件的生动描写，细致记录，很多实事是鲜为人知的，有的补充了史料之不足，有的供专家研究或可匡正史误。说部以浩瀚的内容、恢宏的气势展示北方民族生动、具体的历史画卷，提供了各个历史时期活生生的人文景观。在《两世罕王传》、《扈伦传奇》、《雪妃娘娘和包鲁嘎汗》中记述了明朝与女真的交往、马市的内幕、东海窝集部与乌拉部的关系、扈伦四部争锋角逐，努尔哈赤创建八旗对女真的分化等等，都是各部族祖先的亲身经历。这对满族史、民族关系史、东北涉外疆域史的研究，都有见证历史的特殊价值。

满族传统说部具有文学审美价值。满族传统说部之所以能够世代传承诵颂，因为它具有独立情节，自成完整结构体系，人物描写栩栩如生、有血有肉，是歌颂克难履险、不畏强暴、能征善战、疾恶如仇的英雄的壮丽诗篇，充满了对英雄的崇敬，对美好生活的向往。说部中讲述的故事曲折生动，扣人心弦，语言朴实无华，简洁明快，具有感人至深的艺术魅力。许多说部都展现了浓郁的民族风韵，朴素、剽悍的独特风格，贯穿了反抗强权、除暴安良、保家卫国、急公好义、扶危济贫、知恩必报的积极主题，突出体现了满族及其先世的人文精神。它对启迪人们的智慧，端正人们的品格，鼓舞爱国主义思想，增强民族自豪感，有着潜移默化的作用。满族传统说部中反映的内容，与人民息息相通，因而受到北方各族群众的欢迎和享用。像《尼山萨满传》、《萨大人传》、《雪妃娘娘和包鲁嘎汗》、《松水凤楼传》等故事早已在达斡尔、鄂温克、赫哲、鄂伦春、锡伯以及汉族中广泛流传，只是过去没有被发掘而已。说部的创作不排除有被流放到北疆的高官和文化人的参与，如《飞啸三巧传奇》把北方民族抗俄守边的斗争与宫廷斗争相联系做了具体生动的描写，就可见流民文学的影子。满族传统说部创世神话《天宫大战》，反映了原始先民与自然力的抗争，歌颂了掌管日月运行、人类繁衍的三百女神与恶神进行惊心动魄地鏖战，是我国史前文化的重要遗迹，可以同世界诸民族的古神话相媲美，丰富了世界神话宝库。满族传统说部中的史诗《尼山萨满传》和有着六千余行的萨满史诗《乌布西奔妈妈》，以北方民族的独特语言，瑰丽神奇的情节，宏伟磅礴的气势，歌颂了萨满的丰功伟绩，具有很强的震撼力。可以说，满族说部是满族及其先世的史诗，是民族文化的精华和古卉，是我国和世界学术界研究满族及其先民历史和文化的不可或缺的宝贵资料，填补了我国民间文学史的空白。

满族传统说部具有民俗学价值。满族及其先世，在长期社会生活中，主要靠口碑传承生产、生存经验。在《飞啸三巧传奇》、《雪妃娘娘和包鲁嘎汗》中介绍了用桦树皮造纸、皮张的熟制、不同兽肉的制作和保鲜、鱼油灯的制作过程等古老工艺，还介绍了北方各种草药的药性和采集，北方少数民族的海葬、水葬、树葬等民俗。在《天宫大战》中介绍了祭火神，“跑火池”，在《两世罕王传》中记述了明末清初一种娱柳活动——“跑柳池”等等。因此满族传统说部，为我们展现了满族及其先民等北方诸民族沿袭弥久的生产生活景观、五光十色的民俗现象、生动的萨满祭祀仪式和古时的天文地理、航海行舟、地动卜测、医药祛病以及动植物繁衍知识等，特别是有关生产知识，操作技艺，往往通过故事中的口诀和韵语得以传承。这为研究北方诸民族的人文学、社会学、民俗学、宗教学等学科提供了具体、真实、形象的资料，使这些学科得到印证、阐明和补充。所以，有些专家称满族传统说部是北方诸民族的“百科全书”，其言不为过誉。

满族及其先民，数千年来，在亚洲阿尔泰语系乃至通古斯文化领域里，做出了不可泯灭的贡献。特别是有清二百六十余年来，为世界文化保留了浩瀚的满学典籍及各种文化遗产，满语的翻译历来为世界各国学者所青睐，满学已成为民族学、语言学的重要学科。满语因久已废弃，现存满语仅是清代书面语的沿用。近年来，我们采录了黑龙江省孙吴县78岁的何世环老人用流利的满语讲述的《音姜萨满》、《白云格格》等满族说部，它向世人重新展示了久已不闻的仍活在民间的活态满语形态，这对世界满学以及人文学的研究是弥足珍贵的。除此，在满族传统说部中还保留着大量的环太平洋区域古老民族与部落的古歌、古谣、古谚，故而具有丰富世界文化宝库的意义。

满族传统说部作为民间口述史，其中对历史的记忆也会有不真实、不准确的地方，但它毕竟是民间口头文学而不是史书，作为信史虽不排斥传说但不可要求口头传说与史书一样真实可信。满族及其先民由于受历史的局限和各种思想的影响，在说部中难免有不健康的东西和封建糟粕的成分，但这不是主流，它和所有非物质文化遗产一样，自有其存在的价值。我们把满族传统说部原原本本地奉献给广大读者，相信在批判地继承民族文化遗产的原则指引下，一些不健康的东西会得到剔除。我们在采录、整理、校勘、编辑过程中难免有所疏漏，敬请读者批评指正。

我们抢救、保护和编辑、出版《满族口头遗产传统说部丛书》，是为了贯彻落实党的十六大精神和“三个代表”重要思想，传承中华文明，发展社会主义先进文化，为建设社会主义精神文明和构建和谐社会尽绵薄之力，希望这套丛书的出版能发挥它应有的作用。

谷长春

2006年6月

目录

《萨布素外传》

《萨布素外传》、《绿罗秀演义》传承情况

于　敏

满族传统说部《萨布素外传》和《绿罗秀演义》，在黑龙江省牡丹江地区，黑河地区，吉林省的敦化、珲春一带广为传诵，已流播三百多年了，以其故事生动离奇、情节起伏跌宕、人物形象鲜明深受各族群众的喜爱。与其他说部不同的是，讲述人并非讲唱本氏族祖先的英雄史，而是向后代子孙吟诵外氏族先人捍卫国土、誓保家国的血泪拼争史。

《萨布素外传》是以清康熙年间军民携手共同抗击沙俄入侵为背景，叙述了向以尚勇著称于世的赫赫有名之抗俄将领、黑龙江首任将军萨布素的成长历程，赞颂他率领八旗军民赢得了保卫雅克萨初战的胜利，为抵御外侮、维护边疆领土完整做出了重要贡献。

《绿罗秀演义》是以渤海国与大唐之间的关系为经线，以渤海国传奇式人物为纬线，向人们展示了大唐初兴时期一幅鲜为人知的历史画卷。讲述人嗓音洪亮，吐字清晰，琅琅上口。将故事中的人物描绘得惟妙惟肖，栩栩如生，有如身临其境、亲眼目睹一般。将听众不知不觉地带入惊心动魄的逐鹿争雄之社会历史漩涡之中，让人激动，让人感奋！

2002 年 9 月，我曾前往黑龙江省海林县长汀镇关墨卿的家乡做过访查。听街坊邻居介绍，二十多年前，各家都没有电视。每到晚上，劳累了一天的村民无娱乐之处可去，便纷纷到老关头儿家，听他说唱萨布素、红罗女、绿罗秀的故事。届时，屋里屋外、炕上地下全是人，把个小屋挤得满满的。只要一开口就是大半宿，讲得津津有味，听得如醉如痴，越听越爱听，没有一个提前退席的。每到悬念扣子之处告一段落，第二天晚饭后接着来，无论是讲的人还是听的人，皆乐此不疲。

关墨卿，瓜尔佳氏，满洲镶黄旗人。1913 年生，比好友、宁安市的满族民间故事家、传统说部传承人傅英仁先生大 6 岁。从小常在一起聆听族中长辈讲唱满族故事。他俩天资聪颖，勤奋好学，对本族的民间

传说产生了浓厚的兴趣，并成为终生难得的挚友。晚年时，二人精诚合作，共同磋磨，书写了长篇说部《比剑联姻》的传承本。尔后，关墨卿又抱病整理了《萨布素外传》和《绿罗秀演义》的讲述稿。

1992年，关墨卿已到垂暮之年，被疾病折磨得十分虚弱，体力不支，自感剩下的时间不多了，一心想见见英仁老弟。一天，他强打精神，右手拄着拐杖，左手拎着一兜儿东西，从海林县长汀镇坐了5个多小时的汽车，来到宁安傅英仁家。一进屋，便上气不接下气地把兜子交与老友，言说此为老祖宗传下来的，我要走了，也带不去，家里没人懂这个。总得对得起祖上，只能交给你了，看看写得行不行。日后如能面世，将是老哥在天之灵惟一的盼头了。傅英仁打开兜儿一看，原来是《比剑联姻》、《萨布素外传》、《绿罗秀演义》的讲述稿。老哥俩儿见面的3年后，关墨卿与世长辞了。这些遗稿，一直在傅英仁的抽屉里放置了8年。2000年，他听说吉林省为抢救口头文化遗产，正在筹划成立满族口头遗产——传统说部丛书编委会，于是便把《萨布素外传》转交给了工作在我省的编委会成员富育光先生，将《绿罗秀演义》计七回直接交与编委会，关墨卿的愿望才得以实现。至于《绿罗秀演义》是只此七回呢，还是其他的在别处或仍在关先生家，均不得而知，因当时傅老先生病重得已无法与人交流了。为了找到余稿，笔者去了关墨卿家，没有丁点儿线索，家里人对此情也不详。

早先年，萨布素、红罗女、绿罗秀的故事在吉黑两省的一些地区家喻户晓、妇孺皆知。各氏族于祭祀、婚嫁、祝寿、庆典之余，一些穆昆达、德高望重的族中长老及口才佳秀者都要兴致勃勃地讲上几段儿，以为趣事。其中，瓜尔佳氏家族尤为突出。瓜尔佳氏多系努尔哈赤麾下的镶黄旗部落，原住鄂多里城，即今吉林省敦化市，从列祖列宗南征北战。康熙三年，这个姓氏的后裔由鄂多里城迁入黑龙江省的宁古塔，即今宁安市。其先人和富察氏先人同在此地狩猎耕种，繁衍生息，对萨布素的童年生活比较熟悉。后又接康熙皇帝的谕旨，为捍卫北土，跟随萨布素戍边爱辉，对将军的一些抗俄事迹了如指掌。他们出于对首任黑龙江将军的崇敬、热爱之心，传讲萨布素的故事，代代承继不渝。由于讲述人不同，讲唱场合不同，故而情节有增有减。因为一直是口耳相传，并无文字记载，所以很难具体说明哪些是何时所增，哪些是何时已被删除。笔者而今整理之传本，乃关墨卿根据其老叔关福绵于民国年间口述而成的。

之所以称《萨布素外传》，是因此说部非富察氏家族传承下来的正传，而是外氏族以"七虚三实"的民间传说讲唱的。值得注意的是，说部的开头儿采取黑妃娘娘给康熙皇帝讲故事的形式，不紧不慢地、一段儿接一段儿地介绍萨布素成长的经历，使之更具传奇性和吸引力，康熙皇帝也就越发急于了解并重用萨布素这位年轻将领了。

那么，为什么用这种讲述形式呢？据说是黑妃娘娘与瓜尔佳氏有着千丝万缕的联系。相传，黑妃原是宁古塔瓜尔佳氏部落的一个漂亮姑娘。当年康熙选妃，一些大臣和太监曾提出，娘娘应出在"龙兴之地"宁古塔。她得是钦天监观察天象，上天垂像的那位"头戴金冠、身披彩裳、手托黄金印、怀抱金凤凰、骑着土龙、娄金狗保驾"的娘娘。于是按照臣子的提议，好一顿左挑右选，最终将宁古塔瓜尔佳氏部落中的黑姑娘用轿抬进了宫，此事在民国初年的《宁古塔县志》中有记载。瓜尔佳氏族巧妙地以黑妃娘娘之口，讲述傅察氏家族的优秀代表、深谙民间疾苦、受百姓爱戴、开疆守边的黑龙江将军萨布素身先士卒、奋力驱逐外寇的豪举，使族众听了不但为之震撼，而且被其忠诚勤勉、智勇双全、威猛无敌的英雄行为所感染。

据傅英仁先生讲，《萨布素外传》、《红罗女比剑联姻》、《绿罗秀演义》是关墨卿的老叔关福绵传给侄子的。而关福绵掌握的一些满族说部，是从父亲、关墨卿的爷爷那儿承继下来的，再往上推，则无可考。为了证实其真实性和可靠性，2002 年 9 月，笔者到海林县长汀镇拜望了关墨卿的老伴儿关玉琴。老人家说丈夫小时候特别爱听老叔讲故事，像个跟屁虫似的，讲到哪儿便听到哪儿。后来他讲唱的那些书，全是向老叔学的。清末时，关福绵在宁古塔副都统衙门当差，满汉齐通，人称"福大人"。民国以后，成了落魄文人，又没有别的手艺，只好靠在街头抽帖儿、卜卦为生。当时，满族兴起抄家谱、续家谱之风，将原来的满文谱译成汉文谱，老叔就靠做翻译、写汉文谱养家糊口。由于少小好学，常在油灯下看书，故而患上了极度近视症。乡亲们送了一个绰号，叫瞎进士（近视），完全是出于一种对老叔的惋惜和同情。关福绵擅长讲说部，口若悬河，绘声绘色，走到哪儿必讲到哪儿，族众三五成群地跑去听，十里八村没有不知道的。他曾对侄子关墨卿自我陶醉地说："学会书一部，大豆不需耕种自然收。东家有酒东家醉，西家有酒西家留。蝗虫水旱无伤损，快活风流到白头。"可谓老叔天天东奔西走、到各村屯讲唱说部、快乐后半生的精神写照。

谈起关福绵讲说部，还发生了一件有趣的事。民国初期，宁古塔的满族人家讲唱说部十分盛行，各个姓氏都有老祖宗传下来的珍藏有年的氏族英雄史。傅英仁的三爷傅永利是族人公认的说书能手，经常讲唱的是傅察氏家族世代传承的《萨布素将军传》（又名《老将军八十一件事》）、《红罗女三打契丹》，在宁安城很有影响。关福绵讲唱的是瓜尔佳氏家族代代传承的《萨布素外传》、《红罗女比剑联姻》、《绿罗秀演义》，在当地也颇受欢迎。久而久之，宁安城讲唱萨布素和红罗女的故事便分为南北两派。南派以傅永利为代表，活跃于缸窑沟、西园子一带。为了让各姓氏的族众信服，常常身挎一柄宝剑，背着皇帝颁给的敕书，因排行老三，人们称他“三将军”。北派以关福绵为代表，在城北一带采用说评书的形式传讲。为了证明确实是祖宗传下来的，他在一张存放约百年的小桌子上供奉着红罗女、绿罗秀的画像，每逢节庆都要叩拜、祭祀，并供族人瞻仰。渐渐地傅永利与关福绵开始较真儿了，一个说惟自己讲得对，老祖宗就是这么吟诵的；一个说我的也没错，一代一代皆是如此讲唱的。总之，各说各的理，互不相让，一时闹得不可开交。傅英仁的父亲傅明毓见两派各持己见，争论不休，担心长此下去会伤了两个家族的和气，便摆了一桌酒席，请傅永利和关福绵同桌共饮。席间，他们商定，以后各自仍按本家族传下来的讲，谁也别说谁对谁错了。从此，化解了矛盾，平息了争论，握手言和。

关福绵到各村屯传讲时，关墨卿总是不离左右。一部长篇说部有时需连着讲四十多天，他就跟着听四十多天，几乎入迷了，甚至顾不上吃饭、睡不好觉。关福绵发现侄子聪慧过人，且认真用心，听两遍便能把故事梗概复诵下来，遂决定将几部书传给他。

伪满统治时期，日本帝国主义对东北各民族实行残酷的政治统治和精神奴役、控制政策，绝对限制言论自由，伪宪兵队对艺人所说之书的内容有明确的要求，萨布素的故事自然属于不让讲之列。在这种情况下，关福绵嘱告关墨卿：“你记性好，有文化，我讲的说部是咱老祖宗传下来的家珍。现在传给你，一定要想办法不间断地接续下去，千万别让它断了线。”关墨卿接受了老叔的嘱托，每天关起门来，偷偷地记下了一些故事的提纲。1931 年，关福绵离世了，关墨卿 18 岁了，是个有中学文化程度的活泼青年。他既能声情并茂说评书段子，又有撰写评话之才，也没忘记将老叔讲的那些说部提纲悄悄儿收藏并牢牢记在心里。

新中国成立后，关墨卿如鱼得水，常到各村屯讲唱家传说部。自

1957年始，尽管在海林县长汀林业局做会计期间，参加了历次政治运动，身心受到了挫折和伤害，却始终不忘祖训。上个世纪80年代初获得彻底平反时，老人家已七十多岁了，诸病缠身。为了完成祖代的重托，他克服重重困难，立刻投入了回忆、撰写说部传承本的案头工作。今天经整理面世的《比剑联姻》、《萨布素外传》、《绿罗秀演义》（残本），既是关墨卿先生1980年至1990年十余载的劳动结晶，也是留给后人的珍贵遗稿。

2006年2月5日

第一回 康熙帝寻帅讨罗刹 渔家女受命说傳家

历史长河浪静，
四野歌颂升平。
浪花咆哮怒吼，
到处滚滚刀兵。
历代帝王将相，
皆被卷入浪峰。
青史博得名姓，
谱写忠良贤正。

话说1616年，女真贵族与大明对峙，努尔哈赤建立了后金政权。天聪十年，皇太极即皇帝位，改国号为清。顺治元年，世祖入关，推翻了大明，定都北京，逐步统一了全国。之后，疆域不断扩展，成为当时东方最强大的封建王朝。四传至玄烨，八岁登基，十三岁亲政，年号康熙。他大展雄才，内除奸臣鳌拜，整顿朝纲，平残明割据、“三藩”分裂，北拒沙俄侵扰，奠定了国基。

康熙爷这天正在御书房批阅各地奏章，太监萨明呈上吉林将军巴海的八百里急递。皇上接过放在龙书案上，定睛细看，原来是巴海转呈的宁古塔副都统萨布素的奏章。奏曰：“东北是我大清先祖发祥圣地。太祖时，当地居民即编佐披甲从征，黑龙江流域、兴安岭上，将士陵寝比比皆是。现国家安宁，农牧兴旺，百姓乐享升平。游牧于黑龙江中下游，去兴安岭狩猎，在兴凯湖捕鱼，将玄狐、紫貂、水獭等皮货贡献宫廷。兴凯湖产之珍珠，更是深受喜爱的珍宝。与我北部接壤的俄罗斯沙皇彼得一世，对此物产丰富之地早已垂涎三尺，屡派罗刹[1]匪帮袭扰。初则以行商诓骗，继则以武力，烧杀抢掠，无恶不作，激起当地达斡尔、索伦、鄂伦春、满、汉等各族人民奋起反击。暴俄并未就此罢手，又派遣洋枪队侵入我土，抢劫财物，惨杀当地居民。所到之处，血肉横

① 原意指恶鬼，此为对俄罗斯入侵者的蔑称。

飞，尸骨遍地，其豺狼野性骇人听闻。仅将桂古达尔村被劫杀情况奏闻：桂古达尔是个只有一千一百三十七人的小村子，乃多民族杂居的地方。被以切尔尼戈夫斯基为首的洋枪队攻占之后，一夜间，竟有四百四十三名妇女、十八名儿童、六百六十一名青、壮、老年人命丧屠刀之下，仅十五人闯出了重围，个个遍体鳞伤。他们昼夜驰奔，逃到宁古塔时，已是奄奄一息。不仅如此，切尔尼戈夫斯基一伙儿还在雅克萨、维雅斯克、西林穆宾斯克、多隆斯克偷筑四座堡垒作为据点，不断到黑龙江中下游的精奇里江、牛满江等地抢劫，掳去了当地不少居民。给他们项戴枷、脚套索，强迫出外打猎、捕鱼，日遭鞭挞，饱受凌辱。在残酷的压榨下，各民族奋起反抗，怎奈力微不敌，日夜翘首企盼天兵早降。臣得知后，已派宁古塔协领乌穆达率兵出征。外兴安岭早在金时，就是我国的辖地，于南麓所建的火鲁火曈谋克可证。今失去祖先发祥圣地一隅，泉下祖先岂能甘心？该地百姓遭倒悬之苦，备受煎熬，怎能不盼望早日跳出苦海，重见天日……”其词恳切，其情壮怀，溢于言表。

康熙爷看罢，眉头紧皱，心想：“俄罗斯沙皇彼得一世太狡猾凶险，朕屡次派大臣前去交涉，回复不再侵犯。哪知口是心非，且变本加厉！萨布素说得对，东北是大清发祥圣地，大兴安岭上、黑龙江两岸国人坟头儿累累。若不早日剪除暴俄的入侵，边陲将永无宁日，再则无以面对死难弟兄，更无颜以对先祖。”接着又琢磨：“萨布素作为宁古塔副都统忠贞不贰，是个有勇有谋的将才，应派他率兵征剿。召见他？不行不行，宁古塔是北方重镇，况且眼下正在部署兵力，怎能离职来京？哦，有了，何不召静妃问问情况？她是宁古塔人，想必对萨布素会有所耳闻的。”于是，唤了声：“萨明！”

“奴才在。”

“去关雎宫召静妃来见朕。”

“嗻！”萨明赶紧去了关雎宫。

诸君要问静妃是谁？她就是当年钦天监观察天象，上天垂像的那位“头戴金冠、身披彩裳、手托黄金印、怀抱金凤凰、骑着土龙、娄金狗保驾”的黑妃娘娘。进宫后，贞、静、幽、娴，不爱修饰仪容。脸不敷朱粉，妍如初放之玫瑰；衣不着罗纱，宛如碧霞仙子。真个是：比花花有色，比玉玉生香。

黑妃娘娘为什么后来被称为“静妃”呢？说起来，这里还有一段儿故事呢！

黑妃娘娘性喜读书，爱好诗词歌赋。入宫后不到半年的某一天，闲来无事，提笔作了一首《渔家傲》：

我家背水面山房数间，
忙时打猎种田，
丛林草原任游玩。
听！
莺啼燕呢喃，
悠悠然，
怡怡然，
胜似神仙。
闲时划小船垂钓竿，
牡丹江上任游玩。
看！
鱼儿跃，
蜻蜓玩，
悠悠然，
怡怡然，
胜似神仙。
粗茶淡饭饱三餐，
行也安然，
卧也安然。
强似那沽名钓誉勾心斗角汉，
嚣张尘世，
把功名利禄建筑在别人不应遭受的深渊，
殊堪嗟叹！
殊堪嗟叹！
反不如渔家汉，
清白一生，
免遭那天怒人怨。

黑妃娘娘写到这儿，放下笔，要找宫娥来看。一回头，见皇上站在身后，忙站起身形，跪倒叩拜：“圣上来临，臣妾未能迎驾，望恕罪。”

康熙爷一面扶起黑妃娘娘一面说：“朕见爱妃全神贯注在书写，不便打扰，就悄悄儿进来了，观看大作。”

黑妃娘娘听皇上这么一说，脸腾地红了，说道：“臣妾入宫后，才开始学习文墨。今天无事，想试试笔，便把家乡的事儿写了出来。偏偏被皇上瞧见，真是丢丑了。”

康熙爷笑着说：“不是丢丑，是爱妃才华横溢，要露头角啦！写得虽然粗俗些，但全是实话，不伤文雅。且俗中生雅，毕竟道出了内心所想，大有脱尘超世之感。爱妃真是妇德、妇容、妇工三者兼备，又喜清静，朕封你为‘静妃’。”

黑妃娘娘听罢，赶忙叩头谢恩。从此改称静妃，在宫中读书、吟诗，除皇帝召见外，一直独处宫闱。

太监萨明到关雎宫接来了静妃，参见毕，康熙爷赐坐。静妃谢过，坐在旁边，问道：“皇上唤臣妾有何示下？”

康熙爷说：“爱妃是宁古塔人，听说过萨布素这个人吗？”

静妃反问道：“皇上为什么要问起他？”康熙爷遂将萨布素的奏章和自己的想法讲了。

静妃思索片刻，缓缓奏道：“早在太祖时，宁古塔通盛京便有驿站，通黑龙江、兴安岭没听说有。初时征伐东海诸部，靠牡丹江水路接济粮草。宁古塔辖境数千里，多是草原、湖沼，要进兵必须修驿站，派军永戍，屯田耕种。待兵精粮足，才可一举歼顽敌……”

康熙爷听到这儿，龙心大悦，插话道：“爱妃所言，正合朕意。朕要东巡，先到盛京拜谒先祖陵寝。继之去吉林，召见萨布素，问问东北边疆情况。届时，爱妃可与朕一同前往。”

静妃忙奏道：“自古贤君出边，只有贤臣在侧，未闻妃子同行。臣妾不敢从命，更不该蹈皇帝于淫乱，留骂名于后世。”

康熙爷听了，十分高兴，说道：“贤哉静妃，那就请说说萨布素吧！”

静妃从命，便将萨布素的经历详详细细地讲给了皇上。

萨布素的父母住在牡丹江中游安埠街的江边儿，即今宁安县宁安镇，靠半耕种、半渔猎度日。尽管家境贫寒，由于夫妇俩性情豪爽，豁达大度，肯于助人，倒也苦中有乐。谁家遇到了不幸，不论是大灾还是小祸，只要求到他们，用人去人，用物有就拿去，从不吝啬。二人常说："上山擒兽易，开口求人难。"因此，遇事往往宁可自己吃点儿亏，也不亏人，从不让他人为难。与街坊邻里相处得特别融洽，皆称萨布素的阿玛[1]为"傅老好"。"傅老好"的本名儿叫傅察罗保，不但说起来很拗口，而且"老好"、"罗保"又是近音字。族人出于容易叫，冠以爱称，便把傅察罗保叫顺了口，称为"傅老好"。

"傅老好"这对儿年轻夫妇年龄一般大，童年时均丧了父母，寄住在叔叔家。又是青梅竹马的好友，娃娃亲，十七岁便结了婚，离开叔叔家单过。

"傅老好"的二老临终时，给惟一的儿子留下了三间草房、两亩地。小夫妻俩独撑门户，相亲相爱，同甘共苦。四年过去了，仍未添人进口，小日子过得挺和美。邻居的嫂子们见他俩从没红过脸、吵过架，便戏谑地逗趣儿道："哟，我说大兄弟呀，年轻轻的叫啥'傅老好'呀，往后就叫'傅俩好'吧！好是好得如胶似漆，可夜晚睡在被窝儿里却白白辛苦，怎么不生出个娃儿来？"

"傅老好"夫妇每当听到大家如此逗笑，总是涨红了脸递不上话，暗地里也以无娃儿为憾。

牡丹江的解冰期历来是三月清明化在前，二月清明化在后，此间的宁古塔仍然冷气袭人。

一天晌午，傅家柴门外，来了个面容憔悴、骨瘦如柴、哼哼唧唧、齁喽气喘、一阵风便能吹倒的手拄拐杖、破衣烂衫、蓬头垢面的老要饭花子，不住声儿地哀求道："大爷、大奶奶行好积德，周济周济吧！大爷、大奶奶行行好，赏口饭吃吧……"看似连说话的力气都没有，语声儿很小，好像瞎蠓在嗡嗡。

"傅老好"夫妇见老要饭的饿得不行了，挺可怜的，就把他扶到茅屋中，让到炕头儿，又蒙上了一床棉被，好暖暖身子。妻子忙着做小米稀粥，还煮了两个鸡蛋。粥熬好了，鸡蛋也煮熟了，便招呼老要饭的起来喝粥吃鸡蛋。接连喊了好几声没动静，细一瞅，老要饭的竟瘫在了炕，起不来了。

"傅老好"两口子脱鞋上了炕，好不容易搁起了老要饭的，丈夫从背后抱住老要饭的腰，妻子用汤匙一勺儿一勺儿地喂，把剥好的鸡蛋放进他的嘴里。老要饭的边吃边口角儿流涎，有时黏痰、唾沫喷到了"傅

[1] 满语：父亲。

老好”妻子的脸上，她全不介意。用了不小的工夫，总算把老要饭的喂饱了。

哪知没一会儿，老要饭的开始上吐下泻，弄得浑身沾满了吐出的饭、泻的稀屎，又臭又脏。夫妻俩给老要饭的脱光了衣裤，在炕头儿放上新谷草，铺了褥子盖好被，不一会儿，老要饭的迷迷糊糊睡着了。“傅老好”赶紧去井边打来水，妻子把老要饭的脏衣脏裤洗干净。

邻里知道后，都说“傅老好”夫妇纯粹是多管闲事儿，将来还不得自找倒霉！

有位老者劝道：“一个要饭的，给点儿米或剩饭打发走就得了，用不着给他熬稀粥、煮鸡蛋、睡热炕的。你们两口子缺老爷子呀？死在家里搭上四块板子不说，还得报官，何苦呢！”

“傅老好”认真地说：“谁能背着房子走路？再说，哪家没有老和小？敬到人家的老人，不怕自己生忤逆不孝的儿子。”

那位老者一听，打了个唉声道：“你个‘傅老好’哇，这回怕要沾包喽！”边说边晃了晃脑袋，径自走了。

“傅老好”果真沾了包，老要饭的一病不起，差不多快一年了。夫妻俩虽然每天都得从早到晚端屎倒尿、熬粥喂饭、洗脏衣脏裤，日复一日，但从不厌烦，跟孝顺自己的父母一样。

一晃牡丹江又到了解冰期，老要饭的病势一天强似一天，到了端午节前，竟痊愈了。“傅老好”夫妇见老要饭的病好了，心中有说不出的高兴，给他做了新鞋、新袜、新衣裤。老要饭的身子骨儿恢复了原状，满面红光，穿戴整齐后，很像一位道学老先生呢！

端午节这天，傅家备了鸡、鱼、肉、蛋、酒。早饭是煮水饺、摊鸡蛋、片肘花儿、小鸡炖蘑菇、肉丝儿拌豆芽儿，地道的庄户菜。桌子摆好后，老要饭的被让到上座，夫妻俩下首相陪，把酒问盏。不知道的，还以为是一家人呢，二样儿不差。

老要饭的喝着酒、吃着菜，感动得痛哭流涕，带着哭腔儿说：“我的这条老命啊，是你夫妻俩从黄泉路上给拖回来的，怎么做也报答不了你们的大恩大德呀！”

“傅老好”忙道：“老人家，快不要讲这话，只要病好了，比啥都强。常言道：‘敬到老人不怕天’。不光是敬自己的老人，别人的老人同样得敬，才能算真正的‘敬’。我们俩做得还不够，请你老多担待，快喝酒吃菜！”

两口子又给老要饭的斟上酒，陪饮了两盅儿后，老要饭的问道：“你俩知道我是干啥的吗？”

二人齐声儿回答：“不知道。”

老要饭的说：“上九流是一流举子，二流医，三流风鉴，四流诗，五流丹青，六流画，七僧八道，九琴棋。不瞒你们说，家人世代是看风鉴的。我来宁古塔六年多了，看中了一块儿风水宝地，想将父母尸骨移来，葬在这儿，能出九代大官。今儿个无以为报，就把风水宝地送给你们吧！切记，一定要把尸骨葬在正穴上。我从此将双目失明，永远看不见天日了，你夫妻得给养老送终。我无子女，老伴儿早亡，也不想再娶。今年四十三了，你夫妻只有二十来岁吧？生下男孩儿，二十年后准当将军。你俩是满洲人，已披甲入籍，将来你们的儿子可一步步地高升到将军。我要是能活到七十岁，便能享到福喽！这块儿经考察了六年的风水地可不一般哪，解冰后，把鸡蛋埋在地穴上，能孵出小鸡。早晨日出时，从地穴中喷出紫气，五光十色，乃‘朝喷紫气从东来’；背临十里的牡丹江其形如带，乃‘十里丹江飘玉带’；四面有高山为障，群山叠翠，乃‘钟灵毓秀生贵子’；南望巍峨的山峰，北边有古塔，此兆头乃‘定是帝王将相才’。把四句话合到一块儿，就是‘朝喷紫气从东来，十里丹江飘玉带，钟灵毓秀生贵子，定是帝王将相才。’二人同我素不相识，要饭要到你们家门口儿，病得几乎快死了，一年来给以精心伺候。常言道：‘病长无孝子’，何况是个陌路人？我看准了，你俩将来不会享了富贵、忘了老人的，甘愿把阴宅宝地奉送啦！”

夫妻听罢，异口同声地说：“老人家费了好几年苦心，才找到一块儿风水宝地，怎么好接受呢？还是给我们另寻一处吧！”

老人长叹一声道：“咳，我已经四十多岁了，若再娶妻，命中无儿难求子啊，是天阉哪！将父母尸骨葬在宝地上，只能是旁支血统发迹，还不如送给你们。家人世代祖传的风鉴术，到我这儿就绝根儿了。你夫妻把父母的尸骨用瓦罐儿盛好，在七月十五仲元节那天，破土点穴安葬。得用青布百尺，遮住日、月、星三光。不要请人帮忙，你我三人即可。更不能声张，半夜破土，日出安葬。过不了三天，我的双目便失明了，望你俩好好儿照应我。”

“傅老好”诚恳地说：“请放心好了，我和夫人从小死了双亲，一定把你老看成是自己的亲阿玛。明天就买酒备席，招请三亲六友，拜老人家为父。”

“不必，不必。一年来，我已看出二位的品德，才愿当瞎子成全你们的，此话千万不要对别人讲。”

夫妻俩点头答应着，齐问宝地在哪儿，总得花钱买吧？倘若人家不卖，咱也不能硬买呀！

老要饭的说：“风水宝地不是别处，就在你家门前大榆树下。没看到大榆树枝繁叶茂、其形如伞盖、罩住了阴宅宝地吗？那是你夫妻的地，还用花钱买不成？我这辈子是无福消受了，老天爷让我有疾，病到你们家，岂不是天意？本想偷偷把父母尸骨埋在树下，三十年后，家里旁支，或者我过继一个儿子，当了大官再买你的地，不敢不卖吧？然后便立碑筑坟。还是人算不如天算，在病中悟到了此天理，叫做‘暗室亏心神目如电。’”夫妻二人听了老人家的一番话，你看看我，我瞅瞅你，没再说什么。

转瞬间到了仲元节，“傅老好”把预备下的百尺青布缝成了帐篷。到了月上树梢儿时，拿上搭帐篷用的木杆儿，同老人家一起在茔地很快搭好了青布帐篷。两口子手提瓦罐儿，去二百步以外的旧茔地破土，露出了棺材板儿。先用青布遮好，然后把里面的尸骨取出来，放在瓦罐儿里，再用青布包裹。当夫妻俩抱着瓦罐儿走回新茔地时，见老人已用罗盘定好了向口儿，是癸山丁向，正在动手破土呢！

午夜，凉风习习，“傅老好”夫妻俩换下老要饭的，抡起锹镐干了起来。日头刚刚冒红，就挖了九尺九寸深。老要饭的摆好瓦罐儿说：“正是穴位，填土吧。”夫妻俩赶忙照做，填上了土。到了第二天中午，拆了青布帐篷，一座新坟矗立在牡丹江中游的安埠街，朝向直通东京城、镜泊湖以及去珲春傅家渡口的大道。

给亲属扫墓的族人归来，一眼看到了新坟，惊讶地问道：“‘傅老好’，你发昏了咋的，怎能在自家宅前造坟呢？多不吉利呀！”

“傅老好”笑着说：“我的房子面对坟茔，早晚都可以扫墓。只要方便祭扫，不用管什么吉利不吉利。”

众人听后，暗自好笑，一位乡邻叹道：“咳，真是人鬼混淆！”

三天后，老要饭的成了睁眼瞎。

时过半个月的一天夜里，“傅老好”的妻子偶得一梦。梦见一只黑虎向自己扑来，吓得哎呀一声惊叫，吵醒了“傅老好”，忙问：“夫人，怎么了？”

妻子摸摸全身，汗淋淋的，遂把梦中情景一五一十地讲给丈夫听。

“傅老好”说：“我听人说，梦虎入怀生贵子，你是有喜了吧？”

可不，“傅老好”的夫人果然怀孕了。

“傅老好”夫妇把老要饭的奉若神明，张口阿玛、闭口阿玛，端饭递水，洗洗涮涮，尽到人子之礼，老要饭的心满意足。

十月怀胎已满。五月初一午时，天气晴朗，满屋香气。“傅老好”的夫人顺利分娩，生了个黑胖胖的小子，起名儿叫黑子。一家人把娃儿视如珍宝，乐得合不拢嘴。

喜得贵子，按礼俗，少不得在满三朝时，请亲友吃红蛋。亲戚朋友纷纷来道喜，嫂子、大娘、婶子们拥进了产房，要看看娃儿。仔细一瞅，见长得黑黑的，大大的两只眼，扫帚眉，宽肩膀，哭声洪亮，不禁全叫起好儿来：“好一个胖娃娃呀！”

正在这时，忽听房外有人惊恐地喊道：“哎呀，不好了！大江涨水出槽了，冲倒了好几座房子，快逃命吧！”众人拔腿跑出了产房，屋子里空荡荡的，只剩下母子二人。

眼看着水涨到了房门高，“傅老好”从外面慌忙奔回家来，连急带吓的，早已汗流满面。到了门口儿一看，不禁惊呼：“天哪！”

欲知新生娃儿性命如何，且听下回分解。

第二回 父子打猎勇救老者 瞎爷指点黑子拜师

江水猛涨，波涛汹涌澎湃，卷走了不少房屋。“傅老好”的三间草房浸在水中，侥幸没有被冲倒。牡丹江的水一向暴涨暴落，洪峰来了，像面墙似的咆哮奔腾，顷刻间遍地汪洋，成了沼泽；洪峰过去，露出地面，大家争先恐后地到坑坑洼洼的积水中摸鱼。鳞光闪闪的鲤鱼，小的五六斤重，大的十余斤。用不了多大工夫，便可抓到成筐成篓的鱼，然后拿到集市去卖，以补贴大水冲决所造成的损失。

“傅老好”受了场虚惊，看看孩子，攥着小拳头，瞪着两只大眼睛东瞅瞅西望望的，毫发无损，一家人才安了心。

黑子越长越机灵，从懂事起，就跟瞎爷爷在一起，给玛发[1]领道儿，柳阴下、大江边儿是祖孙俩常去的地方。老爷子有个活泼可爱的小孙子承欢膝下，虽然双目失明，但并不感到寂寞无聊。再说“傅老好”夫妻胜过己出，侍奉得周周到到，认为是老来有福。一家老少四口儿，小日子过得甜丝丝的火炭红。

转眼间黑子八岁了。高高的个儿，宽宽的肩膀，黑脸大眼，壮实得像头小犊牛。邻里的婶子、大娘、嫂子、大伯、叔叔只要碰到“傅老好”，皆夸黑子有出息，是两口子命好，又总是行善，积了个好娃儿。“傅老好”听了，只是笑笑，从不说什么。

就在这一年，黑子起了大号，叫萨布素。他天天不厌其烦地给玛发擦身子、洗脚、端屎倒尿，围着爷爷身前身后转，像个跟腚虫似的。瞎爷爷也很爱伶俐乖巧的小孙子，春夏秋三季，经常能看到他们一老一小在江边儿沙滩上哼哼着赵钱孙李周吴郑王……瞎爷爷的眼睛尽管啥都看不见，然而手拿着木棍儿却能在沙滩上写巴掌大的字儿。他一个字儿一个字儿地写，然后再一个字儿一个字儿地教黑子，就这样年复一年地过了七个寒暑。

每到冬天，祖孙两个便坐在热炕头儿上讲故事。像岳飞、文天祥、汉高祖、唐太宗啊，还有鲍叔、管仲啊，讲得头头是道，听得津津有

---

① 满语：爷爷。

味。瞎爷爷还会点儿把势，什么骑马蹲裆式呀，长拳短打小开门儿呀等等。一个尽心尽力地教，一个认认真真地学，倒也其乐无穷。

萨布素很聪明，悟性挺高，一学就会。十五岁便念完了《百家姓》、《三字经》、《千字文》、程允升的《幼学琼林》、名贤集治家格言、小学四书、《千家诗》等。跳过了诗书易礼念春秋，边念边讲，生学死记，背得滚瓜烂熟。写的字十分工整，竟成了名小小先生，人人夸赞，老瞎爷爷、阿玛、额莫[1]高兴得喜上眉梢儿。

宁古塔地旷人稀，冬至之后，大雪堆门，寒风刺骨。冻得獐子、狍子、野猪等咋跑跑不动，野鸡竟展翅投向猎人生起的火堆里，被活活烧死。靠江边儿的住家，冬天敲冰汲水时，常常舀上活蹦乱跳的鱼来。关里人管此地叫东大山，称它的特点是“棒打獐子瓢舀鱼，野鸡飞到饭锅里”。

当地人为了适应这种生活环境，冬天穿老山羊皮裤、皮褂子，头戴皮帽子，脚登靰鞡。富裕点儿的猎户则戴貉壳皮帽子，身穿上等羊皮裤、皮褂子，脚登皮靰鞡，跨马在冰天雪地里驰骋。

宁古塔立冬日，冰封千里，雪漫大地，各族百姓开始进山打猎了。萨布素则帮着额莫烧火做饭，给阿玛准备到山里打猎所需吃的、穿的和一些应带的物品。

一天吃晚饭时，老瞎爷爷坐在桌子的上首，“傅老好”夫妻左右相陪，黑子坐在玛发的对面。瞎爷爷发话了：“自清世祖入关，定下一个规矩：‘南不封王，北不点元。’就是说，汉人不准封王，满洲人不准考状元。照这么看，黑子只能从夕旦[2]一步步地熬到将军。论武，我会的把势全教给了孙儿，可惜只能护身，不能为国家建功立业；论文，我将自小读过的书，一本不落地倾囊相授，讲得虽不够明白，但也尽到心了。”说到此，喝了口酒，又冲萨布素吩咐道：“黑子现如今十五岁了，成大孩子了，跟你阿玛进山打猎去吧，或许有奇缘相遇。皮衣裤、滑雪板你额莫早预备好了，明天就动身吧。”

萨布素听说要让自己随阿玛打猎去，心里这个乐呀！可又舍不得离开爷爷。于是，起身走了过去，一头扑到老人的怀里，搂着脖子，脸儿对脸儿地瞅着瞎爷爷说：“爷爷，孙儿离不开你老人家，会天天想你

---

① 满语：母亲。

② 清八旗养育兵。

的。”只迸出了一句，便泣不成声了，泪从小孙儿的眼里流出，倒淌了瞎爷爷一脸。

老人感到很欣慰，长叹一声道：“咳，人哪，总是有聚有散。之所以让你到山里去闯荡，一是可以学会与野兽搏斗的本领，二是爷爷卜算你今年有奇缘相遇，会碰到名师的。只靠现在会的那点儿把势，哪能冲锋陷阵呢？学得惊人艺，才能为人上人哪！爷爷怕误了孙儿以后的功名，才狠下心放你进山的。”

萨布素听了爷爷的话，知道是为自己好，尽管舍不得离开，还是痛快地答应了。第二天早晨要出发了，祖孙俩依然恋恋不舍的，萨布素听了老瞎爷爷的千叮咛万嘱咐后，才跟着阿玛前往东山里的花脸沟簸箕掌打猎去了。

爷儿俩到了地儿，进入从前使用过的地窨子，埋锅做饭。第二天，萨布素跟阿玛学脚踏滑雪板翻山越岭的滑雪本领。

萨布素从小到大的每年冬天，当牡丹江结冰后，经常同邻里的孩子们穿着滑雪板，在一如平镜的江面上滑行，觉得很容易。可是到了深山老林，有高山、沟谷、峰峦，起伏凸凹不平。又有大树、小树、灌木丛遮挡，要想穿过密林，就不那么容易了。有时会冷不防跌倒，滚得满身满头是雪；有时躲闪不及，一头撞到树上，全身疼痛难忍，头昏眼花。好在有两根儿滑雪拄棍儿支着，总算避开了几次撞伤的险情。接连苦练了一个半月，终于得心应手了，可以自由地穿越于树隙之间，从洼地一气儿滑到山顶儿，还能从山顶儿顺利地滑到平地，再也不撞树、不栽跟头了。

萨布素掌握了滑雪的技能之后，便随阿玛打猎了，同野兽在深山的雪地上赛跑。“傅老好”教了儿子许多箭射獐子、狍子、野鹿的窍门儿，说道：“孩子，不知道你注意观察没有，这三种野兽跑起来总是两大纵一小纵，箭射小纵才能做到不虚发。小纵近，箭射当头，必中心窝儿。野猪从来是慢悠悠的，不到万不得已，不能箭射。因为它身上有‘盔甲’，那是经常靠松树蹭痒痒沾上了松脂油，又卧在沙地上打滚儿形成的，刀枪不入。嘴巴十分厉害，可以拱倒三四年的小树，箭发要射瞎其双眼。群猪后面有猪倌儿，虎和豹只能尾随在群猪后面，专拣掉队的野猪吃，不敢闯入猪群。猎人们常说：‘一猪二熊三老虎。’野猪是山中最凶恶的走兽，兽中之王的老虎都惧之三分，轻易不敢侵犯它。碰到群猪，赶紧攀上大树躲开，行动要快。遇到孤猪避不开时，可绕着大树转。为什么呢？因人的身体是直的，绕起树来灵活；猪的身体是横着的，绕树转弯儿慢。不能光绕圈儿，得找准机会，箭射野猪的肛门或刀劈、枪刺。”还告诉他：“熊能直立，箭射咽喉；遇虎豹，则射虎扑子。”总之诀窍很多，萨布素一一默记在心。

到了“五九”，快过新年了，“傅老好”爷儿俩已经准备了不少猎获物。其中有些野兽并不伤人，见人就跑。一天，爷儿俩在打猎的归途中，萨布素射中一只狼。那狼带箭猛逃，萨布素紧追其后，跑到一处悬崖边，见别无他路，便跳崖摔死了。

萨布素刚趴到悬崖边儿往下瞅，想绕道儿去取，猛然见崖下一个不到五十岁的壮士正赤手空拳与一头大黑熊搏斗。眼看那人已累得精疲力竭了，大黑熊一巴掌将他打倒在雪窝子中，然后一屁股坐在身上，哈哈大笑起来。其实，这是野兽在怪吼，猎人才说成是大笑。

悬崖高有两丈，下面雪深处足有八尺多。萨布素见状，顾不得同阿玛商量了，一纵滑雪板，老鹰扑兔般跃下悬崖。紧跟其后的“傅老好”吓得哎呀一声，再看儿子，早安全地落在雪檩子上，即雪积堆的地方滑行。随之也飞身跳下悬崖，站定再瞧，儿子已同大黑熊交手了。

萨布素人小体轻，动作灵敏，气得大黑熊直立起来，嗷嗷怪叫。萨布素乘势一个鱼跃，刀劈大黑熊脖子，嘭！血溅雪地一片红，熊头和身子分了家。

静妃讲到这儿，康熙爷感慨地插话道：“一个十五岁的孩子，竟敢与黑熊较劲，有胆量，太惊险了！而且能见义勇为，奋不顾身，真是好样儿的！爱妃讲得精彩，那后来呢？”

静妃笑了笑说：“皇上别急，听臣妾接着往下讲。”

再说萨布素毕竟年龄小，又是初次与凶猛的野兽打拼，精神高度紧张。刀劈黑熊之后，略一松弛，当即瘫软在雪地上了。“傅老好”见状，赶忙背起儿子就要走。萨布素挣脱了阿玛，急切地说：“救人要紧！”边说边儿步奔到雪窝子处，把周围的雪往外搂了搂，撍起了壮士。细一看，见他已奄奄一息，身上穿的棉裤、棉袄被大黑熊的利爪撕碎了，露出被抓伤的皮肤。连累带冻的，早昏昏沉沉不省人事了。

爷儿俩扔下了猎获物，“傅老好”背起老者，萨布素在后面扶着，回到地窨子后，平放在地上。用手试一试鼻息，还有气儿。摸摸心口窝儿，仍在跳动，但手脚已冻僵了。

“傅老好”打了几十年猎，积累了一些救治冻伤的经验。他马上将壮士的碎衣裤脱去，拿起瓦罐儿出外装了满满一罐儿雪，回屋倒在他的两臂上，让儿子用雪搓那已冻肿了的手和胳膊。然后又装了一罐儿雪，倒在壮士的腿和脚上，蹲下身来不停地揉搓。

萨布素心疼地说：“阿玛，将这位大爷抬到炕上暖和暖和多好呀！”

“儿子，那样做，可就害死他了。记住，凡是被冻僵的人，必须用雪搓出全身的凉气。待搓到他身上和自己的手掌一样热时，便能活了。”萨布素听后，点了点头。

爷儿俩差不多揉搓了一个多时辰，摸摸四肢温热了，“傅老好”才长出了一口气。于是动手为他换上了羊皮裤、皮褂子，让儿子抱来一捆草铺在地上，二人把壮士抬到草铺上，盖上棉被，开始升火煮饭。

饭做好了，壮士坐了起来，咬咬手指觉得疼，喃喃自语道：“噢，我没死，看来是遇救了。”

爷儿俩走到跟前，“傅老好”笑着说：“老哥哥，你活过来了，是遇救了。死不了，放心吧！”

那人睁开眼瞅瞅，一个是十四五岁虎虎实实的男孩儿，一个是三十七八岁的汉子，问道：“是你们两个从大黑熊屁股底下救了我的性命？”“傅老好”点点头。

壮士想爬起来叩谢救命大恩，无奈力不从心，双腿发软，站不起来。萨布素赶紧扶住，说：“大爷，不要动。”

壮士只好坐下，冲萨布素问道：“你叫啥名儿啊？”

“小名儿黑子，大名儿萨布素。我阿玛人称‘傅老好’，家住安埠街，是来打猎的。”

壮士听后，感慨地说：“真得谢谢呀，遇上好人了，这条命是你们爷儿俩给的呀！”

萨布素忙道：“大爷，快别这么说，谁能见死不救呢？不主动施救，那是豺狼干的事儿。”

壮士见爷儿俩分明是满洲人，却会说一口流利的汉语，觉得很奇怪，又不好问，便没再说什么。爷儿俩以为他是疲劳过度，赶紧将熬好的稀粥和咸菜端过来，让他趁热吃。粥是黄米掺煮烂的狍子肉做的，香喷喷的，壮士就着咸菜喝了两碗，一会儿就睡着了。

第二天早晨起来，壮士见好，能拄着棍子到外边撒尿了。吃饭时，喝了四大碗稀粥，还嚼了几块儿肉干儿和两个窝窝头，不过精神仍有些恍惚。爷儿俩又精心伺候了三昼夜，这才大有好转。

转天，“傅老好”告诉老哥哥看好门儿，然后带着儿子到山上找回了曾放弃的猎获物，把捕到的獐子、狍子、野鹿、狼、大黑熊等聚拢成堆，共一百一十六只，准备运到安埠街去卖。

“傅老好”需同黑子下山回家套爬犁，来拉猎获物，便想把地窨子交由老哥哥看着。吃的东西备好了，有现成的油、盐、米、肉，就是没白面。当年，白面很贵，逢年过节才能吃。壮士听罢，一口应承下来，告诉他们放心走吧。

爷儿俩回到家是腊月十三，家中已杀了猪、宰了鸡、做了碗菜、蒸好馒头，只等二人回来过年了。阖家团聚，欢天喜地，其乐融融。

爷儿俩先给老瞎爷爷请了安，孩子又给额莫请过安，然后一头扑到玛发怀里，迫不及待地将自己咋学会的森林滑雪技能，如何掌握了捕射各种野兽的本领，又怎么从黑熊口中救了个大爷，详详细细地说给爷爷听。并告诉玛发，那个被救的是汉人，说出的汉话却笨嘴拙舌的，还不如孙儿流利呢！

老瞎爷爷听了黑子的话，爽朗地笑了起来，边笑边说：“太好了，奇缘相遇了，日后孙儿一定能发迹！”爷儿俩听了一愣，你瞅瞅我，我看看你，不知此话从何而来，不过也没再问。

“傅老好”家里有两头大犍牛，春天耕地，秋天打场，别的啥活儿没有。平时早晚喂草料，白天撒开，傍晚自己就能回来进牛棚。爷儿俩在家歇了两天，“傅老好”便套好牛爬犁上路了，待赶到花脸沟簸箕掌时，已是二更天了。卸了牛，进入地窨子，见老哥哥早预备好了饭菜等着呢！

三人吃饭时，“傅老好”请老哥哥下山，一块儿回家过年。壮士再三推辞，萨布素着急了，帮着阿玛一遍遍地请。最后，壮士恳切地对“傅老好”说：“承蒙你父子救了我的性命，真是万分感激，深谢厚情。还想求老弟让我在地窨子住几年，刀耕火种，足可以过日子。冬穿兽皮，夏穿麻衣，时常打打猎挺好的。说心里话，我再不愿见世面，只想清静清静。老弟你呢，不必多讲，肯定不会去家里的，说了也是白搭工夫。”爷儿俩见他坚持不下山，不好勉强，只得作罢。

歇了一宿，“傅老好”打算到山上转转，第二天再赶着牛爬犁回家。他只装上了五十六只猎物，剩下的准备再拉一次，并告诉黑子：“你在地窨子等我，别上山乱跑，下趟咱们一同返家。”

第二天，“傅老好”起个大早出发了，赶到家时，已是天黑掌灯时分。卸了爬犁，喂好牛，老瞎爷爷唤“傅老好”夫妻到跟前，说：“我算黑子今年能遇到名师，果然不出所料。三九天，一个穿棉衣棉裤的中年汉子，手无寸铁，敢跟大黑熊支巴，得有多大的力气、多高的本领呀！他冻得手脚麻木，被大黑熊打倒，这是事有凑巧。依我看，应当让黑子拜壮士为师，习练武功，明天不妨上山探探他的口气。听你们学，壮士说话似乎挺厌世，可能是个落魄之人，否则为什么不来家过年呢？此人必有来历。不过千万不要打破沙锅问到底，你就是问，人家也不会讲，一定记住我的话。”

“傅老好”连连答应道：“是，是，孩儿记住了。”

话说花脸沟簸箕掌地窨子里的一老一小吃完晚饭没啥事儿，坐在热炕头儿上闲唠嗑儿。壮士问孩子十几了，念了多少书，学过哪些武艺以及师父是谁。萨布素便把自己的年龄，如何跟瞎爷爷学的写字和练把势的经过，原原本本地告知。

壮士接着问道：“孟子说的‘与下大夫言侃侃如也，与上大夫言怡怡如也’、‘如临深渊，如履薄冰’、‘老吾老以及人之老，幼吾幼以及人之幼’是怎么个意思？”

萨布素一一做了解答，然后红着脸说：“我知道的这些，全是爷爷教的。”

壮士又问：“汉高祖的谋臣张良、元帅韩信，老爷爷给你讲过吗？”

萨布素就把张良幼年在下邳遇到老人黄石公得到了《太公兵法》和韩信当年乞食漂母受辱于胯下的故事讲了一遍。

壮士高兴地抚摸着黑子的头顶儿，自言自语道：“孺子诚可教也。”

萨布素懂此话，扑通一声跪在地上，请求说：“大爷，请允许侄儿拜您为师！”

壮士爽快地答应道：“好，今天收下你这个徒弟了。等你阿玛回来，我问他咋想的，然后再拜师也不迟。”

一老一少唠得很是投缘。

第三天，“傅老好”赶着牛爬犁回来了，将家里过年预备的碗菜、猪肉、牛羊肉、鱼、酒、馒头、年糕、茶叶等拿了出来，各种各样儿带了一份儿，给老哥哥过年。萨布素乐得直蹦高儿，急不可待地告诉阿玛，要认大爷为师。“傅老好”听后，满心欢喜。

卸完爬犁喂好牛，吃饭的时候，“傅老好”试探着问老哥哥的家乡在哪儿、住什么地方以及姓甚名谁。

壮士摇摇头道：“不必问，到时候自会告诉你。孩子想拜师，我提出几点要求，老弟要能答应，就收下他。”

“请讲，请讲。”

“一是得跟我住在山里，二是买匹好马；三不准跟别人说孩子学艺，只讲送孩子到外地读书。以上三样儿你能答应吗？而且一学三年，不准回家，他爷爷和他额莫能舍得吗？你们全家商量好了，要是同意，明年过了元宵节，赶紧把孩子送来。若不然，孩子每年进山打猎时教也行。但那样，只怕是学得不到家。对我来说，要是没人来找，在这儿混日子，晚年收个小徒弟，倒是个乐事儿。我家的武功从不传外人，为了感谢你爷儿俩的救命之恩，才决定传给黑子的。带到棺材里、埋在黄土堆中挺可惜了的，家中怕是没人继承武功喽！”说此话时，看得出壮士的情绪有些低落，挺不好受的。

“傅老好”听说要让孩子住在荒山野岭里，心里犯了嘀咕，便道：“老哥哥，拜师学艺的事儿还真得同孩子爷爷和他额莫合计合计。公媳二人若愿意，明年元宵节后、十九之前送黑子来。要不愿意的话，就按老哥哥讲的，每年进山打猎时学。”这么说着，又深怕壮士一旦走了，耽误儿子学武，便又一次郑重地保证道：“说话算数，打猎时一准送来。”

壮士见此，忙说：“没错，是得家里老少共同拿主意，你把心放到肚子里吧，我肯定教。黑子挺招人喜欢的，他很聪明，十分懂事，谁不愿意教个成名露脸的徒弟呢？”

“傅老好”听老哥哥又表了态，看出是真愿教自己的孩子，一颗悬着的心才落了地。

第二天丑时，“傅老好”辞别了老哥哥，赶着牛爬犁，带着儿子回家了。临走前，还一再表示：“老哥哥，放心吧，正月十九之前必来送信儿。”

爷儿俩顶着西北风回到家时，日头要落山了。萨布素跳下爬犁，啥也不顾了，急忙跑进屋告诉玛发，说簸箕掌的大爷如何愿意收自己为徒，又把在地窨子里与大爷唠的嗑儿学了一遍。老瞎爷爷高兴地说：“好哇！你以后要跟师傅好好儿学本领，没有惊人艺，难当人上人哪！

爷爷是摸着你的头顶儿、眼瞅着一天天长大的，只盼着孙儿将来能显亲扬名，为国建功立业，即使死了也心甘啦！”

此刻，“傅老好”已卸完了爬犁，把牛牵进棚里。回屋后，站在一旁听着祖孙俩的对话，看着他们又亲昵又开心的样子，不禁笑了，说道：“他爷爷，黑子既然把话全端出来了，就不用我重复了。不知他去山里学艺，而且一去就是三年，你老和孩子他额莫愿意不？说实话，我正拿不准主意呢！”

瞎爷爷说：“有啥不愿意的，这是好事儿嘛，求之不得呀！武功必须得起早睡晚地煞心苦练，不吃苦中苦，难得甜中甜哪！常言道：‘少壮不努力，老大徒伤悲’，定要让黑子去学，千载难逢的机会绝对不能错过。”

“傅老好”的妻子在一旁听了老人的话，倒犯了难，心里咋寻思咋舍不得。可又一想，孩子总呆在家里不行啊，日后出息不了人呀，那可把黑子给耽误了。遂赞同道：“我看孩子他爷说得在理，过了元宵节，就送黑子去吧！”

“傅老好”见公媳二人同意了，才有了准章程，心里也踏实了，睡了一宿好觉。

第二天，“傅老好”拉着猎物去安埠街卖，共得六两多银子。又到牛马市买马，马倒是不少，左看右看没相中。日落时方回家，把银子交给夫人，然后将要买马的打算告知了老人。

瞎爷爷说：“离元宵节还有二十天，等过完了年，再领着黑子去买吧。为啥必须得让他去呢？因为只有孩子认可，人和马才能越处越投缘。孩子不中意，咋看咋不喜欢，心里总是别别扭扭的，会影响学功夫的，那可就划不来了。”

“傅老好”听老人讲的也对，便说了声：“好吧，过了年领黑子一块儿去马市转转。”

有银子了，一家老小便忙活开了，又张灯又结彩的，阖家过了个快乐年。

正月初六，“傅老好”领着萨布素去买马。到马市一看，嚯！好热闹哇，几十匹高头大马咴儿咴儿直叫。爷儿俩挤进人群，见其中有一匹大黑马，骨瘦嶙峋，全鬃全尾，大蹄碗，从蹄碗到膝腕儿长着一尺长的白毛。签子耳朵，满鼻梁儿短白毛，长相特别像螳螂。人们不是说嘛，

“头顶一支蜡，神鬼都害怕。”大黑马烈性得很，见人乱踢乱咬，谁也不敢靠前，更没人买，只有管马的鱼皮韃子能降服它。

萨布素上上下下地瞅了半天，相中了，便说：“阿玛，咱就买这匹烈性马吧！”

“傅老好”摇摇头道：“不行，你可没那两下子骑它，小心踢着。”

“阿玛，没事儿，我准能制伏它！”

爷儿俩的对话被贩马老客听见了，便冲萨布素说：“小孩儿，口气不小哇！你要能降伏‘雪里钻’，给一两纹银就卖啦！我这些马，每匹纹银五两，少一文不卖。只因嫌它横踢乱咬的，成了‘害群之马’了，所以赔账也卖！”

萨布素看了看阿玛，说：“我去试试！”

“傅老好”一把拽住黑子，厉声儿道：“不行，千万不能闯祸！咬伤踢着不是闹着玩的，别去！”

萨布素满不在乎地说：“大黑熊都让我给收拾了，还怕什么马呀？阿玛，给他一两银子，‘雪里钻’归咱了！”

“傅老好”再三不肯。

周围看热闹的人七嘴八舌地议论开了：“好小子，真有种，给他买了吧！若是没两下子，孩子敢要吗？”

“你儿子刚才不是说了嘛，能与大黑熊比拼，马再厉害，也比不上黑瞎子凶猛呀！用不着犹豫，快买吧。”

“瞧你个当阿玛的，咋那么熊啊，还没孩子胆儿大呢。过了这个村，可就没这个店啦！”

“傅老好”被众人说得活了心，萨布素又纠缠着非要买，站在那儿寻思开了。不但想起了孩子刀劈大黑熊的情景，又想到祖孙二人提刀弄棒的武技，这才壮起了胆子，拿出一两银锞子递给卖马老客，问道：“准不准成啊，一两真卖吗？”

卖马老客恨不得立时有人把烈性的“害群之马”买走，忙回道：“卖，当然卖，说话算数！”边说边接过了纹银，回头用手一指道：“看见了吧，在那儿呢，快牵走，马归你，银子归我。牵不走我可不管了，好歹是你的，两无后悔。”

“傅老好”听卖马老客这么一说，还真有点儿后悔了，心想：“若牵不走烈性马，岂不白瞎了一两纹银？”

萨布素见阿玛给了卖马老客银子，又听说银子归我，马归你，心里别提多高兴了。于是慢慢走到马跟前，步步留心，防备它乱咬乱踢伤了自己。“傅老好”看着儿子走近烈马，紧张得心怦怦直跳，几乎快要跳出嗓子眼儿啦！

黑马见来了个小黑孩儿，立刻瞪圆了双目，扬鬃竖尾，摆出一副任谁不许碰的架势。萨布素刚要上前，黑马冷不丁尥起了蹶子，一下子把他踢倒了。“傅老好”见此，吓得当即跌坐在地，惊恐地大喊道：“救命啊，救命！”

康熙爷听至此，有点儿坐不住了，着急地说：“哎呀，黑子真是初生牛犊儿不怕虎，怎敢干这等险事儿，不是拿小命当儿戏嘛！”遂问静妃：“孩子怎么样，伤着没有？”

静妃笑了笑说：“皇上不用担心，吉人自有天相。”

欲知黑子与烈马是否有缘，且听下回分解。

第三回 玛依姆千里求援救 萨布素驰兵歼顽敌

单说“傅老好”惊得喊差了声儿，只见萨布素就地一滚，从腰中掏出一条绳子，手一抖，抛出绳儿，刚好缠住了马的两条前腿。随之一个鱼跃，站起身来，双手一用劲儿，你猜怎么着？就听咕咚一声，烈马当即躺倒在地。黑子一个箭步纵到近前，一只脚踩住了马脖子，一只手拉紧绳子，举起铁一般的小拳头猛捶马头，一边打一边喊：“阿玛，快拿棍子！”

“傅老好”赶紧从地上爬起来，举起手中的柞木棍子，照马肚子抡了起来。好一顿暴打，那马不停地怪叫，好像是在哀求：“饶了我吧，饶了我吧！”

萨布素见马的肚皮青一块、紫一块的，已不敢发威了，便制止道：“阿玛，别打了，差不多了！”

“傅老好”住了手，冲儿子大喊道：“黑子，还等什么？快跑！”

萨布素立刻抽回脚，黑马站起来后，奇怪的现象发生了：它扬起头，向着黑孩儿咴儿咴儿地叫，如同见到了自己的主人一般，站在原地一动不动。萨布素挨近烈马，抓住前鬃，一骗腿儿跃上了马背，见它还是不动。随即跳了下来，解开缰绳，牵着马说：“伙伴儿呀，随我回家吧！”烈马好像刚刚挣脱了牢笼似的，仰脖儿冲天长嘶，乖乖地跟着走出了人群。

众人无不惊讶，个个目瞪口呆！卖马老客长叹一声道：“咳，物各有其主。这匹黑马见到黑小子就驯服得如绵羊，真是一对黑东西！”只好自认晦气，真个是赔账了。

“傅老好”爷儿俩又在集市上买了鞍鞯、嚼环，才牵马往家走。一进院儿，便拴在槽头，卸去鞍鞯、嚼环，喂上草料，然后乐滋滋地进了屋，将买马的经过告诉了老瞎爷爷。

老人家说：“千里马得遇千里人，好事儿，好事儿呀！喂几天让它上上膘儿。黑子，明天多烧点儿水，给它洗刷洗刷。若真像卖马老客说的，这马是‘雪里钻’，那可是雪中送炭了，好兆头，好兆头哇！”

第二日，天刚蒙蒙亮，萨布素就起来了。点火烧了一大锅水，试试不烫手，便提满满一木筲去了马棚，蹲下来给马洗刷。洗到蹄碗处，看看没有挂掌儿，又精心在意地将蹄碗洗干净。无意间竟发现蹄碗下有锯齿形的短爪，能自由伸缩，忙回屋将这一发现告知玛发。

老瞎爷爷说："你把马毛擦干，牵到明冰上走走。要是滑不倒，就不用挂掌儿，没准真是匹宝马呢！"

萨布素听话地用布将马毛擦干，然后牵到冰上去。见它慢走、快走、跑起来都滑不倒，稳稳的，心里暗暗高兴，一直遛到晌午才回家。拴好，喂上草料，方进屋把马在冰上走的情况讲给爷爷听。

瞎爷爷说："在冰上滑不倒，那可是钢蹄，不用挂掌儿。喂几天后，骑上遛遛脚程，看看有多快。"

萨布素一听，更乐了，一天没遍数地喂黑马，还偷偷给它馒头吃。

元宵节这天，萨布素起了个大早，给黑马备好了鞍韂，戴上了嚼环。然后翻身上马，沿江向东驰去，前往花脸沟簸箕掌让师傅看看。只消一个时辰，便跑到了地窨子。

壮士吃完了饭，没等收拾碗筷呢，黑子就到了。以为是连夜赶来的，于是问道："你阿玛呢？"

"在家呢。"

壮士申斥道："这孩子，怎么走夜路呢？多不安全哪！"

萨布素说："师傅，没走夜路，我是一早来的"。

壮士惊讶得张大了嘴："啊？难道你是飞来的？"

"是骑马来的。"

"马在哪儿？"

"在门外。"

壮士推门一看，"啊"了一声，急忙走到跟前细瞧，边打量边说："好马，好马！孩子，怎么得来的？"萨布素便把买马的经过说了一遍。

壮士听完，哈哈大笑道："这叫'天相吉人'，一两银子买匹宝马！我听朋友说过，此马名儿叫'雪里钻'，又叫'螳螂透骨墨云驹'，日行千里，夜走八百。冬天走雪地，再深的雪没不到膝盖，千金难买呀！就冲能得到这匹良驹，日后一准成名。但'玉不琢不成器'，必须肯于吃苦流汗才行，家人商量好送你学徒的事儿了吗？"

萨布素回道："过了元宵节立马来，爷爷、额莫都同意。"

壮士让黑子歇一会儿，吃了饭赶紧回去，免得家人惦着。萨布素喝了一碗水，吃了两个馒头，然后骑上雪里钻跑走了。到家时，还没到中午呢，额莫刚要抱柴做晌饭。

萨布素拴好马，卸去鞍韂、嚼环，进屋告诉爷爷去了一趟簸箕掌，并将师傅说的话学了一遍。“傅老好”夫妻在一旁听得清清楚楚，一家人真是打心眼儿里高兴啊！“傅老好”赶紧到街里买布，给孩子缝新衣裳，给师傅做衣帽。又买礼品、笔砚、糕点、香烛，准备拜师用。

过了正月十六，十七是送黑子学艺的黄道吉日。这天，“傅老好”把预备好的所有物品装在马鞍后褡裢里，老瞎爷爷、额莫含着眼泪送孩儿上路。萨布素跪在玛发跟前，磕了个头说：“爷爷，孙儿要走了，三年后再回来侍奉您老。”

瞎爷爷拉起黑子嘱咐道：“去吧，好好儿用功，认真学。我不是告诉过你嘛，‘三更灯火五更鸡，正是男儿立志时；黑发不知勤学早，白发勤学后悔迟。’你要记住这些话，走吧！”

黑子点点头说：“爷爷，孙儿记下了，放心吧。”之后，又给额莫磕了头，这才牵着马随阿玛一步三回头地走了。

“傅老好”跟在马后，爷儿俩徒步走了三四里路，雪里钻长嘶一声，似要跑起来。“傅老好”让儿子骑上，萨布素刚刚跃上马背，雪里钻便扬鬃竖尾疾驰而去，也就一个时辰便到了簸箕掌。黑子卸下褡裢，交给师傅，反身去接阿玛。

“傅老好”走得满头大汗，方到花脸沟沟口儿，这里离家只有十六七里地。见儿子骑着黑马迎面而来，以为出啥事儿了，忙问：“黑子，咋又回来了呢？”

萨布素回答道：“阿玛，我来接你呀，那些东西已经送到地窨子了。”

“傅老好”有点儿不相信，摇了摇头道：“不会吧，哪能那么快呢？”

萨布素说：“阿玛，要不这样吧，你骑在马鞍后头，拽住我的腰带，看它有多快！”

“傅老好”来了好信儿了，一骗腿儿上了马，坐在马鞍后，紧紧拽住儿子的腰带。马跑如飞，两耳生风，只用了半个时辰，便到了地窨子，才不得不信了。

爷儿俩跳下马，卸去鞍韂、嚼环，拴在马桩子上，天还没到中午。“傅老好”进了屋，一阵寒暄过后，乐呵呵地冲壮士说：“老哥哥，今天是黄道吉日。供奉圣人牌，点上香，让黑子拜师吧！”

壮士点了点头，吩咐黑子写了圣人牌，挂在西墙，燃上香。萨布素先拜武圣人，又向师傅三拜九叩。“傅老好”献上了认师礼品，师傅一一收下，并让黑子到屋外把学过的把势练练。

三人出得门来，萨布素把瞎爷爷教的所有把势一气儿练完，那是气不长出，面不改色，然后恭恭敬敬地站在一旁，等待师傅发话。只见壮士面沉似水，好像在想心事。片刻，缓缓说道：“你练的掌法是金刚八式和螳螂掌，刀法是万胜花刀，我说得对不对？”

萨布素回道：“正是。”

师傅紧接着问：“瞎爷爷是亲玛发吗？”

萨布素连声儿说：“是是。”

师傅会心地笑了，缓缓言道：“掌法、刀法根基很好，就是姿势不够准确。也难怪，你爷爷双目失明，没法儿校正。孩子，会长兵刃吗？”

萨布素回道：“会耍棍。”

师傅便让黑子耍了一通儿木棍，看出是少林寺嫡传的醉棍，心里已明白了八九分，吩咐道：“好，把家巴什儿都收起来吧，今天就到这儿，等明天你阿玛走了再练。”

第二天，“傅老好”走后，师傅又校正了萨布素的掌法、棍法、刀法的姿势，并声称自己这些把势是跟朋友学的。

萨布素废寝忘食、如饥似渴地学了三个月的手、眼、身、法、步，掌握了准确的基本功。之后，开始练马上本领，什么镫里藏身、八步赶鞧、跌马翻身、回光返照等。教的枪法是六合枪，刀法是万胜花刀，掌法是金刚八式和螳螂掌。又教十八般兵刃，刀枪箭戟、斧钺钩叉、镗棍槊棒、鞭锏锤抓以及带尖儿的、带刃的、带钩儿的、带刺儿的、麻花儿劲儿的、长的、短的、扁的、圆的、三棱儿的都教。最后教的是枪里加刀，兵刃全是用木头自造的。闲时就讲战场上的你争我夺，其中李闯王的故事最多，像自己亲临过战场、总结胜败的经验一样，说得有板有眼、有根有蔓。

萨布素苦练了三个寒暑，已是十八岁了，长成壮小伙子了。虎背熊腰，一副铁青脸，两撇儿扫帚眉，一双大眼睛，鼻正口方，双耳垂轮，威风凛凛，一派英雄气概。马上的六合枪使得神出鬼没，步下的万胜花刀令人眼花缭乱，醉棍舞得似蛟龙出水，金钢八式、螳螂掌有如风扫败絮。不仅武艺娴熟，还学得了不少技战术，能耐大长啊！

腊月十五晚上，师傅唤来了萨布素，告诉他：“黑子，明天我要回家了。跟着学艺三年，凡是师傅会的，全教给你了，希望将来能成名。

你我师徒一场，处得不错，应当让徒儿知道实情。师傅名叫郝摇旗，是闯王驾下的大将，朝廷一直在追捕我。”

这里插几句。说起郝摇旗，可是大名鼎鼎的人物。明朝末年时，跟随闯王李自成起义，初在军中为大旗手，故名摇旗。李自成死后，又与李锦联明抗清，在湖南、广西屡胜清军，还曾取得泉州大捷，声名远播。过了一段时间，由于受明军的歧视，便退回荆襄山区。从此转战于湖南、湖北、四川之间，继之因攻打巫山失败不得不逃走，所以才流落于此。

郝摇旗在向徒弟讲了真相之后，告诉萨布素：“这些话不能对任何人透露，只能对你爷爷说，连阿玛和额莫都不要讲。好自为之吧，后会有期，遗憾的是师傅无物相赠。”

萨布素一看师傅真的要走，忙跪下挽留道：“师傅，别走，在这儿住吧。荒山野岭的，没人知道，徒弟为您养老送终。”

郝摇旗乐了，说：“我自从和你师母、师兄失散后，互相不知生死，即使是海角天涯，也得寻他们去。清廷有了赦旨，我就来找你，你是无法找到我的。该歇息了，睡觉吧。”

第二天早晨，萨布素一觉醒来，睁眼一看，师傅不见了，只留下了一张字条儿，上写寥寥数语：“我走了，代问你爷爷好。”

环顾四周，屋里空荡荡的。不禁想起三年来，师傅起早睡晚、费尽苦心、毫无保留地教自己学习各种本领的情景。越想心里越难受，竟伤心得放声大哭起来。痛哭多时，走出地窨子，备好雪里钻，翻身上马，螳螂透骨墨云驹一声长嘶，风驰电掣般离去。

萨布素学艺归来，在家呆了数日，按照八旗的规定，过了年便前往宁古塔校军场比试。经过射御之术的考核，被允许入伍，从此开始了戎马生涯。

俗话说：“立夏鹅毛住，小满鸟来全。”

此时，位于北疆的宁古塔，满山遍野金达莱花儿开，火红一片，美丽的布谷鸟唱起了动听的歌儿。连从南方飞回的燕子，也开始往梁上衔泥筑巢，一派绮丽的风光。萨布素在军旅之中，就像这天气一样，心情十分畅快，已由马甲升为领催。又经过多次的随军出征，立下了不少战功，晋升为骁骑校。

一天，宁古塔乌达哈协领衙门外，来了个骑着大红马、头蒙黑巾、身穿青袍儿、脚登鹿皮短靿儿快靴、腰系白布叠成的大带子、胁带短刀、年约四十多岁的风尘仆仆的达斡尔妇女。她跳下马来，拴在辕门的栅栏上，向门军请了安，用一半儿生硬蹩脚的汉话、一半儿满洲话问道："军爷萨布素是在贵衙门当差吗？"

门军反问道："你从哪儿来？"

妇女回答："爱辉霍通。"

门军愣了，心想："爱辉霍通到宁古塔可是千里迢迢，她跋山涉水来找萨布素，为了什么呢？"便说："萨布素是本衙门新升的骁骑校。请问你姓甚名谁，找他啥事儿？我好去回禀。"

"我叫玛伊姆，是从爱辉霍通塞普奇来的，事儿得面见萨布素才能讲。"

门军见她戚容满面的，问到什么事儿时，眼睛立马含满了泪水，便不再问了。转身去协领乌达哈的书房，对站在门口儿的戈什哈[①]说："门房有个从爱辉霍通塞普奇来的达斡尔中年妇女，名叫玛伊姆，要找骁骑校萨布素，请回禀一声。"

戈什哈进入书房，见萨布素正和协领谈着前不久征讨罗刹的情况，说到是如何被困的，又是怎样经达斡尔酋长率众相救并帮助剿灭入侵之一百多名罗刹匪帮的。刚刚停住话儿，戈什哈赶紧上前，给协领请了安，并将门军刚才说的转达给了萨布素。

萨布素沉思片刻，便道："玛伊姆是拉夫凯城酋长拉夫凯的妻子，独自一人来宁古塔，肯定有情况。很可能是罗刹乘我回兵之机，又扑向达斡尔拉夫凯城了，她是来求救的。大人，待我去问个究竟。"

乌达哈点点头说："快去吧！"

萨布素出得书房，身后跟着一个戈什哈，疾步来到大门口儿。一看，果然是玛伊姆，忙请安道："阿沙[②]可好，怎么自己来了？"

玛伊姆见到萨布素，好像看到了离别多年的亲弟弟一样，一步跨到跟前，拉住萨布素的手，两行热泪顿时从腮边流了下来，泣不成声地说："他叔哇，阿沙九死一生才找到你呀！我的丈夫、孩子活活被该死的罗刹鬼杀了，还放火烧了寨子，啥都没剩啊，全毁啦！"

萨布素听罢，哎呀一声，眼前一黑，差点儿没晕倒，幸好被戈什哈

---

① 满语：护兵。

② 满语：嫂。

扶住了。门军们赶忙上前摩挲前胸、捶后背，一会儿便悠悠气转，大哭道：“拉夫凯老哥哥呀，都怪我呀，害了你们全家，咋还有脸活在世上啊！兄弟对不起阿浑①哪，更对不起阿沙，哪怕弃官，也要为老哥哥全家报仇哇!”玛伊姆也站在旁边哭。

大伙儿好不容易劝住了叔嫂二人，戈什哈对萨布素说：“老爷，先将尊嫂请到府上安顿下来，细细问个明白，再拿主意不迟。”

萨布素拍了一下脑袋道：“咳，光难过了，啥都顾不上了。你去家中告诉太太，就说恩嫂玛伊姆来了，快来迎接!”戈什哈领命去了。

萨布素的家住在协领衙门隔壁，夫人听说恩嫂来了，急忙抱着儿子常顺来接，伺候常顺的保姆吴妈也跟来了。

玛伊姆见来了个二十三四岁的少妇，忙问萨布素这是谁，萨布素做了介绍。夫人拜过恩嫂，简单寒暄几句，然后把儿子交给吴妈，上前挽住了玛伊姆。萨布素到栅栏处解开缰绳牵过马，几个人一同回到府上，备下酒宴款待不提。

第二天一大早，萨布素便来到协领衙门，眼圈儿红红的，跪在乌达哈书房，望准假匹马单枪去爱辉霍通为盟兄拉夫凯报仇。

协领扶起萨布素说：“别难过，要知道，那不是你的私仇。想报仇，必须请准将军，方能带兵前往。这么着，你在此等消息，我去求见将军。”萨布素满含热泪，叩谢协领相助之恩。

协领策马到了将军府，面见将军，将罗刹入侵、杀人放火、达斡尔塞普奇的酋长妻子玛伊姆求救、骁骑校萨布素讨伐罗刹多亏拉夫凯相救以及他如何要请假、匹马单枪去替盟兄拉夫凯一家报仇的事儿逐一回禀。将军说：“此非私仇，而是国家之仇，血债要用血来偿。本将军守土有责，对入侵之敌恨之入骨。萨布素新升骁骑校，虽官职较低，但威猛过人，武艺出众，且屡立战功。现提升他为记名佐领，代行佐领职权，率两哨骑兵去爱辉霍通征讨罗刹。这样，既平定了边疆，又尽到了兄弟的恩义。乌达哈协领，你看可否?”

其实，乌达哈早就看中了萨布素。认为他是员猛将，从甲兵到六品的骁骑校，硬是凭能力干起来的。当听将军说萨布素为记名佐领，代行佐领职权，连升两级，心中甚喜，忙站起身来说道：“将军之意，当然再好不过了，卑职代萨布素谢将军提拔之恩。”

---

① 满语：兄。

将军笑了笑说："这是量才用人。本将军乃封疆大吏，对属下应了如指掌，理当为国求贤。回去告诉萨布素，选精兵出征！"随即命书办拟了将军谕令。

乌达哈协领乘马回衙，见了萨布素连说恭喜，并把将军谕令交之。

萨布素谢过协领，到校军场挑选了两哨勇武、善射的精兵，做出征的准备。

罗刹匪徒血洗拉夫凯寨子的无耻行径，激起了精兵们的强烈义愤。其中，有的人曾跟随萨布素去爱辉霍通征剿过，大多数人没去，于是，纷纷请求萨佐领讲讲上次被困、拉夫凯酋长如何相救的经过。

萨布素觉得作为战前动员，介绍一下情况十分必要，便滔滔不绝地讲了起来。他说："去年十月初，我奉命带两哨骑兵，去爱辉霍通讨伐罗刹。达斡尔人多数住在塞普奇外的噶尔达苏、戈博尔、阿里岱、额苏里等四大部落，那是达斡尔的祖先居住地。强盗们大股儿百人、小股儿几十人到处侵扰，杀人放火，奸污妇女，无恶不作。对怀孕的女人肆意蹂躏，然后用刀子划破肚子，取出胎儿当球儿踢。将年轻的姑娘捆绑后，糟蹋够了，再劈成两半儿。我听到当地居民的哭诉，急红了眼，带着两哨骑兵紧紧追赶，猛杀猛砍。当追到额苏里的深山时，中了埋伏，被匪徒们包围了，鸟枪、利箭雨点儿般射来。我催马向前急奔，哪知到了一个山涧处，断了归途。螳螂透骨墨云驹立即发了神威，纵身越过了十丈多宽、深不见底的断涧。而弟兄们的战骑却不敢跳，昂头长嘶，围着断涧在原地打转转。此时，罗刹反身追来了，鸟枪、利箭齐发。我重又纵马跃回断涧，率领骑兵挥戈冲杀，与匪徒们短兵相接。由于马快枪急，连着刺死了十几个罗刹鬼。他们一看没招儿了，便用鸟枪射击，并顺风放起火来。眼看骑兵要被烧死在断涧边儿了，忽见匪徒们一个个鬼哭狼嚎地争抢着逃命。咋回事儿呢？原来是塞普奇的酋长拉夫凯担心大清兵马遭罗刹暗算，派手下前来寻找，远远看到火起，估计是被困了。便不顾一切地攀援悬崖峭壁，登上险峰，杀进敌营，救出九十多兵将于水火。经查点，受轻、重伤的五十二人，阵亡十二人，剩下三十多人已被烟熏火燎得没有战斗力了。我中了两箭，幸亏在腿上，不是致命处。安置好了伤员，重新整顿人马，能出战的只有三十六人，拉夫凯有五十来人。人吃战饭，马吃战草，只歇息了一个更次，拉夫凯便率手下打先锋，我的三十六人督后，直捣罗刹驻兵的老巢。他们正睡在梦中，没有丝毫防备，结果被我们轻而易举地全部歼灭了。然后放火烧了巢穴，兵回塞普奇休整。我同拉夫凯向北磕头，结成盟兄弟，后奉命撤兵。今年三月初，罗刹又集结了一百多亡命徒，偷袭塞普奇，杀了盟兄及其子女，盟嫂闯出重围来到这里，要兄弟替她全家报仇。我因功从领催升任骁骑校，是在盟兄拉夫凯的帮助下，才立了战功的。因此，决定请准，匹马单枪去为盟兄雪恨。协领乌达哈大人说，罗刹入侵，扰害边疆，屠杀大清百姓，乃国家之仇。遂请命将军，提升我为记名佐领，代行佐领职权，令选精兵两哨讨罗刹。众兄弟就是被选中的精兵，望随本将辛苦一趟。”两哨精兵听罢，怒目圆瞪，摩拳擦掌，表示誓杀罗刹保边疆。萨布素让大家休息两天，有家的，回家辞行；离家远的，求人写信告知，并发了三个月的饷银，立马散了队。

萨布素回到家里，将准予出征的好消息告诉了恩嫂玛伊姆和夫人，二人十分高兴。接着又挽留恩嫂住在宁古塔，玛伊姆说啥不肯，一定要随军回去。萨布素见苦留不住，到了晚上，便对夫人说：“达斡尔的风俗是女人过了四十，丈夫死了，不管有无儿女，不准再嫁。是我害了恩嫂，一个人孤苦伶仃的，晚年咋过呀？常言道：‘受人滴水之恩，当涌泉相报。’由于受拉夫凯盟兄的莫大深恩，我才官至佐领，即满洲人的协领、佐领、防御、骁骑校四大员的第二大员了。恩嫂却无依无靠，不管是从哪个方面讲，天理、良心、人情，全说不过去。今后不仅没法儿见人，还得落下骂名，该如何是好呢？”

夫人听了丈夫的一番话，思摸了一会儿，说道：“我虽是年轻女流，但懂‘人讲礼义当先，树讲枝叶为圆’。苦留恩嫂不住，也难怪她，谁愿离开生养自己的故土呢！倒是有个主意在心头，不过不敢讲出来。”

萨布素忙催促道：“只你我二人，有啥不敢讲的？快说说看！”

夫人说：“我琢磨着是不是把咱们的儿子小常顺送给恩嫂，也好做个伴儿。可又怕公婆骂儿媳不孝道，该说有意舍弃后代了，这个罪名可担当不起呀！”

萨布素万没想到自己的想法与夫人不谋而合了，满心欢喜，笑着说：“夫人哪，你算成全我了，太好了。只要夫人同意，比啥都强，一切皆好办。多亏爷爷、奶奶住在安埠街，真相可不用告知，只能说常顺突然得暴病没救活。”

夫妻俩商量好了，夫人开始给丈夫准备出征的行囊，并把此意告诉了恩嫂。

玛伊姆乍听时挺高兴，转念一想：“满洲佐领的公子被我带走了，别的且不说，孩子的爷爷、奶奶能让吗?”边想着边顺嘴说了出来。

夫人忙安慰道：“嫂子，不用顾虑那么多，没事儿的。”

玛伊姆又犯愁了，说：“孩子小，离开奶头儿不能认我，一路上火、着凉、受热怎么办?”

这时，站在一旁看常顺的保姆吴妈插嘴道：“要是没别的招儿，我愿抱小公子去。一个老寡妇家，无儿无女的，何处黄土不埋人呢!”二人听后，全乐了。

第二天早晨，萨布素顶盔贯甲，带着两哨精兵一百零六人离开了宁古塔。吴妈抱着公子小常顺，坐在一乘两马驮的轿子上，玛伊姆在旁护驾，驰奔爱辉霍通。

一路上，晓行夜宿，粗茶淡饭，半月余才到地方。萨布素驻扎了兵马，安顿好了玛伊姆、小常顺和吴妈，立刻派人打探侵犯塞普奇的罗刹动静。

三天后，探子回来禀道：“塞普奇房倒屋塌，满目凄凉。罗刹已占据了额苏里，大股儿、小股儿的匪徒经常到噶尔达苏、戈博尔、阿里岱等地骚扰、抢劫，所到之处，鸡犬不宁。达斡尔人奋起反抗，然而寡不敌众，有家不能归。日夜盼望天兵早降，杀退罗刹，救他们跳出苦海。”

萨布素听罢，双目圆瞪，怒不可遏！当即挑选了八十名骁勇善战、精于骑射的猛士，玛伊姆大嫂自愿当向导，带领人马直扑塞普奇。

到了那儿，眼前的情景让兵丁们惊呆了：四周残墙断壁，寨舍东倒西歪，烧焦的木头中躺着横七竖八的尸体和战马的遗骸。血流成河，恶气冲天，见不到一个活人影儿。玛伊姆看到去年还是炊烟缭绕的寨子，如今已化为灰烬，丈夫和子女的尸首不知在何处，顿时悲痛欲绝，跪在地上号啕恸哭!

萨布素见此，无比愤恨，气往头上撞，牙关咬得咯咯响，捶胸顿足地大骂罗刹，接着又难过得泪流不止。哭了好一会儿，才擦干眼泪，扶起恩嫂，翻身上马，带精兵狂奔戈博尔。

当疾行至山边时，一伙儿达斡尔人从林子里钻了出来，拦住了去路。大家认出了玛伊姆，忙招呼她下马，问长问短，好像是失散的孩子见到爹娘，非常亲热。

这伙儿人是谁呢？正是逃难到山林中的塞普奇拉夫凯部族。他们见一队人马打着大清的旗帜，知道是玛伊姆从宁古塔搬来了救兵，才拥了出来。

玛伊姆向萨布素说明了情况，萨布素命令兵丁们暂时歇息，然后下马同族众攀谈起来。玛伊姆大嫂操着生硬的汉语，夹杂着满语，当起了通师，笨笨磕磕地边说边打手势，使之总算明白了罗刹侵扰的经过。

原来，罗刹仗着鸟枪一打一大片的威力，烧了拉夫凯寨子，夺去了额苏里。逼得达斡尔人走投无路，纷纷组织起来，同罗刹对抗。他们打一仗就跑，返回来再打。为有利于保护自己，就藏在深山老林里，在山里设伏。罗刹怕中埋伏，吃亏上当，轻易不敢进山。但又野心勃勃，一心想强占达斡尔人生活的这片肥沃的土地，便运来了火药、鸟枪，准备炮火攻山。恰在族众不知如何是好时，救兵到了。尽管人数不多，终归是朝廷派来的，心里觉得有依靠了。

萨布素听完族人介绍的情况，一面派人到爱辉霍通取来军用的粮米分发给逃难的族众，一面招集流散的达斡尔人，安置住处，然后带兵追剿匪徒们。

罗刹仗着鸟枪壮胆，却挡不住清兵的零打碎敲，专门收拾出来抢劫的小股儿匪徒。吓得只好躲在额苏里，扼守关门不开。额苏里的难民群情激愤，纷纷请求萨佐领袭击城内的强盗，以便重返故土。

于是，萨布素率精兵几次试攻，却无奈鸟枪的厉害，总是攻不破，遗憾的是自己连一支鸟枪也没有。他紧皱眉头，冥思苦索。突然眼前一亮，发现罗刹的鸟枪射程只有三百步，即一百五十丈。“强弩之末，力不能入鲁缟。”何不用人在三百步外，手持盾牌，诱敌佯攻，摆出力破一门的架势，罗刹必拼命死守。我方便可乘虚去夺别的门，或挖地道通入城中，杀他个猝不及防！想至此，眉头舒展了，真是一条绝好的妙计呀！拿定了主意，立刻派人回宁古塔，运来了一千多个盾牌，集结了一千二百多个达斡尔善射的能手，终日训练。

两个月后，时值六月末，萨布素一切皆已准备好了。达斡尔人万众一心，一千多名盾牌手走在前面，后面是萨布素的精兵和手拿刀、枪、棍棒的族众，高声儿呐喊着围住了额苏里。人越聚越多，号角齐鸣，旌旗遍野，灯光彻夜通亮，齐讨罗刹。匪徒们慌神儿了，鸟枪接连不断地放，却射不中，徒劳无功。

就这样，围了七个昼夜，罗刹人困马乏。而萨布素的精兵，除了几个当指挥的外，其余的全藏在林子里偷偷挖地道，达斡尔人则轮流替换着佯攻。匪徒们不知清军闷葫芦里卖的什么药，不敢出城，只是四门坚守。

第十天半夜，突然，城外三声炮响，火箭飞空。啊？不好了！城堡里不知从哪儿钻出了清兵，左杀右砍，罗刹鬼吓得浑身筛糠。四门很快被夺了下来，大队人马如潮水般涌入。个个杀红了眼，见罗刹就刀劈枪挑、棍棒齐下，转眼间，二百多名强盗做了无头之鬼。到天亮时，清军大获全胜，额苏里终于被收复，又竖起了大清的旗帜。达斡尔人喊呀、跳哇、欢呼啊，把萨布素高高举起。

清兵查点了缴获的物资：鸟枪三百六十支，弹药一仓库，粮米三大仓，牛、羊、马一千多。萨布素拣较好的鸟枪装备属下的精兵，剩下的发给了塞普奇、噶尔达苏、戈博尔、阿里岱、额苏里的族众；建立了操起兵刃是兵、放下兵刃是民的守望相助之民防队伍；重修塞普奇，帮助玛伊姆和难民安了家，并将自己数年当差积攒的纹银留给了玛伊姆。罗刹暂时消停了，再没敢来犯境。

黑龙江北部的十月，天上飘起了雪花，萨布素接到撤兵的命令。军令如山，遂辞别了恩嫂及达斡尔百姓，带领精兵回了宁古塔。

协领乌达哈见到萨布素，高兴地说：“恭喜得胜归来，还有好消息呢！将军提升你实任镶黄旗佐领，前佐领宁古哩调往珲春，快去将军府谢恩、走马上任吧！”萨布素立即来到将军府，拜见了将军，叩谢提拔之恩，然后返回家中。

此次征讨罗刹的一百零六名精兵，个个带伤，无一死亡。将军下令，放假到元宵节，有功的记功，该提升的提升。

萨布素战功赫赫，元宵节这天，大摆庆功宴。酒还没喝完呢，却出了一件令人震惊的事儿。

欲知详情，且听下回分解。

静妃到此打住了，长出一口气道："皇上，刚才讲的，就是萨布素从童年到青年的经历以及家庭情况。"

康熙爷说："如此看来，爱妃还真知道得挺详细，莫非你们两家是亲戚？"

静妃回道："禀皇上，萨布素家和我家一样，都是靠种田为生，同在牡丹江捕鱼，也同在花脸沟打猎。从祖父那代起，两家便常来常往，几十年来相处得非常和睦，是老世交了。"

"噢，原来如此，怪不得爱妃对萨布素的经历了如指掌。这么说，郝摇旗是他师傅了？那老瞎爷爷恐怕也不是普通人。"康熙皇帝怀着极大的好奇心，非要打破沙锅问到底不可。

静妃说："臣妾的家人猜测：郝摇旗教萨布素醉棍、万胜花刀、金刚八式、螳螂掌那会儿，言称这些把势是跟朋友学的。临离开簸箕掌时，别的没多讲，偏偏让萨布素代他向老瞎爷爷问好。平日曾对萨布素说过，他爷爷的那套把势，只有李闯王的军师才会。闯王的军师不是江湖术士出身吗？后来，萨布素问过瞎爷爷，是否认识郝摇旗。老人家说不仅认识，还是好朋友。不言而喻，萨布素的老瞎爷爷，必是闯王李自成驾下的军师了。他家的事儿只有我家知道，皇上既然问，臣妾不敢隐瞒。恳求皇上，千万不要加罪萨布素，臣妾就深感圣恩了。"

康熙爷说："爱妃，请放宽心。萨布素的阿玛和额莫为了救人，结识了老要饭的，并视为自己的父母。夫妻俩的诚恳待人和所作所为，感动了老要饭的，觉得无以回报。所以，才把平生所能教给了萨布素，这是以恩报德；萨布素跳悬崖熊口救壮士，同样感动了郝摇旗，便将浑身武艺传给了萨布素，这也是对恩人的报答。萨布素身怀超群武艺，为国家建功立业，朕应论功行赏，怎能加罪呢？"

静妃跪下叩道："谢万岁爷隆恩！容臣妾直言，对于郝摇旗和李自成的军师，仔细思量起来，臣妾是无意害人，倒是有意杀人了。"

康熙帝听罢，十分诧异，边让静妃起来边问道："此话怎讲？"

静妃谢过，站起身来，回道："对李自成的部下，自先祖便颁下意旨，务缉捕归案。臣妾讲出郝摇旗与李自成的军师仍活在世上，岂不断送了年过八旬的两位白发苍苍老人的性命？此为臣妾的罪过呀！”一边说一边流泪，正是：泪流满面花含露，愁锁娥眉焯带霜。

康熙爷忙道：“爱妃，不要担心，朕绝不轻易杀人，更不追究往事。”

静妃擦干眼泪，面带微笑说：“谢皇上！这样，臣妾就放心了。臣妾还有言面禀，又怕触怒皇上。”

康熙爷准允道：“爱妃，只管讲来，朕不怪你。”

静妃赶忙谢过万岁爷，说道：“臣妾想，李自成是反明的，并不是反大清的。明朝末年，君昏臣暗，黎民百姓处在水深火热之中。后来逼得实在走投无路，便起来造反，这是官逼民反。李自成于九宫山战败后，部下溃散，各谋生路。有的人在我大清建国初期，对抗朝廷，这是势之必然。大清国已历四帝，江山固若磐石，宵小之徒岂能为祸？皇上不妨赦了李自成的部下，如郝摇旗、军师等，将百利而无一害。臣妾愚昧之言，望圣上斟酌。”

康熙爷连连点头道：“此事朕曾想过，李自成的确是反明的。他的部下有不少是出类拔萃的英雄豪杰，现大多已阵亡，剩下的寥寥无几，何必再追缉？还惹得后代惶惶不可终日。朕早有心赦免他们的罪名，爱妃若不说，倒给忘了，朕这就下诏。”随即提起笔来，写了一道赦旨：“……郝摇旗、李自成的军师，如仍在人世，概不咎既往，余辈亦不追究……”拟罢，唤了声：“萨明！”

“嗻，奴才在。”

“把朕的草诏交兵部，用八百里急递传谕各处。”

“遵旨！”

萨太监出了御书房，康熙皇帝顿觉心情非常舒畅，静妃也安心了。正是：好言一语三冬暖，冷语伤人六月寒。

康熙爷又唤来宫娥，吩咐道：“告诉御膳房，给朕与静妃传膳，送到御书房来。”然后对静妃说：“朕久居深宫，似与世隔绝。每天眼见的是雕梁画栋，耳听的是孔孟之道，再就是妃子、宫娥的娇语柔声。今听了爱妃的一席话，长了不少见识，否则哪里会知道乡间的风俗、人情和生活状况？真是孤陋寡闻。用完午膳，再将萨布素如何升到副都统的，还有哪些奇事儿，都讲给朕。热闹市场有说唱评书的，朕尽管从未听过，想来他们比起爱妃讲的，肯定逊色多了。先皇曾写道：‘朕为大地山河主，忧国忧民事辗烦。’朕今天才明白，正因为先皇对世俗人情知道得多，才道出了心中的苦闷。能有爱妃这样的良佐，常常给朕讲讲民间疾苦，便会对黎民百姓有所了解，进而关心他们。唐初政治家魏徵曾劝说皇上：‘应以隋亡为鉴，水能载舟，亦能覆舟。’他是将百姓比喻为水，君为舟，唐太宗欣然采纳了臣子的谏言。所以，后人崇敬唐太宗乃明君，号称贞观之治，四夷宾服。朕愿效仿唐太宗，他有长孙皇后的良佐，朕有静妃。所不同的是，唐太宗当年是马上皇帝，亲赴边疆，遭受过艰险。朕是继承先皇丕基，久居深宫。朕今后要到各处出巡，体察民风，了解民情，应该说是件好事儿。然而皇帝出巡，旌旗伞盖、斧钺钩叉、御林杂沓、文武百官护驾，如何能掌握下情？”静妃听后不语。

康熙皇帝紧皱眉头，接着又道：“照爱妃说来，朕将与黎民百姓隔绝了。朕自幼从师学史，从夏、商、周、汉、魏、晋、五代、隋、唐、宋、元、明的历史来看，建国帝王多是明君，文武百官多是忠臣。究其原因，起义的帝王将相基本上是受苦人，他们知道黎民百姓的甘苦。而失去江山的，多是昏君、暴君，臣子多数是奸臣，少数是忠臣。官臣贪奢，横行不法，才逼得百姓造反。秦二世、隋炀帝等，是历史上最大的罪人，读史者无不唾骂！明崇祯是末代的好皇帝，无奈大厦将倾，独木难支，结果吊死煤山。朕担心的是，别把先皇的大业失在朕的手里，所以更想效仿唐太宗。什么万世一系，朕根本没想过，‘五百年必有王者兴’，此乃定理。自古以来，一向是没用五百年就改朝换代了。皇帝昏庸，臣子枉法，黎民百姓受灾受难，必然造反。自秦以来，无不如此，大清皇帝岂能脱离这个轨道？只求别在朕的手上失去江山，后世人不骂朕是昏君足矣！爱妃呀，听你所言，朕想好了。咱们此次出巡，少带扈从，易服私查为上，听州城府县奏本为下。这样，便可真正了解百姓的疾苦了，爱妃以为如何？”

静妃回道：“臣妾不敢言。皇帝乃万乘之尊，倘遇不测，岂不是臣妾害了圣上？”

康熙爷笑道：“哈哈，爱妃多心了！”

两人正说着，下人摆上了午膳。御厨知道静妃爱吃鱼，因此，蒸、煮、烹、炸的全是鱼。用膳时，康熙爷很高兴，命人取来绍兴进贡的美酒“女贞”。他把斟满酒的玉盏递给静妃，说道：“此酒只有爱妃可饮。”

静妃不解地问：“为什么？”

康熙爷笑吟吟地说：“古人云：‘女慕贞洁，男效才良。’不正是说

‘女贞’之酒，惟爱妃可饮吗?”静妃听了，抿嘴一笑，谢过皇上。

康熙爷又道：“爱妃可记得还有句俗话‘男要张狂，女要稳’吗?‘张狂’的本意是要见多识广，博采众闻，后来却讹传为‘狂’了。朕认为讹传首说之人，是存心纷扰世俗，当杀!”

君妃二人说说笑笑，用膳多时。膳罢，静妃奉皇上之命，又讲起了萨布素的故事。

那年的元宵节，宁古塔城大街上张灯结彩，鞭炮劈里啪啦响成一片。萨布素的府上更是喜气洋洋、贺客盈门，纷纷前来为萨布素荣升四品大员祝贺。酒席宴上，推杯换盏，猜拳行令，热闹非凡，直饮至月上中天。

正在此时，门军来报：“禀大人，将军府的差官手持将军令旗，要见佐领大人。”

萨布素听后，忙起身离席，整饬衣冠，到府门迎接。把差官引至书房落座后，侍从献上了茶。差官说：“大人，不必客气。将军差某给佐领送来令旗，命速点三哨兵马，疾驰爱辉霍通。罗刹再次杀人放火，血洗了拉夫凯城。”

萨布素闻听此言，如五雷轰顶！立刻想到了恩嫂玛伊姆同族人辛苦重建的拉夫凯城被毁了，又有多少兄弟姐妹命丧在罗刹屠刀之下，一时悲愤难平。当即向差官表示，立刻出征。众人听说萨佐领有军务在身，不好继续打扰，便都谢宴离去了。

客人走后，萨布素换上戎装，扎束停当，去校军场点了三哨精兵，连夜出发。一路上，马不停蹄，人不解甲，昼夜兼程。连续驰奔了七天，历尽艰辛，终于到了爱辉霍通。当地百姓见萨布素重又领兵来了，像遇到救星一样，高兴异常。族人们奔走相告，燃放鞭炮，把将士们迎进城里。

萨布素待一行人马驻下后，不顾旅途劳顿，差人找来当地土人，询问拉夫凯城被血洗的情况。

这个土人乃达斡尔族，名叫伊拉敦，是从拉夫凯城侥幸逃出来的。听了萨布素的问话，扑通一声跪倒在地，双手捂着脸，放声大哭起来，边哭边说：“大人哪，拉夫凯城在大年午夜被血洗一空啊！罗刹鬼的洋枪队进城以后，逢人就杀，见房就烧，遇到牛羊就抢，实在是残忍可恶至极呀！他们还将活人抛入火堆，那是尸骨无存哪，拉夫凯城的百姓死得太惨了！”

萨布素上前扶起悲痛欲绝的伊拉敦，接着问道：“你是怎么逃出来的？”

伊拉敦回道：“年三十晚饭后，我拿着柴刀到林子里砍树枝，准备挂灯笼用。正在砍时，听到嗒嗒嗒的马蹄声，定睛一看，竟是罗刹鬼挎着洋枪、骑着洋马来了。当时哪敢回家呀，东躲躲西藏藏的，才保住了性命。拉夫凯城的人几乎被杀光了，大人您就不必去了，已经没用了。不过求大人别走，最好驻在这儿，保护好周围的老百姓吧！”

萨布素听了伊拉敦的一番话，不禁气冲头顶，怒火中烧，泪流满面，强压愤懑问道：“估计罗刹匪徒还会来不？”

“一准来，不可能不来。他们在附近各寨抢完杀完调头便跑，跑了再回来，到处滋扰。眼下，各寨的百姓被逼得纷纷拿起了刀枪，准备同罗刹鬼血战到底了，死也不会降服的。”

萨布素听罢，一抖战袍，斩钉截铁地告诉伊拉敦：“放心吧！我这次来了就不走了，同你们共讨罗刹！”

萨布素在爱辉霍通歇兵几天后，将一哨兵马留守，自率其余两哨兵马沿黑龙江两岸歼剿入侵的强盗。采用乘敌不备偷袭、吃掉小股儿、避其锋锐、设埋伏击其大股儿的战略战术，从正月下旬至端午节，在大小三十余次的血战中，俘虏匪徒百余，杀死杀伤几百人，屡屡向宁古塔将军报捷。萨布素的威名，令罗刹鬼胆战心惊。此间，萨布素一直没有见到恩嫂玛伊姆、儿子常顺和保姆吴妈，到处打听、寻找，却无有音信。

宁古塔将军在奉圣命移驻吉林时，奏请皇上，将萨布素提升为协领，代行宁古塔副都统职权。于是，东部的边防重担便压在了他的肩上。自承担此任后，果然不负圣命，率兵东征西讨，打得罗刹望风披靡，一时不敢来犯。

其实，罗刹对黑龙江这块土肥水美的地方，始终贼心不死。过了一年，重新集结了洋枪队，由梅勒尼科夫率领一百六十名罗刹匪徒，带着新式武器连珠枪，分乘六只大船从雅克萨顺流而下，打算直奔牛满江一带抢劫。强盗的企图，迅速被驻扎在额苏里的萨布素部下李昆、魏海二位防御识破，便在江口埋伏下兵丁，准备截击。

当罗刹匪徒仰仗着武器精良、射程远、杀伤力大、耀武扬威地乘船途经江口时，只听一声炮响，埋伏在水中和芦苇深处的清兵一跃而起，跳上敌船，展开了一场短兵相接的肉搏战。罗刹鬼还没弄清是咋回事儿呢，就被杀得吱哇乱叫，手中的连珠枪只能当棍子使。

李昆、魏海更是奋勇当先，刀劈箭刺，砍倒敌兵无数。那些跳江逃命的也未幸免，全部喂了鳖。敌首梅勒尼科夫眼见力不能敌，不得不率领所剩的三十三人跪地求饶，当了俘虏，一场血战就这样干净利落地结束了。俘虏由清兵押解，先送宁古塔，再转送吉林将军府。

萨布素在征剿罗刹的大仗中屡立战功，吉林将军推举他实任宁古塔副都统，驻防牡丹江流域。驻地亦由宁古塔旧城迁至爱新觉罗城南三里多地的安埠街，南临萨布素的故乡牡丹江。

康熙爷听静妃滔滔不绝地讲，兴致依然不减，亲自为她斟了一杯香茶，称赞道："爱妃的口才真好，既生动感人，又有声有色。听你讲说，如同身临其境、亲眼目睹一般，朕越听越爱听。爱妃，人们都说强将手下无弱兵，你可知李昆、魏海两员猛将何许人也？"

静妃道："皇上如不嫌臣妾絮叨，那就再讲讲他们的趣事儿。李昆、魏海原来皆是逃难的孤儿，长大后当上了山大王，还险些杀了萨布素呢！"说到这儿，故意停了片刻。

康熙爷急着要听下文，看了看静妃，催促道："爱妃快讲啊，不要卖关子啦！"

静妃微微一笑，点头称是，接着讲起了一段儿往事。

当年，萨布素为了"披甲"及第，在校军场上接受"射御之术"的考核。他是一马三箭，箭箭射中草标，手中一杆枪，使得可谓神出鬼没。协领乌达哈一眼看中了这个高高个儿、黑脸膛儿、大眼睛、肩宽臂厚、一身好武艺的棒小伙儿，考核后，留在帐下听用。因其刀枪箭戟娴熟，人又忠厚，所以只一年，便将其提升为穿白马褂儿、佩櫜鞬的前锋。要过大年时，乌达哈派他带领十名兵卒，巡查从宁古塔到乌拉船厂间的各驿站，传达公文及了解喂养马匹等情况。

萨布素一行从宁古塔出发，接连详查了沙盐、毕尔罕比喇、鄂木合梭罗、挖尼屯、额尼虎、果木、尼尔哈、乌拉等十来个驿站，顺利完成了协领交办的差事，高高兴兴地踏上了归途。当来到沙盐站时，发现一位中年妇女一手牵着一个男孩儿倒在雪窝子中。萨布素急忙勒住马跳了下来，走上前去。见那娘儿仨衣衫褴褛，蓬头垢面，冻得瑟瑟发抖，缩成一团，遂低下身关切地问道："大嫂，明天就过大年了，又是这般的天寒地冻，要领孩子到哪儿去呀？”

妇人见是一位军爷问话，长叹了一声，上牙磕着下牙、哆哆嗦嗦地回道：“大人……我们是落难之人哪，无家……可归呀！”

萨布素很是诧异，接着问道：“大嫂没有家吗？”妇人连连点头，泪如雨下，十分伤悲。

萨布素不再问了，从身上脱下羊皮袄，递给妇人道：“大嫂，快快穿上！”又令兵卒脱下两身儿羊皮袄给两个男孩儿套上。萨布素先把两个孩子抱上马背，担心由于已冻僵了，身子坐不稳摔下来，便让兵卒跳上马抱着孩子。然后将那位妇人扶起，搁上马鞍，自己则牵着马，步行来到沙盐站的一家大车店。

大车店的店主一看，大吃一惊啊！心想：“哎呀？怪了，早上撵走的母子三人竟被军爷用马驮了回来，莫不是他们之间有亲戚关系？”一边想着，一边赶忙迎上前，点头哈腰、满脸堆笑地说：“军爷，请上房歇息。”回头招呼店小二快快照顾着，接着又赔罪又道歉地对萨布素说：“大人，真是对不起，这娘儿仨可是你老人家的亲戚？小的不知呀，前晌才叫他们离开的。小的有罪，有罪呀，罪该万死！”

萨布素一听，原来娘儿仨是被强行逐出门外的。这会儿店主又误以为自己是他们的什么亲戚，便将错就错地说：“店家、店家，四海为家。天冷得都伸不出手来，你不仅不收留，还非要在过大年的时候，把大人、孩子赶出去。若是冻死在路上，可是要打人命官司的！”

店主闻听此言，早吓得筛糠一般，抖得话也说不完整了：“这，这……”

“不用这那的，快把你的婆娘叫来，给这位大嫂和孩子泡泡手脚。人好了，万事皆休；要有个好歹，定锁你去见官！”

店主连连道：“是是是，小人就去。”

不大工夫，店主领来一个半老徐娘。她一瞧萨布素，便讨好地说：“哟，我说军爷，你看这扯不扯，只怨我们当家的狗眼不识泰山，把娘儿仨给轰出了店门。我是拦了，可做不了当家的主哇！大人不计小人过，望请军爷海涵。”

萨布素见她油腔滑调、妖里妖气的，很是厌恶，极不耐烦地说：“少废话！快在地上铺一层草，端来冷水，给娘儿仨泡泡手脚，驱除身上的寒气。务要好生伺候，不准男人进来，听到没？若不按我说的做，哼，今天有你好看的！”

婆娘忙说："哎哟，军爷的吩咐，小妇人怎敢违抗？放心吧！咳，全怪我家那个死老鳖呀，办了这等事儿。"萨布素根本不理她，瞅都不瞅，径直回了上房。

那婆娘是真的怕萨布素锁了他们去坐班房，便精心地用冷水泡了娘儿仨被冻伤的手脚。直到见了冰碴儿，缓出了寒气，三人才渐渐好起来，能慢慢地站起来行走了。婆娘舒了一口气，叫人把自家准备过大年用的祭祖宗、财神的供品端来，娘儿仨狼吞虎咽地吃了一顿。又拿来过年新做的被褥铺上，给娘儿仨盖好，让好好儿睡一觉。看他们安然无事了，满心欢喜，琢磨着该向军爷请功去了。于是，抱着三件羊皮袄，拔腿来到上房。

店主婆娘见了萨布素，道了万福，说道："军爷，母子三人的手脚经小妇人又泡又搓的，总算缓出了寒气，没事儿了，能走动了。小妇人还把家里的供果拿出来给他们吃了，抱来过年预备的新被褥给铺盖上了，已美美地睡下了。我说军爷，怎么样啊，小妇人伺候得周到吧？"

萨布素见她一身媚气，还直往身边靠，便极不客气地硬邦邦甩出一句："下站！"

"哟，军爷的脾气不小哇，干吗这么厉害呀？"

萨布素仍然板着脸，说道："行了！你且回去，待我明天看了再说，退下吧！"

店主婆娘本想卖卖乖，没料到却碰了一鼻子灰，讨了个没趣儿，只好自认晦气，小声儿嘀咕道："哼，官不大，派头儿倒不小，真是活见鬼了！"放下皮袄，反身回到自己房中去了。

进屋后，见到丈夫就气不打一处来，怒冲冲地指着脑门儿骂道："你个臭老鳖、硬盖儿乌龟，没别的能耐，净给老娘招灾惹祸！"吓得店主跪在地上一个劲儿地求饶，好话说尽，连哄带劝，好不容易才平息了东床狮吼。

第二天早晨，萨布素看娘儿仨已平安无事，便唤来店主，说道："那大嫂是我的盟嫂，丈夫眼下在京师当差，乃绿营的守备。今后要好生伺候着，得周周到到的，不能出半点儿差错。店钱、饭钱都归本官管，少不了你的，初十之前我再来。"

店主连连答应道："是，是，军爷尽管放心，小的照办就是了。"

一切交代完毕，萨布素便带领兵卒返回宁古塔。到了城里，先去协领处，禀报了办差情况。乌达哈听后，十分满意，让他赶紧回家过年。

阖家团聚，欢天喜地。三十晚上，萨布素和家人一起焚香祭祖，吃年夜饺子，守岁直到天亮。

过了破五，萨布素回营拜过协领乌达哈，带上纹银，扳鞍认镫，打马登程。马快路熟，骑术又精，很快到了沙盐站。来至大车店，递上二两纹银，给娘儿仨结算店钱。店主算了算，只需八钱银子。所剩的一两二钱，萨布素拿回一两，说那二钱就当赏钱了，店主不免千恩万谢。

萨布素转身来到上房，母女三人一见，扑通一声跪倒在地，叩谢恩公。萨布素急忙摆手道：“起来，快起来，千万不可如此。”然后从怀里掏出六两纹银递给妇人说：“你们拿它做路费，投亲靠友去吧。”

妇人眼含热泪，接过纹银，拉着两个孩子再一次跪地，咣咣咣磕响头致谢！

萨布素与娘儿仨告别后，翻身上马，径直回了宁古塔。

时光荏苒，日月穿梭，转眼十二年过去了。此间，萨布素已升任协领，代行副都统职权。

一天，萨布素从吉林将军府返回宁古塔，后有护卫跟随。一行人策马前行，走到比尔罕比拉时，突然天色骤变，大雾迷漫，伸手不见五指。不仅人分不清东南西北，坐骑也咴儿咴儿直叫，止步不前，迷失了方向。突然，只听轰隆一声响，萨布素连人带马坠入陷坑。与此同时，十名护卫也中了绊马索，纷纷落下马来。

当萨布素被挠勾手搭上来时，才知自己是让山贼劫持了。哪里容得分说？立刻将他背拢两臂，捆成寒鸦凫水式放在马上，同那些护卫一起驮回了山寨。

到了山寨，头目一看捆着的是官军，当即红了眼。吩咐喽兵，把他们全绑在桩橛儿上，还指着萨布素恶狠狠地说：“当官的都是狠心狼，没一个好的。给他破腹开膛，摘出心肝拿来下酒！”

时当正午，雾散云开，天空露出一轮红红的太阳。只见一喽兵手持明晃晃的牛耳尖刀，端着盆冷水走到萨布素面前。伸手撕开萨布素的前大襟儿，露出了黑红的胸脯，口中念叨着：“谁让你是当官的呢，我们头儿肯定拿官先开刀，千万不要恨我呀！这也是上指下派、不得已而为之。冤有头，债有主，做了鬼可别找我算账啊！”说着，将一盆冷水泼在萨布素的前胸上，举起牛耳尖刀便刺。

静妃讲到这儿，忽听哎呀一声喊，再看皇上，闭着双眼瘫倒在龙椅上了。急忙上前扶起，问道："皇上，怎么了？"

康熙爷睁开眼睛，拉住静妃问道："爱妃，萨布素怎样了？倒是快说呀！"

静妃回道："皇上放心吧，老天不收他，请听臣妾道来。"

眼看萨布素要命丧黄泉了，说时迟，那时快，从寨门外跑来两个骑马的人，亮开嗓门儿高声儿制止道："住手！为啥无缘无故杀人？"边喊边从马上跳下，到了跟前，一脚踹倒了执刀的喽兵，然后问萨布素在何处为官？

萨布素怒目横眉地看着他们，哑言不语。一旁的护卫代答道："我们老爷是宁古塔的。"

二人围着萨布素细细端详，还不时地嘁嘁喳喳嘀咕着，似乎在猜测什么。过了一会儿，像是呼啦一下弄清了，急忙上前给萨布素松绑，扑通一声跪在地上，边叩头边说："恩公受惊了！"

这下倒使萨布素发起愣来，问道："咱们素不相识，二位为何称我'恩公'？"

其中一人说："老爷，您真是贵人多忘事，有恩不图报哇！可记得十二年前，老爷从沙盐站的雪窝子中救出了娘三个？我俩就是当年的男孩儿呀！"

萨布素惊诧地问道："果真是你们？"

"是呀，老爷记不得了，我俩却永远忘不了老爷的模样。"

"那为啥不学好，非走这条路呢？岂不辜负了当初救人性命的一片好心吗？"

二人抢着说："恩公，一言难尽哪！能否请恩公到大寨，听我俩诉诉苦衷？"

萨布素点头答应道："好吧！"

二人回过头来，命喽兵给其他军爷松绑，请到偏寨歇息，好生伺候。然后引萨布素至大寨大堂，让到正位坐下，喽兵恭恭敬敬奉上香茶。

"哈哈！萨布素遇难成祥，朕也心安啦，爱妃真会讲书哇！"康熙爷开心地笑着，又命宫娥给静妃递上茶，然后拉住爱妃的手逗趣儿道：

"说书先生，请喝口茶，润润嗓子，歇歇再讲。"于是，君妃二人对坐品茶、叙话。

康熙帝说："两个山贼倒挺有良心的，知恩不忘，或许是好心必得好报吧。'傅老好'夫妇尽心扶持素不相识的老瞎子，萨布素打死黑熊救了老翁，又于三九寒冬从雪窝子中挽回母子三人的性命，真乃慈善之家。慈善之人岂能不逢凶化吉、遇难成祥？这便是天赐福佑，然不知山贼姓甚名谁。"

静妃听罢此言，放下茶杯，话接前书。

俩山贼将萨布素请到大寨大堂落座后，萨布素再一次问兄弟俩何以落草为寇，二人长叹一声，讲起了这些年的经历。哥哥说："我们娘儿仨自从在大车店与恩公别过之后，四野茫茫，没个去处，打算到了乌拉再说。娘牵着我俩的手一路走去，当来至一座大山的山根儿时，忽地从树林中蹿出一伙儿人来，一个个吹胡子瞪眼、气势汹汹的，其中一人喊道："此山是我开，此树是我栽，要想从此过，留下买路钱。若牙缝儿迸出个'不'字儿来，管杀不管埋！"老娘吓得魂出天外、魄散九霄，身子如筛糠一般，抖成一个团儿。我二人年龄小，比娘还害怕，惊恐得头不敢抬，眼不敢睁。领头儿的上上下下打量了一番，又前前后后瞅了瞅，认定只有母子三人，遂让跟他走。没辙呀，只好乖乖地随着去了山寨。进寨后，领头儿的把我们仨交给了寨主，娘拽着我俩赶紧跪在地上连声儿求饶。这个山寨由夫妻二人把持，男的诨名'黑脸太岁'，女的诨名'粉面夜叉'。两个寨主都已年过五十，膝下无儿无女。在我们苦苦哀求时，女寨主走上前来，看我和弟弟只有十二三岁，于是抚摸着我俩的头顶儿说：'孩子，要是肯于叫我一声娘，立即放了你们，咋样？'我俩听说叫声娘就能得救，再看看女寨主满头白发的，叫娘也不算她占便宜，便喊了一声娘。女寨主一听真的叫了，别提多高兴了，两眼挂着喜悦的泪花儿，一会儿亲亲我，一会儿亲亲弟弟，嘴里念叨着：'我咋生不出这样的乖娃儿呢？'然后问道：'你俩的爹呢？'我俩齐声儿回答：'死了。'又问：'家住哪里？'我俩回道：'浙江。'女寨主说：'巧了，我家就是浙江。你们家在浙江什么地方？'我俩答道：'镇江。'女寨主听后更高兴了，连忙说：'哎呀，我也是住在镇江，咱们还是同乡啊！怪不得你们进来说话时，听着咋那么耳熟呢。既然此地无亲可投，不如住下吧，别走了。'说着，把我们领到后寨，唠起了家常。论来论去，她竟是我娘远房的堂姐。这样，娘儿仨总算有了安身落脚之处。住下后，那位热心的姨娘天天教我和弟弟一阵儿武功，姨父也常给些指点。天天起早贪黑地练，一学十年，什么马上、步下、水里、陆地、斧钺钩叉的，啥全难不倒了，能耐大长。姨父见武功练得差不离儿了，一天，把我俩叫到大寨大堂，说：'你们哥儿俩年龄不算小了，又学得了一身好武艺。我同你姨母、你娘想回家乡看看，准备将山寨托付给你们，可要好生掌管哪！'又道：'我托人打听到了你家的大恩人，他叫萨布素，眼下当上了宁古塔的协领，正在黑龙江打罗刹呢！等我们回来，带你俩去拜见恩公，之后咱们一块儿回故乡。'我和弟弟十年来，从未听姨父讲过为何成了山大王以及叫啥名儿。一想到他马上要离开了，便问：'姨父，你老人家是怎么来到比尔罕比拉的？'姨父长出了一口气，反问道：'你娘没说过吗？'我俩摇了摇头。姨父说：'那好吧，姨父告诉你们。我叫李四海，在故乡时，是一家镖局的镖头儿。一次，在押运途中，被贼人劫去了镖银。当时没别的招儿了，只好变卖家产，还了镖银。为此心里一直堵得慌，发誓非找到劫镖贼报仇不可，并和你姨母一同拜师学艺。五年后学成了，开始到处打听，寻找仇家。东访西问的，终于查询到劫镖贼在宁古塔开了烧锅和绸缎庄，我们立马一路寻去。可哪里想到，那劫镖贼却碰上了打杠子的，他的烧锅、绸缎庄不仅被一伙儿人抢了，还把店房给烧了。劫镖贼只好跑到比尔罕比拉，树起旗帜，落草为寇，占山为王。我和你姨母马不停蹄地赶到这儿，仇人相见，分外眼红，话没说一句便交起手来。刀起处，人头滚落；箭发处，人身倒地。我们嘁哩喀嚓地一连杀了好几个偏寨主，又追到大寨大堂，一刀结果了劫镖贼的性命。从此，占了山寨，当起了山大王。'"

康熙爷正聚精会神地听呢，从门外传来一声惊叫："哎呀，不好了！"急问慌忙来禀的太监萨明："什么事儿呀？"

"皇上，后宫起火了！"

欲知后事如何，且听下回分解。

第五回 泄天机静妃返仙宫 秉天意皇帝放女归

恰在静妃讲得绘声绘色、康熙爷听得津津有味的时候，忽然太监萨明急奏后宫起火。刚想派人去救，一宫娥又进来跪奏：“禀皇上，不是后宫起火，是太后派人在御花园焚烧字纸呢！”

康熙爷一听，这个气哟，立刻唤来萨明，申斥道：“你个奴才，奏事不实，该当何罪！”

萨明吓得浑身发抖，扑通一声跪下告罪：“奴才该死，奴才该死！”

康熙爷沉吟片刻，说道：“朕念你是先皇的老奴，这次就算了吧。如再有此等事，定打不饶！下去吧。”萨明向前跪爬半步，谢过皇上不罪之恩，然后站起身来，退着出了御书房。

待宫娥、太监退下后，康熙爷余怒未消，对静妃说：“都是奴才搅了朕的兴致，真该打！咳，不说那没用的了，还是接着讲吧。”于是，静妃又开口讲了起来。

山贼哥哥继续说道：“我们的姨父、姨母在占山之后，虽然养着一些喽兵，但一不抢掠，二不无故杀人。而是靠荒山烧柴，靠种田吃粮。发生的拦路抢劫之事，多是附近一些小股儿强盗所为。不过，姨父、姨母给他们定了一条规矩：出外抢劫，大寨可以不管，但劫来的人必须送到大寨发落。是穷苦百姓，问后即放；是贪官污吏、富豪劣绅，该杀者杀，该罚者罚。由于寨主能耐大，威望高，大伙儿没有不听的，皆严守规矩。”萨布素一边听着，一边思索着。

接下来，哥儿俩谈起了家事。弟弟说：“我父亲原是康熙初年从关里移来的四十八家老民之一，到宁古塔后，入了军籍，在沙盐站当兵。不幸的是，移来关外不久，父亲患急病死了。娘带着我俩，生活非常艰难，只好落到大车店帮佣。娘给店里烧水、煮饭、洗洗涮涮，天天闲不着，积劳成疾，得了重病。刚好点儿，就被店主赶了出来，这才遇到了恩公。我俩本是一对儿亲兄弟，到了山寨后，把我过继给了姨父李四海。所以，我哥仍叫原名儿魏海，我改换了姓氏，名儿为李昆。我俩尽管接替姨父、姨母做了新寨主，然而依然按照老寨主的规矩办事，倒也相安无事”。

萨布素问道：“为什么要挖陷坑呢？”

魏海回道：“一是为了捕获野兽，二是防备官兵剿山，挖了一百多个坑。方才恩公误坠陷坑，又被当成剿山的官兵，才被喽兵捆上了山寨。偏赶上我兄弟不在，那喽兵大头目平时最恨当官的，险些杀了恩公，让恩公受惊了。”

萨布素说：“你们两个很年轻，学得了一身武艺，怎么不思为国家效力呢？常言道：‘学会文武艺，货卖帝王家；帝王家不识，行侠走天涯。’何必当山贼草寇呢？”

“恩公说得极是。我们也想为国家出力，待回到老家，就禀明姨父、姨母和娘，去当绿营兵。”

“干吗非要等回到老家？现在就可以去当兵嘛！”

魏海无奈地说：“咳，关外只有旗人才能入兵籍，而我们是汉人哪！”

“可以先入旗籍，再去披甲及第嘛！”

李昆问：“没有门路，如何能入得了旗籍？”

萨布素爽朗地笑了起来，边笑边说：“你俩若真想入旗籍的话，还用想别的招儿吗？我就是现成的门路呀！”

魏海、李昆一听，萨布素打包票了，乐得跟个孩子似的！当即遣散了喽兵，一把火烧了山寨，随萨布素回宁古塔入了旗籍。经过校军场考核，得以披甲及第。由于二人武艺高强，屡立战功，很快官至防御。最近，又在精奇里江歼灭入侵的罗刹，立了大功，这便是萨布素手下两员猛将的来历。

“哈哈，爱妃对萨布素的经历可称得上了如指掌啊，朕向你打听算对啦！”康熙爷高兴地说。

静妃忙奏道：“禀皇上，事情是这样的：臣妾的堂兄是与萨布素同时披甲及第的，又经常跟着他办差，俩人便越处越熟。每逢过年，堂兄就到我家，免不了唠一些关于萨布素的事儿，臣妾听了默记在心。至于魏海、李昆最近立了大功，那是奏折上写的。因臣妾奉旨帮助皇上整理奏折，故而知道了详情。”

“爱妃真是天资聪颖，不但记性好，而且讲得娓娓动听，莫不是学过说评书？”

“臣妾哪里学过什么说评书呀，只因到了年节时，常有瞎子在门外弹着三弦儿，边讲边唱。臣妾爱听，所以总往跟前凑，记住一些罢了。”

康熙爷说：“爱妃讲了一天，使朕大开眼界，想必早累得口干舌燥，也该歇息了。这样吧，传膳关雎宫，再让朕慢慢欣赏爱妃的妙趣如何？”

静妃只笑不语。

于是，唤来宫娥，传旨御膳房，晚膳摆至关雎宫。康熙爷挽着静妃，离开御书房，徐步来到关雎宫。宫娥掀起帘子，君妃二人进入房内。落座后，宫娥奉上香茗，御厨摆好了晚膳。

膳后，康熙爷见桌上有现成的文房四宝，便提笔挥毫，即兴写了一首赞词，然后笑眯眯地递给静妃。静妃接过细瞧，只见词曰：

妃子态度甚从容，
得意春风化雨中。
粉黛丛里称俊逸，
才华盖世有谁同。
更能深得诗书意，
常寄遐想广寒宫。

看罢，静妃不好意思地说：“皇上把臣妾比作‘月宫仙子’，岂不是过誉了？”

康熙爷连连摆手道：“不过誉，不过誉，爱妃就是仙女临凡嘛！”

静妃又道：“那么皇上可知‘嫦娥应悔偷灵药，碧海青天夜夜心’吗？”

康熙爷动情地上前抱住静妃说：“乘此良宵，让朕来安慰爱妃的碧海青天夜夜心吧！”静妃不禁羞红了脸。

是夜，康熙皇帝宿在关雎宫。正是：人生难得此良宵，鸾凤偕鸣渡鹊桥。

第二天早朝，康熙爷驾坐乾清宫的金銮宝殿之上。众文武参拜后，依文东武西分班站立，皇上当下传了口谕：“朕要出巡东北，先到盛京拜谒先祖陵寝，再去吉林巡查沙皇彼得一世扰边之情，定于三月一日启驾登程。随朕东巡的有：御林军二百名，护驾武官十名，宫娥、太监十名，仪仗队、军乐队五十名，侍从、臣属三十名，兵丁三百。传知州城府县，不必预备行宫，由内务府督办出巡事宜，不得有误。朕出巡期间，朝政由太后与静妃打理，兵、礼二部大臣和翰林院大学士辅佐，切勿负朕之重望。”朝毕，驾返关雎宫。

听得“皇上驾临关雎宫”的一声喊，静妃急忙整衣跪迎于宫门。康熙爷来到静妃跟前，边扶边说：“爱妃不必拘礼”，君妃相携进入房中。

康熙爷告诉静妃：“朕已传下旨意，带六百人出巡关外，各州城府县不要为朕预备行宫。离朝期间，朝政由爱妃和太后一起秉掌，爱妃以为如何?”

静妃急忙回道：“皇上此次出巡，只带六百人，可谓轻装简从；不设行宫，可谓体察下情，关心民疾。只是臣妾不敢同太后秉掌朝政，请皇上恕罪。”

康熙爷问道：“这是为何?”

静妃回答：“‘后宫不得予政’，可是先皇太祖太后的祖训。昭昭祖训，臣妾是万万不敢违抗的。”

康熙爷说：“朕知道爱妃的心思，是担心众妃忌妒，怕落得个恃娇受宠的名声。其实，朕让爱妃协助太后秉掌朝政，并非因为你娇朕宠。而是由于爱妃贤淑，生于渔猎之家，深知民情。爱妃不要怕，明天朕将请准太后，传下懿旨，众妃岂敢妄言!”

“皇上，万万不可如此。臣妾不想在朝打理朝政，愿随皇上出巡。还请万岁爷奏明太后，准臣妾扮做太监，陪同圣上私访。”

康熙爷疑惑地问：“爱妃真的愿随朕私访?”

“正是。臣妾幼年习武，又有万邪不侵的魔法赤金冠至宝护身，定能保护好皇上。”

康熙爷听罢，十分惊讶，说道：“朕与爱妃一向情深谊厚，倒不知竟有这等宝物，快拿出来与朕一观!”

静妃答应一声：“遵旨”，遂从箱中取出一物。此物真是个：光华闪闪照四壁，紫气悠悠冲云霄。

康熙爷一看，连称“好，好，太好了！但不知它有何妙用？请爱妃讲来。”

静妃奏道：“魔法赤金冠一可隐形，二可现出各种神像，皇上不妨与臣妾一块儿试试。待臣妾念了口诀，可叫来萨明、春梅观之。”

康熙爷点点头，静妃便念了口诀，随之皇上立马唤萨明、春梅伺候朕躬。

太监萨明和宫娥春梅急忙奔入关雎宫，东张西望、左瞅右瞧地看了半天，却未见皇上的踪影。春梅惊愕地问萨明："萨公公，我分明听到唤你我二人前来侍驾，可万岁爷和静妃在哪儿呢？"

这时，只听得皇上一声喊："萨明、春梅，发什么愣啊？"

二人抬头一看，见眼前显现出一尊神祇。头戴金盔，身披黄金甲，手持降魔玉杵，同摆在寺院中弥勒像后与释迦牟尼对面的护法天神韦驮二样儿不差，吓得慌忙跪倒在地。

接着又听喊道："怎么了？吾神在这儿呢！"

萨明、春梅侧过头来，望着声音传来的方向，见龙廷上方中间儿，端坐着头戴金冠、身穿团龙蟒袍的皇帝，两旁各站一护驾的武将。左一位身高九尺，面如重枣，一双丹凤眼，横卧蚕眉，唇若涂脂，五绺儿二尺的长髯，手持青龙偃月刀，威风凛凛；右一位身高八尺，黝黑的脸膛儿，豹头环眼，燕颏虎须，手持丈八长矛，势如奔马。此景象更令二人战战兢兢，浑身发抖，捣蒜般地连连磕头。

"萨明、春梅，休要害怕，朕就在你们身边。"

二人抬起头来举目细看，果然见皇上和静妃正坐在芭蕉椅上乐呵呵地看着他俩呢！

康熙爷问道："你二人为何这般惊慌失措、汗流满面的？"

萨明回道："那……那皇帝……奴才不敢说。"

"朕恕你无罪，刚刚都听见啥了？如实讲来。"萨明没招儿了，只好硬着头皮说了。

康熙爷又问春梅，春梅也如萨明所言回答了一遍。接着再问："萨明，你方才说到'那皇帝'之后的下半句话，为什么不讲出来？"

萨明答道："回皇上话，奴才实在不敢说。"

"朕不怪罪于你，讲来听听。"

萨明回禀道："那皇帝乃蜀汉的昭烈，前有护法神韦驮，两侧有关羽、张飞护驾。奴才看得真真切切，万万不敢欺瞒皇上！"

康熙爷当然知道，萨明所见，乃静妃魔法赤金冠的妙用。于是，笑吟吟地言道："照你这么说，朕就是汉昭烈皇帝再世、两代为君了？好，好哇！你们下去吧。"萨明、春梅你看看我，我瞅瞅你，越听越糊涂，赶紧退着下去了。

当晚，康熙爷宿在关雎宫。就寝前，与静妃坐在茶几边，谈论着私访之事。说到兴致正浓之时，猛见静妃伏几沉沉睡去，而且满室生香，如春风阵阵，沁人心脾。康熙爷不忍惊扰，独坐在金椅上，嗅那扑鼻的香气。觉得此香气既不像脂粉之香，也不比庭院飘来的花香，不知从何而来。

康熙爷等了一会儿，实在忍不住了，遂站起身来走到静妃身边。闻闻头发，不是桂花油香；闻闻脸蛋儿，不是脂粉之香；掀起袖口儿闻闻，噢，原来是身上散发出来的香气！顿时感到十分奇怪，心想："静妃入宫已有三年，朕常来关雎宫，侍寝时，与朕相拥相抱。只觉她肌肤腻如膏脂，白软如绵絮，从未闻到今天这般香气呀！"于是，又仔细端详伏几沉睡的佳丽，真个是：面似桃花带雨，芙蓉笼烟，兼有香气拂拂。不由得赞叹道："爱妃乃仙姬也！"

康熙爷正看得神思匪夷之时，静妃突然睁开惺忪睡眼，见皇上就在身边。不知何故，竟失去了往日的矜持，一把抱住皇上，泪流不止。

康熙爷惊问道："爱妃，可是做了噩梦？不要怕，朕在这儿呢！"

静妃摇摇头，长叹一声道："咳，皇上哪里知道，君妃二人情缘已满，臣妾马上要离开人间了。"

康熙爷笑着说："爱妃莫不是吓着了？不可说傻话。"

静妃禀道："皇上啊，臣妾方才酣睡，那是被仙姊召了去。责备妹子无故泄露了魔法赤金冠的奥妙，犯了天条，致使此宝失去了神效，并将臣妾与皇上三十年的情缘减为三年。臣妾原本是昆仑瑶池的护花使者，明天仙姊要接妹子走了，返回仙宫受罚。"说到这儿，已泣不成声了。

康熙爷见静妃说的不是玩笑之言，便也跟着伤悲落泪，说道："爱妃呀，朕怎能舍得你这挚爱密友、家中良伴儿呢？万万不能离朕而去呀！爱妃走了，朕只能望着关雎宫空发嗟叹，又该是怎样的凤去楼空、徒增凄凉啊！"

静妃拭着眼泪说："臣妾哪里想到马上要同万岁爷分别而去呀！入宫前，仙姊告诉我，与皇上有三十年的情缘。所以入宫后，谨守闺范，从不敢放任，深怕折去了君妃的情寿。今日，仙姊告知，皇上是福寿绵长。试用魔法赤金冠，把皇上幻化成昭烈皇帝，那是警示我要仙逝，而给皇上留下一道护身符。因为自西晋陈寿编著《三国志》后，世人上至公侯将相，下到黎民百姓，皆对桃园三结义的弟兄奉若神明。皇上乃满洲人。满洲于商周时称肃慎，两汉魏晋时称挹娄，南北朝时称勿吉，隋唐时称靺鞨，宋明时称女真。一年年逐渐强大，到先帝爷时入主中原，炎黄子孙将满洲人视为异族、夷类。仙姊为皇上的长远着想，所以才将万岁爷幻化成刘备模样，似昭烈皇帝转世，以安民心。还教我一招儿，让照此去行事。”边说边附耳细细说给皇上，告之明日上朝该如何如何做。

康熙爷听后，不禁惊叹道：“妙计，妙计！”又说：“分别在即，爱妃陪朕秉烛坐以待旦吧。”君妃二人相对哭泣，真是：流泪人对着泪眼人，断肠人相闻断肠声。

鸡鸣五鼓，到了早朝时刻。御侍们侍立在关雎宫前，等待皇上启驾。康熙爷拉着爱妃的手，迟迟不忍离去。

静妃拭泪劝道：“皇上，早朝已到，千万不要误了时辰，坏了大事。臣妾愿陪伴万岁爷前往，在屏风后等待散朝，再与皇上同返关雎宫。”

掌宫太监早已跪在关雎宫外，请皇帝上殿。于是，康熙爷挽着静妃，徐步前往乾清宫。行走间，只听身后甲叶沙沙响，便止住脚步，回过头来问道：“你们听见什么声音了吗？”

掌宫太监禀道：“回皇上话，听到好似甲叶声儿。”

又问静妃：“爱妃可曾听得？”

静妃答曰：“臣妾听到了。”

再问掌宫太监：“谁拿盔甲做什么？”

掌宫太监回奏：“启禀万岁，无人携带盔甲。”

康熙爷不解地自言自语道：“既然无人携带盔甲，何来甲叶之声呢？”

静妃启奏道：“皇上乃当今圣明之主，必有百神相助。万岁爷不妨问一问，是何神前来护驾？”

康熙爷便依静妃所言，高声儿问道：“后面何神护驾？”

只听传来一洪亮的声音：“二弟云长是也。”

又问：“三弟在哪里？”

“正镇守盛京。”

皇帝问随从可曾听见这些话？太监、护卫、宫娥异口同声地回道：“听见了，听见了。”

康熙爷上了金殿，众文武跪倒，齐声儿叩道：“皇上吉祥，万岁，万岁，万万岁！”

“平身。”

参拜毕，康熙爷将从关雎宫一路行来所发生之事宣示众臣，并召萨明、春梅上朝，把昨晚的见闻讲了一遍。众文武听后，纷纷给皇上道贺："吾皇乃昭烈皇帝再世，是治乱明君，定会山河永固，四海升平。"

康熙爷说："二弟云长日日护驾，功高盖世。朕封他为协天大帝，全国各地修建关帝庙，永远享祭；三弟翼德镇守盛京，功不可没，应速调来京，随朕左右。兵部用八百里急递，召奉天将军前来听颁圣旨。"说完，已是泪流满面。

群臣全愣了，皆以为皇上因思念关羽、张飞不免凄然。哪里想到为的是把静妃嘱托之事办完后，便不得不永远同爱妃分别了而心里难过。康熙爷一挥手，卷帘散朝。然后转过身，来至屏风后，见静妃亭亭玉立，也在流着眼泪。忙走上前，拉过爱妃的手紧紧攥住，相携相伴地缓缓去往关雎宫。

当君妃二人来到桃树和李树下时，康熙爷不禁哽咽道："爱妃呀，你看那桃李正在迎春含苞绽蕾，可昆仑瑶池的护花使者却要凋谢，独留朕在世间。都怪朕非让试演什么魔法赤金冠，害得爱妃只能了断三十年的情缘即将仙逝，此恨让朕如何排解？爱妃魂归瑶池之时，朕的心岂能不碎呀！"

静妃说："这些不怪皇上，只怨臣妾命薄福浅，以致如此。臣妾死后，不要举丧，用一口薄木棺材成殓后送入茔地，便魂归仙宫了。臣妾还有一个请求，万望皇上答应，就算是人之将死其言也善，鸟之将死其鸣也哀吧。皇上乃万乘之君，当以天下苍生为念。宜省刑罚，薄税赋，发放年长的宫娥，还应赦免世祖以前反清的将领。因为那些将领中，有的是怀恋旧主的忠臣，有的是反明的义军。赦了他们，其后世子孙必为皇上的后世子孙尽忠竭力。"康熙爷点头应允了。

静妃又道："皇上，现在已近卯时，臣妾要沐浴更衣，万岁爷也该用膳了。"

康熙帝现出一脸的凄惘之情，叹道："咳，爱妃呀，琼浆玉液，怎能慰藉朕的破碎之心？不用也罢！"

静妃见此，边劝慰边挽着皇上回了关雎宫。

进入宫中，静妃让宫娥烧了香汤，卸去钗裙，入房沐浴。康熙爷则坐在金椅上，思来想去，愁肠百结，无限悲辛。

静妃沐浴更衣毕，来到皇帝身边，说道："陛下，宫中有现成的薄木棺材，何不命人抬来，让臣妾看看？"康熙爷无奈，只好令太监去办。

太监、宫娥听说后，无不惊讶。心想，皇上和静妃莫不是发疯了吧？好端端的，抬口棺材来，多不吉利呀！可皇上有旨，谁敢违抗？霎时间，便将一口薄木棺材抬到关雎宫外。静妃命太监用青纱搭好凉棚儿，以白绫铺地，棺木内也铺上了一层白绫。康熙爷看了，痛悔至极，五内如焚，肝肠寸断！

正这时，宫人来报："太后驾到！"皇上、静妃急忙跪迎太后。

太后缓步走了进来，一眼瞥见棺材，还有搭好的青布凉棚儿，顿时气不打一处来，怒冲冲地斥责道："你俩真是疯了！想干什么？"

静妃忙禀道："臣妾进宫三载，对太后晨奉暮省，多有不周。本是爱新觉罗玄烨之妇、太后之儿媳，现寿命已终，不能再伺候婆母了。只好磕几个头，算是尽孝了。"

太后听罢，十分不解，仍板着脸说："好好儿的一个人，说点儿啥不好，什么死呀活的，哪有没事儿骂自己的！"

静妃刚想解释，想了想，又咽了回去。

单说太后怎么偏偏在这个时候来到关雎宫了呢？原来太监萨明见皇上和静妃举动异常，又抬棺材又搭凉棚儿的，深怕二人一起寻短，哪敢怠慢呀，急忙赶到养老宫，不等宫娥通报便闯了进去。也顾不得太后正用膳，跪倒奏道："启禀皇太后，快到关雎宫瞧瞧吧，皇上和静妃已预备了棺木，看样子是要寻短哪！"

太后听了大吃一惊："哎呀！难道皇上也要同他老子一样，为了个妃子撒手朝政而去吗？"不由得想起了康熙的父皇顺治离宫的情景。

当年，顺治爷与母后见解不同，对两位皇后都不满意，惟独爱上了内大臣鄂硕之女、十八岁的董鄂氏。八月昭示，进了后宫，并以她的"性资敏慧，轨度端和，克佐壶仪"而立为贤妃。又于九月末，晋封为皇贵妃，可算得上恩爱有加。

哪成想没过几年，鄂贵妃竟身染重病，疗治无效，溘然离世。顺治爷痛失爱妃，难过得夜不能寐，心灰意冷，更无心朝政。几经冥思苦索，不顾太后苦苦相劝，于一天晚上，断然放弃帝王宝座，出家当了和尚。临走时，给太后留下了归山词，写道：

朕为大地山河主，
忧国忧民事辗烦。
我本西方一衲子，
因何流落帝王家。

而今撒手归隐去，
哪管千秋与万秋。

顺治爷出家后，太后曾与康熙皇帝一同到五台山寻访，顺治爷却避而不见。

一天，康熙帝下山，看见两个僧人正在弈棋，见了皇上竟不理不睬，便恭恭敬敬地问道：“高僧法号上下怎么称呼？”

其中一僧回答：“上八下叉”。

皇帝回到行宫，向母后讲了这件事。太后不住地念叨：“八叉，八叉”，猛然想起叉形符号“×”与“八”写在一起，不是个“父”字儿吗？遂告诉康熙帝：“皇儿啊，你见到父皇啦！”

康熙帝很是莫明其妙，说道：“我遍访了五台山僧人，不曾见到父皇啊！”

太后一拍大腿道：“哎呀，咋还不明白呢？‘八叉’不就是‘父’字儿嘛！”

康熙帝恍然大悟，急忙返回五台山寻访“八叉”高僧，然踪影皆无。

太后想到此，说道：“这个皇儿呀，莫不是受了他父皇的影响，也要弃帝王之位而去？萨明，快，给哀家备辇！”就这样，太后才赶到了关雎宫。

当太后听静妃说寿命将终，又问道：“你怎么知道的？”静妃便把与皇上说的梦遇告知。

太后听了，将信将疑，侧过头来问皇上：“皇儿，打算怎么办？”

康熙爷答道：“静妃真若仙逝，只能由她去了，或许是命该如此吧。孩儿待成殓送葬后，就去东北出巡。”

太后听皇儿还想着剪除罗刹对老祖宗发祥地的滋扰之事，根本没有寻短的打算，这才安下心来。

太后对静妃之言不太相信，但看她说得特别认真，便坐在关雎宫静观其变。

午时一刻，静妃向太后跪下叩头道：“太后，儿媳要去了。”又拉住康熙爷的手说：“臣妾该走了，万望皇上以国事为重。”

康熙爷听罢，心如刀绞，泪如泉涌，问道：“爱妃，你真的知道要去了吗？”

静妃说：“皇上，请到宫外送送臣妾吧。”康熙爷无奈地点点头。

于是，皇上、太后、太监、宫娥同静妃一起来到宫外。静妃右手一指天空，只见朵朵祥云，层层光辉，随即说了声：“仙姊来接我也!”然后平静地进入薄木棺材，卧倒于内，两眼一闭，香消玉殒，离开了人间。

康熙爷抚棺大哭，太后、太监、宫娥也甚是悲伤。此时，只听得天空传来一派乐声，又见祥云霭霭，大家无不以为奇。太后劝慰皇上：“静妃仙逝，乃宫中之大喜，应尽快安排后事才是。”

康熙爷止住哭声，脱下皇袍，换穿素服。先命钉上棺木，又令备好逍遥马，由六十四人抬起薄木棺材，自己骑马跟随相送。一路哀乐声声，灵幡飘飘，直至皇陵。

安葬完毕，康熙爷依依不舍地离开香冢，启驾回宫。到了皇宫，缓步来到关雎宫，深感凤去楼空，一片凄凉。或许是爱屋及乌吧，即刻传旨，封静妃的贴身侍女春梅为贞昭仪，追谥静妃为“贞静贵妃”，关雎宫改名儿“御书斋”，贞昭仪为御书斋常侍。当夜，皇上仍住关雎宫，以示对静妃的怀恋。

第二天早朝，康熙爷驾坐龙廷。众文武参拜毕，皇上问道：“出巡事宜可准备停当?”

内务府总监巴赫尔出班禀道：“微臣已遵圣旨一一照办。”

皇上宣谕：“明天，即三月一日启驾登程。”

散朝后，康熙爷来到御书斋，将太监萨明唤来，令他立刻到各宫传旨：“二十一岁以上的宫娥全到御书斋来，朕要发放一批宫娥、彩女出宫。”

“嗻!”萨明领命去了。

各宫宫娥听说要发放，无不欢天喜地。她们大都是十四五岁入宫，进了深宅内院，仿佛与世隔绝一般。眼下年龄已大，谁不想飞出高墙大院儿早定终身哪？一个个争先恐后地奔向御书斋，霎时，竟有一千多名宫娥、彩女云集于此。康熙爷命人从中找出十名会写字的作为领班，每个领班记下一百人的花名册。

一个时辰后，各个领班记好了包括本人在内的一百人的花名册，仍然还有九十多人未被登记上。于是，又从那九十多人中找出一个领班，记下了这些宫娥、彩女的名字。然后由领班打头，整整齐齐地站成了十一列。康熙爷来到她们面前，大声儿宣谕道：“你们皆是十几岁入宫的，现在已经二十多岁了，应当还乡了。每人发放纹银百两作为路费，从哪儿来的回哪儿去，无家可归的，可在京城择偶。”宫娥、彩女们听罢，激动得扑通、扑通全跪下了，眼含热泪叩谢隆恩。

接着，康熙帝又口谕道：“朕命贞昭仪为发放使，萨明为主办。恩准你们出宫后，在京师短暂逗留，住内务府租下的客栈。此期间，一是看看京城的风景，二是可给家里写信，由兵部六百里急递，等待家人来接。马上去收拾行囊，一个时辰后来御书斋，不得有误。”被发放的一千零九十三名宫娥、彩女再一次跪地叩头谢恩，山呼“万岁，万岁，万万岁!”

宫娥、彩女散去后，康熙爷令萨明去内务府，让他们赶紧派人出去租客栈。

“嗻！奴才遵旨。”萨明去了内务府。

康熙爷回头对贞昭仪说：“朕命你为发放使，这是贞静贵妃仙逝前向朕提出的请求。派别人她不放心，让萨明主办，其实不过是为你跑腿儿学舌，一定要办好这件事。”

贞昭仪赶忙应道：“奴才谨遵圣命”。

过了一个时辰，即将被发放的宫娥、彩女带着行囊陆续来到御书斋。康熙爷招徕二十名老太监，检查宫娥、彩女的囊袋，看看除了自己的衣服、首饰、馈赠品外，是否夹带了宫中的古玩哪、文书呀等等。

贞昭仪作为发放使，在一旁监督验看。查毕，跪奏道：“禀皇上，她们的行装无有任何夹带之物。”

这时，萨明回来了，向皇上禀道：“内务府派人选好了一所客栈，名为‘四海客栈’，可住一千多人，现已包租下了。”

康熙爷吩咐萨明：“将那所客栈包租三个月，一日三餐，按平常人家供给饭食。住店的开销，统由内务府支领，每天不得超过百两纹银，不准任何人勒索、克扣。谁若在京城内欺侮发放的宫娥、彩女，一律问罪，交刑部重罚。办理情况，需及时向贞昭仪禀明。如果有什么事情不好处理，贞昭仪又难以决断，可请太皇太后做主。萨明，领她们出宫去吧!”

一千多名宫娥、彩女千恩万谢呀，由衷感激皇上的恩德，异口同声地齐呼：“皇上圣明！万岁，万岁，万万岁!”

康熙爷看着她们离去的背影，感到无比畅快，心想：“贞静贵妃让朕发放宫娥、彩女，果真是个深得人心的好办法，应该出去访访，了解一下效果怎样。”于是转过头，对贞昭仪说：“不能小看这些宫娥、彩女，那可是一千多份儿带腿儿的安民皇榜告示呀！用过午膳，陪朕乔装打扮，出宫走走。”

贞昭仪忙禀道：“奴才不敢，怕太后知道，责骂奴才放纵。”

康熙爷说：“不用怕，朕这就去养老宫，向太后禀明一切。你用膳毕，别耽搁，赶紧扮成民女。朕也有秀士服，放在贞静贵妃的箱子里，她在时，曾同朕一起出游过。你先做好准备，等朕回来。”随即出了御书斋，向养老宫走去。

此刻，皇太后一直放心不下，怕皇上因静妃返仙宫而过度忧伤，愁坏了身子骨儿。正想着该如何办时，便见皇上进来了。康熙爷给母后请安，坐下后，将出巡、发放宫娥、彩女和离朝期间，请太后秉掌朝政诸事一一禀明。然后说：“孩儿明天将巡视东北诸地，现在想辞别母后，回御书斋静养。”

太后应道：“呃，是该养养神，在这儿用了午膳再走吧。”

康熙爷陪同母后用过午膳，急匆匆地回到御书斋。一进门，见贞昭仪已打扮完毕，细细端详，活脱儿一个秀才娘子！便笑吟吟地说：“真像，真像！”边说边也急忙改换服装。头戴文生公子巾，身披文生公子氅，足登圆底儿靴，地地道道的秀才打扮。穿戴完毕，两人很快出了后门，直奔热闹市场而去。

康熙爷和贞昭仪走在大街上，只见人来人往，熙熙攘攘，车水马龙，络绎不绝。到了天桥，更是热闹非凡。说书的、唱戏的、打把势的、卖艺的、推车的、挑担儿的、挎筐儿卖鸡蛋的、收废纸的、捡破烂儿的，真是三教九流、五行八作，样样儿都有。大柳树下，聚集了一伙儿人，围着弹三弦儿的老人和手持鼓板儿的姑娘。卖唱的场子没有板凳，而是借着柳树荫凉，人们站成一圈儿，打场开唱。康熙爷见弹三弦儿老人背后有个空地儿，便拉着贞昭仪走过去，站在那儿听了起来。

老人拨动了三弦儿，姑娘敲响了鼓板儿，以银铃般的嗓音唱道：

轻敲鼓板儿，
拨动了三弦儿，
众明公听我把英明圣主来言。
当代皇帝是尧舜，
除奸臣，
平台湾，

剿灭三藩。
如今四海升平民安乐，
五谷丰登太平年。

唱罢，“啪”的一声拍醒木，住了三弦儿、鼓板儿，姑娘说道：“今天宫中发放一千多名宫娥、彩女，每人给雪花纹银百两，安置在四海客栈，由老公公萨明照管。每天吃住所需纹银，皆由内务府支领。宫娥、彩女可给家乡写书信，交由兵部六百里急递，还可结伴儿在京城游览。如有人胆敢欺辱，立马押到刑部大堂，入狱投监。据宫娥、彩女们说，当代万岁爷乃蜀汉昭烈皇帝再世，二弟云长暗中保驾，三弟翼德驻守盛京。有人若问，你一个卖唱的，怎么知晓宫中之事？那就听我慢慢道来，请各位细听端详。”

接着，老人弹起三弦儿，姑娘敲起鼓板儿，又唱了起来：

众臣随同皇上早朝去金銮，
身后甲叶响沙沙。
圣主问询何人甲叶响，
暗中回答我乃关云长。
圣主又问三弟今何在，
暗中回禀翼德镇守盛京城。

唱到这儿，“啪”的一声拍醒木，住了鼓板儿，停了三弦儿，姑娘继续说道：“当今圣上，乃蜀汉昭烈皇帝再世为君。我唱的这个小段儿，宫中已经传开了，是由宫中发放出来的宫娥所编。她们给了小女一两银子，让当街演唱，为的是报答皇恩浩荡。”

此时，弹弦儿的老人放下三弦儿，拿把扇子，走到众人面前，躬身下拜道：“谢谢诸位捧场了！有钱的帮个钱场，没钱的帮个人场。常言道：‘吃不了的人间饭，花不完的江湖钱。众人是圣人，无君子不养艺人’呀！请大家捧场。”

于是，有人拿出二十铜钱，有人拿出几个铜钱，三五不等，放在老人的扇子上。最后到了“秀才”面前，康熙爷拿出一两银锞子递给老人。

老人问道：“请问相公赏多少？”

“全给你!”

老人连连称谢，又问道：“这位娘子可是尊阃?”

“乃贱内。”

老人刚要走，贞昭仪也拿出一两白银放在扇子上。老人千恩万谢地说：“祝相公名登金榜，尊阃早成诰命!”谢了又谢。

康熙爷和贞昭仪离开书场，又逛了一会儿，便回宫了。刚走到御书斋门前，便见萨明正在屋檐下等候。听见脚步声，萨明抬头一看，是一位秀才和婆娘，遂厉声儿喝道：“哪个如此大胆，敢放你俩到这里来?”说着立即上前去抓。

“萨明，休得无理!”

萨明听声音耳熟，定睛一看，原来是皇上！慌忙跪倒在地，告罪道：“奴才有眼不识泰山，罪该万死!”

康熙爷微微笑道：“朕今日是微服私访，难怪看不出来，恕你无罪!”

萨明站起身来，向皇上禀道：“发放的宫娥、彩女已安置停当，她们乐得又蹦又跳哇，无不深深感激皇上的恩德。”

康熙爷说：“知道了。”

萨明退下。

贞昭仪笑着说；“陪皇上出游，算是开了眼界了。又听了唱大鼓的姑娘赞颂皇上，让百姓皆知，真是痛快呀!”

康熙爷说：“朕更高兴啊！趁此良宵，何不让朕同你共度佳期?”当晚，真是个：云雨巫山会，牛郎渡鹊桥。

三月初一，康熙爷于鸡鸣五鼓，在午朝门外登上龙辇，文武百官跪送皇上出关东巡。先是军乐震天，继之宫乐悦耳，先导队伍威武雄壮，旌旗招展。太监们举着日扇、掌扇、龙凤扇；鹰幡、鹤幡、虎豹幡；金瓜、钺斧、朝天镫；缨舞、缨幡、缨罩缨。一把九曲弯黄罗伞下，罩着的是六龙、金顶儿、绣团龙的龙辇，紧紧跟随的则是御林军、护驾武官及侍从。

宫乐奏毕，只听咕咚、咕咚、咕咚三声炮响，銮驾启程，直奔盛京大道。正是：皇帝离朝地动山摇，州城府县清水净街，黄沙铺道，逢水搭桥。

话分两支，按下康熙爷出巡不表，再表御书斋常侍贞昭仪。昨晚同皇上的一夜之欢，乃入宫六年来第一次陪王伴驾。小桃乍放，自有无限喜悦；对皇上的出巡，更是萦怀于心。皇上临行时，曾吩咐给那个说大鼓书的姑娘送去五十两白银，让爷儿俩租一茶楼开设书场。她想，这是万岁爷的嘱托，得赶紧办。随即叫了一声："萨公公！"

萨明听唤，走进屋来，答了声："咱家在！"

你道为什么贞昭仪唤萨明要称"公公"，而萨明自称"咱家"吗？此乃宫中的礼法。皇上、皇后、贵妃、妃子唤先主老太监时，可以直呼其名。有时虽也称"公公"，不过是表示对先皇的尊敬，但老太监的回答必须自称奴才。而嫔、昭仪、贵人对先皇时的老太监不能直呼其名，必称"公公"，以示尊重。太监回话时，不自称奴才，只称"咱家"。

闲话少叙，言归正传。贞昭仪见萨明进得屋来，问道："公公昨日看到皇上穿便装了吧？"

"咱家看到了。"

贞昭仪说："那是用罢了午膳，皇上让我换装，陪着到天桥私访去了。回来后，皇上吩咐拿五十两白银，送给唱大鼓的姑娘。此事耽搁不得，烦请公公前去办了吧。"

萨明问："咱家怎么能找到她呢？"

贞昭仪告诉他："那个姑娘在天桥一棵大柳树下露天演唱，约十七八岁，还有一位老人弹弦儿。公公可以问她，昨天是不是有位秀才同娘子来听书，每人给了一两银子？若是答对了，公公就可把五十两银子交于她，这是皇上赏的。"

萨明接过银子，边走边想："静妃在时，此宫叫'关雎宫'。皇上常吟道：'关关雎鸠，在河之洲，窈窕淑女，君子好逑。'皇上还多次同静妃去天桥私访，乐此不疲。现在，这'关雎宫'改名儿'御书斋'，有了贞昭仪，也伴皇上私访。我到天桥找到那个姑娘，一定得听听她唱的是啥内容的大鼓书，才可知皇上缘何给了厚赏。"

萨明穿着宫服一路走来，到了天桥，很快找到了在柳树阴下唱大鼓的姑娘。姑娘和老人见一位穿戴与众不同的官员来到身边，吓得浑身发抖，不知怎么好了。老头儿哆哆嗦嗦地施礼道："这位……老爷，有啥事儿吗？"

萨明问道："昨天可有位秀才带着娘子来听书吗？"

老人回道："是啊，有这么回事儿。秀才和娘子听完书，各赏了我们一两银子呢！"

萨明笑呵呵地说："好，能不能把昨天唱过的再唱给我听听，也赏你们一两银子。"见两人有些害怕，连忙又道："昨天听书的是我的小主人，大可不必紧张，只管唱来。"

老人往场子周围指了指道："哎呀，连个凳子都没有，太屈尊老爷了。"

萨明说："不碍事儿，唱来便是。"

旁边一卖驴马烂的见此，忙送来一长条儿凳子，说道："请将就着坐吧，这是小的对老爷的孝敬。"

"谢谢掌柜的。"萨明一边称谢，一边坐了下来。

说书姑娘见老官倒也和气，便大着胆子敲起鼓板儿，老人跟着弹起三弦儿，把昨天唱的重新唱了一遍。萨明侧耳细听，一字一句听得清清楚楚、真真切切。

姑娘唱完，走到萨明跟前福了一福，说："小女初学乍练，唱得不好，请老爷多多包涵。"

萨明称赞道："唱得好，好哇！"边说边从怀中掏出一两银子给她。

姑娘慌忙摆手拒绝道："老爷能赏光，小女已感恩不尽了，哪里还敢让老爷破费？"

萨明说："姑娘先接着，不过是听书的一点儿赏钱，我家小主人还有重赏给你呢！"于是，又从怀里拿出五十两雪花白银递了过去。

姑娘一看，更不敢接了，摇头道："这个是小女万万不敢领受的！请问老爷，家中小主人贵姓高名？"

萨明想起了皇上私访时，遇到有人问名姓，常称自己姓王名顶点。我不妨也这么说吧，便回答道："家中小主人姓王名顶点，是开衣帽庄的，专卖蟒袍、玉带、乌纱帽。我是店里管事儿的，主人赏个未入流，接待文武百官买衣帽。眼下，小主人到东北做买卖去了，叮嘱让我给你们送银子来。姑娘，不用想太多，放心拿着吧。我家主人是好人，绝非豪强，送银子并无歹意。是想成全你们爷儿俩租座茶楼，开个书场，多说些像方才所唱那样的好书。倘遇有官府或者歹人欺负，可去四海客栈找我老萨，定管无疑。"

姑娘正再三拒之不受时，只见从街上走过来一群红衣绿裤的姑娘。萨明一看，恰是那些被发放的宫娥、彩女，忙对她们连连摆手、递眼色。

宫娥、彩女呆在宫中多年，是何等的机灵、乖巧呀！见萨明如此这般着急，知道是怕说出他的身份来，便装出一副对公公不认不识、不理不睬的样子。

那些人中，有个领班的，名叫琼花。她看唱大鼓的姑娘对萨明给的银子还在推让，遂走上前，向萨明道了万福，说道："老爷，请问为什么要赏姑娘银两啊？"

萨明立即明白了，她是要帮自己说服姑娘，便笑答道："这是我家主人昨天带着娘子来听书赏的。小主人今天领伙计到东北做买卖去了，临行前，让我务必把赏钱送来。"

琼花说："噢，原来是这么一码子事儿呀！"又转过身劝说书姑娘："既然是听书人赏的银两，就收下吧，出了事儿，我担着。妹子，认识我吧？"

说书姑娘抬头一看，高兴地说："哎呀，这不是四海客栈教我说书的大姐吗？好吧，妹子听姐姐的。"说着，千恩万谢地从萨明手中接过了银子。

萨明辞别老人和姑娘走后，琼花问说书姑娘："那位老官的主人，真的带着娘子来听过书吗？"

说书姑娘点头称是，并把昨天如何听了书、赏了钱，从头至尾讲了一遍。

琼花听后，这才相信了，皇上同贞昭仪确实来此听过自己编的书，心里别提多高兴了！她亲切地拉过姑娘的手说："小妹妹，干脆让众姐妹帮着凑些银两，自己开个茶楼吧。大伙儿都来听你说唱，货卖识家嘛！我马上回去同姐妹们商量商量，众人拾柴火焰高哇，你看咋样？"接着，又打趣儿道："妹子，该不怕我们抢你去当婆娘吧？"在场的宫娥听了全乐了。

琼花临走时又道："晚上你到四海客栈取银子，我还有话同你唠呢！"说完，转身同一群宫娥、彩女走了。

说书姑娘如坠五里雾中，捧着五十两银子瞅着离去的宫娥，百思不得其解。旁边那个卖驴马烂的过来取萨明坐过的凳子，见说书姑娘仍在呆呆地苦想，便说："姑娘，还发什么愣呀？你可是一步登天啦！"

说书姑娘问道："我真弄不懂，这是咋回事儿呀？怎么就一步登天了？"

卖驴马烂的说："咋回事儿？那些被发放的宫娥、彩女跟你一样，全是黄花儿闺女，看你可怜，同情呗！她们每人拿出一两半两银子，不费吹灰之力。再者，方才当宫娥、彩女过来时，那老官人又是摆手、又是递眼色的，生怕这些人泄露了他的底细。你没注意吧？老官人的穿着打扮，同戏台上的老太监一模一样，我看分明是位公公。他说昨天听书的秀才是自己的小主子，姓王名顶点，开衣帽庄的，前去东北做买卖，专卖蟒袍、玉带、乌纱帽。你想啊，除了皇宫，谁敢卖这些东西？莫非那位秀才是皇上，同来的娘子是静妃了？”

姑娘惊诧得双目大睁，自言自语道：“不会吧？”

“怎么不会？听说静妃常同皇上出宫私访，说不准会到天桥来。静妃就是当年钦天监观察天象，上天垂像的‘头戴金冠、身披彩裳、手托黄金印、怀抱金凤凰、骑着土龙、娄金狗保驾’的由钦差大臣从宁古塔接来的渔家姑娘。出于对你的同情，便派太监来送赏钱，想周济周济，肯定是这么档子事儿。”

说书姑娘听了此番话，觉得在理，立马雾散云开，豁然开朗，拿出一两白银说：“大伯说得对，谢谢了。刚才老官人坐了你的凳子，拿上银子买酒喝吧！”边说边递了过去。

卖驴马烂的笑得合不拢嘴，接过银子，乐颠颠地往小酒馆儿去了。说书姑娘也不说书了，赶紧收拾收拾，捧着五十两银子同爹爹回了家。

姑娘的娘见女儿回来了，还拿着不少雪花白银，觉得不对劲儿，生气地斥责道：“我平时是怎么教你的？‘君子人穷志不短，说书的卖嘴不卖身，卖艺不卖心。’你大概是卖身了吧，不然怎么会一下子有几十两银子？告诉你，不是好道儿来的，娘宁可饿死，也不要一文。赶快拿走，我没这样的闺女！”又指着老头儿骂道：“你个没正流儿的，给我滚！”

姑娘受了委屈，急红了眼，不知咋解释好了，只是一个劲儿地说：“娘啊，不是呀，不是！”

弹弦儿老头儿知道老伴儿误会了，女儿确实受了屈，便将事情的经过一五一十地讲了一遍。老伴儿听完乐了，说：“闺女呀，是娘不好，不问青红皂白地发了一顿火儿，不应该。娘总是想，我们是清白人家，可不能做出辱没家门的事儿来。你爹呢，本是不第的秀才，自幼好弹三弦儿。娘做姑娘时，就爱听瞎子唱的什么《忆真妃》呀、《望儿楼》哇、《糜氏托孤》啊等一些清音子弟书，闲着没事儿也唱唱。与你爹成亲后，他弹三弦儿我唱，不过是消愁解闷儿罢了。哪成想，黄河发大水，咱只好逃荒到了北京。可两眼一抹黑呀，后来实在是走投无路了，才以卖唱糊口的。咳，方才是娘一时着急错怪了你，别往心里去，全是为自己的女儿好哇！”

“女儿懂，不生娘的气。”

“孩子，有了银子，以后咱家的日子会好过些。”

“娘，好事儿还在后头呢！”姑娘又将皇宫发放的宫娥、彩女愿意帮助买茶楼的话，向娘学了。

“哎呀，孩子，真是一个跟头翻到云端上去啦！娘同你爹卖唱二十多年，只能是勉强糊口，连做梦都不会想到开什么茶楼哇！她们全是女孩儿，不会有啥坏心眼儿，没说的。不过咱们同人家素不相识，接了银子，待宫娥、彩女各自回了家，不是报答无门了嘛，该如何是好呢？”

姑娘说：“我想过了，不妨记下每个人的名字，算是股东。她们走了，将来不来取本钱，咱们就积攒起来，用于救济穷人，我这就去同众宫娥说明白。”

“好，好啊！娘随你去看看。那儿都是女孩儿家，你爹一个老头子，去了不方便。”

姑娘赞同道：“娘去当然好，咱快走吧！”

于是，母女二人赶紧换了衣裳，高高兴兴地来到了四海客栈。

娘儿俩一进门，映入眼帘的是一群花团锦簇的姑娘，个个长得眉清目秀，人人身着绫罗绸缎。说书姑娘想找琼花，看花了眼也未找着。

这时，一个曾同琼花一起到过天桥柳阴下说书场的宫娥，一眼瞥见说书姑娘来了，赶忙走上前，亲热地拉着她的手，说了声：“妹妹，跟我来。”

说书姑娘便同宫娥大姐进了四海客栈的里院儿，见琼花正在一棵柳树下写着什么，便边往前走边喊了声：“琼花姐，我来了。”

琼花抬头一看，原来是说书姑娘，笑着说：“正好，快过来，我在记名呢！众姐妹一共凑了一千二百两银子。”

说书姑娘听了，不禁哎呀一声，忙道：“好心的姐姐们，我要这么多银子干啥呀？”

琼花答得很干脆：“开茶楼！”

众宫娥、彩女一听说书姑娘来了，纷纷聚拢过来。见她是个千娇百媚、十七八岁的漂亮姑娘，长着一副瓜子脸，薄嘴唇，玉米牙，柳叶眉，杏核儿眼水汪汪，粉红的脸蛋儿似桃花儿绽放。身穿朴素的衣裙，长短肥瘦正合适，越发显出婀娜轻盈的体态。大家不免问长问短，说书姑娘一一应答。

琼花见姐妹们都过来了，便对说书姑娘说："我今年二十五岁了，自然是姐姐，你还是个小妹妹。应该谢谢姐姐们的大力帮助，说出姓名来，以便日后相见。"

说书姑娘向众姐姐道了万福，然后说道："我姓佟，名儿丛花，现住水车胡同，靠卖唱维持一家三口儿的生活。娘在家看户望门，是穷人家的女儿。她从小爱听瞎子讲唱清音子弟书，并记下了《忆真妃》、《全德报》等十几个书段子。黄河发大水时，爹娘没招儿了，带着我逃荒来到北京。此地举目无亲，生活无着，二老只好卖唱为生。干这一行，过了三十岁，便人老珠黄不值钱了。为了生存，也就讲不得什么抛头露面了，让我学了些段子出来卖唱。众位姐姐，你们同我陌路相逢，竟能舍出银两周济，小妹给姐姐们叩头道谢啦！"说罢，跪倒在地就要磕头。

几个宫娥急忙上前去扶，边扶边说："快起来，起来，不用客气。同是天涯沦落人，想逢何必曾相识呢！"

琼花走过来说："小妹妹，我们这些姐妹记住你的姓名、模样容易，而你要记住一千多人的面相可就难了。我开了个花名册，本应标明谁拿多少银子，因大伙儿不让写，所以只记了姓名。倘若日后有人落魄，找到你的门下，肯定要帮一下喽！楼的名字我已想好了，由于是一千多姐妹凑钱开的，索性叫它'千芳集贤楼'吧。"

大伙儿拍手赞同道："好，名字起得太好了！"

琼花接着问丛花："你是自己来的吗？"

"不，同我娘一起来的。"

"那就请你娘过来，见见姐妹们好吗？"

佟丛花赶紧跑到院外，把娘叫了进来。

丛花娘来到大家面前，恭恭敬敬地道了万福，姑娘们以礼相还，然后天南地北地聊了起来。

佟丛花心里一直有个疑团没解开，便问琼花："姐姐，可知赏我和爹爹五十两银子的秀才是谁吗？"

琼花附在佟丛花的耳旁，小声儿说道："秀才乃当今皇上，娘子乃贞昭仪。给你们送银子的乃萨明公公，是这次发放宫娥、彩女的主办。皇上听你唱得好，才赏了银子，此事千万不要泄露出去。以后皇上还可能到你那儿听唱，对任何人不能说出皇上的身份，只能以恩公相待，记住没？"

“放心吧，小妹记住了。”

“妹子，今天就把银子拿走吧。”

佟丛花一听，着急了，忙说：“我的好姐姐，救人救到底嘛。现在便拿许多银子，哪儿敢呀？一怕贼人偷，二怕官府讹诈。等买到楼，再来姐姐这儿取钱不迟呀！开业那天，众位姐姐若全去给妹妹撑腰，我的胆儿还壮点儿。不然，一个穷卖唱的，哪里来那么多银子开茶楼哇？官吏来讹诈，妹子可挡不起呀！”

“好吧，照你说的做。开业那天，我央求萨公公也去，肯定没人敢欺负你，快买楼去吧！”

娘儿俩再三感激宫娥、彩女们的大恩大德，恋恋不舍地离开了四海客栈。

二人从四海客栈出来后，连家都没回，直奔天桥去买楼。事有凑巧，“群英楼”楼主是个南方人，因急着返回原籍，正要卖楼。娘儿俩听说了，便托中人讲好楼价，以七百五十两纹银买下。

中人问道：“你们替谁买楼？”

丛花回答：“自己买呀！”

中人惊愕地张开嘴巴，半天合不上，好心提醒道：“咱先说好喽，买卖一声客点头，可不是闹着玩儿的。明天要书写契约，交上白花花的银子呀！”

丛花说：“干吗明天？何不现在请楼主、中人到四海客栈去写契约、交付银两？”

中人又误以为娘儿俩是替四海客栈买楼，爽快地答应道：“行，我马上雇车，咱们去四海客栈。”

娘儿俩同楼主、中人坐车到了四海客栈，佟丛花找到琼花，讲了买楼的经过。

琼花说：“好，办得痛快！”

两人正说着话儿，萨明走了进来。琼花、丛花忙站起身，请了安，琼花手指丛花问道：“公公，认识她吗？”

萨明回道：“当然认识，她不是在天桥上说书的姑娘吗？”

琼花心想，认识就好，便把姐妹们凑钱帮助买楼的打算告知了。

萨明说：“哎哟，大伙儿能有这般心思，可是大好事儿呀！”

琼花说：“不过好事多磨呀，我们离开了，必会有人欺负丛花，岂不枉费了大家的一片热心？”

“言之有理。”

“那就请公公给她做主、撑腰吧。”

“这……这怕不行。”

“怎么不行？丛花，快给公公磕头，叫干爹。”

丛花倒挺机灵，扑通一声跪倒在地，冲着萨明叫了一声干爹，接着请求道：“姐姐们要走了，烦请干爹给女儿做主。”

萨明六十多岁了，从小入宫，在宫娥、彩女中间厮混了几十年，天天听人叫公公、老公公，还从没人叫他一声干爹呢！心想，看来是赖上我了。又见丛花长得怪招人疼的，反正当太监的大都有义子，我有个义女也不错，遂说道：“快起来吧，亲总不能白认呀，干爹给你一百两银子，琼花暂替我拿。”

琼花连忙答应：“行，行！保准替公公拿出银子。赶巧了，丛花今儿个就要买楼写契约文书，需请公公到场给女儿撑腰呢！”

“行，女儿的事儿干爹一定得管。”

于是，琼花、丛花手捧着银子，随公公去了柜房。

三人来至柜房前，掌柜的先慌了神儿，忙跪地迎接，问道：“公公何事驾临小店？”

萨明抬抬手，请掌柜的起来，说道：“咱家的女儿买楼，借你的宝地写契约文书，干爹怎能不来喝杯喜酒呢？”

客栈掌柜的、楼主、中人、马车主等人一听此话，全凑过来磕头、贺喜。萨明说：“大家不要拘束，咱家也算东家嘛！”

这时，丛花把娘领了进来，让给公公磕头。丛花娘哪知为啥要给公公磕头呀，当面儿还不好问，磕了头后退到外面，问丛花咋回事儿。丛花便把为了顺顺当当开茶楼，不得不认萨公公为干爹说了。丛花娘不听则已，听罢竟乐得拍手打掌的。

因要办理买楼签约的手续，琼花同丛花合计了一下，决定在店堂摆四桌酒席。第一桌当然是萨公公、店掌柜的、楼主、中人及店掌柜代请的写字先生；第二桌和第三桌是被发放宫娥、彩女的领班；第四桌则是马车主、店伙计等。

众人落座后，先是代写文书的先生写好契约，店主按契约点过了白银，然后大家举起酒杯开怀畅饮，祝贺丛花买楼。

酒席将散的时候，萨公公说：“开业执照和过契手续，明天我打发人到宛平县办，省得女儿一去，他们又得抖威风、讲排场的。这边赶紧找人打点铺面，该修的修，该添的添，三五天后开业。”吩咐完毕，起身离席回宫了。

丛花送走了楼主、中人、写字先生，开付了酒席钱、车马钱，随后也告辞了，与娘一块儿回了家。

丛花一进屋，急不可待地将买楼、认干爹、摆酒席诸事，一一告诉了爹爹。老人听后，就是个高兴啊，只剩乐的份儿了。

没听说嘛，只要有钱便好办事儿。仅仅用了三天工夫，将原来“群英楼”的上上下下、天棚四壁、门廊两侧皆粉刷一新，样样儿齐全，那黑底金字的“千芳集贤楼”大匾是请名家刻的。由丛花爹管账，楼上雇了茶博士，楼下聘了出了名的三弦儿师傅。已是万事俱备，一应停当，定于三月十五正式开张。

再说楼主、中人离开四海客栈回到天桥后，立马添枝加叶地嚷嚷开了。什么佟丛花认了老公公萨明为干爹，这下可抖起来了；什么用大把的银子买楼，要在天桥开一处茶楼了；什么所有的手续全由萨太监包了，忙前忙后地为干女儿亲自跑腿儿等等。加上不少人亲眼看见宫里的小太监给佟丛花送去了盖着宛平县大印的营业执照和契约，恭恭敬敬地小姐长、小姐短地叫着，于是对此座茶楼及茶楼的主人自然格外高看。天桥一带开店的、卖吃喝的、开酒楼的、摆把势场的一哄哄的，纷纷前来给佟丛花送礼品，有酒盅儿、茶碗、南泥壶，还有名人字画、各种花卉等。连宛平县的县太爷听说开茶楼的佟丛花是萨老公公的干女儿，也亲自写了贺联儿，差人大老远地送了过来。

三月十五，“千方集贤楼”的金字大匾终于悬挂于门楣之上，如期开张啦！

这座二层茶楼面临大街，楼上是清茶馆儿，茶客在品茶之时可弈棋消遣；楼下是说书馆儿，白天一律以清茶待客，可边品茶边听书。开业当天安排的是：早场《封神演义》，午场《清音子弟书》，晚场《大隋唐》，可谓天桥热闹市场数一数二的地儿。

人们得知茶楼开业，有的想来开开眼，有的想借机巴结，多数人则是前来贺喜的。自辰时起，便人来人往，贺客不绝。佟丛花让她爹招待男客，叫她娘照应女客。宫中被发放的宫娥、彩女乃赠银相助的姐妹，又是茶楼的东家，则由自己亲自陪着。

在说书馆儿说书的姑娘，名叫花似锦，年仅十六岁，讲唱的书段子是《秦琼卖马》。为她伴奏的有：弹弦儿的，年约三十七八岁，是位半老徐娘；拉四弦胡的，也是位四十多岁的半老徐娘。讲得绘声绘色，唱得悦耳动听，表演得惟妙惟肖。伴奏的配合得十分默契，优雅凄凉，给人一种沧桑之感。当书说到秦琼落魄、住进小店、被店主所逼、不免长叹一声时，花似锦敲起鼓板儿唱道：

狗店主翻白眼声声讨债，
逼得我带病人无处藏身。
少不得当街把马来卖，
还清店账好动身。
狗店主为了钱豺狼成性，
不知害死了多少落难之人。
难道说天理无公道，
怎不把人间恶魔斩草除根。

姑娘唱到这儿，万分悲切，声泪俱下，停了鼓板儿，住了丝弦，退下场去。

听书的贺客群情激愤，有的大骂那逼迫秦琼的店主："不怪常言说'车船店脚衙，无罪也该杀！'"

一位摆书摊儿的老汉叹口气道："咳，真是'人情薄如纸，世态冷如冰'啊！拿丛花姑娘来说吧，几天前还在柳阴下露天卖唱，即使唱破了嗓子，也难以吃上顿饱饭。再看今天，贺客盈门，光接礼快够十年用了，连宛平县的大老爷都得派专人送贺联儿，可谓'白马红缨彩色新，不是亲者强攀亲。'一点儿不奇怪哟，人世间就是这个样儿！"说完起身拂袖而去。

靠墙坐着的戴瓜皮小帽的算卦先生说："李闯王在明末揭竿而起，不正是要推翻黑暗的社会吗？那些溜须拍马屁的，早晚不等，非被铲除不可！"

身旁坐着的男青年听老者的话有些过了，当即提醒道："哎呀，老先生，说话得把住门儿呀，要当心哪！"

算卦先生自知走了嘴，看看前后左右，悄悄儿地溜了。

议论一阵儿后，有人提议，请丛花姑娘再唱上一段儿，大家亦随声附和，鼓掌欢迎。为花似锦伴奏的两位师傅便弹起了丝弦，佟丛花敲起鼓板儿，唱道：

凄风苦雨落花魂，
长街卖唱少人闻。
手敲鼓板难免饿，
怀抱三弦暗伤心。
这一天大柳树下去卖唱，
来了那青年夫妻两个人。
赏白银二两倘佯去，
又来了宫中发放的众钗裙。
凑银两开茶楼恩深义重，
帮助我穷苦姑娘翻了身。
今日开业酬贺客，
敬向众位谢知音。
白马红缨彩色新，
不是亲者强认亲。
抹墙的抹儿翻上下，
谁是常贫久富人。
劝明公抛掉名利网，
强似那势利眼颠倒假真。

丛花唱罢，住了鼓板儿，停了丝弦，向贺客道了声万福后，退了下去。

听唱的人由于生活状况及所处的地位各不相同，体会当然不同。有些人听了丛花这段儿唱，犹如打碎了五味瓶，不是个滋味，趁人不注意灰溜溜地走了。琼花等一帮姑娘听了，则觉得丛花唱得太好了，心里有说不出的高兴。特别是她们想到，每个人只拿了一两多银子，却成全了一家人。从填不饱肚子到今天摇身一变为富人，真是众人抱成团儿，泥土也成金哪！

前来贺喜的人中，最热闹的要数女堂客们。俗话说："三个女人凑一打，哇哇哇，呱呱呱，活像一群母老鸭。嘴说还不算，上去用手抓。"大家正在打哈哈凑趣儿呢，便听有人说："哟，佟嫂，你真是命好，养了个天仙似的闺女！而今又认了老太监当干爹，这回可有钱有势、一步登天了。你那肚皮与别人没啥区别，也是娘们儿的肚皮，咋就能养出个聚宝盆来呢？我同样是娘们儿的肚皮，却净养黑小子、吃饭货。佟嫂，快给想个法儿，让我学你养个聚宝盆吧！”

讲此话的是个半老徐娘，长了张瓜子脸，大眼睛，薄嘴唇，不丑，就是嘴大。平日常对邻里说：“嘴大有啥不好？可吃八方。”原本是个卖熏肉的，大伙儿戏称她“熏肉西施”。

旁边的一个中年妇女接碴儿道：“‘西施’嫂嫂，养不养聚宝盆，不在肚皮好坏，人家是种好。你眼馋，不妨求求佟嫂借个种，种在你肚皮里，不就能生出个聚宝盆吗？嘻嘻！”

“熏肉西施”反唇相讥：“要我说呀，出的主意大概是在介绍自己的经验吧？你不是常向别人借种嘛，生出的妞儿水葱似的。等长大了，定会是个聚宝盆！”

“哎哟，‘西施’嫂子呀，咋将人家的好心当成驴肝肺了呢？想向佟嫂借种，佟大哥还嫌那肚皮烫得慌呢，非一脚把你踹下地不可！千万得小心着点儿……”中年妇女越说越来劲儿，越说越止不住，唾沫满天飞，说一阵儿还笑一阵儿。

佟丛花听不下去了，走了过来，制止道：“婶婶、伯母，行了，说得够份儿了，谢谢你们来祝贺。”接着便深说浅说、连劝带哄的，好不容易把二位婆娘请出了门。

贺客陆续散去之后，佟丛花把宫中发放的众宫娥、彩女请到楼前，放起鞭炮，吹响唢呐。在噼里啪啦的鞭炮声中，在欢快的唢呐声中，大家相互拥抱着，呼喊着，尽情释放心中的喜悦，再一次地道贺。喧闹过后，丛花赏了鼓乐手，遂吩咐摘幌儿、关门儿，将一千多姐妹让至后院儿。

“千芳集贤楼”的后院儿十分空旷，几株柳树下有三间瓦房，瓦房前早已搭起布棚儿，摆好桌椅。丛花请大家落座，清了清嗓子，大声儿说道：“诸位姐姐好心成全了我，使一个穷姑娘有了房子，开了茶楼，全是大伙儿的恩赐。小妹无以回报，今天特备了黄粱米饭、大豆腐汤、小葱、小白菜、咸菜、豆酱来酬谢知己。姐姐们都是从宫中出来的，常言道：‘若得真富贵，莫如帝王家。吃的山珍海味，喝的琼浆玉液。’今天咱换换口味，俗话讲：‘君子之交淡如水’，粗茶淡饭，正是为了表示姐妹之间的情深谊厚。人们皆说，想美事儿是做‘黄粱梦’，我的的确确做成了‘黄粱梦’。为了纪念这个好日子，妹子特意准备了黄粱饭，让大家好好儿品尝品尝。请姐姐们原谅妹妹说句不害羞的话，咱们是女儿家，迟早要出嫁的。我若是二十三岁嫁人，还有六年，自然在姐姐们之后。众位岁数比妹子大，有的是满洲当官人家的女儿，返乡后，很快会婚配的。姐姐们的夫君若进京科考，就请陪伴着姐夫一起来，‘千芳集贤楼’便是下榻之处。我腰里还有几百两银子，打算在旁边再盖上一栋三层小楼，一是为了照顾干爹，二是准备姐姐、姐夫们来住。相信诸位姐夫一定是贤士，这样一来，‘千芳集贤楼’不就名副其实了吗？妹子今后无论嫁个什么样的人，总之，今生今世不会离开此楼了。”

话音刚落，众姐妹争抢着边笑边说：“丛花妹子，放心吧，哪个也剩不到家里，我们会按你说的去办的！”

众人一面吃一面唠，越唠越亲热，丛花又道：“今天说书的姑娘花似锦，有和秦琼当年同样的遭遇。所以，唱着唱着不免想起了自己的往事，忍不住便伤心地哭了。她是个有学问的好姑娘，由于生活所迫才流落为卖唱女的，请姐姐们认识一下吧。以后说不准去各位的家乡卖唱呢，记住长相了，好有个照应。”随即回头将花似锦唤了进来，说道：“花妹妹，快给姐姐们行礼！”

花似锦赶忙走上前，给众位姐姐道了万福。

宫娥、彩女一看，姑娘容貌同名字一样，肌肤晶莹洁白，身如春风杨柳，颜如桃李争春，妍如出水芙蓉。且低鬟敛袖，冷若冰霜，凛凛威风，不可侵犯。不禁齐声儿称赞道：“好一个花似锦！”

其中一个人问似锦姑娘：“妹妹，弹弦儿、拉胡琴的是你什么人？”

答曰：“是我娘。一位是嫡母，一位是亲娘。”

又问：“你怎么会流落为卖唱女呢？”

花似锦长叹一声，便把自己如何从富家女沦落为卖唱女的原因讲了出来。

花似锦的父亲原是杭州的举人，诗词歌赋、琴棋书画、吹拉弹唱样样儿精通，在苏杭一带颇负盛名。只是因为傲气，所以得罪了县太爷，惹来了祸端。知县遂以勾结盗匪的罪名，将其项上枷锁，手戴镣铐，押监入狱。

而知县觉得一罪仍未解恨，琢磨来琢磨去，又将他诬为替残明福王写过反清檄文的人。两大罪名加在一个文弱书生的头上，那还有好儿？非死不可。多亏苏杭的举人、秀才们联名力保，县太爷怕激起众怒，才免去死罪，发配到宁古塔，籍没了家产，将娘儿仨逐出杭州。

富人乍穷，寸步难行。幸好两位母亲曾跟丈夫学过吹拉弹唱，花似锦自幼对讲唱清音子弟书颇感兴趣。于是，为了寻找花似锦的父亲，便由南向北而行，一路以卖唱糊口。

真是船漏偏遇顶头风，屋漏又遭连阴雨。哪成想走到济南，亲生母体力不支，病倒在旅店中。花似锦和嫡母卖唱所得，去了饭钱，没有了买药钱，勉强给母亲抓点儿便宜的药吃，又欠下了店钱。狗店主见花似锦长得如花似玉，起了歹心，扬言不付店钱就拿姑娘顶账。逼得娘儿仨实在是走投无路了，狠了狠心，想一同自尽。

正在此时，一位年轻的武士挺身而出，为她们抱打不平，痛骂了狗店主，还清了店钱，还为娘儿仨留下了五两银子。三人感激不尽，想当面儿向恩公致谢，可武士却未留名姓悄然离去了。娘儿仨为了躲开店主，只好雇了一辆小车，连夜离开济南，向北到了平原县。在那里，租了间草屋，花似锦边卖唱边为娘亲治病。待母亲的病渐渐好了，才一路卖唱，来到了北京城。

众宫娥、彩女听了花似锦的遭遇，个个泪眼迷离，顿生同情之心。当场凑了一千多两银子，让她们娘儿仨也开办一座茶楼，就叫“群芳集贤楼”，作为“千芳集贤楼”的分号。这样一来，娘儿仨既可暂住北京安身，又没谁敢来欺负，往后再找人去宁古塔寻访花似锦的父亲。大家相信，有萨公公做靠山，冤情定可昭雪，全家必能团圆。母女三人跪在地上，千恩万谢，泪湿衣衫。众宫娥、彩女说了许多安慰的话，直至夜阑人静，方回到四海客栈。

咱们再表康熙爷乘龙辇离开北京，过了芦沟桥便传旨：将仪仗队的执事装在车上，用布盖好；各种车辆改为镖车，所有武官扮成镖师，太监、文官扮成商人，分三批走。每批相距十里，装作互不认识，住店不许在一处。如果有人问起，可说是北京天字号的买卖，到吉林、乌拉、宁古塔开设分号，车上装的全是货物。

大家遵旨迅速改扮完毕，每批二十辆货车，皆有“镖师”、“商贾”、“柜伙计”跟随押送。康熙爷看看，一批批扮得挺像，接着传下密旨：“谁胆敢将此泄露出去，立斩！”

三批车驾相继驰往山海关，过了关，奔向盛京。康熙爷跟随第一批走到毒凤翠岚山时，突然从树林中放出响箭，跟着蹿出一队人马。为首的是个黑脸大汉，骑在黑骏马上，手握一把开山大斧。

大汉生个啥模样呢？头大、手大、脚大，一双铜铃般的大眼睛，鼻子下长张水瓢似的大嘴。再看身形，腰粗、腿粗、胳膊粗，典型的五大三粗，如同半截儿黑塔。只见他将手中开山大斧一举，勒住坐骑，冲着康熙爷这批车马高声儿喊道："不种桑不种麻，终朝每日在山洼。有人要是从此过，留下银两饶了他。牙缝儿迸出个'不'字儿，开山大斧必砍脑袋瓜儿，让他重新认爹妈！"

康熙爷看着怪好玩儿的，笑呵呵地问道："大汉，你是干啥的？"

"劫道的。"

"什么叫'劫道的'？"

"还用问吗？就是你车上的银子归我。娃娃呀，连'劫道的'都不懂，往后多学着点儿。这么的吧，看你年轻，可带走一车，其余的留下，然后赶紧逃命去吧！"

康熙爷一听大汉不全要，还让带走一辆车，觉得挺有意思，从没听说有如此劫道的，便命道："镖师，给我拿下山贼，一定要活的！"

话音未落，众武官齐刷刷地亮出了兵刃。黑脸大汉不再搭话，举起开山大斧就向皇上搂头盖顶的劈下，斧带风声，眼前红光一片！

欲知康熙爷性命如何，且听下回分解。

第六回 巡边路镖队遇女侠 锦州城皇上办贪官

康熙爷见黑大汉举起开山斧直向自己头顶儿劈来，急忙侧身躲过，四五位武官一齐用大刀将开山斧架住。不想那斧体大力沉，竟将一位武官的大刀磕飞，刀刃儿朝下，刚好落在马背上，砍进一寸多深，血流如注，在阳光下闪着红光。

武官与黑大汉力战十几个回合，终不能敌。然而对方并不伤人，边战边喊："喂，小子们，凭那么点儿本领，也敢当保镖？快把银子留下，饶你们的性命！"

武官们哪肯罢休？一块儿冲向黑大汉，互相交起手来，斧来刀往，银光闪闪。正战得难解难分之时，只见又一个半截儿黑塔似的壮汉打马奔来，离老远就冲黑大汉高声儿喊道："二黑，快住手，娘来了！"吓得交战的二黑赶紧收住开山斧，跳下马来，站在道旁。

大家往树林子里一看，果然有两人抬着一顶没棚儿小轿，急匆匆地走来。到了二黑身旁，停下脚步，从轿上下来一位六十多岁、白发苍苍的老太太。一站定便命壮汉："大黑，把孽子给我绑上！"

二黑扑通一声跪地哀求道："娘，不要绑我呀！"

老太太气愤地问："为什么出来劫道？"

二黑回道："娘，是一个胖和尚和两个小和尚让孩儿干的，说这伙儿人的银子不是好来的，而是杀了胖和尚的师父和师弟劫来的。苦苦哀求我一定替他们报仇，答应可将夺回来的银子给孩儿一半儿，还教了套嗑儿，叮嘱让在此处劫道。娘，让孩儿帮助和尚成全了好事儿吧！"

"胡说！你可真浑哪，那几个和尚眼下在哪儿？"

"在东边的山洞里。"

"大黑，去把和尚找来，就说银子劫下了，请他们来取。"

大黑答应一声，转身去了。

这时，老太太才得空儿细细地打量康熙爷这伙儿人，怎么看怎么不像强盗，遂问道："你们谁是主事儿的？"

康熙爷走了过来，回答："学生便是。"

老太太端详半天，见此人天庭饱满，地阁方圆，大耳垂轮，五官清秀，分明是个秀才。又问："你们是干啥的？"

康熙爷回道："我是做衣帽生意的，姓王名顶点，现去吉林开分号。车上装的都是衣帽、绸缎，能值十几万两白银。没成想走到毒风翠岚山，碰到了劫道的，镖师们不是他的对手。"说完看了看老太太，问道："请问您是山寨主吗？"

老太太点了点头。

"方才劫道的说，留下车辆，可饶我们性命。我和弟兄们情愿按他的话做，请老人家高抬贵手！"

老太太笑了笑，说："相公，你弄错了。我们山寨是自谋生计，一不抢二不夺，即使有百万两黄金，照样分毫不取。我这个孩子生来有些发憨，他是受和尚的指使，才干了蠢事儿。相公不用害怕，等老和尚来了，自会真相大白的。"

康熙爷听了寨主的话，心想："老太太面相慈祥，很懂道理，分明是位教子有方的母亲。看穿戴像是汉人，不过按大清封禁令，汉人是不能到关外来的呀！很显然，老人家是山寨主，难道说她没有了丈夫？两个儿子倒是高人一头、力大无穷、虎背熊腰的壮汉。朕若收他俩做站殿将军，往大殿上一站，那肯定是威风凛凛，惊人胆魄，望而生畏呀！若是带他们出去私访，还怕恶人不成？看哥儿俩对娘的态度，甚是孝顺。常言道，忠臣出于孝子……"

康熙爷正如此这般地低头暗想，猛听到如霹雳似的一嗓子："娘，和尚来了！"

大家一看，果然大黑带着一个胖和尚和两个小和尚走了过来。老和尚身高八尺开外，没戴僧帽，露出了光光的秃头。身穿黄僧袍、白衬领，足登云鞋。一脸横肉，恶狠狠的两只蛇眼，高鼻梁，大嘴叉，手拿一根坚硬如钢的茶条杖，瞅一眼便知绝非善类。他边走边喊："寨主，快把那伙儿人捆上，丢到山涧里喂狼去！"

老寨主从树后转过身来，说道："大和尚，莫不是土地庙的寺主劫黑吧？"

老和尚快走几步赶了过来，边说"贫僧稽首"，边拱手行礼，口念阿弥陀佛。

老太太问道："为什么撺弄小儿劫道？"

老和尚只是这个那个的，支支吾吾无言以对。

老太太说："幸亏手下人报信儿，我才急急赶来。若晚到一步，贼名不就落在我们母子头上了吗？出家人讲的是慈悲为怀，谨记一不杀生，二不偷盗，三不邪淫，四不妄语，五不饮酒。大和尚可怪了，平素听说你不守清规，不遵五戒，以为是传言，没有放在心上。今天竟敢黑到本老太太的头上，这叫‘杀人可恕，情理难容’，休怪我无情了。大黑，把他给我绑了！”

老和尚一听，知道坏事儿了，旋即举起手中的茶条杖，恶狠狠地扑向老太太。只见老太太一扬手，随之一道金光，老和尚哎哟一声，茶条杖落在地上。接着飞起一脚，踹得老和尚噔噔噔连着倒退好几步，仰身扑通一声跌倒了。大黑走过来，麻利地将他绑了。

两个小和尚见状，吓得面如土色，拔腿刚要跑，早被同二黑一起来的人擒住，押到一边去了。老太太对康熙爷说：“相公，冤有头，债有主。撮弄小儿劫道的和尚已被拿住，小儿惊扰了相公，真是对不起。敢问有无受伤的？”

康熙爷回道：“只伤了一匹马，伤势不重。”

老太太当即命人牵过一匹马，说：“这匹赔给相公。”然后冲二黑喊道：“浑小子，还不快给相公赔礼！”

二黑听了娘的话，不敢不依，走上前来，一躬到地致歉道：“相公，怪我无知，这厢赔礼了！”

老太太说：“烦劳相公，把秃贼带到县里交官吧！相公保重，老身告辞了。”说罢转身便走。

康熙爷忙阻拦道：“老寨主慢走，学生有话请教。”

老太太收住脚步，回过头说：“请讲。”

“敢问老寨主贵姓高名、令郎的台甫？”

老太太疑惑地问：“莫非相公要将我母子告官？”

康熙爷笑着说：“哎呀，老寨主误会了，学生绝无此意。我是想雇令郎当镖师，将货物送到吉林去。”

“噢，原来是这样。小儿无知，虽然力大过人，有一身本事，但野性未改，甚是粗鲁，容易闯祸。他去了，老身不放心。再说，相公不是已有了不少镖师吗？”

“老寨主，我的镖师不是全被令郎打败了嘛，恳请老人家派令郎护送学生一程吧！”康熙爷几乎是在央求老寨主了。

老太太说：“出了这一带山林，再奔盛京，便是阳关大道。前面没有高山密林了，也不会有人敢出来打劫，放心吧。相公，恕老身不能从命。”说罢又要走。

康熙爷再一次恳求道：“请老寨主留步。如果只雇令郎，您不放心的话，烦劳寨主同行。方才见寨主一扬手，飞出一道金光，那恶僧就撒手扔了茶条杖。一抬脚，又将恶僧踢倒在地，可见寨主的武艺非等闲之辈可比呀！然不知金光发自何种兵刃，可否告知？”

老太太像突然想起什么似的，忙说：“噢，相公不提，我倒忘了。大黑，快去，从老和尚手腕儿取下那物，让相公看看！”大黑很快取了来，交给了相公。

康熙爷拿在手中一看，原来是一枚铜制钱，上有康熙年号。磨得很薄，锃光瓦亮，锋利异常。心想：“用铜制钱做暗器，真是新鲜事儿。”见老太太执意要走，遂说道：“承蒙老寨主帮助，抓住了恶僧，学生十分感激。现已近晌午，如果不嫌弃，请在林边一块儿用膳。也好求教老寨主，前面为什么不能出现劫道的缘故，使学生放心。”

老太太乐了，边笑边说：“相公啊，原来是一朝被蛇咬，十年怕井绳啊！好吧，老身依了你，正好没啥事儿，不妨讲给相公听听。”说完，令人去取酒和肉。

康熙爷连连摆手道：“老寨主，不必了，我们全备着呢。只要寨主肯赏脸，敢情给学生增光了。”

老太太见眼前的年轻人很是诚恳，便说：“好吧，那就打扰了。”然后吩咐两个儿子留下，其他人散去。

康熙爷命人搭好帐篷，安下锅灶，赶紧做午膳。厨师们一顿煎、炒、烹、炸，不大工夫，便将山珍海味端上桌来。康熙爷请老寨主上座，老太太再三不肯，只好自己坐主位，老寨主一旁相陪，大黑、二黑坐了末位。康熙爷斟满一杯酒，双手端给老寨主道：“‘学会文武艺，货卖帝王家。’令郎既然一身武艺，为何不让他们出仕，却甘守深山老林与草木同朽呢？”

老寨主说：“相公，其实很好懂。自古以来，黎民百姓推翻一代代帝王，为的是求到正义和真理。而且得拿命去换，李闯王起义，不知多少热血男儿倒下了。推翻了明朝，大清入关，当了万民之主。康熙是个好皇帝，为了图强，力求刷新朝政。但鞭长莫及呀，下边的情况哪能都掌握？其实大清并不清啊！远的不讲，咱说锦州知府吧，还算得上清官。无奈他手下的府丞和三班六房贪赃枉法，任人惟亲，有钱可以买官当。这些官的屁股后跟着许多人，有的专管欺蒙讹诈，有的专管巧取豪夺。见财就抢，见便宜就占，非财不用。什么举人、秀才、滚一边儿去，把个锦州弄得天昏地暗！知府的号令不通，连管钱粮的皂役、狗屁不如的小官都不把知府号令放在眼里，想咋做就咋做。相公你看，大清还清吗？继续下去怎么得了哇！因为我看破了人情世态，所以不愿让孩子学那些人的样子，到处奔走去买官当。我年轻的时候，同孩子他爹南七北六十三省浪迹天涯。杀赃官污吏，惩恶霸豪强，行侠仗义。一直到中年有了孩子，才流落到此山，再不出头了。十年前，孩子他爹临死的时候嘱咐过我，等儿子长大了，让他们去考取功名，当时也答应了。我曾带大黑和二黑回老家洛阳应试，了却他爹的心愿，可一看锦州的贪官，立马灰心了。宁可在山里打猎、种田，也不去考什么功名，做个堂堂正正的人比啥都强。”

康熙爷听了老太太的一番话，很受感动，说道：“老寨主不必灰心，恶人的好日子过不长，想来朝廷一定会铲除贪官的。我是北京衣帽庄的少东家，卖的是蟒袍、玉带、乌纱帽，做的是天字第一号、独一份儿的买卖。如果还愿意让令郎去考取功名，只要老寨主答应让他俩帮着镖队把镖银送到吉林，然后再回北京为我看宅护院、当武师，定将拨给你们娘儿仨一座宅院，到了考期，令郎可以去应试。我认识五房六部，先弄个武监生，再去考武举人，老寨主看如何呀？”

老太太反问道：“我与相公素昧平生，萍水相逢，为啥照应我们母子？”

康熙爷回道：“不瞒您说，主要是赞赏老人家的人品，器重令郎的武艺。我家大业大，人手不够，身边缺少像令郎这样的英雄好汉。”

“噢，原来如此。请问相公，难道你不嫌他俩傻大黑粗、鲁钝莽撞吗？”

“我一向喜欢选用质朴厚道、性子刚烈、忠诚可靠之义士。”

老寨主想了想，说：“他俩要是去了，老身肯定不放心。这么的吧，我也跟着去吉林走走，帮你把镖银送到，咱们也好相处一段时间。如能处得来，我母子便同相公去北京；如处不来，咱就散伙儿。相公，你看行不？”

“行行行！”康熙爷满口应承。接着又问：“老寨主贵姓？令郎怎么称呼？”

“老身姓柳，当年在江湖道儿上全叫我金镖女侠柳妍青，称孩子他爹为剪恶义士尉迟高宾。大儿尉迟哼，二儿尉迟哈，大伙儿管他俩叫

‘哼哈二将’。”

“哈哈！好一个‘哼哈二将’，多响亮的名字呀！咱就照老寨主说的办，以后尊称寨主为侠客，令郎分别称哼将军、哈将军。”

老太太品了品，不无担心地说：“‘将军’可是大官呀，一个看宅护院的武士，叫啥‘将军’哪？要被官府知道怪罪下来，那还了得！”

康熙爷说：“不妨事，没有敢怪罪天字第一号买卖的少东家王顶点的，侠客以后自然会知道。用过膳请寨主回去安置，今天我们住在林子里，明天一同启程。”

老女侠说：“小寨虽离此不远，但山路崎岖，车不能行。如相公不嫌贱舍寒陋，欢迎带几名镖师到小寨下榻，再尝尝我们的乡间菲酌。”

康熙爷听了，十分高兴，连说：“好，好哇！定去拜望华居。”大家边吃边唠，半个时辰后，康熙爷叫上几名武官，同老女侠母子三人去了山寨，留下的人准备搭帐篷。

时值不寒不暖的春三月，宜风宜雨的艳阳天。一路上，青山绿水，燕语莺声。满山獐狍野鹿奔走，山洼中鹭伏鹤鸣，可谓桃红柳绿，别有一番天地。在此间行走，如身临仙境，顿觉心旷神怡。

一行人来到一处空寂的平原，听得小桥流水潺潺，眼见桃花落英缤纷。数十间茅屋，夹杂在绿树丛中，炊烟袅袅，静谧而有生气。老女侠伸手一指道：“看到了吧，前边那五间乃老身的贱居，两边是小儿的住处。”

大家抬眼望去，哪里是什么山寨呀？分明是一个村落。康熙爷问老女侠：“一说山寨，便会使人想到一定是怪石嶙峋、险象环生之地。您住的地方既无莽莽群山环抱，又少有悬崖峭壁，乃蓬莱仙境一般，为何也叫山寨呢？侠客又自称寨主，怪吓人的。”

老女侠乐了，解释道：“‘寨’本是苗人起的。原有三户苗人逃难到此，搭起木楼居住，称之为‘寨’。我和孩子他爹来后，盖了草房，长久定居，便改名儿‘侠义村’。因村子人烟稀少，与外面隔绝，所以名儿虽然起了，但没传开。实际上，我们住在这儿，仍是不纳税、不交粮的野民，称‘寨’没错吧？”

康熙爷边笑着答应，边点了点头。

老女侠把客人让进房中，大伙儿一看屋里的摆设，甚感惊讶。墙上挂的字画，多出自清以前的大家之手。有王羲之挥毫的行书，唐伯虎画的“王丞相出山图”，文徵明狂草的对联儿“夜半柴门宜紧闭”等等。

西墙上，还悬挂着一口宋朝女英雄梁红玉佩带过的龙泉宝剑。地中间儿摆的桌椅板凳，原材料一色是带皮的梨木、杏木，经名工巧匠精制而成，别具一格。用的器皿也全是木制的，花纹儿鲜明，样式美观。房间不大，阳光充足，幽雅别致。

老女侠请各位落座后，唤来仆人，献上用当地土产五品香泡的茶。过不多时，七盘八碟地摆上了。酒是自家酿的葡萄红，一开瓶儿，香气扑鼻；菜是鹿肉、獐子肉、狍子肉，燔烤得红中透着亮，还有味道鲜美的飞禽肉。老女侠将相公让至上座，请其他几位下首相陪，然后端起酒碗说："山林野味，不足以招待贵客，只是略尽地主之谊罢了，请诸位多多包涵。能够在此相逢，算是缘分，咱们干了这杯！"大家纷纷举起酒杯，一饮而尽。

康熙爷品尝着家宴，感到清淡适口，香而不腻，什么珍馐美味也比不上野味好吃。席罢，老女侠给客人铺好被褥，说声："请各位安歇吧"，便退了出去。众人甚感疲劳，脱衣上炕，很快进入了梦乡。

第二天黎明，镖队及老女侠母子三人用过早膳，打马登程，前往锦州。

锦州是各族百姓杂居的地方，自康熙四年改名儿广宁府、设副都统管辖以来，由于同沿海各城互市，人烟逐渐稠密，市井繁华。前不久，知府接到八百里急递，打开一看，是皇上东巡的圣谕。于是赶紧通令全城，从接官亭直至府衙，用黄沙铺道，五步一哨、十步一岗地予以戒严。凡是做买卖的、行路的、挑担儿的，一律禁止走黄沙铺的官道，必须绕道儿而行。

这天，来了一队镖车。头车的左边有一面红底黄字大旗，上书"北京天字第一号衣帽庄"字样；右边的镖旗上画着三十六枚金钱。镖队的前面是一位二十多岁、年轻俊俏的书生，两个彪形大汉骑着高头大马随其后，直奔接官亭而来。

偏偏赶上知府未到，当班儿的是管钱粮的六房之首户房府丞。该府丞平日上欺知府，下压百姓，无恶不作。手下的一帮恶奴更是豪横惯了，东抢西夺，谁也不敢惹。恶奴们见一文弱书生带着两个纠纠武夫和一队镖车走过来，不用问，年轻的书生一定是镖主，武夫是镖师。遂向府丞递了个眼色，意思是"肥肉"来了，赶紧"啃"哪！

歪戴纱帽的府丞慢条斯理地手端鼻烟壶、瞪着三角眼、捋着山羊胡、迈着四方步走了过来，咧开大嘴叉，露出大板儿牙，抬手一指厉声儿喝道："什么人如此大胆，竟敢到接官亭来？小的们，给我抓！"

众恶奴答应一声"嗻"，各举水火棍扑了过来，野狼嗥般地齐声儿喊道："站住，要再往前走半步，当心掀掉你们的脑袋！"

年轻相公并不理睬，一催坐骑，驰向了恶奴。

恶奴的头儿一边高叫道："大胆的奴才，活腻歪了吧？还不快下马受降，跪在老爷面前求饶！"一边举起棍子要打。

年轻相公勒住马，问道："你们是干什么的？我走我的路，与诸位何干？"

恶奴们七嘴八舌又是奚落又是喊的："哎哟哟，说得倒轻巧。前面是专为迎接皇上铺的官道，你也敢走？想试试的话，先摸摸项上的笨头还在不在！"

"少跟这种人废话，四六不懂，墨水都喝不明白，磨那嘴皮子呢！"

"快下马，要想活命，乖乖随我们去见府丞大人！"

相公说："各位行行好儿，让我的镖队过去吧。再说也不白过，愿给你们银子，先付钱，总行了吧？"

恶奴头儿见有银子可捞，便说："这……这得请示府丞大人。"说着忙到府丞跟前嘁喳去了。

府丞寻思道："眼前的小相公从哪儿来的？似乎没见过啥世面，否则咋这么好讹呢？"于是走了过来，心中无气假装怒，凶巴巴地说："你个黄口娃儿，竟敢大模大样地骑在马上，见了本官还不下来跪地求饶，胆儿不小哇！小子，可知道十里接官亭是谁走的地儿吗？黄沙铺道，惟当今皇上独行。你们踏毁了官道，本该没收镖车，并要问罪的。念娃儿年轻无知，不愿太苛刻，可以饶一回。但必须把官道重铺一层黄沙，你可愿意？"

相公商量道："大人，倘若允许我从官道过去，将立即拿出五千两白银铺路。"

府丞轻蔑地说："从这儿过去？休想！踏毁了接官亭的官道，就该罚五千两银子。饶你性命已经够便宜了，还啰嗦啥？痛快拿银子！"

相公答应道："那好吧。"回头喊了一声："萨哈！"

"小的在。"

"取来五千两白银交给府丞！"

"遵命！"萨哈去车中取出一百三十个金元宝，合银六千二百四十两，让人抬到府丞面前，说："我们是北京天字第一号衣帽庄的，少东家姓王名顶点。请府丞照我说的名头，打张收条儿，好回京交账。原来说是五千两，里面多出的一千二百四十两，给府丞大人买酒喝吧。"

府丞一翻三角眼，撇了撇瓢似的大嘴叉，几根山羊胡子也翘了起来，奸笑了两声道："好吧，你们的少东家还算知趣儿。"然后提笔写了收条儿，交给萨哈说："告诉少东家，不是本官不开面儿，借道儿肯定不行。前面有副都统的人马把守，任谁都过不去，走西门吧。到了城里，可住悦来客栈，那是本官开的。"

萨哈答应一声回转来，将收条儿给相公看过，放入囊中。相公唤道："'哼哈二将'!"

"小的在!"

"我们已交了买路钱，前面开路，镖师们保护好车队，从官道上走过去!"

尉迟哼、尉迟哈哪敢不听主子的呀，立刻催马向前，大队人马踏上了官道。

府丞一看，顿时气红了眼，喊道："还反了呢，吃了豹子胆啦，全给我绑上!"三班衙役应声儿抄起棍棒围拢过来。

年轻相公见此，高声儿命道："给我打，先把府丞捆喽!"

镖师们大发虎威，喊哩咯嚓地捆了府丞不说，转眼间，将三班衙役打得东倒西歪，跪地求饶。

相公接着吩咐道："给我掌嘴，然后让他们滚蛋!"

镖师们上前啪啪地打过之后，喝令道："赶快滚!"众衙役一瘸一拐地逃命去了。

相公又指着府丞下令道："把那个蠢货带来!"一个膀大腰圆的镖师像拎小鸡似的，将府丞头朝下、脚朝上地提溜过来了，大喝一声："跪下!"

府丞慌忙跪倒，嘴上不停地祖宗长、祖宗短地央求饶命，心里却想："好汉不吃眼前亏，既在矮檐下，怎敢不低头？只要有条活命，等到了城里，看我咋收拾你们!"

相公说："我花了买路钱，为何不让走？还没个王法了呢！'哼哈二将'，押着他头前带路，进城去!"说罢朝后一摆手，带着镖队向城里进发。

单说金镖女侠柳妍青将一切看在眼里，边走边寻思："少东家真是地上祸不惹，专惹天上祸。迎接皇上的御道，岂容别人践踏？打了衙役不说，还绑朝廷命官，不是造反吗？已经走四五天了，又是前后三支镖队，互相通气儿，莫不是一伙儿江洋大盗来夺锦州？我可不能领儿子从贼呀！"想到这儿，拿定了主意："不妨上前看看，他们若真的去夺城，就领儿子闯出重围，宁可浪迹天涯，也不与大盗为伍。"一骗腿儿骑上红砂驹，催马来到少东家身后。

相公感到后面上来人了，回头一看，原来是老女侠过来了，便笑着说："是见闯了祸，来看个究竟吧？"

老女侠承认道："正是。相公，这样的祸可闯不得呀！"

相公说："老侠客，不要怕，此祸别人闯不得，我闯得。一会儿副都统、知府来了，全得给我跪地叩头，你等着看热闹吧！"

金镖女侠越听越糊涂，不解地摇摇头，也不好再讲什么了。

相公与金镖女侠说话时，只见前面尘头儿大起，旗帜飞扬，一队兵马如旋风般席卷而来。为首的是一员佐领，头顶铁盔，身穿铠甲，胯下青鬃马，手托三股烈焰叉，威风凛凛，杀气腾腾。到了近前，勒住马，大喝道："什么人如此大胆，打了衙役，绑了府丞，还敢从御道行走？真是反了，快过来送死！"

相公在马上笑了笑，吩咐道："你去把副都统给我叫来，就说他的主人到了，膝行来接！"

佐领听罢此言，气得"哇呀"怪叫："你这相公，不知天高地厚，莫非吃了熊心豹子胆啦？口气倒不小，让副都统膝行来接，还口口声声称自己是主人。反了，简直是反了！除了皇上，谁敢说此大话？可以告诉你，我们副都统只称皇上为主子，自称奴才，显得亲如一家。汉人当官的只称臣，不称奴才。你小小年纪，不知礼法，竟敢顺嘴胡说，快下马受绑，本官好去交差！"

相公收敛了笑容，说道："奴才倒挺知礼的，我在这儿等着，跑不了。赶快照刚才说的去回话，岂不省事儿嘛！你想拿我？"回头用手一指"哼哈二将"道："看见了吧，你们能是对手吗？当心祸灭满门！"

佐领心想："相公说话又冲又愣，或许大有来头儿，真是来者不善、善者不来呀！管他什么主人、奴才呢，先禀报副都统再说。"遂换了种语气道："好吧，我去回禀副都统，一会儿就来。"刚要调转马头，便见副都统带着协领、佐领、防御、骁骑校四大官员，后跟二十多名顶盔贯甲、手持兵刃的战将打马过来了。

你道副都统咋来得这么快吗？原来是那些如丧家之犬逃命的衙役一顿好跑，有的扭了腰，有的岔了气儿，有的摔伤了胳膊，有的腿肚子转了筋，慌慌张张跑进了知府大堂，不是好声儿地嚷道："不好啦，不好啦！"

此时，知府正同副都统在书房议事，合计着该如何接皇驾。忽听大堂狂呼乱喊，击鼓撞钟，便说："副都统大人，请稍候，待下官上堂看看发生了什么事儿。"

副都统没言语，点了点头。

知府疾步出得书房，升坐大堂，三班衙役站立两侧。他低下眼来瞅了瞅，问道："出啥事儿了，大呼小叫的？"

跑回来的衙役扑通通跪了一地，其中一人道："知府大人，不好了，众夫人吓破蛋了！"

知府"啪"地一拍惊堂木："该打的奴才，胡说什么？"

"啊，知府大人，小的走嘴了，是众人吓破胆了。"

"有那么可怕？"

"哎呀，大人，看看小的们的样子就知道了。"

知府仔细一瞧，这班人一个个鼻青脸肿，披头散发，耷拉着胳膊、提溜着腿，活像阎王庙里的屈死鬼。不免有些奇怪，问道："怎么都弄得跟死鬼似的？"

那个衙役添油加醋地说："哎呀，知府大老爷，祸从天降啊！方才有一伙儿人非要从十里接官亭过，口口声声喊着要杀进锦州，拿住知府千刀万剐，拿住副都统必点天灯，放小的们回来报信儿。"

知府听罢，大吃一惊，一挥手："退堂！"转身回到书房，把衙役的话向副都统学了一遍。

副都统气得暴跳如雷，吼道："本官率人出城，拿住那些狂徒！"说完，回府点了两千兵马，命佐领萨满丕先带一千出城截住镖车，令协领带另一千守城。

副都统在城下等了一阵儿，见萨满丕未归，心里着急呀，索性自带协领等一千人马来到阵前。

萨满丕见副都统到了，便说："末将正要回去禀报"，然后走到跟前，小声儿转达了年轻相公的话。

副都统听后，鼻子都气歪了，胡子也扎煞起来了，催马到了镖队前，高叫道："我倒要看看，什么人如此大胆!"

只见一相公端坐马上，大声儿说道："巴尔巴图鲁[①]，还不下马，主人在这里!"

副都统定睛细看，端详了好一会儿，才恍然大悟，说了句满语，年轻相公跟着回了句满语。副都统慌忙滚鞍下马，跪伏于道旁，连连叩头。见此情景，随副都统来的协领、佐领、防御、骁骑校全呆了，金镖女侠和她的两个儿子也愣了。

诸君要问年轻相公何许人也？正是当今皇帝康熙爷。副都统原是宫里前清门的提辖，"巴图鲁"是皇上封的尊号。方才他用满语问的是："主子，这是便装私访吗?"皇上用满语答曰："正是。"所以才出现了上边说的滚鞍下马、跪伏叩头的情景。

康熙爷又用满语说："不要声张，快退去兵马，朕自到悦来客栈下榻。"

副都统以满语答道："嗻，奴才谨遵圣命!"随即站起身来，立刻领兵回城了。

康熙爷带着镖车队，押着府丞、和尚进了城，径直去了悦来客栈。店伙计一看，东家被两个黑大汉像条狗似的牵着，当即傻了眼。萨哈唤来掌柜的，吩咐道："客栈我包了，把里面留宿的客人都请到别的店去住吧。"

掌柜的哪敢怠慢？赶忙去张罗。五间上房很快腾出来了，给年轻镖主住，其余人和镖车也都安顿停当。

年轻镖主这一住，方引出了巴尔巴图鲁伏辕请罪以及查贪官、除污吏之举。

欲知怎样情形，且听下回分解。

① 满语：英雄。

第七回 妍青逞威杏花酒楼 秀才洒泪翼德后宅

当天，年轻镖主带领镖车队住进悦来客栈后，其他的两队镖车也从接官亭御道进了锦州，各找客店安歇。

日落西山时，悦来客栈来了两个人，到了年轻镖主住房前，双膝跪倒。萨哈出来接了禀帖，进屋双手呈给皇上。康熙爷看罢，说声："进来！"二人膝行进入房中，伏地请罪。

一个说："奴才叩见主子！"

一个说："微臣叩见皇上！"

康熙爷一抬手："起来回话。"又冲萨哈命道："让'哼哈二将'在门口儿把守，任何人不得入内，你也到门外等候听唤。"

"嗻！"萨哈退了出去。

康熙爷看了看来人，赐坐，并让他们自己倒茶喝。二人谢过，先向皇上敬茶，又各倒一杯，然后坐在椅子上。

康熙爷问道："你们可知罪？"

二人慌忙跪倒："奴才知罪！"

"微臣知罪！"

康熙爷说："朕今天唤二位前来，不是为接驾之事。你们两个，一个是从前清门提辖到锦州任副都统，一个是从探花到锦州充任知府。这里是与沿海各城互市的要地，本当督促属下恪尽职守。可朕来到之前，闻听有的官家敲诈勒索，无所不为。今天一见，果然如此，竟敲到了朕的头上。"说罢，将府丞写的收条儿扔在地上："自己看吧。"

知府捡起来一看，吓得魂飞千里，魄散九霄。又递给副都统，看完也是容颜变色，浑身筛糠。二人匍匐跪倒，领罪道："奴才有罪！"

"微臣有罪！"

康熙爷说："知罪就好。朕听说了锦州副都统和知府还算清正，暂且饶过你们，起来吧。"

二人连忙叩谢隆恩，站了起来。

康熙爷继续说道："朕明天五更去盛京，留下刑部侍郎查处贪官污吏。尔等要尽心竭力地协助办好此案，按律当杀则杀，该关则关。朕东巡归来，还要访查你俩办得怎样。”

二人跪地领旨道：“奴才遵旨。”

“臣遵旨，决不辜负圣恩。”

康熙爷唤道：“巴尔！”

“奴才在！”

“朕令你保护好刑部侍郎。”

“奴才遵旨！”

康熙爷接着将萨哈叫了进来，命他立传口谕：“刑部侍郎留在锦州查处贪官案，按律当杀的杀，该关的入监，不可姑息养奸。官员缺职，由秀才、举人中选贤录用。”

萨哈急去传旨，回来复命。

康熙爷又向副都统、知府交代道：“朕明晨启程，不要声张，不准送行。朕累了，要歇息了。你们去找刑部侍郎，把府丞、和尚等一干人犯带走吧。”

二人叩头领旨，退了出去。

第二天，鸡鸣五鼓，康熙爷一行悄悄儿启程，其余两队镖车亦陆续出发。此刻，柳妍青这位久经风霜、阅历极深的金镖女侠坐在镖车上，想着心事。她想：“天字第一号衣帽庄的少东家王顶点，打了衙役，绑了府丞。不仅没被治罪，连副都统见了也得滚鞍下马，跪伏道旁，气魄够大的。”转念又琢磨：“‘字’和‘子’的音相近，王顶点……哎呀，‘王’字头上一点儿，不是个‘主’吗？莫非少东家就是康熙皇帝？所过州城府县全在等待皇上东巡，可康熙爷却乔装打扮，人不知鬼不觉地走了过去，真有韬略呀！如此看来，我母子时来运转、有出头之日了。两个爱子不离皇上左右，成了贴身武士，被称为哼将军、哈将军，可是做梦都想不到的美事儿呀！”想至此，心中不免暗暗高兴。

镖车队晓行夜宿，饥餐渴饮，走过了十里桃花镇，又跨过了十里杏花村。人们说，桃花镇上出美酒，杏花村里出美人。路上，有花又有酒，花酒难留有事人。

盛京，满语称穆克敦，兴盛之意。地处浑河北岸，原是明朝沈阳中卫城。清朝时，乃皇太极太宗文皇帝的都城。顺治元年迁都北京之后，改为留都，亦称陪都。初始由正黄旗内大臣何洛会任总管，逐渐添设五部。所设官衙，除无吏部，其他如工部、户部、礼部、刑部、兵部皆如京师规制，驻奉天等处将军在此统辖东北之兵马。可谓南通北京、沿海各城，北抵吉林、宁古塔之四通八达的繁华之地。

城里店铺、市场、作坊林立，酒楼、茶肆、客栈遍地。在皇寺大街上，有座坐北朝南的大酒楼，门前竖着八个高高的幌杆儿，上挂大红幌子。楼前一行垂柳，间杂钻天杨，是拴马、停车、落轿之处。门楣上挂着巧匠所制的黑底金字大匾，上书名匠所刻的“杏花村酒楼”五个大字。楼门两边挂着“汉三杰闻香下马，周八士知味停车”的对联儿，横额是“醉倒李白”。进入楼门，东侧是朱红的楼梯。上得楼去，正对翠花门，门两旁挂有“隔壁三家醉，开瓶十里香”的对联儿，横额是“醉倒刘伶”。进了翠花门，雅座一间挨着一间，窗明几净，典雅温馨，真乃好一座杏花村大酒楼！

这天，由楼下走上四个人。一位是秀才打扮，身穿青衫儿，头戴文生公子巾，手摇蒲扇，后跟两个黑大汉，还有一位白发苍苍的老太婆。到了楼上，跑堂儿的忙招呼一声：“里边请！”将客人领进了雅间儿。

进到屋内，跑堂儿的上下一打量，见他们一个秀才，两个大汉，一个老太婆，穿得土里土气，感到有说不出的窝火。心想：“我们杏花村酒楼，来到楼上雅间儿的一向是非官即商。今天算是晦气，咋上来这么个穷秀才，还带着三个乡巴佬儿！”

正想着，就听秀才说：“屋子太小了，你给找间四张桌的，我们每人占一桌。”

跑堂儿的酸不溜丢地说：“行啊，不过那可是上等酒席。菜一色是山珍海味，古北口的银耳、口蘑，兴安岭的驼蹄、熊掌、飞龙，兴凯湖的鲫鱼。总之，天上飞的、地上跑的、水里游的应有尽有。酒是山西杏花村的百年汾酒、贵州明窖茅台，还有绍兴花雕、泸州大曲。我们酒楼是吃啥有啥，想品活人脑子也成，现砸。但得先交定金，然后给你另找房间。”

秀才问：“交多少定金？”

“十两。”

秀才说：“不多，不多，交你十两银子。”随之让黑大汉从褡裢里取出一锭十两银锞子递给了堂倌儿。

堂倌儿见钱眼开，马上变了一副嘴脸，笑着说：“请！”遂将四人让到了一处有四张桌的雅间儿，每人各占一桌，问道：“客官想吃点儿啥？有鱼翅席、海参席、菊花火锅、金鱼火锅，随你们点。”

秀才说："家常便饭吃腻了，不是说品活人脑子现砸嘛，这倒是个新鲜菜，来四个活人脑子下酒。多少钱？我们现在就付。"

堂倌儿一听真的要活人脑子，上哪儿找去呀，便没好气儿地说："你个穷酸秀才，跑这儿找碴儿来了？也没打听打听，杏花村酒楼不是好惹的，将军来了还得垂一青眼呢，你竟敢撒野？"

秀才发怒了，大声儿吼道："住了那张臭狗嘴！你说吃活人脑子现砸，我要买，怎么是找碴儿？去，把管事儿的叫来！"

堂倌儿不以为然，轻蔑地说："吓！好大的口气，不怕风大煽了舌头。告诉你，我们管事儿的乃亲王的大舅子，西街一跺脚，东街乱颤。你是没事儿找祸呀还是咋的？真是飞蛾扑火，自来送死，一个穷酸秀才有什么了不起？今天老子就教训教训你！"说着扬起巴掌冲秀才面门而来。只听"啪"、"咕咚"、"哗啦"、"哎哟"连续几声响。

你道是哪儿来的动静？原来黑大汉见堂倌儿要打秀才，嗖的一个箭步挡在秀才面前，左手拨开打过来的巴掌，右手"啪"地抽了堂倌儿一个响亮的嘴巴；接着一个扫蹚腿，把堂倌儿绊倒在地，摔得"咕咚"一声；堂倌儿栽倒的同时，碰翻了桌子，"哗啦"一声摔坏了桌子上的茶碗、茶壶；堂倌儿一时疼得站不起来了，趴在地上龇牙咧嘴地"哎哟、哎哟"直劲儿号叫。

堂倌儿叫了一会儿，方寻思过味儿来，惊恐地高声儿喊道："杀人啦，快来人哪！"

楼上的顾客闻声纷纷围了过来，有的说："秀才胆儿不小哇，竟敢太岁头上动土，不是自找祸吗？"

有的说："这下秀才算沾包了，有他好瞧的！"

霎时，从楼下拥上来一伙儿人，上灶的、面案的、切墩的、杀猪的、挑泔水的、烧火的，个个手拿家巴什儿，什么炒勺、漏勺、大马勺啊，片刀、剥刀、大砍刀哇，烧火钩子、挂肉钩子、扁担钩子呀，另有扒灰的大通条以及擀面轴子、擀面杖、圆圆滚滚的手棰棒，还有刮毛刮子、锅盖、笼屉、大水瓢等。他们倚仗人多势众，大声儿吆喝道："狂徒，在杏花村酒楼还敢撒野？真是贼胆包天，非宰了你们剁成包子馅儿不可！"狐假虎威，跃跃欲试。

这时，只见老太婆一抖青布卷儿，露出了剑匣儿。刷地抽出剑来，光闪闪夺人二目，冷飕飕逼人胆寒。随即一手擎剑，一手将剑匣儿递给年轻秀才，再抖青布卷儿，将秀才捆在自己身上，一纵身飞出楼窗，燕子投井般落在当街。两个黑大汉也跳将下来，顺手拔出酒楼门前的两根儿幌杆儿当兵器。

冲上楼的一伙儿人见四人已从窗子跳下，反身下楼追了出来。秀才在老太婆背上命令道："哼将、哈将，给我打！"两员猛将听令，挥舞幌杆儿猛抽，所到之处一倒一片。那伙儿人哪抗得住黑大汉的好一顿抡哪，不是好声儿地叫爹喊娘，屁滚尿流。

正在这个当口儿，就听"闪开，闪开！"的喊声，来了一队人马，各持兵刃。为首的身高过丈，大嘴叉，红脸膛儿。头戴马尾透风巾，身穿箭袖儿短袄，兜裆滚裤，脚登薄皂靴，手中擎着和尚板门刀。他分开众人，走上前来，用刀一指两个黑大汉道："呔！大胆狂徒，天堂有路你不走，地狱无门自来投。报上名儿来，大太爷刀下不死无名鬼。"

哼将道："你要问我俩，说出来别怕吓破胆！我叫尉迟哼，他叫尉迟哈，乃北京天字第一号衣帽庄少东家王顶点的武师。你是什么东西？报上名儿来！"

"哎呀，你要问某家嘛，乃镇守留都亲王的舅爷尚不晓的教师爷，杏花村酒楼便是亲王的舅爷开的。你们长天胆儿了，敢来这里惹事儿？既然来了，就走不了啦，看刀！"说着举起和尚板门刀，搂头盖顶劈将下来。

尉迟哼见刀到了，立即高擎幌杆儿，使足力气向外一磕，板门刀飞起一丈多高。紧接着来了个燕子穿云，抓住了板门刀，脚一落地，刀就劈了过去。

再说那个教师爷的刀被磕飞之后，两臂发麻，手腕子发酸。刚想跑，见板门刀已劈过来了，想躲根本来不及，没招儿了，只好闭着眼睛等死。

哪知尉迟哼把腕子一翻，刀刃朝上，刀背朝下，一刀砍在了对方的右膀子上，只听"妈呀"一声，膀子立马掉下来了。尉迟哼大喝道："滚！"狗教师疼得抱着膀子跑了。

那边尉迟哈正同另一个教师爷打在一起。只见他用幌杆儿磕飞了教师爷手中的金顶枣阳槊，随即一个箭步将槊接在手中。兄弟俩一个使和尚板门刀，一个使金顶枣阳槊，将狗教师带来的五十多人打得鬼哭狼嚎、缺胳膊断腿，但都留有活命。

恰在此时，又见尘头儿起处过来一队兵马，空中大旗飘摆，上书"留守陪都亲王府御林军"。为首的身着紫色团花儿袍，蓝宝石顶戴，背后插双眼花翎，胯下红砂马，手托三股烈焰叉。他大声儿喊道："哪里来的狂徒，敢在盛京造反？马步儿郎，给我拿下！"令下如山倒，呼啦啦，马步儿郎围了过来。

尉迟兄弟一看来的是官员，不敢动手了。秀才却命道："'哼哈二将'，怎么停下了？接着来，先把穿紫袍子的给我抓来！"

兄弟俩见主人发了话，于是手持兵刃扑向御林军队伍中，有如虎入羊群，大显神威，前后左右的人根本靠不了前。打得御林军滚的滚、爬的爬，并把那个为首的官员擒下马来，摔在少东家面前。

少东家早从老太婆的背上下来了，站在地上吩咐道："'哼哈二将'，先打他五十响嘴！"

尉迟兄弟放下兵刃，走上前左右开弓，啪啪啪地一顿猛抽，很快执行完了。

穿紫袍子的官员虽然被打得鼻歪眼斜，脸肿如笆头，满嘴流血。但毕竟是个武官，有股子硬挺的劲儿，一抹嘴角儿道："本官乃朝廷三品大员，官居协领。今落在反贼之手，要杀项上有头，要剐身上有肉，快来给个痛快！不然，天兵一到，狂徒哪里逃命？"

秀才听他这么一讲，反倒乐了，说："天兵来了，恐怕你也无法逃命了吧？不过看起来算是有胆量，够得上巴图鲁，威武不屈。滚吧，让你的亲王来见我！"

协领怔怔地瞅着秀才，问道："你咋知道我是巴图鲁？"

秀才回道："我怎么会不知道呢，看你的着装就是巴图鲁、皇帝的勇士。"

协领说："你这秀才，知道的倒不少。那为啥还要闹酒楼、自找苦吃呢？"

"因为我与你不同，不怕什么王爷。别啰嗦，快去！"

"好，我马上去回禀王爷！"协领说罢转身走了。

此刻，有三百多身穿青衣、头扎紫巾的人闯过官兵的堵截，在杏花村酒楼下，与秀才会合在一起。你道他们是谁？原来是后面的两队镖车负责护驾的御林军，嘴里高喊着："让你们的将军、亲王来，别人来了那是白白送死！"众官兵见这些人并非好惹之辈，急忙奔回将军府报信儿去了。

盛京等处将军听了传报，感到很是蹊跷，当即下令："协领以下人等，速与本将前往杏花村酒楼！"

将令一下，协领、佐领、防御、骁骑校以及绿营的副参领、游击、千总等，个个顶盔贯甲，箭上弦，刀出鞘，将所率领的兵分为十层，随将军直奔杏花村酒楼。

不多时，十层兵在酒楼下排列开来，那真是旌旗招展、刀枪林立、箭戟如麻呀！一层兵弓箭手，待令放箭；二层兵藤牌手，手把刀擎；三层兵三股叉，叉挑日月；四层兵四棱锏，锏放光芒；五层兵五虎钩，钩人落马；六层兵亮银枪，鬼神皆惊；七层兵齐眉棍，棍扫马腿；八层兵八棱锤，专打英雄；九层兵绊马索，惟拿上将；十层兵十面埋伏，水泄不通，阵势好不壮观。

兵器是一刃剑、二刃刀、三股叉、四棱锏、五虎钩、六银枪、七眉棍、八棱锤、九是索、十是绳，带尖儿的、带刀的、带刺儿的、麻花儿的、拧劲儿的、灯笼穗儿的样样儿皆有。人分高矮胖瘦，有红脸的、黑脸的、白脸的、黄脸的、花脸的。马分红色、黄色、棕色、白色、黑色，好不威风。

排阵之后，在一列握刀佩剑的武士护卫下，走出一位官员。只见他头上亮红顶戴，双眼花翎，身穿团花儿马褂儿，腰悬宝剑，胯下大红马。秀才等人一看，知道是奉天将军到了。

奉天将军是东北的兵马总帅，上马管军，下马管民，乃大清关外的最高首领。只听将军手下的一员武官高声儿喊道："闹酒楼的人过来，向将军回话。有理讲理，将军给你做主；无理认罪，罪有应得。若是不造反，想说啥可以来讲；若是造反，看见这兵似兵山、将似将海了吧，岂能容小丑跳梁？快快到将军马前请罪，或可饶你不死！"

秀才听后，回头看了老女侠一眼，意思是请她先去。

老女侠久闯江湖，善窥人意，便将手中的宝剑交给儿子，然后对秀才说："少东家，容老身前去讲理。"秀才点了点头。

老女侠走到将军马前，双膝跪倒："民妇给将军叩头！"

将军在马上一看，是个六十多岁的老太婆，遂问道："你来干什么？"

"替我家少东家讲理来了。"

"他是干什么的？姓甚名谁？"

老女侠回道："少东家是北京天字第一号衣帽庄的，姓王名顶点。因为要去吉林开设分号，走到盛京，来杏花村酒楼喝酒。酒楼的堂倌儿说，吃活人脑子现砸，少东家要买。堂倌儿便破口大骂，还喊来了灶上的、面案的、切墩的、杀猪的、烧火的，各操刀棒，要打我家主人。为了自卫，只好动起手来，请将军给我们主仆做主。”

“噢，你家小主人在哪儿?”

老女侠抬手一指道：“那就是。”

将军远远望去，见一年轻秀才，身边站着两个黑大汉，虎视眈眈地往这边瞅呢！一群穿青衣、扎紫巾的人，手持兵刃，团团护卫着秀才，遂冲老太婆说：“你们聚伙儿成群的想干什么？去找你的小主人来回话!”

老女侠回到秀才跟前，把将军的话学说了一遍，秀才一指身旁的佩刀者命道：“你去回话。”

那人答应一声：“嗻!”疾步向将军马前走去。

将军侍从见此，立即跑了过来，一把拽住佩刀人，吼道：“大胆！竟敢带刀来见将军，难道要行刺不成?”

佩刀人大声儿冲前面喊道：“将军，小的钮钴禄查海，替主人喊冤来啦!”

将军听到呼喊，举目细看，不由得“啊”了一声，随之跳下马来，一边吩咐：“快松手!”一边来到跟前，用满语问道：“侍郎，怎么回事儿?”

查海也以满语小声儿回道：“万岁爷东巡至此私访，赶紧撤兵吧。千万不要来见圣上，必要时自会去府上找你。一座酒楼出了乱子，就屈尊将军大驾，列出这般阵势，皇上会怪罪的。赶快查封酒楼，带走一干人犯，听候万岁爷发落。”说完反身回去了，向皇上禀明了刚才与将军的对话。

将军急速传令撤兵，查封酒楼，抓了跑堂儿的等一干人犯。还派人抄了酒楼东家的住所，锁了全家人等一起入狱。

兵撤了，秀才一行也各自回店了。看热闹的人如潮水般涌到酒楼门前，七嘴八舌地议论开了：“这回杏花村酒楼的东家可扬摆不了啦，遭了报应啦!”

“那个秀才胆子真大，竟敢得罪皇亲!”

“什么皇亲呀？很可能是假冒的呢，等着瞧吧!”一时说啥的都有，一句接一句，话不落地儿。

单说当晚酉时，四个便衣人来到将军府门前，一个年轻秀才，两个黑大汉和一个年过四十的黄脸汉。秀才对门房说："将军是我三弟，请通报一声，兄长来见。"

门房心想："一个二十来岁的秀才，却说五十多岁的将军是他三弟，莫不是疯了？"刚要将他们轰走，将军的侍从过来了。一看，原来是在杏花村酒楼闹事的那个秀才，忙问道："可有禀帖？"

"没有。"

"请问贵姓高名？"

四十多岁的黄脸汉接碴儿道："你去传报，查海陪小主人来访。"

侍从说："请稍等，小的这就回禀"。

侍从先到书房，见将军不在，又去后宅。刚进门儿，便见仆妇、丫环一个个两眼垂泪，又听屋中号啕大哭。急忙问一仆妇："怎么了，出啥事儿了？"

仆妇回道："将军吞金自尽了！"

"啊！真的吗？"

"这等事谁敢说谎啊！"

"哎呀，有个在杏花村酒楼闹事的秀才带三人来见将军，口口声声唤将军为三弟，正在门房等候，我如何答复是好哇！倘若挡着不让见，秀才岂肯罢休？要是说将军吞金自尽了，这……还是请夫人拿主意吧，烦你赶紧通禀一声。"

仆妇说："你跟将军当差多年，也是领催之职了，一件小事儿还办不明白？不就是个秀才嘛，打发走得了。"

侍从解释道："那可不是一般的秀才，连将军都怕得要命，在他面前乖乖的，大气儿不敢出，咱能惹得起呀？给个贼胆儿也不敢哪！"

仆妇无奈，转身进房禀给了夫人。

夫人听罢，当即命道："大开仪门，悬灯结彩，红毡铺地，奏起军乐，待老身去迎接。"然后走到梳妆台前，大装打扮起来。头戴凤冠，身着霞帔，腰系山河地理裙，并吩咐侍女们打起日月扇。

在场的人一看，全愣了，不知所以然。侍从大步进了房门，单腿儿跪倒说道："夫人，这样的礼数，是迎接王爷的。一个秀才，怎好如此？"

夫人说："此乃将军临终前交代的。一再叮嘱，倘若闹酒楼的秀才来，必须大礼迎接，不可怠慢。快去！告知那位秀才，就说将军夫人亲自跪在仪门迎驾。"

侍从回到门口儿，把将军夫人的话转达给了秀才。秀才问道："你们将军呢？"

侍从回答："将军得了急病，危在旦夕，一会儿见了夫人便知道了。"

秀才说："好吧，头前带路。"

将军府早已仪门大开，老夫人跪在门里，两边儿排起执事，金瓜、斧钺、朝天镫、缨舞、缨幡、缨罩缨，高挑气死风灯，照得夜如白昼。秀才一行四人到了仪门，老夫人低头儿自报道："臣妾乃镇守盛京等处将军捷勇巴图鲁、赏黄马褂儿臣嫡配钦封一品夫人，接驾来迟，请皇上恕罪！"

"平身。"

老夫人站起身来。

康熙爷问道："将军呢？"

老夫人流着泪说："回皇上话，将军已经吞金自尽了。"

"啊？为什么，夫人可知晓？"

"臣妾不敢讲。"

"说来无妨，朕不怪罪。"

老夫人奏道："先夫接到六百里急递，圣谕'调'京候用。正要启程时，闻听皇上东巡已出了山海关，便在此等候圣驾。哪成想，今天却在杏花村酒楼闯了大祸，撞了圣驾。先夫说，'调'字本身内含杀意，又误撞圣驾，两罪归一，必死无疑，便吞金自尽了。临死前乞求皇上，望罪不及妻孥，九泉之下，深感圣恩！"说罢，不禁泣不成声。

康熙爷转过头来问查海："'调'字怎的就含杀意？"

查海回道："禀皇上，历代王朝文官怕'选'，武官怕'调'。'选'和'调'皆用于罪臣，非罪臣，只能用'召'"。

"哎呀！是朕误杀了三弟呀！夫人，快领朕去见三弟，诉诉朕之过。"

老夫人也闹不清皇上为什么叫自己的丈夫为三弟，又不好问，遵命头前带路，领皇上进入内宅。

康熙爷一见将军，难过得抚尸大哭，边哭边说："是朕误杀了三弟呀！朕的二弟云长，天天随朕去金殿保驾。朕一天早朝，听到后面有甲叶的沙沙声，便问：'何人甲叶响？'暗中答话：'二弟云长。'朕问：'三弟何在？'回答：'翼德镇守盛京。'你同朕是再世弟兄啊，朕为了急见弟面，不慎误用了‘调’字，万没想到竟害死了你。三弟呀，倘若阴灵有知，等朕东巡吉林后，你就随朕回北京，到皇宫找二弟云长，兄弟便可相聚一处了。”

查海和老夫人站在一旁，不住地安慰，好不容易劝住了悲悲切切的皇上。康熙爷止住哭声，提出要见侄儿。老仆领命出门，带回一个身穿重孝的三岁男孩儿，皇上手拉侄子不禁又哭了：“三弟呀，遗孤不满三尺，朕见了怎能不伤心落泪呀！”哭一阵儿后，令查海听宣。

查海忙跪倒在地：“奴才接旨！”

康熙爷面谕道：“爱卿是兵部侍郎，久掌兵权。朕命令你暂代盛京等处将军职，封卿兼任盛京等处监察使，代天巡狩。即日到任司职，把盛京的奸臣、逆贼、恶霸、土豪斩草除根。已故将军仍享将军俸禄二十年，其子为文武监生，月支俸银百两。”查海、老夫人领旨，谢恩。

康熙爷又道：“朕还有事儿，马上得走。尔等不要声张，更不需远送，就从后花园出府。”说罢，在查海、老夫人的跪送下，悄悄儿离去了。众家人这才知道，年轻秀才便是当今的圣上。

查海赴任后，抓亲王，处贪官，惩恶霸，大刀阔斧。

欲知后情，且听下回分解。

第八回 亲王昭陵认罪受罚 金翰小店阔论今昔

康熙爷离开将军府，直奔太宗文皇帝的故都，此时已是午夜时分。

故都的东边，是留守陪都的睦亲王府邸。康熙爷带着“哼哈二将”到得王府门前，见大门紧关，便命二人上前叫门。

两员猛将举起拳头，嘭嘭嘭敲得震天响，门房侍卫从梦中惊醒，心想：“哪儿来的人呀，敢这么砸门？”下地打开大门一看，原来是个秀才和两个黑大汉，遂怒气冲冲地骂道：“狗奴才，大胆！深更半夜的，竟敲王府大门，还了得！”随即高喊一声：“来人！”

话音刚落，呼呼啦啦来了六七十人。门房侍卫大声儿吩咐道：“把他们抓起来！”

众人一拥而上要绑人，康熙爷见此，高叫道：“给我打！”

“哼哈二将”听令，抡起簸箕大的巴掌，噼里啪啦地把门军们打得狗抢屎的、仰巴叉倒地的、翻白眼儿的、嘴角儿流血的、鼻青脸肿的啥样儿都有。还抓住一个头领，问他叫什么名字？那头儿吓得顿时筛了糠，连忙回道：“某乃尚大人。”

康熙爷喝道：“混账东西，什么尚大人，给我揍！”

头儿连连求饶：“秀才老爷，请听小的说。因为我是门房总管，又是亲王的内侄，所以门军皆称小的尚大人。”

康熙爷说：“噢，你是睦亲王的内侄，你姑姑就是亲王的妃子了？”

“正是。”

“你姑姑叫啥？”

“尚多娇。”

“那个开杏花村酒楼的尚什么，是你啥人？”

“是小的堂叔尚不晓。”

“拿笔砚来。”

门军总管忙反身取来笔砚，康熙爷接过去，刷刷写了几行字，交给他，问道：“你叫啥？”

“小的叫尚迷糊。”

康熙爷命道："你把字柬交给睦亲王。"说完，带着"哼哈二将"离去了。

诸君若问，亲王府门前打得如此热闹，里头听不到声儿吗？还真是听不见。这座府衙，可算得上深宅大院儿，门房距二道门足有半里地。况且夜深了，府内的人全在梦中，被打的门军们还不敢大声儿喊叫。所以，门房发生的事儿，内宅无人知晓。

尚迷糊见秀才走了，又抖起了威风，吩咐道："快点上灯笼，本大人去内宅。"

门军立马点起灯笼，引着尚迷糊奔向二门。到了那儿，敲开门，尚迷糊走了进去。又叫开仪门，前往内宅。

内宅值班的有两个人，一个是仆妇，一个是丫鬟，正在檐下打盹儿。尚迷糊走到跟前，将她俩推醒。二人睁眼一看，是尚迷糊，便站起身来，仆妇问道："尚大人，深更半夜的，来干啥呀？"

尚迷糊说："有急事儿回禀王爷，快通报一声。"

"哎哟，我的尚大人，这不是诚心捉弄小的嘛！你姑正陪王爷寻美梦呢，哪个敢进去搅了呀？尚大人，既然是王妃的侄儿，就叫姑姑停一下见见你呗，兴许还有用侄儿之处呢！"

尚迷糊不仅分辨不出此话的真意，还赞同道："说得有理，等我听房中有了动静，再到窗下去喊。"

仆妇"哼"了一声，冲丫鬟撇了撇嘴，意思是说，骂他都听不出来。

尚迷糊在内宅门口儿走来走去的，急得直搓手，猛听姑姑柔声怪气地唤道："倒水来！"于是忙向仆妇单腿打千儿道："还是烦你给通禀一声吧。"

仆妇不情愿地点点头，倒了一盆清水，送入房中，并将尚迷糊要见王爷的事儿向王妃说了。

尚多娇答应一声，端着水盆进了卧房，告诉王爷："尚迷糊手拿字柬在外等候，说是有急事儿回禀。"

睦亲王说："叫仆妇把字柬送进房中，让他走吧。"

尚多娇反身出来一摆手，仆妇赶忙拿着字柬进入房中，交给尚多娇，尚多娇又转递给王爷。

睦亲王展开一看，吓得"啊"的一声坐了起来，浑身发抖，两眼发直。尚多娇见状，忙问："王爷，怎么了？"

睦亲王怔怔的，既像回答又不像回答地自言自语道："完了，要挨审哪!"

尚多娇说："谁有多大胆儿，敢审堂堂的亲王！王爷，您是拿话吓唬人玩儿吧?"说着便扑到亲王的怀里，做出媚态，又是贴脸儿又是亲嘴儿的，竭尽所能不停地撒娇。

睦亲王烦恼极了，心想："这把交椅恐怕要坐到头儿了，哼！还不是你尚多娇兄妹给我惹的祸?"随即扬起手"啪"地给尚多娇一个耳光。

"哎哟!"尚多娇一边摸着红肿起来的脸，一边不是好声儿地嚷开了："这个没良心的，啥事儿让你忘了夫妻的情爱，竟来打我?"

睦亲王气得眼珠子都红了，手指尚多娇的鼻尖儿吼道："给我把嘴闭喽！这个骚货，跟谁是夫妻？我的福晋是先皇御口亲封的，你算什么东西，还敢跟我称夫妻!"说着站起身来忿忿地兜裆一脚，把尚多娇从床上踢到地上，不住嘴地骂道："妈拉巴子的，纯粹是个扫帚星！以为本王不知道哇，我明天被杀了头，你他妈后天就找别人去了。你哥哥更是个臭货，乌龟王八蛋也敢称王爷的大舅子，做梦!"越说越气，蹦下地哐啷一声推开门，高声儿喊道："来人!"

霎时，仆妇、丫鬟、守夜的御林军呼啦进来一大堆。亲王手指倒地的尚多娇吩咐道："把她和尚迷糊锁上！啊，不光他俩，凡是混到王府里姓尚的都给我关起来!"

奴才们和御林军答应一声："嗻!"便动手锁人。从内室到门房，共捆了三十多个姓尚的及其旁亲。

睦亲王见尚家人全抓起来了，总算出了一口怒气。可是一想到自己明天得去昭陵跪在陵前受审，不禁倒吸了一口凉气，胆战心惊的。琢磨着尚不知谁是钦差，审问时对酒楼之事该如何应对呢？忽然眼前一亮，想到了带御林军去杏花村酒楼的协领，何不找他问个究竟？于是，立即派人去传协领前来问话。

单说那协领在杏花村酒楼前被擒，又见将军也对秀才无可奈何，觉得无颜到王府复命，便没去，而是悻悻地回到了自己的府邸。忽听王爷传令，赶忙出得门来，随同侍卫前往王府。

协领一到，睦亲王便急不可待地问道："将军可把在杏花村酒楼闹事的秀才抓住了吗?"

协领禀道："回王爷话，将军去后，不仅没捉拿秀才，反倒封了酒楼，抓了伙计、掌柜的及其全家，押入监牢。这还算是小事儿，听说秀才去了将军府，兴师问罪，将军已经吞金自尽啦！”

亲王听后，如五雷轰顶，差点儿没晕过去！

协领接着问道：“王爷，可知秀才是什么人吗？”

“不知道。”

“就是当今的圣上啊！”

亲王顿时木了，眼珠儿一动不动地瞅着地面，一声儿不吱，有似灵魂出窍了。多时，才吐出一句话来：“皇上也到王府问罪了，你看这个。”边说边将字柬递给了协领。

协领接过来细看，只见上面写道：

私纳汉女违祖训，
纵容恶奴一大群。
明天亲到昭陵去，
太祖坟前辨假真。

协领看罢，紧皱眉头，思索一阵儿后说：“怕是皇上来盛京并非一日，御驾亲去杏花村酒楼，正是为了调查王爷呀！看来已到了覆水难收的地步。依末将之见，王爷还是亲到昭陵请罪为上。若等圣旨来召，那可就晚了，不好宽容了。末将猜测：万岁爷让亲王殿下到昭陵去，是想以家法惩治，请出太祖御棍杖责几下。况且当今圣上是王爷的堂侄，有这层关系，总得手下留情吧？”

睦亲王听协领分析得似乎有理，心里才略有些宽慰，说道：“眼下我是当事者迷呀，脑子里一团乱麻，请协领帮本王出出主意吧。”

协领想了想，出招儿道：“不妨这样，明天五鼓，王爷先到昭陵，去宗人府跪请总监治罪。总监爱新觉罗·穆坤王爷是当今圣上的叔祖，今年八十九岁了。求他请出太祖御棍，杖责于己，说不定会有意想不到的结果呢！倘若穆老王爷怜爱子侄，说声免打或少打，那王爷不就满天云彩全散了吗？但有一点王爷必须做到，请罪时得声泪俱下，表现出特别愧疚的样子。”睦亲王边听边点头。

协领停了一下，又道：“从字柬来看，王爷若是不自悔，皇上很可能要在盛京杀一儆百了。王爷请想啊，皇上不治好皇族，如何管万民哪？要治皇族，怕是亲王首当其冲了。福祸皆在眼前，此步棋怎么走，望王爷拿好主意。不知明天在昭陵，皇上又将扮演什么角色，王爷心里应有个谱儿。或许圣上根本不露面儿，请随行大臣代行天子之命，也未可知。不论怎样，都要看王爷的福分了，只能听天由命。”

睦亲王听罢，再三感谢协领能在关键时刻给以点拨，又请其帮助拟了请罪状，才放他离去。

第二天鸡鸣五鼓，睦亲王便起来了，做去昭陵的准备。他没着朝服，穿的是满清入关前的服饰，随行的两名侍卫亦是如此打扮。一行人抬着冥纸、香烛等祭品，向昭陵走去，到达时，陵门早已大开。亲王领着侍卫先将祭品在陵前摆好，然后前往宗人府，拜见总监。

见了总监，行了跪拜礼，禀道：“王伯，小侄儿请罪来了。”

总监说：“好啊，知罪比不知罪强。既然来认罪，那就先到太祖陵前跪到中午，再当着盛京的众位官员、黎民百姓面儿宣读罪状。本王昨晚接到代天巡狩盛京等处监察使、暂代盛京将军、兵部侍郎的手令，要给你治罪。今天能亲来，还算知趣，跪去吧！”

睦亲王吓得心怦怦直跳，脸立刻变了颜色，只好反身出门，自去跪在昭陵前。

其实，这位宗人府的总监并不是接到盛京将军的什么手令。而是昨天晚上，康熙爷离开睦王府后去了宗人府，声称要治罪于睦亲王。穆老王爷对皇上说：“睦亲王私娶汉女为妾，包庇奴仆，擅发命令，将守皇陵的御林军用做私人护卫，是有过，应当治罪。但不当诛，不当发配，也不当削职为民。因为他尽管有罪，却不虐民，不干扰政事。再说顺治爷的手足只有睦亲王一个堂弟了，能宽让则宽让吧。”说罢，不禁潸然泪下。

康熙爷见穆老王爷十分怜悯睦亲王，又听说他不虐民，不干扰政事，便也有了宽容之心。转念又想到，不惩处睦亲王，无论如何交代不下去，难以正法。那么，到底该如何处治呢？皇上与穆老王爷商量一阵儿后，写了御旨，命宗人府派人送到将军府，由将军按意旨执行。

第二天早晨，在睦亲王抬着祭品去往昭陵之时，盛京大街小巷贴满了告示，上书：

“晓谕军民人等，于辰时初刻，到昭陵听留守陪都睦亲王读罪状，由宗人府总监苏达穆亲王行杖责。”

此消息，像阵风似地传遍了盛京城。黎民百姓、做买卖的，纷纷前往昭陵看热闹。

昭陵，位于沈阳城北，乃清太宗皇太极与孝端文皇后博尔吉特氏的陵墓。依地势修筑一百零八级石阶，阶之上竖有“大清昭陵神功圣得碑”一座。碑后为方城，城内正殿为隆恩殿，东西附有配殿、角楼，正殿后为明楼。方城后有宝顶，下为帝、后之地宫。

今天，昭陵显得格外肃穆，寝门大开，无人把守，随便出入。卯时初，盛京将军率文武百官而至，先参拜了苏达穆王，拜毕到治公处就座。

不多时，值班太监敲响了云牌，报时辰已到，苏达穆王由两名太监搀扶，从治公处走了出来。只见老王爷发似三冬雪，满脸皱纹儿堆叠，青筋暴突，精神却很饱满。他站在祭台上，留都的爱新觉罗氏子弟分列两旁敬立。盛京将军等官员坐在治公棚里，甲士罗列，昭陵的前后左右挤满了看热闹的人。

苏达穆王吩咐道：“悬太祖皇上御影，奏宫乐！”

宫乐响起，两名皇室子弟从寝宫中抬出了清太祖皇帝的御影。值班太监高声儿喊道：“参拜御影！”

于是，从苏达穆王站立的祭台，直到昭陵大门内外，王公、大臣、将军、黎民百姓跪一地，行三拜九叩大礼。礼毕，皇室子弟将御影抬回寝宫，退了出来，随即关闭了陵寝墓门。官民人等站起身来，苏达穆王大声儿宣示：“本王告知盛京的黎民百姓、文武官员，我爱新觉罗氏留守陪都的睦亲王犯了国法家规，先以家法惩处，再交代天巡狩盛京等处监察使、暂代盛京等处将军、兵部侍郎查海台下办罪。”然后命道：“将逆子睦亲王带上来！”

甲兵把跪在昭陵门前的睦亲王引到了祭台下，苏达穆王厉声儿喝令他念认罪状。平时八面威风的睦亲王跪倒在祭台前，声泪俱下地读了起来：“本王所犯之罪如下：一，私纳汉人之女为妾，违反了先皇太后的祖训；二，放纵奴仆，危害百姓；三，私自指派守宫守陵的御林军做私人护卫。这三大罪过，既违国法，又犯家规。我愿先领家责，再自投代天巡狩盛京等处监察使台下认罪。”每念一条罪状，散在人群中的皇室子弟便复诵一遍。

睦亲王念完，苏达穆王宣布：“逆子睦亲王，诚心悔过自新，免去杀头之罪。现请出御棍，杖责一百。”

皇室子弟齐跪地下，为睦亲王苦苦求情。苏达穆王也有怜悯之意，想了想，说道：“免去杖责，然国法难容，送监察使台下治罪。”甲兵听令，引着睦亲王到了治公处前。

监察使已供上圣旨，高坐于治公座，冲外大喊一声："带逆臣！"甲兵将睦亲王推进棚内，跪伏在地。

监察使一拍惊堂木："你可知罪？"

"臣知罪。这里有认罪状，呈监察使大人过目。"

侍从接过认罪状，递送监察使。

监察使看过后，说道："好，念你能投案自首，主动认罪，可以从轻发落：罚俸一年，带枷游街三日，以儆不法。游街过后，务要戴罪立功。"

宣判毕，甲兵上前给睦亲王铐上了枷锁。监察使派一位佐领带三十名甲兵，押解着睦亲王鸣锣开道，游街去了。

各官回府，百姓散去，宗人府总监苏达穆王去往内室，想看看皇上是否睡醒。到了内室一看，皇上早不在了，只留下一张字柬，上书："事办得很好，朕启程去吉林。"

话说康熙爷看到诸事已按意旨而行，遂于午时，带着人马，仍分三批扮成镖车队，陆续离开盛京，驰向吉林。康熙爷在杏花村酒楼，亲眼看到了"哼哈二将"的高超武艺，一路行来更加放心大胆。有时候，身边只带"哼哈二将"，离开镖车队私访。逢山玩儿山，遇水玩儿水，过村庄，走城镇，经常同老头儿、老太太、小伙子、大嫂子攀谈。唠得高兴时，便在酒楼茶肆品茶喝酒，逍遥自在，好不愉快。

一天，康熙爷同"哼哈二将"来到了一个村落。村头儿有十几株榆树、杏树，树旁是一道深涧，涧上横铺着石板桥，涧下淌着波光粼粼的溪水。过了桥，桥头儿的大树下，有三间茅草房。房前的杏树枝上，高挑着一面酒幌儿，真个是红杏枝头挂酒旗，别有一番情趣儿呢！

康熙爷带着"哼哈二将"走进酒店，见里面有三间屋，两明一暗。明间儿整齐地摆放着桌椅、板床，暗间儿是厨房。墙面粉刷得雪白，桌上铺着洁净的白布。陶瓷盆儿中栽有月季、兰草、灯笼花儿，每桌一盆儿，甚是清雅。在摆放板床一侧的墙上，挂着一幅行书字画。细看那字，写得苍劲有力，语意却有些凄凉：

只身流落在异乡，
几年阅尽世炎凉。

饥寒交迫亲朋淡，
财势重金姓亦香。
得时鱼虾争戏跃，
失时虎豹亦潜藏。
此种滋味都尝遍，
敢向谁人诉衷肠。

康熙爷看罢，不由得思忖起来：“朕觉得做个闲人，遇肆沽酒，遇店投宿，清闲自在，倒也不错。此人却道出了丧气话，岂不扫兴？”转念又想：“农民辛苦一年，用汗水换钱不容易，难怪静妃让朕省刑罚，薄税赋。她本是渔家女，清楚百姓的疾苦，正如有诗云：‘锄禾日当午，汗滴禾下土。谁知盘中餐，粒粒皆辛苦。’朕自幼生长在宫中，使奴唤婢，堂上一呼，阶下百诺，与世隔绝，哪里知道那么多呀？如此看来，字画的确道出了人世间的虚伪、倾轧及百姓生活之难。”

正这时，走过来一个中年人。年岁约三十上下，白润面皮，五官端正。身着青衫，头戴文士帽，帽前镶块碧玉，干净利落。他上前施礼道：“请问秀才公，可是要在此处打尖？”

康熙爷到东北后，已学会了一些地方语言，知道“打尖”即指吃饭，故而点了点头。

中年人斯文地介绍道：“小店没有啥好吃的，下酒的就是咸鸭蛋、五香干豆腐，酒只有本地烧的高粱酒。饭菜也简单，有麻花、馒头、鸡蛋羹、豆腐汤，秀才公若不嫌弃，请坐下吧。”

康熙爷问道：“你是店主？”

“在下正是，什么店主不店主的，混口饭吃而已。我呀，店主、伙计全包了，见笑，见笑。”

“这么说，此店仅你一人？”

店主苦笑道：“一个人也是药店里的药材羌活（强活）呀，秀才公想用点儿什么？”

“来十五个咸鸭蛋，八碟儿五香干豆腐，二十根儿麻花，十个馒头，六碗鸡蛋羹，再来好酒三斤。”

店主说：“取笑了不是，一个人如何吃得了这么多？”

康熙爷一指“哼哈二将”道：“那不是还有俩人嘛，他们可是大肚汉。吃不了不要紧，照付饭钱。”

不多时，店主把酒、菜、饭全端上来了，鸡蛋羹还特意用花蘑木耳勾卤儿。康熙爷边品边赞不绝口："好吃，好吃！此乃地道的美味。"

店主听后乐了，问道："秀才公，你是饿了吧？"

"嗯，有些饿。"

店主信口吟道："饥咽糟糠甜如蜜，沃腹蒸宰也不香。"

康熙爷边点头边道："噢，店主还是文士呢！"

店主脸忽地红了："哪里，哪里。"

"墙上的字画，可是店主的手笔？"

"是小可胡抹的，让秀才公见笑了。"

康熙爷乐了，说："我进得店来，看到陈设雅致，别有情趣，又见店主谈吐不俗，便知是位文士。正好生意不忙，只我们三人，何不请同桌共饮几杯？今天不打算走了，包下小店了。你摘下幌招，闭店关门，咱一块儿吃顿饭，大家乐呵乐呵。"

哈将听皇上这么一说，立刻拿出纹银十两，交给店主作为酒饭钱和店钱。店主连忙推却道："小店每天只卖一串铜钱，你三人若是全包了，赏串儿铜钱足矣。"

康熙爷再三让店主收下，店主说："常言道，君子求财，取之有道。小可不敢自比君子，但绝不多收秀才公的银子。如要相强，岂不是辱没了小的？"

康熙爷无奈，只好言道："店主如此清高，那么给一两银子总行了吧？我们实在没有铜钱。"

"多谢秀才公，小可拜领了。"店主随即收了银子，取下幌招，然后坐了过来，与三人同饮。

店主看秀才慷慨、豪爽，待人实在，便起身把珍藏的蜜酒拿了出来。还将自家用的鹿脯、獐子脯捧来，蘸上香油用炭火烤，烤好后放在小碟儿里。这样的野味，算是珍馐了。

康熙爷细品着，可谓既清香又脆嫩，很有嚼头儿，笑着说："乍烤时，我以为是咸菜干儿呢，吃了才知道是肉。店主，都是什么肉哇？"

店主回道："这碟儿是鹿肉，不足为奇，那碟儿是獐子肉。人们说：'天上的龙肉，地上的驴肉。'獐子其形如驴，当地人叫它山驴子，驴肉即指獐子肉。雄的叫香獐，就是产麝香的那种。东北麝香驰名全国，药用价值极高，我也是来了以后才知道的。"

康熙爷问道："这么说你是汉人？贵姓，台甫怎么称呼？"

“小可姓金，草字文苑，贱名翰，随祖母、父母发配到东北。如今皇上有了赦旨，父母已扶祖母灵柩回原籍了。”

“你是说姓金？”

“秀才公不必惊异，金圣叹便是小可的祖父。”

康熙爷连连点头道：“哎呀，原来店主是金圣人的后裔，失敬，失敬！令祖父可把大清骂苦了，朝廷再三膺请金圣叹做宰相，却万般不肯。他到金殿时，是爬着上殿的，把雉鸡翎插在屁股后面当尾巴，并将马蹄袖儿特意敞开着，披头散发的。皇帝见他以此对抗朝廷，便问大清有什么不好？他说满洲皇族是‘头戴狐狸尾，身穿走兽衣，父子不同姓，姐弟成夫妻。’皇帝欣赏他的才华，尊重他的忠诚，在劝说无效的情况下，不得不将其幽禁狱中多年，百般恭敬之。结果反遭唾骂，最后无可奈何，才将金圣人杀了，成全了为明朝尽忠的夙愿，家人被发配去了宁古塔。”

金翰问道：“秀才公怎么知道得如此详细？”

康熙爷回道：“我是北京天字第一号衣帽庄的少东家，姓王名顶点，常同官府打交道，能不知道吗？现去吉林开设分号，镖车就在后面，这二位是镖师。”

金翰略一思忖，说道：“我看少东家倒没有豪门子弟那种盛气凌人的架势，而是坦诚大度，平易近人，很像个侠士。你的保镖都是彪形大汉，原以为是江湖上杀富济贫、除暴安良的剑侠之流，所以才敢与你们共餐。在下真是放肆了，竟与名门豪富贵公少对饮，也太失礼啦！”越说越语带讥讽，脸上现出不屑的神情。

康熙爷察觉出了店主的清高，笑了笑说：“金翰，我虽生在有钱人家，但你看有铜臭气吗？其实，从小便想，长大一定做个侠士。无奈只能遵从父母之命，读书习文，不能如愿。来，请干一杯，今天难得相聚，一醉方休！”四人高举酒杯，一仰脖儿，干了杯中酒。

康熙爷接着说道：“金翰，我想听听你对令祖尽忠的气节有何想法，也好长长见识。”

金翰摆摆手道：“咳，一个山野村夫能有什么想法。”

康熙爷说：“‘十室之邑必有忠信’，当年的诸葛亮也自称山野村夫，后来保昭烈皇帝鼎足三分。”

金翰忙道：“哎呀，秀才公如此比喻，小可受之不起呀！既然一定想听，不妨说说。听母亲讲，祖父的尽忠是‘天命有归’。祖上本是穷苦人家，十代当屠夫，以杀猪宰羊为生。传到曾祖时，高祖母再三让他改行，遂改为种地了，日子过得十分清苦。祖父金圣叹自幼聪明，有过目成诵之才，全家人为此很高兴，惟高祖母不乐。她说：‘十世屠夫，能生贵子吗？圣叹乃闯灭门之祸的祸根！’家人以为高祖母年过七十，糊涂了，谁也没往心里去。祖父考取状元时，高祖母放声大哭，说这是报应临头，决定出家为尼。走的时候说：‘生在乱世的才子，都没有好下场。文天祥这样的英雄，尽管有‘人生自古谁无死，留取丹心照汗青’的志气，照样死在狱中。明朝早已君昏臣暗，各地义旗高举，纷纷起来造反，迟早要被推翻，必将改朝换代。当明朝的官是祸不是福，尽忠的被杀，投降的不知多少人留下逆贼的骂名。造反的人多了，皆想为王，免不了互相残杀。圣叹，你此时尽忠，岂不是自去送死？’果不出高祖母所料，祖父真为明朝尽忠了。明末作乱的，有几十家称王，最后全让李自成扫平了。闯王进了北京，被胜利冲昏头脑，杀了吴三桂的父亲，夺了陈圆圆。逼得吴三桂引清兵入关，满洲人坐了朝堂，当了皇帝。明朝的残余势力、后来的三藩扬言要灭清复明，并推出一个福王，结果还是被大清给灭了，可谓由乱入治，天命所归。什么是‘天命’？即合天理，顺人心。祖父为明朝尽忠，是理之当然；小可想为清朝效力，是世势所趋，识时务者为俊杰。以上所言，就是小可的想法。”

康熙爷听了这番话，很受感动，连声儿说：“好好好！金翰，既然想为大清效力，为什么不去博取功名？”

金翰回道：“原来是打算回祖籍，考秀才，考举人，考进士，继承自祖父开始的书香门第，以诗礼传家。没成想从宁古塔扶祖母灵柩到此，身患重疾，走不了了。父母一看没招儿了，只好留下老仆照顾我，他们暂先还乡。我的病渐渐好了，便开了个小酒店，想积攒点儿路费，早日回归故里。五天前已打发老仆回去报信儿，因此只剩我在店里照顾着。早晚读读书，白天开门营业，倒也安然。”

康熙爷问：“这么说，你是不反大清了？”

金翰说：“反什么大清啊？祖父是明的忠臣，他的孙儿是清的忠实臣民，此为顺天应人，有啥不可？我本来就不是明朝的臣，而是生在大清，长在大清。为大清效力，理所当然，一点儿不有损祖父的‘忠臣’之名。”

康熙爷高兴极了，笑着说：“言之有理，来，干杯！”

康熙爷与金翰饮酒正在兴头儿上，忽然门被推开，进来个二十七八岁的汉子。他向喝酒的四个人深深一揖道："请问哪位是店主?"

金翰站起身来，答应道："我是。"

来人说："整个村落的客店，都被北京来的镖车队占满了，我没处投宿。听村人说，你这里可以住，我就来了，店主能否容许歇一晚?"

金翰刚一犹豫，康熙爷便说："出门在外的人，没有背着房子走路的，住下吧。酒店我们包了，多一个人没啥要紧的。"

来人赶紧又向康熙爷作了个大揖致谢道："谢谢秀才公!"

"不必客气，这儿有现成的酒菜，一块儿吃吧。"

来人再三推让，康熙爷笑着说："你看，店主在陪我们吃酒，哪有人招待你呀? 快过来吧。"

金翰把来人推了过来，坐在末席，问道："壮士贵姓?"

"我姓郝，名再兴。说个人你们能知道，李闯王的大将郝摇旗，那是我祖父。皇上已赦免无罪，还召他进京禄用。遗憾的是祖父上年纪了，不能应召。"

金翰又问："你千里迢迢来吉林做什么?"

"祖父见了赦旨，写了谢恩表，让我送到北京，交给吏部。此事已经办完了，眼下是拿着祖父的手书，前往宁古塔找师叔萨布素去。"

康熙爷听后，忽然想起静妃说过，萨布素的师傅是郝摇旗，看来真的是呀，遂问道："有多少人知道了赦旨?"

郝再兴说："散在陕西深山中的李闯王部下全知道了，连闯王的夫人、儿子也听说了。大家高兴啊，觉得总算可以舒口气了，纷纷感念当今圣上的英明，赞颂康熙皇帝是圣主。还说尽管自己已经老了，不过没关系，可以让后代子孙去为皇上效力。一道赦旨可是救了不少年轻人哪，原来由于看不到有出头之日、一心想造反的，现在不反了，大清是一统华夏啦!"

康熙皇帝在小酒馆儿是凑巧碰到了金翰、郝再兴这一文一武、两个被赦人的后代，听了他们所言，感到比吃蜜还甜。心想："'一言兴邦，一言丧邦'实在是太精辟了，静妃劝朕写赦旨，即是'一言兴邦'啊!从国人的所思所为，便可看出赦旨所发挥的威力。爱妃呀，言犹在耳，人却在天上，让朕甚念哪!"想至此，凄惘之情溢于言表，再也喝不下酒了。

五人刚刚放下酒杯，就听外面有人喊："救命啊，救命! 求求大人手下留情，放了我们孤儿寡母吧!"急忙奔出门外一看，只见几个大汉撕扯着个三十七八岁的妇女和一个十六七岁的姑娘，正往道南的场院里拖。

金翰边看边往南一指说：“前面的场院是官庄的，庄头儿仗着主人的势力，用大斗小秤欺诈租地种的雇工。那个妇女昨天刚刚死了丈夫，特别可怜，这准是要拿她们母女抵账。”

郝再兴听罢，一个箭步纵了过去，拦住几个恶奴的去路，高声儿喝道：“住手！为啥平白无故抢人？”不待回话，一脚踢倒了拽姑娘的胖汉，回身一拳将拖妇女的黑汉打倒。

庄头儿吼道：“哪里来的野驴，竟敢在太岁头上动土？伙计们，都来给我打呀！”

话音未落，从场院里跑出二十多人，手中各操干活儿的家巴什儿。什么串梁、抬杠、顶门栓、木锨、铁锨、扬锨，什么二齿钩子、镐头、叉把、扫帚、绞椳、大鞭，还有煞绳、绞干棒、推耙、大耙、大芟镰，一齐扑了过来，搂头盖顶、上下插花地抡开了。

郝再兴如虎发威，空手指东击西，一顿拳打脚踢。众庄奴哪是他的对手呀，连滚带爬地往回撤，边跑边喊：“好小子，有种你等着！”

郝再兴见庄奴退了，再看母女俩也没影儿了，撒腿刚要追，便听店主喊道：“郝英雄，不要追了，她们在这儿呢！”

郝再兴立马收住脚步，反身来到店主面前，问道：“你救下来的？”

“我哪有那么大本事呀？”说着一指尉迟哼、尉迟哈：“是二位将军看你同恶奴们交手了，怕误伤了娘儿俩的性命，便冲进人堆把她们抢了出来。回头又要去帮你，见那伙儿人已全被打跑了，只剩下观战的份儿了。乱子肯定是惹下了，一会儿打手们来了，如何是好？”

郝再兴说：“一人做事一人当，一切由我去挡。二位好汉、秀才公，既然救了母女俩，就救人救到底吧，赶紧带她们走，跳出火坑求生路。这里不用管了，有我呢，一会儿杀他几个不识抬举的，然后奔吉林大道追你们去！”

郝再兴正同店主说着如何对付打手再来时，从官庄院儿里蹿出几个骑马的人，后面跟着一帮手执兵刃的打手，如旋风般席卷而来。跑在最前面的是位头戴苇莲、脑后插着红缨子、胁下佩着腰刀的官员，一看便知，乃佐领之下的一介武官——领催。到得酒店门前，跳下马来，问道：“哪个是动手打人的？”

随来的一个方才被打跑的恶奴手指郝再兴说：“就是这个龟孙子！”

郝再兴气得怒火中烧，拔腿便要过去动武，秀才忙拦住道："且慢！听他说些什么。"

武官根本不问青红皂白，用马鞭一指命道："给我绑了！"一群打手忽地扑了上来，欲捆拿郝再兴。

秀才见状，立即吩咐道："'哼哈二将'，给我打，先把那个狗官抓喽！"

尉迟哼、尉迟哈飞身闯入人群，夺过打手的兵刃抡了起来。郝再兴一纵身跑到武官身后，双手卡住他的脖子，卡得几乎半死，动弹不了了。又从其肋下拔出佩带的腰刀，执刀冲进人堆，用刀背儿劈打。一眨眼的工夫，三人嘁哩喀嚓地将一群打手揍得鬼哭狼嚎，跪在地上求饶。秀才看三位武士似下山猛虎、入海蛟龙，出手速度极快，兴奋极了，不住地喊："打得好，打得好！"

郝再兴见壮汉们都被打趴下了，遂夺过几匹马，走到秀才面前说："骑上他们的马，快逃吧！"说着就要扶母女二人上马。

秀才不慌不忙地说："郝再兴，不急。先把狗官绑了，再去剿了他的官庄，天大的祸由我承担！"

金翰过来劝道："秀才公，这个祸惹得够大的了，还是逃跑要紧。此官庄是北京索王爷的，一旦追查起来，不是那么好办的。"

秀才胸有成竹地说："不用怕。"随即叫过"哼哈二将"，吩咐道："哼将，你去镖车队找镖头，传我的话，让他们把官庄抄了。哈将，你押着狗官，随哈将一块儿去，留郝再兴在此保护我。"

"哼哈二将"押着狗官，先到客店找镖头，传了秀才的话。镖头立即带着二百多御林军围住官庄宅院，不分男女老少，见人就绑，全部锁在一个大仓库里。然后，"哼哈二将"领着镖头，回酒店来见秀才，镖头问道："少东家，怎样处置那些人？"

秀才说："十六岁以下、六十岁以上的全放了，长工短月、仆妇、侍女等，只要不是作恶者，也放了，把狗官连同恶奴绑紧、看好。此处离吉林大约二百里，我带'哼哈二将'赶到吉林告状，你带店主、郝英雄和十名镖师去官庄住。差事是看管被抓的人，查明官庄的恶迹，一一写清楚，送到驻吉林等处将军府。金翰，这小酒店给你一百两纹银结账归我，跟郝英雄随镖头去吧。镖头，记住，务要把这些事情办好。"镖头答应一声，带金翰、郝再兴等人去了官庄大院儿。

秀才又让哈将拿出十两白银，交给受害的母女，说道："带上银子回家吧，没人敢再欺负你们了。”回头冲“哼哈二将”命道：“店里的酒肉吃食除留下一些咱们路上用，剩下的给母女俩拿去。哼将，送她们走吧。”娘儿俩千恩万谢，拜别了秀才。

母女二人在回家的路上问哼将：“将军，那位秀才是什么人呀，怎敢得罪索王爷官庄的总管？”

“不必问，日后自会知道。”

尉迟哼把娘儿俩送到家后，返回了酒店。

第二天鸡鸣五鼓，秀才带着“哼哈二将”启程奔向吉林。

欲知吉林之行怎样，且听下回分解。

第九回 康熙帝私访将军府 萨布素陈剿罗刹策

话说一天上午，驻吉林等处将军府来了三位骑马的人，两个黑大汉和一位年轻秀才。到得门前下了马，把马拴在辕门左侧的桩子上。

将军府门前有八个带刀侍卫，皆是七品前锋。一个黑大汉趋步上前，单腿跪倒，说声给军爷请安了。然后站起身，又道："我们少东家是北京天字第一号衣帽庄的主人，姓王名顶点，是将军的世交。特意前来面见将军，请军爷通禀一声。"

"可有禀帖？"

"没有，麻烦军爷了。"

侍卫转身去了书房，见了将军，禀告了秀才求见之事。

巴海将军一听愣了，心想："按说呢，向来是一品官、二品商，人家已经登门了，见见倒无妨。可我在北京没有姓王的世交哇？前两天接到盛京将军的八百里急递，说皇上东巡已离开盛京来了吉林，可派出多起探马，回报均未见天子的銮驾。啊，是了，这天字的'字'不是同天子的'子'同音吗？王顶点，'王'字上头一点儿，是'主'字呀，莫非皇上私访到了？那两个黑大汉乃侍卫无疑。即使不是皇上来，他自称我的世交，接待一下也不失将军的体面。"于是吩咐道："你就说将军马上来见。"

巴海将军整饬衣冠，命人打开仪门，走了出来。远远望去，见一秀才和两个黑大汉站在府门外，便停住脚步，仔细端详秀才："哎呀，这不正是当今的圣上嘛！"急忙迎上前去。

秀才见巴海过来了，连连摆手，将军明白了："噢，是让我不要声张，怕泄露了秘密。不过皇上到了，哪有不迎之理？"还是紧走两步，单腿跪地请安道："不知少主驾临，有失远迎，罪过，罪过！"

秀才说："请起，学生事先并未通禀，贸然来访，还望将军海涵。"

君臣二人心里明白，但侍卫们不知呀！悄悄儿地嘀咕开了："将军不就是见个秀才嘛，干吗这么彬彬有礼、又请安又道歉的？"

"你没听那大汉说嘛，秀才同将军是世交，秀才可能是长辈。将军见了长辈，能不致礼吗？"

“可也是。常言道：‘有摇车里的爷爷，也有拄拐棍儿的孙子’。”你一句、我一句地话不落地儿。

巴海请秀才前面走，过了仪门，问道：“少主到大堂呢，还是去书房？”

秀才回道：“去书房。”

又问：“身边的两位陪同吗？”

秀才说：“来了将军府还怕什么？安置他俩歇息吧。”

将军回头命令侍从：“把随少东家来的二位让至客厅，要好生款待。”

侍从答应一声，上前领走了黑大汉。

巴海引秀才到了书房，屏退仆人，急忙跪倒：“奴才不知主子乔装而来，未曾接驾，奴才有罪。”

康熙爷说：“爱卿，起来吧。是朕要瞒过众人出来私访的，你有什么罪？还得替朕保密一两天呢！噢，萨布素来了吗？”

将军见皇上开口就问萨布素，一时丈二和尚摸不着头脑，答道：“回皇上话，萨布素前两日已奉召来府。”

“那好，请他来见。”

巴海一听皇上用了个“请”字，觉得这是萨布素的好兆头，遂到门外，让侍从去唤萨布素副都统。

不多时，侍从在门外通禀：“宁古塔副都统萨布素到！”

里面传出一声：“进来！”

萨布素掀帘儿而入。

将军立马出屋叮嘱侍从：“未经传唤，任何人不得进入书房。无论谁来，一律挡驾。”

萨布素进得书房，见一年轻秀才端坐在太师椅上。以为定是将军的贵宾，没有引见不便搭话，便恭敬地站在那儿等候。

康熙爷仔细打量着萨布素，见他身高八尺，黑红的脸膛儿，五官端正，鼻大口方，二目炯炯有神，扫帚眉斜插入鬓，一缕墨髯。真个是威风凛凛，使人见了望而生畏，好一派英雄气概！

将军回房后，说道：“萨布素，还不跪下，上坐的是当今圣上。”

萨布素听罢，忙撩衣跪倒：“万岁爷在上，奴才萨布素接驾来迟，万望恕罪！”

“平身。”

萨布素站了起来，躬身而立。

康熙爷说："屋内只有朕与你俩君臣三人，不必拘礼，二位也坐吧。"两人谢了坐。

康熙爷问道："萨布素，你的业师可是郝摇旗吗？"

萨布素一下子愣住了，心想："我的师傅连阿玛和额莫都不晓得是谁，皇上怎会知道呢？"转而又想，既然有了赦旨，说也无妨。于是答道："回皇上话，是郝摇旗。奴才见了圣上的赦旨，正想替师傅写谢恩表呢！"

康熙爷说："已有谢恩表交吏部了。郝摇旗如今仍健在，派了孙子郝再兴前来找你呢！"

萨布素听了此话，更惊讶了："皇上咋会知道得这么详细，莫不是吏部所奏？"又不好多问，便没吱声儿。

康熙爷接着说："你的师侄郝再兴，朕暂让他帮着办点事儿，用不了三天，就可见到了。"随后将索王爷官庄发生的事儿对两位臣子讲了，并生气地问道："巴海，你这个镇守吉林等处将军是怎么当的？竟宽容官庄的奴才们横行！"

巴海慌忙禀道："奴才领罪！原以为王府的官庄定会奉公守法，故而没有严加管束。"

康熙爷说："那你可大错特错了！留都盛京的睦亲王还犯了法呢，朕已处治了。巴海，派一名佐领去，将官庄改为皇庄，归吉林将军统辖。对作恶的奴才，按情节轻重惩治。以后凡是官庄，由该管的将军按年巡察一次，对不法之徒严惩不贷。官庄只管收租，不准代行政法，更不准视雇工、佃户为奴隶而任意责罚。有犯法的，交有司衙门查办。派去的佐领到后，把朕的镖头、镖师、郝再兴、金翰换回来。镖车一到吉林，朕将要公开身份。趁这一两天，想与你们二人商议一下，如何对付俄罗斯侵犯边疆之举。朕在京已接到将军转奏之萨布素的奏章，写得词恳言切，朕很在意。此次东巡，名为拜谒皇陵，实为剪除沙皇彼得一世对黑龙江的侵扰。萨布素，你去写明边疆情况及对付沙俄的方略，明天一早呈上。朕有些累，要歇息了。可让侍卫'哼哈二将'把守在书房门外，不用你俩操心了，各办各的事儿去吧，明早再来。午膳、晚膳不必再送，朕已从官庄小酒店带来，跪安吧。"

二人跪拜后，退出书房。巴海将军命人唤来"哼哈二将"，令其守在书房门外，然后对萨布素说："看来皇上很器重你，要把守边重担交之，说不定封为将军、边防大臣呢！”

萨布素说：“我很希望同罗刹交战，打他个痛快。至于升官，全承蒙将军的栽培和圣上的提拔，卑职不敢妄想。”

萨布素回到客房，提起笔，按皇上的意旨拟奏章。书毕，请巴海将军阅过，两人商量了半天，又增加几处。用罢晚膳，萨布素重新坐下来，将奏章誊清。然后洗漱了一番，脱衣上床，翻来覆去地睡不着，心里琢磨开了：“可真怪了，圣上怎会对我的情况知道是如此详细呢？北京没有什么亲属哇，老上司乌达哈也不知道师傅是郝摇旗呀，或许是郝再兴说的吧？”想至此，心才安稳了，很快进入了梦乡。

第二天早晨，将军来唤萨布素，两人同到书房参见圣上。巴海代萨布素捧着奏章呈给皇上，康熙爷细细看来，奏折上写道：

臣系镇守吉林等处将军麾下的宁古塔副都统萨布素，奏闻圣主皇帝。

黑龙江兴安岭广袤数千里，土地肥沃。宜耕种，宜游牧，山产品繁多，是各族百姓杂居之地。因此，沙俄垂涎三尺，屡屡派兵侵扰，妄想夺其地。为保卫边疆，使黎民在故土上安居乐业，繁衍生息，应屯田戍边，开荒种地，储备粮草，择地筑城堡。广开作坊，以生产军用为主，民用为辅，相辅相成，军民皆可用。还要在吉林至爱辉之间修建驿站，利于转运，此乃防卫、固守、发展黑龙江之计；

采用军民联防，共同对敌，其势重，其力强，亦军亦民，痛歼入侵之罗刹。击其零散，攻其疲惫，以偷袭埋伏袭剿精锐。零打碎敲，每战必胜，逐渐削弱其兵力。打有准备之仗，不打无防御之战，夺敌人武器为主，杀戮为次。保存清军实力，养精蓄锐，以备大战。把当地所产作为军粮，将居民作为捍卫安宁、反抗沙俄入侵的主要力量。事可济，功可垂成，此乃防御之计；

臣日前已派佐领魏海、李昆分别驻扎在精奇里江、牛满江，以奇袭、埋伏、设防等战术与敌对阵大小数十仗，杀得罗刹损兵折将，采用的便是军民联防。兵是民之胆，民是军之援，当地居民对地形、地物了如指掌。利用此优势痛歼来犯之敌，伤亡小，战果大。已夺得敌人的连珠枪队三百六十人，派佐领温克岱操练，拟以这些兵偷袭罗刹巢穴雅克萨。擒其造枪工匠，夺其制枪工具，仿造连珠枪，以彼之武器痛击罗刹匪帮，此乃目前击敌之计。

谨此奏闻。

康熙爷看过奏章，龙心大悦，说道："卿乃朕的东边之股肱也！"然后交给巴海将军道："你来看看。"

萨布素禀道："圣上，此奏章是将军主谋，臣为参赞。"

康熙爷说："噢，原来如此。"

巴海将军连忙纠正道："皇上，臣是参赞，副都统是主谋。"

康熙爷笑了，说："朕不想弄清究竟谁是主谋，谁是参赞。但有一点清楚了，那就是你二人皆为朕分忧，同心协力强国，看来东部边疆的防卫不用朕过多操心了。朕回京后立刻派人来测量驿站，萨布素暂行将军职权，去黑龙江择地筑城永戍。为方便行事，归吉林将军统属。"萨布素叩首谢了隆恩。

康熙爷接着冲萨布素说道："朕在京城看了你的奏章，忧心如焚。由于不知萨布素何许人也，遂召来静妃询问。这才得知，原来你与她是同乡，她家还是爱卿家的老世交呢！朕所以知道爱卿的身世，都是静妃讲的。她已经仙逝了，爱卿可否为朕到静妃的故里，代朕探望她的爹娘？"说罢，眼圈儿红了，黯然泪下。

萨布素忙跪地叩拜道："奴才谨遵圣命！"

康熙皇帝调整了一下情绪，继续说道："朕作为北京天字第一号衣帽庄的少东家来吉林两天了，还没开市呢！镖车队到后，便可以开了。朕的镖头是兵部尚书，待来到时，让他把全副执事排开，驾好龙辇，前往将军府。"

巴海说："奴才遵旨，这就去侍卫处等候兵部尚书，让萨将军在此守护皇上。因他不认识兵部尚书，来时又是穿的便装，容易闹出误会。"

康熙爷笑着说："将军书房进不了刺客，况且朕还有'哼哈二将'保驾呢！你领萨布素去，引见一下各部官员。兵部尚书到后，你们先去客厅，互相认识认识，只让兵部尚书来书房见朕。朕要静养一会儿，跪安吧。"二位将军行了拜别礼，退下去了。

出得书房，巴海对萨布素说："看来圣上特别垂青于你，吩咐我领着认识一下各部官员，给以介绍，想得很是周到。现在你是钦命暂行将军职权、永戍黑龙江的封疆大吏啦，各部官员没有敢小看的，皇上对萨将军可谓用心良苦哇！"

萨布素说："这一切还不是靠将军的提携嘛！"

巴海拍拍萨布素的肩膀，笑着说："萨将军，高抬了。你为国建功，应当提升，与我何干哪？"

二人边说着边来到府门，见一个五十岁上下的人正向侍卫打听什么。巴海一眼认出了是兵部尚书，忙喊道：“镖头来了，恕我接待来迟，当面儿请罪，少东家在书房等着呢！”

兵部尚书一看，原来是巴海将军，便哈哈大笑道：“我这个镖头还承蒙将军来接，愧不敢当啊！”

巴海也开玩笑说：“谁管你镖头、杆头的，快请进来吧！”回头叫过萨布素，为二人引见道：“这位镖头是兵……”刚要说“兵部尚书”，一想还没公开呢，马上改口道：“噢，是天字第一号衣帽庄的大掌柜。这位叫萨布素，原为宁古塔副都统，现在是钦命暂行将军职权、永戍黑龙江的封疆大吏。今后少不了麻烦大掌柜的，望多多照应。”

萨布素一看便知此人是自己的顶头上司，刚要大礼参拜，却被兵部尚书一把拉住了，说道：“将军礼重了，我也不给你叩头了，彼此免了吧！”然后问巴海：“将军哪，莫不是让我这个镖头给你看门儿来了，怎么不让进屋呢？”

巴海逗趣儿道：“大掌柜的，莫怪，莫怪，请吧！”三人说说笑笑地前往大客厅。

进入客厅后，萨布素又一次要向兵部尚书施大礼，尚书急忙挽住道：“不要如此，这次是穿便装来的，等将军到兵部去，再行大礼吧。我同巴海是老伙伴儿，见面免不了说笑话，显得年轻。行了，头前带路，领我见主子去。”

巴海将军说：“皇上意旨排开执事，驾好龙辇，直接来将军府。只准你一个人见，并没有说啥时辰去，请兵部尚书、天字第一号衣帽庄的大掌柜、镖头酌情办吧！”

兵部尚书大笑道：“哈哈，咋给我安了这么多头衔呀？”

“那可全是主子封的，谁敢不叫哇，还要不要脑袋啦！”

兵部尚书告饶道：“好了，我甘拜下风总行了吧？这就去准备。不过巴海呀，空龙辇怎么进将军府哇？还是求见主子，请圣上到客店去吧。”

巴海说：“你不会是头衔多累傻了吧？用黄罗伞遮住御座，让文武官员跪伏道旁，待龙辇进了仪门，你再去见主子。主子不愿见文武官员，便让他们散去；主子愿见，就让文武官员进仪门，谁能知道是空辇哪？快去吧，等事情办完了，我请你喝酒！”

“好，本镖头去了，烦请将军送出将军府吧！”

巴海与萨布素送走了兵部尚书，马上传谕各文武官员在辕门外跪接圣驾。布置大街小巷洒水泼街，悬灯结彩。又派兵把守从店房到将军府的御道，十步一哨，手持大刀、长枪，面冲外站。皇帝龙辇所经之处，不准行走，不准瞭望，不准鸡飞狗跳，须鸦雀无声。待一切就绪，巴海将军亲自巡查一遍，才放心静候皇帝的銮舆。

兵部尚书回到客店后，传下命令，排开执事，驾好龙辇，文官换上朝服，武官顶盔贯甲。店主、店伙计一看这阵势，吓得躲的躲、藏的藏，没了踪影。

霎时间，镖车成了龙辇，镖师成了武官，随行的成了御林军，满院儿旌旗招展，御林杂沓。亮出了开道的铜锣、肃静、回避牌；缨舞、缨幡、缨罩缨；日扇、掌扇、龙凤扇；鹰幡、鹤幡、虎豹幡；金瓜、钺斧、朝天镫；宫灯、彩灯、龙凤灯，九曲弯黄罗伞罩住金龙辇一乘。咕咚、咕咚、咕咚三声号炮响过，前面鸣锣开道，执事相随，龙辇后跟着骑马的文武百官，离开客店，直奔将军府。

龙舆所走的御道，静悄悄，鸦雀无声。到了将军府辕门外，文武百官跪伏道旁接驾，两位亮红顶戴、双眼花翎的将军，即巴海和萨布素跪在龙辇下，山呼："万岁，万岁，万万岁！"接着行三拜九叩大礼道："臣来接驾！"然后站起身，护着龙辇进了将军府门。过仪门时，将仪仗队、御林军留在了门外。

龙辇进了仪门，到将军府大堂停下。二位将军跪地再行三拜九叩大礼，放下黄罗伞，卸下驾龙辇的六匹龙马，命侍卫牵走，将随行的文武百官让至大客厅款待。一切停当，巴海将军才引兵部尚书到书房去见圣上。

兵部尚书进了书房，行了三拜九叩礼，躬身站立，奏道："启禀皇上，奴才按主子的旨意，全办好了。随驾的文武百官、仪仗队、御林军皆到了将军府，客店留下老女侠看守，请主子示下。"

康熙爷说："客店还要留住，今天让御林军去歇息。等官庄的人到了，带郝再兴、金翰来见朕。传朕的旨意，封尉迟哼、尉迟哈为记名四品带刀御前侍卫。你亲自领他们去换朝服，教习礼节；封老女侠为金镖御女侠，赐金牌一面，准入皇宫奏事。以上诸项，于回京之前办好。东部边疆之事，朕已安排妥帖，两日后回京。下去吧！"

兵部尚书说声："嗻，奴才遵命！"便退着出去了。

巴海见兵部尚书出了书房，对他说："请代为奏请主子，说我去接待侍卫文武，咱们好喝酒去！”

兵部尚书笑着说声：“你个老滑头！”转身走了。

吉林将军巴海进得书房，康熙爷对他说：“朕要静养两天，你去应酬随行官员吧，明天早晨来见朕。”

巴海乐不得主子有此旨意，向皇上跪安，赶紧退了出来。一进大客厅，兵部尚书便嚷嚷开了：“老巴，快伸出爪儿来，给大伙儿早早下点儿蛋，解解酒瘾！”众官员一听全乐了。

兵部尚书又道：“你们乐什么？我和吉林将军从当前锋时就是伙伴儿，现在都当一品官了，仍然忘不了年轻时的笑谈。啥官不官的，一边去！我还是当年的甲兵，他还是小卒，哈哈，这该多有趣儿呀！老伙伴儿，快点儿呀，拿酒来！”

巴海说：“酒可有的是，管够，能醉死你！老伙计，是不是先给大家引见一下萨布素哇？”

兵部尚书一拍大腿道：“嘿，只想着喝酒了，倒忘了正事儿。”用手一指萨布素介绍说：“这位叫萨布素，是钦命暂行将军职权、永戍黑龙江的封疆大吏，诸位认识一下吧！萨布素，你自去认认。”

“遵命！”萨布素向众官员一一见了礼后，酒宴才开始。巴海将军把盏，萨布素执壶，到各桌敬酒，大家开怀畅饮。正是：酒逢知己千杯少，喜上眉梢儿笑在心。

第二天早晨，巴海同萨布素一同到书房给皇上请安。康熙爷对巴海说：“你去传朕的旨意，随行文武百官、御林军、仪仗队放假一天，让他们去吉林各名胜地游玩。文武百官可免穿官服，兵部尚书也不必来见朕。传毕，立即回来与萨布素陪朕喝酒。朕这两天一直在寻思件事儿，闷在心里难受，总想一吐为快，今天就向你俩说说！”

巴海答应一声：“遵旨！”然后退着出去了。

待巴海传完旨回到书房时，见桌上已摆满了酒菜。有咸鸭蛋、鹿肉干儿、狍肉干儿、鱼肉干儿、五香干豆腐，还支上了炭火炉，萨布素正在烤肉呢！当即愣了，心想：“皇上是从哪儿弄来的这些野味呢？”

康熙爷见巴海怔怔地站在那儿，便告诉他：“这是朕从官庄小酒馆儿带来的，刚好用来下酒。你二人不必拘束，朕也放松放松，今天破例了。”

君臣对坐，共饮村酿，品尝野味。康熙爷连喝了三杯后，才开口道："酒可使人说出心里话，朕索性用它盖脸，抖搂抖搂胸中的苦闷。两位爱卿可知，金圣叹把朕骂得好苦吗？"

二人异口同声地回道："不知道。"

康熙皇帝叹了口气说："咳，你们不是不知道，是不敢说，还是朕自己讲吧。他骂朕是'头戴狐狸尾，身穿走兽衣，父子不同姓，姐弟成夫妻。'头一句嘛，不足为耻。满洲人住在山海关外，每到冬天，大地一片白，千里冰封，万里雪飘。为了御寒，用狐狸皮做帽子，久而久之便成了习惯。第二句'身穿走兽衣'，既是御寒，也是习俗所致，并不奇怪。第三句'父子不同姓'，其实是指'杂种'，这可是太过分了。满洲人是多音的复姓，如爱新觉罗氏、钮钴禄氏、瓜尔佳氏等。因姓氏的字儿多，平时就把姓省略了，只呼其名。满洲人入关做了皇帝，'姓'立马变得高贵了，往往要避'讳'，其实是汉人给捧的场。最后一句'姐弟成夫妻'，骂得倒也中肯。是啊，若要人不知，除非己莫为。天下人都知道，朕幼年承继大统，当了皇帝。父皇在放弃帝王宝座时，曾写下了归隐词：'朕为大地山河主，忧国忧民事辗烦。我本四方一衲子，因何流落帝王家。而今撒手归隐去，哪管千秋与万秋。'朕细细琢磨，觉得词中所述，父皇的确有难言之隐。才一横心、一跺脚，什么万里江山，什么娇妻幼子，无非是过眼烟云，径自拂袖归隐去了。抛下茕茕幼子，不满三尺，当了皇帝。父皇虽有不少嫔妃，但只有朕一个男孩儿，女孩儿倒有两三个，都是异母所生。大姐封为固伦公主，一次，她在宫中给朕梳头，问道：'你是皇帝，想娶个啥样儿的皇后呀？'因大姐长得千娇百媚，可谓比花花有色，比玉玉生香。尽管只是十岁幼女，却可压倒六宫粉黛，所以宫中人皆称她为'天仙'。朕随口回道：'就娶跟姐姐一样的。'问之无心，答者无意，嫔妃、宫娥们倒十分在意。什么'皇上口中无戏言'哪，什么'金口玉言'呀，什么'皇上封固伦公主为皇后了'等等，一时间从宫里传到宫外，闹得满城风雨。本是姐弟开玩笑，结果弄假成真了。朕十三岁亲政时，要平息这场风波，召文武大臣商议该如何办好。文武大臣众说纷纭，莫衷一是，惟索伦王爷独出心裁，奏道：'武则天原是唐太宗选入宫中的才人，后来了断了与唐太宗的夫妻关系，被高宗纳为妃子。固伦公主同皇上原本不是一母所生，也可割断姐弟关系，成为夫妻。'众文武问如何割呀？索伦一本正经地说：'可先把固伦公主过继出去，这样一来，与皇上便不是姐弟了。再说，君王口中无戏言，龙凤出一家，亦不是什么奇事。'于是，便把固伦公主过继给了索伦。又经皇族议定：‘只准皇帝入宫，不准皇帝宿宫’，以保持人伦之常。为求后嗣，朕命钦天监观察天象，上天垂像：‘头戴金冠，身披彩裳，手托黄金印，怀抱金凤凰，骑着土龙，娄金狗保驾’的即是娘娘。按此从宁古塔选来静妃，可惜的是如今已经仙逝了。现在看来，索王爷出的主意，肯定是别有用心。他是为了做皇亲，给朕留下千古骂名。那些史家以及作野史的，还不知用什么话来骂朕呢！两位爱卿，你们要告诉子孙后代，为朕剖白。索王那条野狼，自攀上皇亲后，气焰十分嚣张。朕同静妃在京城私访时，曾听人说：‘索皇亲乃狗屄衙门，许进不许出！’可见多么豪横。还送给一个外号儿，叫‘索巴子’。为啥起这么个名儿呢？因为他仰仗着的就是国亲。实际上，固伦公主只能是一世独守空帏的老处女。深宫寂寂，对月怀春，望云兴叹，其苦难言。索王真是作恶多端，朕气愤至极，非要治他的罪不可。静妃劝朕：‘治罪要有证据，方可服人。’昨天，朕已在他的官庄得到了证物、证人。证物是被抢去为奴的良家母女二人，证人是金翰、郝再兴。金翰是金圣叹的孙子，郝再兴是闯王部下大将郝摇旗的孙子。朕要重用这文武二人，让天下人知道，朕不是妄杀无辜、罪及妻孥的暴君。‘天下是人人的天下，有德者居之，无德者失之。’此为至理名言，只求大清江山不要失在朕的手中。今天之所以向爱卿吐出了苦水，是求你们的子孙替朕明辨，朕百年后在九泉之下也就深感安慰了。回京将处置索王，东北边疆托付给两位爱卿了，勿负朕望。”说到此，已是泪流满面了。

正这时，侍卫来报：“官庄来人，求见北京天字第一号衣帽庄的少东家。”

欲知何人从官庄而来，且听下回分解。

第十回 巧设奇谋痛歼罗刹 勇闯三关摘借粮草

康熙爷正同巴海、萨布素边饮酒边诉说着心中的苦闷时，侍卫禀报索王官庄来人，皇上立马乐了，知道是金翰和郝再兴到了。

你若问，为什么这二人不说见皇上，仍说见少东家呢？原来巴海将军派佐领去官庄传话的时候，康熙爷还没有公开身份，只说天字第一号衣帽庄的少东家让镖师和金翰、郝再兴到吉林将军衙门来见。佐领如此一说，镖师自然知道是皇上进将军府了，但对金翰和郝再兴却秘而不宣。他俩由于着急见少东家，不等镖师办完交接，便先行骑马去了将军府，故而当然不晓得少东家就是皇上了。

金翰、郝再兴到了将军府门前，请侍卫通报。侍卫明知来者要见的是皇上，不敢怠慢，立即回禀。康熙爷令巴海和萨布素："撤去酒菜，传他俩见朕。"二位将军赶忙照办，然后吩咐侍卫带人进来。

金翰、郝再兴到了书房一看，两位亮红顶戴、双眼花翎的大官站在地上，天字第一号衣帽庄的少东家倒高坐在太师椅上，吓得刚要退出，只听少东家叫了一声："萨布素！"

"奴才在。"

少东家手指郝再兴说："他就是你的师侄。"

萨布素看了看来人，走上前问道："可有你爷爷的书信？"郝再兴从怀里掏出一纸双手递上。

萨布素接过来，拆开一看，是师傅的亲笔，只寥寥几行字："师傅遇赦，仍活在人世。持信人是你师兄的儿子，名再兴，详情让他细说。师字。"

看罢，把信放于书案，跪在地下，向皇上请求道："圣上，容奴才给师傅见礼。"

康熙爷说："好，好哇！"

萨布素谢过隆恩，对着师傅的信磕了三个头。皇上乐了，说："天地君亲师为主，一生好坏在师傅。所以，古人云：'良师益友。'师侄来见，定有很多话要唠，不妨朕先说，你们爷儿俩后叙。郝再兴，朕封你为御前记名四品带刀侍卫；金翰，朕封你为御前承选官，记名四品。"

金翰和郝再兴完全懵了，睖睁着眼睛呆立在那儿了，不知所措。

两位将军见此，忙说："别光愣着呀，还不快谢主隆恩!"

二人方恍然大悟，扑通一声跪倒在地，向皇上行三拜九叩礼，谢万岁爷隆恩!

康熙帝说："看来，你二人懂得朝廷礼法，可不必习礼了。萨布素，传朕的旨意，让兵部尚书给他们换文、武四品官服，明天未时来见朕。朕与巴海将军还有事儿，你们三人下去唠唠家常吧。"

三人向皇上跪安，退了出来。

萨布素领着金翰和郝再兴去了兵部，见了尚书大人，换了文、武四品官服。兵部尚书说："尉迟哼和尉迟哈已习礼完毕，将军带他们四个一块儿乐呵乐呵去吧!"

萨布素等五人别了兵部尚书，想找一间静室聊聊。尉迟哼说："要我看哪，咱干脆换了便服，去酒楼喝酒。我做东，贺喜将军与师侄相见。我们兄弟四人萍水相逢，现在又一殿称臣，也算天缘福凑，萨将军能赏光吗?"

萨布素高兴得爽朗地笑了起来，连说："好，好哇！那就我做东吧。三位如不把师侄是李闯王帐下的后代当个事儿看，由本将军做主，你们兄弟四人结为金兰之好怎么样？从今以后，都认做侄子!"

金翰赞同道："没说的，我还是逆臣的后代呢!"

尉迟哼说："不管怎样，你俩总算出自名门，我兄弟乃草莽野汉。只要二位不嫌弃，咱就八拜结交。"

四人异口同声地表示："好，行，我们愿结拜为兄弟!"

爷儿五个拔腿去了吉林的头等大酒楼，门楣上挂着金字牌匾，上书"桃花林"。

进得酒楼，堂倌儿满面带笑地迎道："今天客人多，全是北京来的，雅座已占满了。如没挑的，可否请到后面佛阁？那里外间供着关帝爷，里间有书房，蛮有幽趣的。"

萨布素说："也好。"

堂倌儿引五位至佛阁，上了阁楼一看，果然十分清雅。只见关帝像两边挂有隶书对联儿，上联儿是"马过五关思汉主"，下联儿是"花开三月想桃园"，横批"大义贯天"。关公像画得惟妙惟肖，栩栩如生，神韵毕现。里间书房的书架上，摆满了经史子集，墙上挂的多是明朝的名人字画。

堂倌儿问道："这里行吗？"

萨布素说："不错！是这样，他们四个是我的侄子，要结金兰之好。烦你给买些香烛、供品，再备上等酒席一桌，越快越好。"说罢，交给堂倌儿五十两银子。

堂倌儿接了银子去置办，没多大工夫，便送来了香烛、供品。于是，由萨布素主持，尉迟哼、尉迟哈、金翰、郝再兴在关帝像前焚香鼎礼，写下了金兰谱。金翰为长，尉迟哼次之，尉迟哈第三，郝再兴排行老小。四人互拜，又给萨将军磕了头。萨布素说："昔日刘、关、张桃园三结义，千古传为佳话。关羽在曹营封金挂印，不忘大哥刘备，千里走单骑，保嫂寻兄。后人崇敬，称颂'威武不屈，富贵不淫，贫贱不移'。刘备当了皇帝，听说关羽遇难，认可帝位不坐，也要为弟报仇。这些事儿说起来容易，可是要做到很难，世人尊称他们为'桃园兄弟'。今天，你们四个于桃花林结义，又是在关羽像前谱写金兰，但愿能成为'桃林兄弟'。从今以后，若能看到相互之间的侠义之举，就不负我为各位主盟的一片热心了。"

四人齐说："请放心，决不辜负将军盛情。"

堂倌儿过来将一道道佳肴摆上了席面，萨布素上座，四兄弟下首相陪，开怀畅饮，酒落欢肠。正是：萍水相逢日，义结金兰时。同是难兄弟，扶摇上青云。

第二天未时，萨布素领四兄弟去见皇上，大礼请安后，康熙爷对萨布素说："朕明日鸡鸣五鼓启驾回京，今天已命兵部尚书奉诏书，昼夜兼程返京查抄索王，条条罪状要有根有据。朕此次是私访而来，回返时将巡查州城府县，可能得耽搁些时日。朕同巴海将军商议过了，黑龙江须设将军镇守，待奏明太后即下旨，请爱卿固守边疆。你也明日启程吧，等朕回到京城时，想来定能听到爱卿的捷报！"萨布素领旨，谢恩，带四位侄子退了出来。

离开书房，郝再兴对萨布素说："看来侄子此次不能到宁古塔拜见婶婶和弟弟们了，请叔叔代为致意吧！烦劳叔叔给我爷爷写封信，免得老人家挂念。"

萨布素答应道："行！家的住址如有变动，可用六百里急递告知。等我回到爱辉后，再把详细情况告诉你，一定要好好儿当差。这里有二百两银子，给你爷爷一百两，另一百两留给自己安家用。"郝再兴接过银两，跪在地上叩谢将军。

萨布素又对四位侄子说：“我明天一早开拔，尚需做些准备，就此别过，你们几个可要多多保重啊！”四兄弟点头答应着，依依不舍地辞别了将军叔叔。

萨布素来到吉林将军巴海处，问道：“请将军示下，去爱辉所带兵马，由何处调集？”

巴海回道：“此前奏明了万岁爷，已从吉林乌拉调一千名，宁古塔五百名，务要多带粮草。宁古塔的诸务不用记挂了，由一名协领代行副都统职权，可安心征讨罗刹。主子要设黑龙江等处将军，对你又十分器重，人选当然非将军莫属，望早传捷报。将令早下了，到校军场查点兵马吧。”

萨布素领了将令，去校军场认真查点了兵马，整备了粮草，当晚就同出征的协领、佐领住在那儿了。

第二天一早，萨布素穿上朝服，令兵马做好启程准备，然后去将军府送皇上回銮。到了府门前，见皇上的仪仗已经排开，忙紧走几走，跪在龙辇跟前，奏道：“奴才送主子回銮来迟，望万岁爷恕罪！”

康熙爷说：“爱卿，你也快些动身吧，朕期盼着早闻佳音。”

“嗻，奴才遵命！”

咕咚、咕咚、咕咚三声炮响过后，皇上的御驾及随行人马在仪仗的引导下，浩浩荡荡地驶向了留都盛京。

萨布素送走了皇上，辞别了巴海将军，疾步来到校军场。见一切就绪，便翻身上马，拔营离寨，率大队人马驰往故乡宁古塔。一路上粗茶淡饭，经过八天的艰苦跋涉，终于到了古城，传令歇息三天。

第二天，萨布素带上礼品，去了静妃的故乡三道梁子，代皇上拜望其双亲，并告诉他们静妃已经仙逝了。二位老人家听后，万分悲痛，涕泪涟涟。静妃爹边哭边说：“她当了三年娘娘，如今人不在了，皇上仍没忘记，还特派将军前来看望，真是让人感动啊！你我两家本是老世交，一家出了个将军，一家出了个娘娘，都该心满意足了。我们从未要过什么皇亲威风，老老实实捕鱼、种田，居家过日子。今后更不会招摇乡里，请放心吧，会自重的。等将军再见到皇上，烦请替全家老小谢万岁爷隆恩！”

萨布素安慰道：“请二老节哀，身子骨儿要紧。我奉旨出征要走了，不能在此多陪，望多多保重。”说完，辞别出门，上马回到宁古塔。

第四天一早，萨布素拜别了额莫和阿玛，又到老瞎爷爷的房里辞行。老人泪流满面地说：“听说你当了将军，玛发总算如愿了，死也瞑目了。”

萨布素说：“爷爷，孙儿走后，不用惦着，由孙媳妇伺候你老人家。”

老瞎爷爷说：“将军的夫人伺候我，好哇，知足啦！”

萨布素又对夫人一一做了叮嘱，安排好了家中诸务，便率领人马出征了。

萨布素这次率兵征讨罗刹，时值六月。大雨滂沱，牡丹江水涨过丈，水陆两支兵马皆难以行进。水路的粮草往往被水漂没，陆路的粮草则由于泥泞而阻塞，兵到精奇里江时，已是人困马乏。幸亏早有李昆佐领在此储备了粮草接济，又有牛满江的魏海送来一部分供应军需，才使大军渡过了难关。萨布素率兵在此休整五日，增加十只大船、二百匹骆驼，水陆两军方得以并进，前往爱辉。

兵马到了目的地后，安营扎寨，深沟高垒，挖掘陷马坑，立上绊马索，做了御敌的准备。萨布素又召集当地满洲、达斡尔、鄂伦春、蒙古等族的老者和熟悉山路的人，询问罗刹的出没情况，以掌握其袭扰的规律，据此订下了歼敌之计。还将各族二十岁以上的青壮年集中起来，进行战术训练，形成军民联防。

罗刹匪徒经常是一面从水路而来，一面以雅克萨为巢穴，袭扰边疆各寨，烧杀抢掠。尽管得知清廷已从宁古塔派来兵力抗击，然而却仰仗着武器精良，不仅毫无收敛，反而变本加厉，试图组织更大规模的入侵，夺下爱辉城。

萨布素摸清敌人的动向后，迅速调来温克岱操练的洋枪队，作为反击的先锋；命令驻守在精奇里江和牛满江一带的李昆、魏海先把强盗们放进来，待后退时再予以截击；备下了一支骆驼队，专抢敌人的兵器库，放火烧毁其粮草；军民联防队把守各寨，日夜巡逻，严加防范；将从吉林乌拉和宁古塔调来的一千五百兵以及当地青壮年两千四百人组成的队伍分为两路，一路埋伏在落刹峰，一路随洋枪队攻打罗刹的老巢。一切部署停当，整备就绪，只等敌人往口袋里钻。

话说罗刹匪徒由托尔布津领头儿，从雅克萨分水陆两军，齐向爱辉城进发，气焰十分嚣张。从水路而来的，在精奇里江、牛满江轻而易举地夺下了清兵的营寨；从陆路而入的，大小数十战，没费吹灰之力，打得清军节节败退，迅速推进到离爱辉城不足百里的落刹峰。罗刹鬼雀跃欢呼，没想到大清的兵马这么不堪一击，仗打得如此顺利。

这天正值中秋节，一轮圆月挂在空中，凉风习习，落刹峰越发显现出威武挺拔的气概。托尔布津率兵登上落刹峰顶儿时，别提多得意了。他哈哈大笑着，手指爱辉城高叫道："清兵纯粹是一群乌合之众，爱辉肯定是我们的了！"当即传下命令："拂晓时，夺下爱辉城！"

话音刚落，只听得咕咚、咕咚、咕咚三声炮响，遍山火起，真个是火助风势，风助火威！霎时间，满山火光冲天，伏兵四起，齐声儿呐喊："活捉托尔布津，打败罗刹鬼！"复仇之声震荡山冈，回响于各个山头儿，吓得敌人惊慌失措，四处奔逃。

托尔布津见兵卒们被烧、被杀得也顾不上还击了，仅剩下抱头鼠窜的份儿了，早已失去了战斗力，只好带领人马一气儿跑出百里之外。到一座大山下，清点剩余的人数，不足五百。而且个个焦头烂额，筋疲力尽，饥渴难耐，有如丧家之犬。于是命令赶紧埋锅造饭，然后退向精奇里江，从那里撤回雅克萨。

当托尔布津率领残兵来到精奇里江岸边、见所有的船头儿都挂着俄罗斯国旗时，乐了，心想："你萨布素尽管诡计多端，我们还是占领了这里。等着吧，我再重整精兵，攻取爱辉城！"

可惜好梦不长，托尔布津的大队人马刚一靠近江岸，伴随着一声炮响，清兵突然从水底钻了出来，手持大刀、长枪，杀得罗刹鬼晕头转向，无处躲藏。托尔布津急命人马迅速登船，哪里想到那原来挂着的俄罗斯国旗，呼啦一下变成了大清的龙虎旗，知道又中计了，反身夺路而逃。清兵看着他们的狼狈相，并不追赶。

罗刹鬼好不容易跑到离雅克萨不足十里的地方，总算快临近老巢了。托尔布津心想："萨布素哇，萨布素，本将可回家了，你还有啥招儿，能奈我何？"一边想着，一边催马向雅克萨驰去。

托尔布津到了城下，见城门紧闭，遂命残兵叫城。不叫则已，这一叫，城头儿竟树起了大清的龙虎旗，随风飘摆。只听有人用俄语喊话："托尔布津，你已成了瓮中之鳖、釜中之鱼，只有缴械投降一条路了！还不知道吧？告诉你，大清兵马早占领你的老窝啦，城里的兵全成我们的俘虏啦！常言道，'识时务者为俊杰'，限你一个时辰答复，不然将死在阵前！"

此时的托尔布津一看，那是前进无门、后退无路哇，别无选择，只能乖乖地率众投降。

萨布素用八百里急递，向巴海将军报捷。巴海将这一奏折速转京师，呈给皇上。康熙皇帝接过打开，见上面奏道："奴才萨布素谨遵圣命，令军水陆并进，如期到了爱辉。当地的各族百姓正处在水深火热之中，备受煎熬，难以为计。兵将见此，义愤填膺，同仇敌忾，誓灭罗刹。奴才组织军民联防，以诱敌深入之法，痛歼其大股儿。又乘虚攻入罗刹巢穴雅克萨，夺回了雅克萨、多隆斯克、维雅斯克、西林穆宾斯克四座堡垒，致使托尔布津不得不缴械投降，特此告捷。"

皇上看罢，心中大悦，传旨任萨布素为镇守爱辉等处将军，与吉林等处将军并列，归奉天将军统属。从此，爱辉成了东北边疆的重镇，实行开荒屯垦，使工农商有了较大的发展。

一年后，萨布素派人从家乡接来了夫人，并告禀年纪已大的父母，请人侍奉老瞎爷爷。"傅老好"夫妇感念老人家的深恩，将堂侄撒宁仲夫妇招至家中，专门伺候老人，瞎爷爷对一家人的孝心很是满意。

不久，萨布素的父母双双患病，奄奄一息。临终前，一再叮嘱撒宁仲夫妇，务要照顾好老瞎爷爷，精心侍奉。

当萨布素惊闻父母亡故的噩耗时，如炸雷当头响，悲痛欲绝。但边关紧急，实难离开，便奏明了皇上。康熙爷得知后，诰封了萨布素的父母，意旨萨将军墨绖从戎。圣命难违，萨布素只好留在爱辉，将刻好的石碑遣人送回宁古塔，并办理安葬之事。派去的人到后，把诸事一一办完，按萨将军之意，在其父母坟前立起了九眼透龙碑。

萨布素击退了罗刹匪徒的进犯之后，将从雅克萨夺来的造连珠枪的机械运到了爱辉，对俘虏来的罗刹造枪工匠实行优待政策，并安置了他们的家眷。尤其是对工匠的头领更给以了好言抚慰，关怀备至，敬如上宾。头领见大清将军如此宽容他们，比起在雅克萨头目手下非打即骂的处境简直是天上地下，纷纷表示愿于萨将军麾下效力，答应收清兵为徒。从此，清兵在造枪工匠头领的指导下，开采铁矿、煤矿，建造枪工厂，为取得第二次雅克萨战役的胜利创造了条件。

回头再表康熙爷从吉林回銮，直奔盛京。途中，皇上派金翰、郝再兴、尉迟哼、尉迟哈便装探访民情。到了盛京，驻跸三天，金翰等人回奏了沿途民情："各地军民大发议论，圣上是汉昭烈皇帝再世，有云长、翼德保驾。州城府县都修了关帝庙，香火不断。还说皇上在沈阳惩治了睦亲王，在吉林收了索官庄，真是英明无比。”康熙爷听后，深有感触地点了点头。

不日，皇帝的銮驾返回北京，众文武到郊外恭迎。驾至皇宫，康熙爷参见了皇太后，奏明了东巡情况。第二天，兵部尚书来禀：查抄了索王府，将三百六十人关进天牢。其罪状为吞没贡品，结党营私，卖官封爵，抢男霸女等百条。皇上立刻传旨，杀索王，其家族发配爱辉，永不得入关。官庄一案，到此了解。

话说萨布素多次歼灭来犯的罗刹，受到黎民百姓的欢迎，军民群情激奋。然而由于连续几个月的大雨，道路泥泞，使得粮草转运十分困难。军中缺粮，举步维艰，已成燃眉之急。萨布素只好召集各族酋长，向他们摘借粮草，以济军用。

在座的大多数酋长不言语，有的则说：“因年景歉收，不少人家每天仅吃一顿粮食，其余两顿只能靠糠菜充饥。捕来的猎物已供军用了，若再拿出些口粮，实在困难。即使能凑一点儿，恐怕也是杯水车薪，无济于事。”大家亦随声附和。

这时，有位知情的酋长说：“借粮草倒有个去处，就怕借不来。”

萨布素忙问：“什么地儿?”

酋长回道：“阿苏里。”

“阿苏里在哪儿?”

酋长说：“在离此地三百里的江东。那儿近年来年年丰收，他们不怕罗刹，匪徒们也无可奈何。阿苏里的酋长恨大清，常说：‘我们从清太祖时就纳贡称臣，因为阿玛率族入救清兵，所以遭到了罗刹的报复。而朝廷的官员根本不管，结果是伤的伤、亡的亡，还服大清干啥?’那个酋长确实有惊人的本领，年轻气傲，臂力过人，骁勇善战。马上挥舞赤金棍，步下擅使劈水闪光刀，有万夫不挡之勇。据说他十三岁时，在五台山的密林里，遇到一只老虎扑向化缘的老和尚。和尚一俯身，猛虎扑空了。孩子看在眼里，忙隐到树后，同时嗆嗆发出两箭，射瞎了老虎的双眼。随即又跳了出来，抓住老虎的两条后腿抡起，摔在大石山上，立马脑浆崩裂而亡。老和尚见孩子能双箭并射，又力摔老虎，甚感惊讶，问道：‘你是跟谁学的艺?’他回答说：‘没有师傅。’老和尚当即为孩子演练了棍扫松树，他看了很是佩服，便说：‘可否拜您为师?’和尚一口应承，收下了这个徒弟，一教就是六年。学成之后，孩子已长成魁梧英俊的小伙子了，武艺愈加高强。阿苏里本是罗刹常常滋扰的地方，自从他回到阿苏里，便把罗刹鬼打得望风而逃，再不敢来犯。其他地方听说阿苏里有个勇敢得出奇的年轻酋长，纷纷推举他为大酋长。此人性情豪放，好结交五行八作、三教九流的朋友，凡有一技之长者皆利用。罗刹使的鸟枪被他夺来后，同铁匠和木匠细心琢磨了好几天，然后动手制作，终于仿造成功了。还把鸟枪改制成二人抬的大台杆，可装一斤火药和一斤铁丸儿，轰的一声响，人倒满地。大酋长今年二十三岁，办事爽快，倘若向他借粮，高兴了准成。要是有仇，可就难说了。”

萨布素听后，满心欢喜，遂派副都统温克岱前去求援。

温克岱到了阿苏里，顺利地拜会了大酋长。只见他身高八尺，虎背熊腰，二目如灯，炯炯有神；扫帚眉，大环眼，黑红的脸膛儿，风姿潇洒；说一口流利的汉语，铿锵悦耳，声如洪钟。心想：“吾乃朝廷命官，不管怎么说，总不能低声下气的。”于是，摆出了官架儿，说明了来意。

年轻酋长一看，事儿没办，先放份儿，便直截了当地说：“我们有粮二百万斤，那是准备灾荒年头儿用的，不能外借。”

温克岱讲之再三，眼下粮草是清军最大的困难，望能伸出援手，将不胜感激。结果是咋说都不行，只好回来向将军禀告。

萨布素没有灰心，又派副都统雅齐纳前去。雅齐纳见到酋长后，请求道：“大酋长，我们目前物力维艰，别无他法，想向您摘借粮食二十万斤，以渡难关。待军粮到后，定如数偿还，一粒不会少。”话讲得很委婉，态度十分诚恳。

大酋长说：“还是请你们将军自己来吧，我怕二位副都统官大，言而无信。”

雅齐纳见对方话中带刺儿，也就不好再说什么了。然而大酋长却来了热情，拍拍副都统的肩膀，说声：“随我来。”不等雅齐纳回话，就领着他到了屯粮的处所。雅齐纳抬眼一看，那里粮草堆积如山哪，几年用不完，四周有兵丁严守，让你不得不服气。

大酋长接着领雅齐纳到了校军场，只见一队队、一行行的兵将英姿飒爽，手持大刀、长枪，威风凛凛。又见一支长长的队伍，俩人抬一杆大鸟枪，长丈二，后随六个背药包、弹丸儿包的，还有一个手持小红旗的，九人一伍。约有三百余人，个个配有罗刹的连珠枪，好不威武。

雅齐纳东瞅瞅，西望望，越瞧越来劲儿。大酋长说：“怎么样？看到了吧，我的粮草足够三年用的。兵将们每战必胜，杀得罗刹鬼屁滚尿流，不敢再来。他们没招儿了，曾用重金、高官收买我，让当什么爱辉都统，本酋长还不干呢！现在大清来借粮，凭啥呀？就是不借，能把我咋的？你们将军若是有胆量，那好，亲自来吧，正想找机会告诉他呢！当年害得我一家好苦哇，要是敢来，可有来路没回路了，你走吧！”雅齐纳就这样被轰了回来。

雅齐纳见了将军，把所见所闻原原本本地禀报完毕，萨布素暗暗犯了寻思：“自打穿上戎装，便为朝廷效力，替百姓做事。大酋长口口声声说我害他一家好苦，这是从何而起呢？征讨罗刹，从未搅扰过黎民，总是想方设法地保护、援救，怎么倒结怨于大酋长了呢？看来得问个明白，没做亏心事，不怕三更鬼叫门。若真是害了他家人性命，没说的，应该偿命。如若不是，也好解除误会，借来粮草，接济全军。何况眼下到了危难的时候，一定得去！”想至此，横下心来，命人唤来了雅齐纳、温克岱，将自己的想法向他俩讲了。

二人听后，坚决反对，齐声儿阻止道：“将军，万万不可呀，这种傻事绝对不能干哪！”

雅齐纳说：“罗刹本来想用高官收买大酋长，将军一去，岂不是自投罗网？反倒给他送去了投靠罗刹的见面礼。弄不好再谈崩了，很可能杀了将军，那不白白送死吗？”

温克岱劝道：“将军，真的不能去。此人好话一句听不进，故意摽劲儿，有老猪腰子。去也白去，还是算了吧。”

萨布素说：“二公说的我都想过了，目的是去解除误会，收服他。若能如此，我们不但有了粮草，而且增加了一员剿灭罗刹的战将，江东六十四屯便可归属大清，何乐而不为？假如我确实害过他全家，能说出缘由和具体经过，理当偿命。之所以请二公来，是想把军务交给你们执掌，务必照办。三日后，我要没回来，又无信息，可奏明皇上，说将军殉职了。想来想去，打算一个人不带，单枪匹马地进阿苏里大寨，效果或许会好些。去意已决，不必多虑，就这么定了。”

两位副都统见劝阻不了，只好嘱咐道：“将军，一定要见机行事，多多保重！”

萨布素顶盔贯甲，胁带兵刃，骑上宝马雪里钻，飞似地奔向阿苏里。到得第一道寨门，报了姓名，刚要进去，便见从门里出来一队人马。为首的身穿黑铠甲，头戴黑铁盔，座下一匹大黑马，手托三股烈焰叉，大声儿喊道：“来人是萨布素吗？大酋长下令，如果闯过了三关，方能见你。可以告知，此寨叫鸡鸣关，由本将把守。”说罢，也不通报姓名，举叉便刺。

萨布素并不惊慌，以大枪招架。二马盘旋，战了五六个回合，萨布素用枪杆儿将对方打下坐骑，催马进了鸡鸣关。

到得第二道寨门，从寨内闪出两位壮汉冲过来截杀。萨布素没费吹灰之力，仍用枪杆儿将他们挑于马下，遂驰向第三道寨门。

没成想从此道寨门内出来的是三个武官，身后跟随着一队兵卒。萨布素心想：“闯前两道关时，只将人挑于马下，不会要其性命。看来第三道关如不力战，则难于进去。枪里加箭，恐怕得伤人，不可取。”于是便刀枪并举，加紧枪招儿，左抡右舞。三人终不能敌，落下马去，兵卒们也四散了，萨布素拨马就往关内闯。正在这个当口儿，忽见从寨门上方放下了千斤闸，眼看着连人带马要被压在闸下了。萨布素急中生智，将大枪杆儿直立，刹那间擎住了千斤闸。战骥乘机一纵身，驮着主人进了寨门，只听身后“咔嚓”一声响，大枪杆儿成了弓形，千斤闸落了地。又听扑通一声，雪里钻被绊马索绊倒，萨布素落下马鞍，当即被人捆了起来。

一群甲兵将萨布素抬进大寨，大酋长嘿嘿笑了两声，高叫道：“大胆的萨布素，竟敢自来送死，推出去斩了！”

话音刚落，呼啦上来四个人，将萨布素推出寨外，绑在桩橛儿上。

欲知将军性命如何，且听下回分解。

第十一回　将军生死场申大义　酋长酒席宴认亲人

萨布素被绑在桩橛儿上，闭目等死，气愤地说："真是闻名不如见面，原来却是一个粗鲁的大酋长。不问青红皂白就要杀人，虽有千言万语，但无处可诉了，也罢！"

这时，只听寨子里传出了喊声："把他带回来！"看守人听命，上前解开绳索，将萨布素押回了大寨。

大酋长细看来人，是气不长出、面不改色，挺身而立，便开口问道："你是萨布素吗？"

"正是。"

"我问你，是吃熊心了还是吞豹子胆了，竟敢单枪匹马闯大寨？"

萨布素圆瞪二目，大声儿说道："不过一个弹丸之地，何惧哉？我萨布素略施小计，便令罗刹丧胆，夺回他们构筑的堡垒，何况大酋长乎？一直以为你大度豪爽，又是达斡尔人，故而两次派副都统前来摘借粮草。这是给大酋长面子，不仅不予理睬，还要将军来。今天我来了，你不问缘由地随意捆人，并要杀掉，有如此蛮横的吗？吾乃堂堂大清的将军，出于爱护百姓，不愿对国人施以武力。若不然，一个小寨何堪清军一击？你早做刀下之鬼了。大酋长，不要敬酒不吃吃罚酒哇！我死了，是为国捐躯。一个小小的江东六十四屯，即使投了罗刹，照样逃脱不了天兵的征讨。那样做，只会给黎民百姓带来灾难，你也成了地地道道的叛国逆贼了，遭世人唾骂。本将军要是怕死就不来了，一声令下，立即剿平你。因为听人说大酋长是条汉子，血性男儿，有骨气。年轻人难免气傲，所以才亲自来拜访，可见我有容人之量，不似你这般小人。军中缺粮，你不救济；同胞受害，你不施以援手。只知坐拥江东六十四屯，自称酋长，岂不可耻可笑、狗屁不如？若真敢私斩朝廷命官，即是造反，不但算不得什么英雄好汉，而且务要治罪。我死不足惜，可叹江东六十四屯的黎民百姓，不得不跟你遭殃。言尽于此，不想再听一个无知之人说什么了，怕污了我的耳朵。痛快点儿，出去斩了吧，要是皱一下眉头，算不得将军！"

大酋长听了萨布素的一番话，并没有动气，说道："将军的责骂，我领了，也很佩服。遗憾的是只知责人，不知责己。我问你，达斡尔人、索伦人自太祖时便向朝廷纳贡称臣，可罗刹惨杀达斡尔人时，清军为什么坐视不管？”

萨布素解释道：“自从世祖入关，平残明，削三藩，定海疆，东北的八旗兵调入关内，腾不出更多的兵力对付罗刹。不过朝廷对罗刹匪徒不是不剿，巴海将军曾于顺治年间率军征讨，之后我萨布素也多次领兵伐之。”

大酋长微微一笑道：“若不提这个，还算罢了。说你剿罗刹，还不如说勾来了强盗。可记得那年被困深山时，是谁救了清军一百多人的性命吗？最终倒害得达斡尔一家及全城人被屠杀。”

萨布素说：“此事记得很清楚，多年来，始终挂怀。当年，曾领兵去爱辉霍通讨伐罗刹，被困在深山之中。前有断涧，后有追兵，左右是悬崖，处境非常危险。眼看敌人的包围圈儿越来越少，除了死拼，别无他法。在这紧急关头，是拉夫凯城的大酋长率兵冲杀，打败了罗刹匪徒，救出了清军。我作为带兵的头领，对达斡尔人在生死攸关之时伸出援手十分感动，从此与拉夫凯结成了生死弟兄。因那时仅仅是个骁骑校，得听上司的命令，下令兵回宁古塔，谁敢不从？在退兵后，罗刹返回拉夫凯城，杀了不少百姓和酋长全家。拉夫凯的妻子玛伊姆闯出重围，千里迢迢跑到宁古塔求救，我立刻带精兵去了，剿灭了罗刹，安置了玛伊姆。转年的元宵节，强盗们卷土重来，再次血洗了拉夫凯城。这次去，见拉夫凯城被毁了，成了一片焦土。我率兵从正月至端午节，沿黑龙江两岸与罗刹打了几十次的恶仗，并到处寻找玛伊姆和儿子，却始终未能找到。”

大酋长惊问道：“你真的能找玛伊姆？”

萨布素反问道：“那是我的恩嫂，焉能不找？弄不明白的倒是大酋长怎么会知道这些？”

酋长回道：“若要人不知，除非己莫为。偌大的一个拉夫凯城，人能死光吗？别的暂且不说，今天的事儿应当咋办？”

萨布素说：“很好办，一个是杀了我，一个是借粮给我。”

大酋长边命松绑边笑着说：“哈哈！你的确说对了，本酋长哪敢要大清国将军的性命啊！要是想那么做，能放回两位副都统吗？令人放箭，即使有再大的能耐，也闯不过三关哪！我是对你有气。不过听了方才说的，很是在情在理，就消了气了。看你不像是当了将军便忘了旧友的人，说推出去斩了，那是试试你到底有多大胆量，还为了出出心中多年以来的怨气。派人与你对阵，是想看看武艺的高低，是否与人们传说的一致。我年轻气傲，千万别往心里去，得罪将军了，赔不是总行了吧？”

萨布素说：“这倒没什么，望大酋长今后以国事为重，我也绝不把私人之不快放在心上。此次是专为摘借粮草而来，能答应助一臂之力吗？”

“用多少？”

“二十万斤。”

“小事一桩，立马派人去装粮，送到爱辉，将军看咋样？”

萨布素致谢道：“太好了，可解决大问题了，谢谢大酋长！”说着从兜里掏出借据，递了过去。

大酋长乐了，把借据还给萨布素道：“将军为国为民，吃尽辛苦，守卫边疆。达斡尔人也是大清的百姓，哪能眼看着兵将有难处而袖手旁观呢？理应尽这份儿义务。二十万斤粮食明天送到，算是犒军了，要借据干啥？请将军收起。”

萨布素收回了借据，说道：“人无信不立，不要借据，照样还粮。事不宜迟，最好今天能送几万斤，以解燃眉之急。”

大酋长当即派二百多壮汉，带四百马驮子，备好鞍韂，装了十万斤细米，立刻出发，直奔爱辉。

萨布素办妥借粮之事，打算告辞回返，大酋长忙挽留道：“将军，粮有了，也送走了。途中肯定不会丢失，最迟明天准到，请放心吧！今天可否屈尊在此，我还有事请教。”

萨布素见大酋长十分诚恳，心胸坦荡，执意相留。再说了，还想请他帮助剿灭罗刹呢，便爽快地答应了。大酋长非常高兴，随即吩咐膳房，赶紧置办酒宴。

单说上房里大酋长的母亲听到外面一片忙乱，遂问仆妇：“出啥事儿了？快去问问。”

仆妇转身出去了，问完后，回话道：“来了位将军，噢……萨布素，借粮的。”

老太太愣了一下，忙问：“你说啥？什么萨布素？”

“好像将军的名字叫萨布素。”

“从哪儿来?”

“爱辉。”

“你去问问我儿，萨布素可是宁古塔人?”

仆妇去问酋长，酋长回答：“不知道。”

仆妇说：“这可是老太太让问的。”

酋长听说是额莫要问，转身进了屋，冲萨布素说：“请问将军的府上在哪里?”

“宁古塔。”

酋长出来告诉仆妇，仆妇回明了老太太。老太太吩咐仆妇：“快叫吴妈过来。”

仆妇请来了吴妈，老太太对她说：“吴姐姐，你去酋长房里瞅瞅，看来的那位客人是谁。”

吴妈到了酋长房中，定睛细瞧，打量着来客。酋长不解地问道：“吴妈，这是爱辉来的萨布素将军，您老瞅什么呀?”

此刻，萨布素也在盯看着吴妈，尽管对方穿的是达斡尔衣裳，岁数已六十开外，还是认出了当年抱幼儿常顺走的那个保姆模样。吴妈经过仔细端详，终于认准了老爷，赶忙走到萨布素面前，跪叩请安道：“老爷，一向可好? 怎么会来阿苏里，莫不是梦中相见?”

萨布素扶起吴妈，问道：“吴姐姐，恩嫂和孩子去哪儿了? 我一直没找到。你怎么也在这儿?”吴妈乐得顾不上回话了，一个劲儿地擦眼泪，将军同样是热泪滚滚。

酋长见此情景，顿时怔住了，问道：“吴妈，你和将军是亲戚呀?”

吴妈说：“待会儿你就明白了。”转身回到老太太房中，告知确实是老爷来了。

老太太高兴地说：“哎呀，吴姐姐，可真是喜从天降啊!”边说边同吴妈一起来到酋长的屋子。进门细看，见萨布素已四十开外，长了黑髯，精神饱满，还是当年的模样，只是胖了些。

萨布素看着老太太，虽然对方年过花甲，头发全白了，但一眼认出了是玛伊姆恩嫂。急忙站起身来，单腿跪地，给恩嫂请安，然后说道：“我当年一到爱辉，便派人打听恩嫂，回来的人都说不知流落何处。没成想今天竟在阿苏里碰到了，真应了那句话了：‘两山不能相见，两人总会见面。’好哇，终于找到你们了!”

酋长走到老太太跟前，问道：“额莫，萨将军是阿玛的朋友，还是至亲?”

玛伊姆笑道：“咳！一高兴啊，倒忘了告诉你了。萨布素你看！”说着手一指酋长：“这就是当年的小常顺哪！”回头冲儿子吩咐道：“常顺，快给你阿玛跪下。”

大酋长惊愕得一时不知说什么好了，心想：“额莫是乐糊涂了吧？我哪里又来个阿玛呢？人伦大事，岂能乱叫？”便没吱声儿。

玛伊姆见儿子犯犹豫，遂说道：“孩子，将军是你的亲阿玛呀！我是在你一岁多那会儿从宁古塔抱养来的。因吴妈当时是你的保姆，离开她不行，所以才一同跟来了。”接着，又滔滔不绝地把当年的事儿讲了出来。

大酋长听罢，弄清了事情的真相，激动地走到萨布素面前，扑通一声跪地，说道：“阿玛，今天我才明白，为啥从那么小就再没见过阿玛，想不到今天竟在异地相逢，真是老天有眼哪！”说着不禁哽咽起来，引得全家没一个不掉泪的。

吴妈劝慰道：“父子分别二十多年能够见面，老爷又当了将军，是天大的喜事儿呀！乐还乐不过来呢，怎么反倒哭哇？快别哭了，讲讲别后离情，才是正题呀！”经这么一劝，大家破涕为笑了。

萨布素说：“吴姐姐说得对，今天见到了恩嫂，是故人相逢；遇到了常顺，是骨肉团聚；喜泪盈眶，是人之常情，值得庆贺。对了，恩嫂，告诉我，你们为啥来到阿苏里？”

玛伊姆说：“塞普奇是罗刹出没无常的地方，我日夜担心常顺的安全，怕一旦走漏了风声，罗刹会来个斩草除根，加害于我们。便下了决心，放把火烧了寨舍，赶着一辆勒勒车到了阿苏里，隐姓埋名住了下来。孩子长大后，体格不错，有把子力气。加上练得一身好武艺，杀罗刹一点儿不含糊，族人一致推举他当了酋长。以后名气越来越大，江东的村屯父老也相中了，就请常顺当了部落联盟的大酋长。肩上的担子比先前重多了，天天忙得脚打后脑勺儿，至今没娶上媳妇哪！条件还不低呢，非要个能文能武的姑娘不可，我上哪儿去寻呀？这回好了，你来了，好好儿给孩子挑一个吧。我已是晚上脱了鞋和袜、不知明早能不能再穿上的老太婆喽，真盼早点儿抱孙子呀！到了九泉之下，见到拉夫凯，总算能交代下去了，也对得起你们兄弟的情谊了！”说到伤心处，又掉下了眼泪。

说着话儿的工夫，仆妇已摆上了酒席，请众人入座。萨布素坐在上首，玛伊姆、吴妈下首相陪。因满洲人、达斡尔人皆讲父子不同席，所以，常顺同前来祝贺的各酋长共坐一桌。

宴间，萨布素问道："阿苏里有多少壮丁？有多少鸟枪、快枪、大抬杆？"

常顺回道："壮丁三百，鸟枪一百支，快枪六十支，大抬杆四十支，弹药自己会做，不过快枪子弹可是打一粒儿少一粒儿。"

萨布素说："把现有的壮丁按军队编制，编为爱辉阿苏里防御军，守住这块儿地方，我将派人前来进行操练。常顺，你任防御，暂时兼阿苏里和江东六十四屯联系乡的大乡长。下设乡长、姓长，专管民众事务，由将军府直辖。此乃当年太祖太宗在达斡尔地方设的建制，不奏请皇上，任何人是不能更改的。关于编旗的事儿，你会达斡尔语，懂风俗，抓紧帮我操办，名称叫'爱辉将军府八旗筹备处'。可以一面编旗，一面编防御军，选择防御人才。一切就绪后，奏请皇上，设佐领统辖。明年还要修城堡，加固城墙，需要防御操心的事儿会更多。从此，大酋长就是上马管军、下马管民的文武官了，成为将军府的要员。绝不是我作为将军，凭借所掌握的权力，给自己的儿子争官当。实在是你在阿苏里名望高，肯于吃苦，能为黎民百姓办事儿使然。以上说的这些，愿意做吗？"

常顺回道："阿玛的吩咐，儿当从命。"萨布素听后，开心地笑了。

第二天，萨布素回到爱辉，温克岱、雅齐纳一同来府衙面见将军。雅齐纳笑着说："还是将军有办法，昨天傍晚，细米十万斤已经运到。"萨布素点点头，并把自己的想法以及对大酋长常顺的安排说了。

两位副都统听罢，齐声儿赞扬。温克岱说："是个好办法，既可安民，又可防敌。腾出手来，明年可修固城堡，永戍此地。这叫'以民安民'，好哇！"

第三天，常顺自己送粮来了。萨布素把儿子介绍给两位副都统，又下达了将军谕令："任常顺为爱辉将军府防御军总防御、重编八旗筹备处总办。凡达斡尔的部落，须悉按编制执行之。"常顺按照谕令，为了捍卫边疆，保护各族百姓的安宁，促进大清国的繁荣，走上了万里征程。

话说康熙爷自东巡归来，常常临幸御书斋。时值中秋节，用罢晚膳，皇帝与贞昭仪便装从后门儿悄悄儿走了出来，问道："宫中发放的宫娥、彩女都还乡了吗?”

贞昭仪答道：“除北京的一百三十二名，其余全部返乡了，只有江苏的琼花留了下来。据萨明讲，她已嫁给大清门提辖了。”接着，又禀明了众宫娥、彩女捐银帮助说书姑娘开茶楼一事。

康熙爷听后，高兴地说：“这样吧，朕仍是当初的秀才，你还是秀才娘子，咱们再到天桥去逛逛，看看说书姑娘开的是什么样的茶楼，如何?”贞昭仪赞同的点点头。

于是，二人趁着皎洁的月色，迎着习习的凉风，来到了天桥。一眼看见临街的两座楼房，一座是“千芳集贤楼”，一座是“群芳集贤楼”。楼前有长方形花坛，宽六尺，长与楼的长度等同，盛开的菊花在月光下显得格外美丽。从楼内传出悦耳的丝弦声，贞昭仪手拉皇上走到“千芳集贤楼”近前，倚着花坛的栅栏细听，只听一女银铃般的嗓音唱道：

高力士奏檐前铁马、檐下金铃，
天子一听此言长叹气，
说断肠人闻断肠声。
莫非是弓鞋懒踏三更月，
莫非是袖衫难禁午夜风，
莫非是芳卿心中怀余恨，
莫非是薄幸心中少至诚。
为什么欲梦卿时竟不能……

康熙爷听到这儿，再也听不下去了，拉着贞昭仪来到“群芳集贤楼”前。此楼同样传出丝弦伴奏声，一女亮开了清脆的歌喉，唱道：

心头志捧日惊天难解饿，
手中枪搅海翻江挡不了穷。
不但难还窦府恩义债，
我才瞧了瞧，
柴枝儿烧尽，
米缸空空……

康熙爷边听边低头踱步，拔腿来到当初听书的大柳树下，见两个老翁坐在地上乘着月光弈棋，便凑到跟前坐了下来。贞昭仪陪在侧，轻声儿问皇上：“在想什么?”

康熙爷遂把听到的唱词背了出来，然后不无遗憾地说：“多好的词儿呀，可惜弄不懂是啥意思，你知道吗?”贞昭仪摇摇头。

其中一个老翁听到二人的对话，抬头看看，原来是位年轻秀才和娘子。便放下棋子儿，问道：“秀才公也来赏月吗?”

康熙爷回道：“同拙荆随便走走。”

老翁说：“秀才公刚才念的词儿，是因为没有听完，当然不明白咋个意思。其实，一段儿是《忆真妃》，一段儿是《全德报》，都是清音子弟书的段子，不知是啥人写的。《忆真妃》是写唐明皇逃亡途中，仍念念不忘杨贵妃的故事，歌词很是凄婉动听。《全德报》是写高怀德落魄时的情景。高怀德乃五代后周末期人，后来成了宋太祖的御妹夫。其父与后周的郭威有仇，他只好隐姓埋名，穷困潦倒。此段子是提醒世人应识时务，奉劝为君者不要罪及妻孥。拿大清国来说吧，世祖入关，追缉反明、反清的将领、义士，吓得他们的后代不敢出头露面，不正是‘心头志捧日惊天难解饿，手中枪搅海翻江挡不了穷’吗?康熙爷颁下了赦旨，这些英雄、义士的子孙才算有了出头之日。反明的将领是要推翻腐朽的明朝，后来也反清，实为时势所迫，不应追究过苛。反清的义士多是残明的后代，为了尽忠，铤而走险。金圣叹在狱中多年，大清两代皇帝劝其为朝廷尽力，皆不从。摈弃高官厚禄，拼却一死，还不是为了一个‘忠’字?他是在学宋朝的文天祥啊，‘人生自古谁无死，留取丹心照汗青。’他们后代的思想感情，必将随着社会的发展发生变化，会为大清效力的。何必一人有罪，罪及妻孥，拒贤才于门外呢?秀才，你听了老朽胡乱说的这些，有啥想法?”

康熙爷回道：“听长者所言，小生顿开茅塞，愿再闻高论。”

老翁接着说道：“天命有归呀！什么是‘天命’?依老朽看，就是符合世事的发展趋向。明末义军有好几十股儿，大股儿数万人，小股儿数千人，逼得明崇祯吊死煤山。李闯王打了胜仗，进了北京，当了皇帝。民间传说他问老百姓：‘什么最好?’老百姓说过年最好，有酒有肉。李闯王便下令天天过年，过了十八天，吴三桂引清兵轰跑了他，此为有意笑骂闯王无知。清入主中原，残明割据，三藩分裂，反明义军变成了反清义军。残明、三藩、义军三方势力倘若结为一体，共同抗清，大清恐怕难以得志。可他们是各据一方，称霸称雄，结果被清兵一个个剿灭，这就叫‘天命有归’。不过胜利者一定要切记，千万不能骄傲，骄兵必败呀！”

康熙爷越听越感兴趣，遂问道：“清入关后，从世祖到康熙到底做了哪些坏事儿，做没做好事儿呢？”

老翁笑了笑，说：“‘看来秀才是要到官府告我吧？还是莫谈国政，莫谈国政！”

康熙爷忙解释道：“小生年轻无知，怕一时走错了路被人唾骂，才向老者请教的。”

老翁大笑道：“哈哈，月下谈心也是件快乐的事儿嘛！”随即收敛笑容说：“清入关后，‘扬城十日’、‘嘉定三屠’是大错儿；任用一批庸愚当权是中错儿；禁言论是错中错；听信满洲家奴的妄言是小错儿。历代皇帝在创业时期都有人反抗，清又是夷族，风俗与汉不同。勒令换胡服，剃头为胡发，剃头匠在刮刀布上皆写‘奉旨剃头’。那些人便耀武扬威，跟着满洲奴才吹气冒泡儿、扯旗放炮。什么‘要脑袋还是要头发?’不知多少人为此死在屠刀之下，此乃妄杀无辜。有些投机取巧的汉人，奴颜卑膝地爬了上去。当了官就狐假虎威，只知抖威风、摆排场，自称‘二满洲’，为非作歹，忠君爱国全不懂。他们污辱文人：‘纯粹是一帮吃屎的东西，只要一拍桌子，全吓得趴到桌子底下了！”汉高祖当年拿儒生的帽子当屎尿盆，把文士骂得狗血喷头，糟践武士道：‘你们只会个三截元、四面平、三步短打小开门。老子不会文，不懂武，放个屁让你们闻闻也说香。’这批败类当权，是国家的蟊贼，马蜂窝捅不得，老虎屁股摸不得。只知有奶便是娘，人以为耻，他以为荣。败事有余，成事不足，有事儿怕人知道，此乃掩耳盗铃。其实，越怕人说，越传扬得广。如同用锅盖捂着滚开的水，捂得越严，气儿胀得越厉害，迟早得炸了锅。只有广开言路，有理者从，有错者改，天下才会太平。顺治是个好皇帝，除掉了多尔衮，坐了十八年金銮殿，终于看破红尘，归隐去了。传到康熙，十三岁亲政，除了鳌拜，解了民恨。最近，又杀了索亲王‘索巴子’。此人仰仗皇亲，坏事做尽，黎民百姓异口同声地说当杀！在盛京，万岁爷惩处了睦亲王。东巡沿途又杀赃官、除污吏。出巡前还降赦旨，万民感恩，皆言皇上英明。秀才不是想听吗？这即是老朽的滥言。”

康熙爷听罢，如梦方醒，连连致谢道：“谢谢，谢谢！小生感谢长者赐教，请问大名？”

老翁说：“秀才，既然不去告老朽，问那么多干啥?”随即拉起另一老者携手而去。

康熙爷站起身来，拍拍身上的土，偕贞昭仪回了宫。落座后，长叹一声，若有所思地自言自语道：“风过知劲草。贞静贵妃在日，劝朕省刑罚，薄税赋，平冤狱，重贤能，放言禁，罢庸愚。她是渔家之女，长在渔村，与黎民百姓气息相通，同老者所言一致。朕应颁旨，先设立博学鸿词科，收揽天下文士撰书；再设立国子监，让满洲子弟学汉人文字、礼节，平冤狱，选贤能，罢庸愚。”

第二天早朝，康熙皇帝颁下了三道御旨：设立博学鸿词科，开放言禁，撰写古今事实。各地设义塾，满人习学汉人文字、礼节；任贤能，罢庸愚；任萨布素为镇守黑龙江等处将军，组织开发黑龙江，吉林到爱辉之间修筑水陆驿道，永固边疆。

康熙爷下诏后，派人到处寻访见地颇高的老翁。茫茫人海，哪里觅得见？只能付之一叹。

后　话

“傅老好”夫妇临死前，一再叮嘱堂侄撒宁仲两口子，务要精心侍奉老瞎爷爷，不得有丁点儿闪失。撒宁仲跪在地上起誓发愿地保证道：“放心吧，我要是慢待了老人家，必会被千刀万剐！”“傅老好”这才把房地产交给了侄子。

“傅老好”夫妇刚刚过世，尸骨未寒，撒宁仲两口子立马变了副嘴脸。对伙计们是横挑鼻子竖挑眼，咋做都不对，大伙儿称撒宁仲为“要拧种”，纷纷辞工不干了。

“要拧种”把满腔怒气全撒在了老瞎爷爷身上，大骂老人装憨卖傻，并将其从上房赶到伙计房，又从伙计房赶到牛棚、马圈。每天吃的是猪狗食，穿的是破衣烂衫。往昔伺候老瞎爷爷的管家，如今倒成了傅家的主人了，对老人非打即骂。还怕他一命归天了无法交代，又死死看住，不许出门。可怜七十多岁的老瞎爷爷真是呼天天不语，叫地地不应，求生难活，求死不能，只好硬着头皮挨下去。衣服碎得一片片，头发擀毡，虱子成团，打发着人不人、鬼不鬼的日子。

事有凑巧，“要拧种”突然得了上吐下泻的霍乱症，一连几天卧床不起。老瞎爷爷趁机摸到大门外，好一顿伤心落泪，刚要一头撞死，却被人拦腰抱住：“师傅，您干什么呀？让徒弟找得好苦哇，咋落到了这步田地？”

老瞎爷爷听说话的人是南方口音，仔细品品，好像是四十多年没见面的大徒弟声儿，遂问道：“你可是雷明？”

“没错，正是徒弟呀！”

“啊？莫非是梦中相见，还是在阴曹地府相逢？你……你怎么会来这儿？”

雷明回道：“师傅啊，我在关外找您老十年了。昨天偶然从此处经过，见坟前有块石碑，上书：‘皇清诰赠光禄大夫，黑龙江将军虽公之墓。康熙二十三年岁次甲子九月吉日孝男萨布素谨立。’又看坟地是‘朝喷紫气从东来，十里丹江飘玉带，钟灵毓秀生贵子，定是帝王将相才’，知道准是师傅点的穴，便向邻里打听。他们说‘傅老好’从前救了个老要饭的，把后来瞎了眼的要饭花子当亲爹似的敬养起来。老天不负苦心人，傅家的日子越过越红火，儿子还当了将军。‘傅老好’夫妻已过世，追封为光禄大夫。不过可苦了瞎老人，天天受将军府管家‘耍拧种’的打骂，连条狗都不如。我听了这些，就寻上门儿来辨认。左瞧右瞅地看了半天，终于认出来了，果然是师傅。还没等打招呼呢，见师傅伤心落泪要寻死，急忙赶上前抱住。师傅哇，您终日打雁，怎么让雁啄了眼？给损阴丧德的人家看阴宅宝地，他们却恩将仇报，何苦呢？”

老瞎爷爷长叹一声，将当年讨饭到“傅老好”家的经过告知了徒弟。还说：“‘傅老好’夫妇和他们的儿子是真孝顺，对我胜过亲爹。‘傅老好’临终前，当着我的面儿，再三叮嘱堂侄撒宁仲要好生伺候老人家。没成想‘耍拧种’是个狼心狗肺的小人，竟忘了他叔婶说的话，百般虐待我。徒弟呀，千万不要骂‘傅老好’夫妻损阴丧德呀，那可冤枉好人啦！”

雷明问：“师傅，您眼睛瞎了，可有什么破法能重见光明？”

老瞎爷爷说：“有倒是有，可又觉得那样做，对不起‘傅老好’夫妇。”

“师傅，您受他们一年之恩，已报了三十年，也算够了，还有啥对不起的？请快告诉徒弟是什么破法，破了之后，咱们一块儿回故乡。”

老瞎爷爷思忖半天，在雷明的再三请求下，终于狠下心来，说了句：“那行吧！”随后订下了一条妙计。

单说“耍拧种”病得要死，一天，他家门外来了个骑骆驼的南方蛮子，是个行医郎中。当时北方人传说蛮子眼睛毒，看病准，“耍拧种”的家人就把他请了进来，将骆驼牵到马棚里。郎中给“耍拧种”号了脉，看了舌苔，然后说道：“此病不轻啊，疾患的根儿是由于恶鬼作祟。要想治好，必须外去邪鬼，内服良药。”

“耍拧种”的娘子撒里娇忙问：“照先生这么说，可以治好了？”

郎中回道：“不消三日，一定好病。”

撒里娇又问：“那得怎么除恶鬼呢？”

郎中说：“没有家亲，难勾外鬼。你家坟前的地势洼，那里三百年前是战场，死了许多人，阴魂不散，并在将军祖坟的门外向你夫妻讨要冥钱。去了这伙儿来那伙儿，长此下去，谁也开付不起呀！兑现不周，便不满意了，专让你夫害病。惟一的办法是在祖坟前挖一条月牙沟，再引水入沟成月牙河，方能挡住外鬼。挖沟前，要以三牲祭礼，即用乌牛、白马、绵羊和美酒给天神上供。上了供，韦驮佛才会用降魔宝杵赶散众恶鬼。开工那天，得用一百零八人，凑成三十六天罡将、九十二地煞星，在韦驮佛率领下，将恶鬼赶净。这样，你夫妻不出三年，准保高官得中，骏马得骑，使奴唤婢。”

撒里娇听了郎中一番话，高兴得眉开眼笑，本来已是三十多岁的半老徐娘，又现出了当年的风韵。这个败家的娘儿们平时同丈夫吵架时，常说：“白面书生，腹内无文，休想富；红颜女子，脐下有货，不愁贫。”撒宁仲不懂，她接着又说：“女人腰下掖着扁扁的货，走到天下哪里不换钱？”只因撒宁仲是将军的大管家，撒里娇才同他过到现在，要不早跑了。平时，从不把丈夫放在心上，到处有姘头，还装狐狸相，假正经。她对郎中故意娇态百出，又心疼钱，便问道：“先生，得多少银子呀？”

“要想彻底治好病，需一千两。你夫妻不是将军的大管家嘛，我知道，管家是做得了主、当得了家的。倘若确有困难，也不强求，就拿五百两吧。”

“哎呀，好先生，少要点儿吧，二百两行不？也是你行好积德了！”撒里娇边说边眉来眼去地挑逗郎中。

郎中故意卖关子：“那怎么行？太少了，让我为难不是？这样吧，咱得把话说在头里，先拿二百两，剩下的三百两等你丈夫当了官再给，总行了吧？不许赖账。”

撒里娇一听只拿二百两便能办大事儿，乐得直念阿弥陀佛，满脸堆笑道：“只要我丈夫病好了，真的当了官，不仅不赖账，还要重重谢先生呢！”于是，议定七月十五仲元节时开挖月牙河。

七月十四下晌，招来一百零八名壮汉，各拿锹和镐。午夜，杀了乌牛、白马、绵羊，抬来三百六十斤米酒祭祀韦驮佛，然后便动工挖沟。再按郎中画出的图形，从牡丹江引水入沟而成月牙河。

常言道，人少好做饭，人多好干活儿。到七月十五的黄昏，月牙沟已引进水来，宽三尺，长一里，深五尺，其形如上弦明月。挖河的人，一日三餐吃的是牛、马、羊肉，喝的是米酒。郎中还发给每人半两纹银，并对撒里娇和一百零八名壮汉说：“半夜子时，定见奇效。”

此刻的撒里娇早忘了家中躺在炕上奄奄一息的撒宁仲了，在月牙河边儿走来走去地做着美梦：“丈夫当了官，骑在高头大马上，侍卫相随；

我坐在八抬大轿里，丫鬟、仆妇前呼后拥，那得多美呀！”她是从酉时等到戌时，从戌时等到亥时，急得如热锅上的蚂蚁。

子时初刻，天突然阴了起来，刮起了透骨的寒风。郎中告诉大家必须离开月牙河百步之外，趴在地上看。这时，只听咕咚、咕咚、咕咚三声炮响，是从祖坟的陵寝中发出的，陵门开处挑出了对儿对儿红灯。接着是肃静、回避四面大牌，跟随着手执仪旗的武士。仪仗后，有八位骑着高头大马的将军，头戴亮红顶戴，脑后插双眼花翎，身穿大红马褂儿，腰佩长刀。

一队人马刚行至月牙河边儿，从西北忽地刮起了暴风。飞沙走石夹裹着身披黄金甲、头戴黄金盔、手持降魔杵的韦驮佛，率领着三十六天罡将、九十二地煞星，把八位将军连同仪仗一起赶进了波涛翻滚的月牙河中淹没了。

众人睖睁着眼睛看，大气儿不敢喘，张着嘴巴，伸出的舌头半天缩不回去。霎时，风住天晴，空中现出一轮明月，月朗星稀，万籁俱寂。一个个这才站起身来，你瞅瞅我，我瞧瞧他，不知所措，彻底蒙圈了。

撒里娇早已掉了三魂，走了七魄。见没有动静了，天也晴了，方缓过神儿来，叫道：“哎呀，可吓死我了！”猛然想起丈夫的病一定好了，该去当官了，我已经成了太太了，回身撒腿便往家里跑。一进门儿，见撒宁仲僵卧在炕上。伸手摸摸胸口儿，早就挺了尸，死去多时了。她是连跺脚带捶胸啊，鼻涕一把泪一把地放声大哭起来！

挖月牙河的人从傅家门前经过，听到哭声，便进屋来看。见撒宁仲死了，撒里娇哭成了泪人，嘴里不住地念叨：“这可咋好哇，上了蛮子的当了，人财两空啊！”

大伙儿出招儿说：“光哭不顶事儿呀，快去找蛮子算账吧！”

撒里娇出来一寻，哪里还见蛮子的踪影？琢磨着应到马棚去问问老瞎子，蛮子是何时牵走了骆驼。

撒里娇来到马棚，没好气儿地哐哐使劲儿踹门。只听她“妈呀”一声大叫，原来鞋被钉棚子的钉子穿透，五个脚趾全扎破了，鲜血直流，疼得一屁股坐在地上“哎哟”个没完。

大伙儿听到撒里娇不是好声儿地叫唤，忙走过来扶起她。之后借着月光往马棚里细一瞧，原来早已没有了老瞎子，只见一幅白绫上写着几行字儿。

撒里娇如获至宝，拿着白绫去了上房，众人紧随其后，想看个究竟。可惜竟无一人识字，真是光看白布画黑道儿，越瞅越发闹。大伙儿告诉撒里娇要好生保管白绫，等天亮了，请识文断字的先生看看。眼下，还是为死人预备后事要紧。于是，众人齐动手，帮撒里娇钉了棺材，盛殓了撒宁仲。

天亮了，撒里娇让人去安埠街请来了一位教书先生，先烟后茶地招待着。接着拿出带字儿的白绫，恳求先生给念念，大伙儿也想听个明白，屋里挤满了人。先生四平八稳地戴上老花镜，展开白绫，缓缓念道：

此块坟茔是宝地，
月牙河成泄元气。
八个将军归天去，
今后空留旧日迹。
这个事情不怨我，
怪你夫妻生妒忌。
傅门原有九将军，
只剩萨布素留世。

念罢，老先生做了解说：“从上面的八句话来看，萨将军先人的尸骨葬在这块儿茔地，是风鉴先生点的穴，才出了将军。由于对风鉴先生不恭不敬，挖成月牙河，泄了元气。原来应有九代将军，结果地气被破了，只剩萨布素一位了，可惜可叹哪！”

众人听了老先生的解释，再一想昨夜发生的怪事儿，觉得挺对路，纷纷点头称是。接着，老先生又告诉大家：“‘傅老好’同老要饭的有这世的缘分。老要饭的病了一年，‘傅老好’夫妻俩伺候得周周到到，待如亲爹。老要饭的病好后，决定不走了，帮助‘傅老好’挪坟，三天后眼睛就瞎了。从此，‘傅老好’一家日子越过越好，还喜添贵子，生下了萨布素。‘傅老好’夫妇俩对老瞎子非常孝敬，又怕冻着又怕饿着，天天围着身前身后转，遗憾的是双双不幸于六年前得病死了。由于撒宁仲坏了心肠，虐待了老瞎子，才有大徒弟找上门来，否则老人家是不会离开傅家的。而且一怒之下，挖了月牙河，破了地气，八个将军竟断送在管家手里，真是可气！”说完，一甩袖子走了。

众人听了教书先生的话，没有不骂“要拧种”两口子的，说他们不够“人”字两撇儿，撒里娇羞得不敢抬头。恰在此时，门外来了三个骑马的人，把坐骑拴在桩橛儿上便进了屋。见炕上地下的不少人，忙问：“出啥事儿了？”

大伙儿一看，其中一位乃六品顶戴的武官，哪敢隐瞒？遂将傅家发生的事儿原原本本地讲了。武官气得顿足道：“我们是将军派来接老瞎爷爷的，没成想晚来一步，人没了，叫我回去如何交代呀？这个狼心狗肺的‘耍拧种’，快把他丢进月牙河喂鱼去！”

话音未落，另两个武士立马走上前来，抬起装撒宁仲的棺材扔到河里去了，上面还压了块大石头。然后动手打了撒里娇一顿，轰了出去，把房产交给傅家的近亲，这才扬鞭催马返回复命去了。

撒里娇免去了一死，便想找过去的姘头混混。可那张脸道道伤痕，又是半老徐娘，根本无人理睬，只落得沿街乞讨。一年后，冻死在牡丹江的冰窟之中。知情者皆说，这是善有善报，恶有恶报，恶人应得的下场是逃不过的。

“月牙河的传说”流布了三百多年，月牙河依然如故，将军家的祖坟却早已成了平地。有人套用子弟书《忆真妃》的开场诗，在将军祖坟旁的平地上，写下了四句打油诗：

月牙河畔草青青，
今日不见将军陵。
游人到此皆抱憾，
凭吊无客不伤情。

目录

《绿罗秀演义》（残本）

第一回　横空出世　敖东立国

各位阿哥落座，先听我唱来：

长江滚滚流水，
浪花淘尽英雄。
古来多少往事，
尽付谈笑声中。
青史几行名姓，
郊外无数荒冢。
寻访残碑断碣，
发掘古人行踪。

一曲唱罢，咱们正式开讲《绿罗秀演义》。

话说大唐武则天圣历元年，位于长白山东北坡奥娄河①上游的敖东城，靺鞨人首领大祚荣依靠本族和高句丽贵族，厉兵秣马，安寨筑城，横空出世，建立了一个震国，大祚荣自立为震国国王。国中模仿唐朝建制，王廷内设有三省、六部、一台、七寺、一院、一监、一局，每年派人向唐王参拜。

震国建立的第一年，唐朝皇帝武则天已是七十五岁高龄。

那么，震国是在什么情况下建立的呢？咱得从大唐女皇武则天万岁通天二年的营州反叛说起。

唐朝高祖时，为加强对东北的管理，将隋朝设置的柳郡改为营州总管府。高祖武德七年时，又把营州总管府改为营州都督府，府治仍设在营州。这样一来，营州便成了东扼新罗、北控沙漠、西制契丹、突厥、南屏燕蓟、雄固山川、回环千里的东北重镇。

营州都督府辖区广阔，所治人员包括契丹人、奚人、乌桓人、鲜卑

① 即牡丹江。

人、突厥人，还有被强行迁来的高句丽人、靺鞨人等。

女皇武则天驾坐龙廷之时，派三品大员赵文翙掌管营州的军政大权。然而，此人是个不识大局、不懂民族政策的家伙，在山高皇帝远的北荒大地，整天酒不离口、美女不离怀，沉醉在灯红酒绿之中。不但对政事很少过问，而且将各族酋长视为奴仆，一不顺心，非打即骂，惹得酋长和民众愤恨难平。

女皇武则天弘道至万岁通天年间，营州一带连遭灾荒，粮食无收，水草枯竭，百姓衣食无着，流离失所。作为都督的赵文翙，本应开仓赈济，救民于水火。可他却熟视无睹，继续鱼肉乡民，贪赃枉法。有时甚至强抢民女入府，以满足自己的淫欲，坏事做尽，百姓怨声载道。于是，一场不堪忍受地方官吏压榨的反唐斗争爆发了。

此次举兵反抗的带头人是李尽忠和孙万荣，皆为契丹的贵族。李尽忠乃唐廷敕封的右武卫大将军、松漠都督，年龄五十多岁。孙万荣是李尽忠的妹婿，累授右玉钤卫将军。

二人于万岁通天二年五月的一天，利用契丹人对地方官的不满，率众攻进了营州都督府，砍了赵文翙，占据了营州。李尽忠自封为"无上可汗"，以孙万荣为将，号称十万人马，东打西杀。攻崇州，逼檀州，纵兵四掠，所向披靡。

不讲李尽忠、孙万荣四处征伐，每战必胜。且说七十多岁的大唐女皇武则天在朝堂上听了营州反叛的消息后，脸没变色，身不发抖，很是镇静。认为营州反叛算不了什么，只要派去重兵，便能很快平定。这位一向喜欢在文字和名称上搞个小把戏的女皇，尽管对李尽忠和孙万荣恨得咬牙切齿，却仍开玩笑似的下诏。说李尽忠的名字改为"李尽灭"比较恰当，孙万荣的名字改为"孙万斩"更合适。随即传诏鹰扬将军曹仁师、金吾大将军张玄遇、右武威大将军李多祚等二十八位将军，合天上二十八星宿之数，一起出发剿除义军。同时，诏令梁王武三思为榆关道安抚大使，前去抚慰契丹人。

当年八月，唐军在二十八位将军的率领下，长途奔波，开往西硖石黄獐谷。大军到后，顾不得旅途劳累，立刻举兵讨伐义军。哪成想两军刚交锋，唐军就被锐不可当的契丹兵打得落花流水，其中两员大将成了人家的俘虏。

唐军的败绩，迅速传至宫廷。武则天闻讯，恼羞成怒，连续派兵大战义军。先下旨调集诸州兵马，以右武卫大将军、建安王武攸宜作为清边总管，并且把狱中关押的囚徒和家奴中的骁勇者“官偿其身”，编入清边军旅，与契丹兵作战。接着，又诏夏官尚书王孝杰、羽林卫将军苏宏晖率兵十七万讨契丹。女皇派出的兵力真是不少，遗憾的是连打连败，而李尽忠、孙万荣的义军则乘势占据了幽州。

李尽忠屡屡得胜，不免洋洋自得，常常摆出一副“无上可汗”的架子。可是，马有转缰之灾，人有旦夕祸福。没想到在一个深夜里，春风得意的李尽忠竟突然暴病身亡了。他一死，重担自然落到了孙万荣的肩上，遂独自扛起了反唐大军的义旗。

正当孙万荣率领声势浩大的义军欲与唐军再次争锋之时，形势出人意料地发生了重大逆转，一把利刃从背后插向了契丹兵。

怎么回事儿呢？各位阿哥，请听我慢慢道来。

李尽忠在率众于营州反叛时，队伍中不仅仅有契丹人，也有奚族人、突厥人、鲜卑人以及在那里居住了三十多年的靺鞨人、高句丽人。起兵初期，出于共同的仇恨，各族比较齐心协力。李尽忠和孙万荣为笼络人心，还授予各族头领不同的头衔。比如对营州靺鞨人大氏集团的头领乞乞仲象，便授衔大舍利。

随着义军占据的地方越来越多，力量越来越强，李尽忠变了。不但不再把各族头领放在眼里，而且动不动耍起“可汗”的威风，致使除契丹人外的各族十分不满。

在唐朝女皇武则天神功年五月一个漆黑的夜晚，孙万荣正准备率众与唐军争锋之时，作为友军的奚族兵马毅然决然地倒向了唐军，并与其联合，从义军背后杀了回马枪。因为义军毫无防备，故而遭到了惨败，几个重要将领，如李楷固、骆务整等也投降了唐军。

义军连败，孙万荣别无他法，只好暂时带领残兵败将逃走。一路不歇气儿地狂奔，逃到了潞水，于一片小树林中歇息。孙万荣由于身上多处箭伤，又困倦又疲乏，昏沉沉的，便倚着树睡去了。一个家奴竟神不知鬼不觉地拔刀将主子的头颅割了下来，送给了唐军。至此，义军彻底失败。

武则天为分化反叛之旅，瓦解义军，遂以笼络的手段赦免靺鞨人参与反唐的罪行，并封靺鞨人的头领乞四比羽为许国公，封乞乞仲象为震国公。

哪知靺鞨人的这两个头领拒绝受封，乘营州大乱、唐军势力削弱之机，率领着本部族众和高句丽人偷渡辽河，向原先的居住地长白山一带进发。

当朝廷得知靺鞨人已东奔时，立即派契丹降将李楷固等领兵追击。首先追上了乞四比羽部，在两军交战中，乞四比羽被刺穿胸膛，不幸阵亡，部众离散。乞乞仲象部于东进途中，一路搏杀，乞乞仲象背部中箭，流尽了最后一滴血，其子大祚荣率部继续东奔。

说起大祚荣，那可是位相貌堂堂、性情豪爽、文武双全、一副英雄气概的首领。据讲，他在率部回归故地途中，唐军步步紧逼，直撵得到了山穷水尽的地步。前面是波光粼粼的湖泊，后面是顶盔贯甲的追兵，真是进也难、退亦难。加之部族匆忙离开营州，所带粮草不多，用之殆尽，个个饥肠辘辘，何以迎战？

就在进退两难的当口儿，一位老者对大祚荣说："首领，不要过分忧虑，当务之急是解决粮草。常言道：'靠山吃山，靠水吃水。'咱们面临这么大的湖，难道还愁没吃的吗？"

大祚荣立起身形，恭恭敬敬地言道："请老人家赐教。"

老者说："眼前的水泊名曰镜泊湖，我靺鞨人世代居住于此，与镜泊湖王交往甚密。今不如以祖先之情谊向其求救，请他送些粮米给族众充饥，然后伺机同唐军交战。"

大祚荣听了这番话，茅塞顿开，马上叫人拿来笔墨，给镜泊湖王写了一封情深意切的求援信，并亲自和老者一起焚香跪拜，然后将信投入湖中。

时间一点点儿过去了，大祚荣一直跪等在湖边。傍晚时分，便听湖里由远而近传来了"咕咕"的叫声，随之黑压压的一大群鱼游来，噼里啪啦地蹦到岸上。

正在忍受饥饿的部众见此，高兴得欢呼起来，立刻埋锅生火，痛痛快快地饱餐了一顿鱼肉饭和鱼子菜。吃饱了，喝得了，准备与前来追剿的唐军决一死战。

刚刚击败乞四比羽部族的唐兵追到天门岭时，由于连续拼杀，已是人困马乏，疲劳至极。还没来得及喘口气儿呢，便遇到了如猛虎下山般反身扑来的靺鞨兵。鏖战中，唐兵横尸遍野，死伤无数。

天门岭大捷之后，回到故地的大祚荣声威大震，许多无家可归的靺鞨人、高句丽人纷纷投奔而来，人越聚越多，士气越来越高涨。在这种情况下，靺鞨人感到时机已经成熟，决定于敖东城建立震国，大祚荣自立为国王。

从此，声名赫赫的“海东盛国”在大祚荣的治理下，不断发展壮大，惊动了大唐朝野。唐开元二年，为安抚震国不犯天朝，唐玄宗派鸿胪卿崔忻带着皇旨出使震国。

震国国王大祚荣为了不受兵乱之扰，国人安居乐业，礼貌地接待了唐朝使臣。

在敖东城，崔忻选了个黄道吉日，举行隆重仪式，代皇上册封大祚荣左骁卫员外大将军、渤海郡王、忽汗州都督，将震国改称为渤海国。大祚荣接旨曰：“臣大祚荣奉天承运，开基立国。臣属大唐，岁岁朝贡，永葆藩篱，谢皇上隆恩！”

欲知渤海国未来的发展，且听下回分解。

第二回　渤海强盛　武艺反唐

大祚荣在位二十二年，尽管疆土开阔，国力增强，然而始终臣属于唐王朝。还按藩属国的规矩，派二儿子大门艺随唐朝使臣张行岌到长安唐廷入侍。唐开元七年，开元建国的大祚荣因病故去，谥之为高王。

大祚荣去世后，其长子大武艺承继了王位。唐王朝为表示重视，派使臣来渤海国悼祭大祚荣，并宣旨册封大武艺为渤海郡王，兼领九姓燕然都督。

大武艺聪颖机敏，足智多谋。继位后，尊称为"武王"，年号仁安，任用开国五大将军夹谷后裔入阁拜相，执掌朝纲。又任御妹绿罗秀为兵马都元帅、夹谷后裔左平章的妹妹夹谷兰为副元帅。

这文武七人可不简单，还是在孩童时，便随大祚荣东挡西杀，为奠定渤海国建功立业了。如今虽人到中年，但威风不减，壮心不已。

大武艺一登上王位，即率领文臣武将继承父王遗志，横刀立马，南征北讨。先后征服了相邻的几个大部落，将渤海疆域扩展到东越绥芬河达沿海地区，南入朝鲜半岛达清川江一线，西至北流松花江中下游地区，北抵兴凯湖、乌苏里江中上游地区。而且内刷新朝纲，励精图治，使得国中方方面面发展很快。在武王的治理下，日新月异，成为长城外的一大强国。正是：长江后浪推前浪，一代新人换旧人。

眼下的渤海国，可谓万事顺遂，然大武艺却总怀着一桩挥之不去的心事。什么事儿呢？就是渤海国与黑水靺鞨的关系。

说起黑水靺鞨，辖有十六个大小不等的独立部落，占地南北两千里，东西近千里，时不时在渤海国北部称雄称霸。黑水靺鞨广袤的疆土，使得雄心勃勃的大武艺垂涎三尺；黑水靺鞨与唐廷的密切往来，更让大武艺眼红。卧榻之侧，岂容他人酣睡？踌躇满志的武王看在眼里，急在心里，经过一番思考，决心以武力征服之。

对于这场同黑水靺鞨的交战打还是不打，在渤海国内却发生了重大分歧，并立刻形成了两大派。一派是以大武艺为首、联合七大文武之臣的主战派，另一派则是以大武艺的弟弟大门艺为首的反战派。

前书讲过，大门艺在先王坐殿时，曾做过多年唐朝的宿卫，对大唐的实力和大唐与北方各民族的关系有着透彻的了解。他说："打狗尚需看主人，对黑水靺鞨开战，等于背叛唐王朝。再说了，从渤海目前的兵力情况来讲，无疑是以卵击石，事必不可！"

大武艺哪里听得进此番逆耳之言？不仅要大门艺随从他的意志，还须出任攻打黑水靺鞨的主将。

大门艺不从，再次上书，固谏罢兵。大武艺接到书谏后，非常生气，责骂大门艺贻误战机，并欲杀掉之。

大门艺见势不妙，匆忙逃出渤海国，昼夜兼程，辗转到了长安，投靠了唐朝。

大武艺对大门艺的出逃本来十分不满，又得知唐朝对大门艺特别器重，越发气不打一处来。于是，决心率兵反唐。

端午节这天，渤海郡王大武艺驾坐银安殿，众文武朝参毕，分坐两旁。武王缓缓说道："御妹绿罗秀同东王李炫长史、梅娘娘去长安朝参已三个月有余，至今无有音信，孤王很是不安，众卿有何见解？"

话音刚落，只见武将中一人出班，单腿跪地说："启禀千岁，臣有本奏。"

武王往下一看，启奏者原来是元帅府总都监赫连真，便道："爱卿平身，有本快快讲来。"

赫连真站起身形，奏道："长史、都元帅和梅娘娘去长安时间的确不短了，不知何因，至今未打发人送信儿来。臣以为，只坐等不妥，应立即派人去长安接回。"

武王问道："依爱卿看，应派何人前往？"

赫连真奏曰："当年在武科场上，唐皇金口允诺吾王驾前护卫拓拔重生、夹谷猛生、东门再生、西门庆生等小将，年满十八岁便可入场考进士及第。现在他们已到了考龄，眼下正值科考之时，何不派四人前去，同时迎接长史一行？"

武王听罢，沉思不语。心想："若是率兵反唐，为把握起见，之前须派人前去打探。四员小将机智勇猛，武艺高强，正好担当此任。"想到这儿，说道："爱卿所言，正合吾意，请酌情安排吧，以便尽早起程。"

赫连真跪应道："臣遵旨！"

武王刚发完圣旨，从银安殿大门外踉踉跄跄闯进一个蓬头垢面、满身灰尘的人。进得大殿，扑通一声跪倒在地，口喊："王驾千岁，大事不好！"

武王冲下一瞅，来奏报的不是别人，乃随长史一行进京朝参的长史幕宾范文国。不禁大吃一惊，遂问道："先生缘何如此，又是何事不好？"

范文国跪奏道："梅娘娘和绿罗秀元帅已被唐王朝软禁，将长史押入天牢。连我驻唐使节、留学生、长史侍从等也全部入狱，只臣一人逃回。何去何从，请武王速速定夺！"

武王忙让平身，赐坐，并命人端上香茗，然后说道："先生勿急，将事情从头儿道来。"

范文国坐在椅子上，喝了口茶，镇定片刻，讲道："我们随同长史到达长安时，因天色已晚，便住进了东王府。奸相杨国忠知道信儿后，与安禄山一块儿连夜进宫上奏，说从渤海国逃到长安的大门艺处得知，东王要同渤海国一起举兵反朝廷。玄宗皇帝听信了谗言，第二天，在长史等人朝参时，下令将李炫绑了，推出去问斩。多亏中书舍人张九龄等人保本，这才暂时免去长史一死，押入天牢，软禁了梅娘娘和绿罗秀元帅。"

武王听罢，冲冲大怒，气咻咻地手指长安方向骂道："奸贼杨国忠、安禄山，孤王与你们势不两立！"随即当廷宣旨："任赫连真为主帅、东门芙蓉为副帅，率虎威军大本营兵马杀向长安，明日出师！"

散朝后，武王又召集迟勿异、拓拔虎、东门豹、赫连真、东门芙蓉等五大都监和左平章商量一下战略，令霍查哈为督粮都总管。君臣七人一直合计到子夜，至于如何计议的，且不去细说。

第二天黎明，赫连真、东门芙蓉两位元帅校场点齐兵马，旌旗招展，咕咚、咕咚、咕咚三声号炮响过，大军浩浩荡荡向豆满江行进。待到了江边儿，早有水军总监上官杰夫妇率兵将备下的百只大小战船在那里迎候。

上官杰原是赫连真元帅的部下，所率水师将士多是海湾岛的旧人，皆为水中作战的老手。大军一到，他们就将兵马粮草载上战船，起锚开拔，向蓬莱进发。

欲知首发大军是否取得战绩，且听下回分解。

渤海大军晓行夜宿，不日登上蓬莱岛，向登州奔袭。

大唐镇守登州的元帅曾天豹，凶猛无比，是安禄山的心腹大将。安禄山自进谗言扣压了渤海长史，整天提心吊胆，深怕渤海人前来征讨。于是，派曾天豹镇守登州，以堵住渤海军进京的去路。

这一日，曾天豹坐于帅帐，众将站立两边，正在商议如何防御渤海军。一蓝旗跑了进来，单腿跪地，报曰："元帅，渤海国的兵马已弃舟登岸，黑压压一片，直奔登州而来！"

曾天豹听后，心想："渤海国的行动够快的了，兵马说来真的来了。"沉思片刻，命道："再探！"蓝旗得令，转身离帐而去。

过了不到一个时辰，又一蓝旗进帐："报元帅，渤海国的大队人马离登州大约五里！"

曾天豹仍命道："再探！"蓝旗退下。

曾天豹低头不语，心里琢磨开了："渤海国不过弹丸之地，就他们那点儿兵力，来何惧哉？"恰在此时，第三名蓝旗慌慌张张进了帅帐："报！报！报！元帅，大事不好，渤海国的兵马已将登州府围得水泄不通啦！"

"啊！"曾天豹不禁发出一声惊叹，然后慢慢应了句："本帅知道了，下去吧。"蓝旗退走了。

曾天豹思谋一阵儿后，站起身形，手持令旗令箭，说道："诸位战将，随本帅去西门城楼察看敌情。"

众将纷纷走出大帐，跳上坐骑，跟着元帅来到西门城楼，站在垛口上向下细细观瞧。见渤海大军兵似兵山，将似将海，如潮水般围住了登州。只听马步儿郎高声儿呼喊："夺下登州，活捉曾天豹！"

曾天豹见此情景，气往上撞，号令众将官："随本帅出城，与之决一死战！"

众将官下了城楼，扳鞍认镫，率五千兵马，伴随着咕咚、咕咚、咕咚三声炮响冲出城门，过了吊桥。又令弓箭手射住阵脚，一字长蛇阵摆开队形，曾天豹和众将官向前移动了一下，勒住战马观望渤海阵。

这时，从对方阵营出来一队人马，盔甲鲜明，旌旗猎猎。飞龙旗、飞凤旗、飞虎旗、飞豹旗、飞狮旗、飞彪旗、引军旗、坐纛旗迎风飘扬，旗旗生威。飞龙旗金光闪闪，飞凤旗两翅插花儿，飞虎旗杀气冲迭，飞豹旗翩舞云霞，飞狮旗日月高悬，飞彪旗上画八卦，引军旗令儿郎丧胆，坐纛旗三军司命。正中间儿，高挑出一面红底白月光的帅旗，在月光中绣着两个斗大的黄色字“赫连”。帅旗下，战骑背上端坐着一员女将，头戴“帅”字金盔，黄灿灿晃人二目；二龙斗宝，三叉击顶，黄金抹额，抹额带上绣八宝；头两边以包耳护项，一朵大红缨飘洒脑后；上身着大叶金锁连环甲，两肩头儿绣有吞肩兽，身上勒着九股儿绊甲丝绦，腰系一巴掌宽的丝鸾大带；两叶征裙遮住双膝，大红中衣，外搭一件红缎子蟒蛇袍，半披半挂；袍子上走金线，捏金边儿，绣着怪蟒翻身、神龙探爪；下绣海水来潮，边儿绣灵芝草，脚登凤头皂靴。座下一匹日行千里、夜走八百的宝马良驹，高八尺，长丈二，大蹄碗，螳螂脖儿，浑身长着火炭般的红毛，间杂淡绿色。远看像堆火，近看似海水中飘出的一轮红日，名叫“猩红追浪斑苍鹫”。手持五钩神飞枪，马鞍韂得胜钩儿上挂着一杆方天画戟，腰悬宝剑，走兽壶内装满了刁翎箭，背后皮袋中插一张铜胎铁臂宝雕弓。看年纪四十开外，精神抖擞，威仪凛然，杀气腾腾。

女将身左有两员小将，一个骑虎驾鹰，手持虎头瓮金锤；一个骑黑熊，熊背上蹲着只小猴儿，时不时地抓耳挠腮。身右也有两员小将，一个骑豹，背上蹲着一只老鸦；一个骑着卷毛狮子，旁边跟着一条摇头晃尾的狮子狗。身后足有七八十乘征骥，上坐顶盔贯甲的男女战将。人有丑的、俊的、胖的、瘦的、高的、矮的、白脸的、黑脸的、黄脸的、红脸的、花脸的；马有黑色、红色、黄色、白色、棕色、菊夜青色、砂黑红色；兵刃有刀枪箭戟、斧钺钩叉、棍镰槊棒、鞭锏锤抓、拐子流星，带尖儿的、带刺儿的、麻花儿的、拧劲儿的、带灯笼穗儿的样样儿俱全。个个怒冲冲、气昂昂，准备一声令下，打马厮杀，一显身手。

曾天豹瞧了多时，回头瞅瞅众将，手一指道：“你们看见了吧，渤海军还真是兵强马壮，倒也不可小觑。”

此时，渤海国女帅同样在举目细观登州城门出来的兵马。只见一字长蛇阵的中央，呼啦啦挑出一杆大旗，迎风飘摆。旗是黄缎子面儿，红火沿儿，黄底红月光上绣着“镇守登州元帅”六个黑色大字，正中绣有斗大的黑字“曾”。旗角儿下闪出一个马童，拉着匹战马，战马上端坐一员大将。此人身高足有九尺，金盔金甲，外披大红袍。面如三秋古月，眉分八彩，目若明星，五绺儿黄胡须飘洒胸前。手提大砍刀，胯下是高八尺、长丈二、全鬃全尾的黄骠马，左右是三十多名提刀佩剑的战将，个个气势汹汹，威风八面。

赫连真正在瞧着，曾天豹一抖缰绳，催马来到阵前，举起大砍刀一指道："请渤海元帅前来搭话！"

赫连真听对方亲口喊自己，便将马一打，嗒嗒嗒来到曾天豹面前。

曾天豹于马上拱手道："赫元帅，你兵发登州，困我城池，想来是夺登州不成？要知道，登州乃沿海重镇、边陲要塞，吾皇派本帅严加镇守，岂能让尔等夺去？久闻元帅大名，当年占据海湾岛，后来归附渤海国。曾从红罗女征吐蕃，在武科场高中武会元。你对唐朝平吐蕃立下汗马功劳，又是唐朝的武会元，今日却率兵反唐，难道不怕留下骂名吗？我为赫元帅叹息呀！况且渤海国久受唐朝册封，你家二王子来朝廷任职，累受皇恩，国王大武艺缘何反唐呢？再说东王李炫本是皇子，先与贵国格格红罗女结为姻亲，后又续兵马都元帅绿罗秀为妃。红罗女尸骨未寒，听说你们反唐，在九泉之下能心安吗？这次东王同绿罗秀陪梅娘娘驾返长安，本是朝参。可就在此时，却传来了渤海郡王要起兵反唐的消息。东王和妃子绿罗秀得知后，欲见皇帝请罪，圣上能容吗？大武艺起心造反，你们当大将的理应规谏才是。我劝赫元帅还是偃旗息鼓、尽快收兵吧，何必非闹得兵连祸结、黎民百姓遭殃呢，对尔又有何益？再说了，堂堂大唐，雄兵百万，战将千员。区区渤海，怎能抗拒得了天兵虎威？请赫元帅三思。"

赫连真听了曾天豹的一席话，拱了拱手道："曾元帅有所不知，我渤海郡王恪守臣节，年年朝唐，岁岁称臣。东王虽乃皇子，但又是驻渤海国长史、吾王的妹夫。此次前来朝参，皇上却听信谗言，要将其杀之。东王被下天牢，我家郡主、娘娘被禁，这是对渤海国的莫大侮辱。渤海国与唐朝是国亲，主公怎能反唐？无奈之下，才派本帅领兵前来，不是要夺大唐江山，实为清君侧，铲除奸贼逆党，重修大唐与渤海之好。想必曾元帅一定知道，现如今朝中豺狼当权，狐朋结党，奸相杨国忠当权，国是日非。安禄山把持兵权，屡屡派兵扰我边境。此次乘渤海国派长史前来朝参之机，两奸贼联合向皇帝妄进谗言，本奏东王李炫、驻渤海国长史图谋不轨，欲举渤海之兵进犯大唐。玄宗皇帝竟不辨真伪，趁长史带梅娘娘、绿罗秀上朝之机，将长史押入天牢，梅娘娘和绿罗秀分别幽禁冷宫，还把渤海国驻唐使节及留学生等全部收监。曾元帅，你是怎么做的呢？曾三番五次派兵侵扰本归渤海国属地的海湾岛。我王大武艺实在忍无可忍，才命本帅领兵十万，前来助天国清君侧。请曾元帅借道给本帅，以便去长安擒贼，不知尊意如何？”

曾天豹早已怒气冲顶，大喝道：“赫连真，给我住口！本帅就是专门前来围堵渤海军入京的，岂能借道与你？要想从眼前过去，除非夺去城池，谅赫元帅无有这个本领，快快前来受死！”

赫连真更是火冒三丈，刚要催马，便听背后有人高叫道：“母帅，杀鸡焉用宰牛刀，让孩儿结果那个不明事理的老儿！”随即将虎一打，来到了曾天豹马前。

曾天豹定睛细细打量，见小将骑虎驾鹰，手持虎头瓮金锤。年纪不过二十，鼻直口方，五官端正，相貌堂堂，一表人才。头戴束发紫金盔，身披大叶黄金甲，足登燕云快靴。再瞧座下的那只虎，戴着黑丝缰，备有鞍韂软鞴，一对儿乌金透珑镫。看罢，用刀一指道：“来的什么人？报上名儿来！”

“你问我吗？大大有名。十三岁在长安武科场，当今圣上御口亲封武解元、渤海郡王御前虎翼将军。现随母出征，姓拓拔，名重生。老儿若不怕死，还等什么？过来吧！”

曾天豹刚想动手，便听背后有人喊道：“元帅，待末将会战小儿！”话音未落，一匹高八尺、长丈二的青鬃战骑奔到小将虎前。

拓拔重生举目细瞧，来将四十岁左右，头戴乌金盔，身披乌金甲，横担狐狸尾，斜插雉鸡翎，外罩青缎子战袍，足登虎头皂靴。面如锅底，黑中透着亮，颏下扎煞着黑胡须，如同烟熏太岁、火燎金刚。身高丈二，膀大腰圆，肩宽背厚，似黑铁塔一般，手使一根乌金棍。看完，在虎背上把双锤一摆，大声儿喊道：“来将通名儿，小爷锤下向来不死无名鬼！”

“吓！小娃娃，胎毛未退，乳臭未干，竟敢口出狂言。某乃登州总兵，姓马名天飞，皂袍神力将军是也！”随之大棍一举，搂头盖顶地带着风声向拓拔重生天灵盖儿打来。

拓拔重生一不担惊，二不害怕，右手锤去磕棍，左手锤冲对方的腰眼砸来。马天飞见小将招数精奇，赶忙将坐骑往前一带，躲过了左手锤，只听当啷一声，棍与右手锤相碰。由于双方皆用力，两件兵刃迸出了火花，马天飞连称：“厉害，好厉害！”

二人相互对视了一眼，然后马与虎开始盘旋。十几个回合后，黑虎一抖神威，突然狂吼起来！这一吼不要紧，登州营中的战马受此一惊，有的当即吓瘫了，有的咴儿咴儿怪叫，有的尥开四蹄奔窜不已，顿时乱了阵脚。

马天飞座下的战骑如何呢？不但毫不畏怯，反倒昂首扬鬃，眼睛圆瞪，跃跃欲试，非要同黑虎比个高低不可！拓拔重生一看，知道那是匹宝马。

小将的眼力不错，对手所骑战骑的确是匹良驹，产自鲜卑山[①]，名儿叫乌獬豹。生来钢铁蹄，大蹄碗，走明冰、踏雪道如履平地，不用挂掌儿。“皂袍神力将军”的成名，第一便是这匹宝马，第二是宝镫，第三是宝棍，故而又称“皂袍神力三宝将军”。征过契丹、靺鞨，威势如虎，力大无穷。

马天飞见自家被虎吼乱了阵脚，遂将马一带，跳出圈儿外，抬起乌金棍一指道：“渤海小将，看来你那只虎也没别的能耐，只知狂吼。要是英雄，就管住缺德虎，你我再战，分个胜负！”

拓拔重生毫不示弱：“好，好哇，今天不分出个高低上下，本将誓不罢休！”

马天飞回头看了看，自家已整好队形，便高举乌金棍催马上阵，再一次奔对手的头顶儿砸来。拓拔重生一用劲儿，双锤并举去接棍，随之当啷一声响，乌金棍崩起五尺多高。马天飞顿感两臂酸麻，两眼发黑，晃了几晃，险些跌下战骑。只好两脚一踹绷镫绳儿，打马反身，欲败阵而退。

拓拔重生也差不点儿没栽下虎背，可他毕竟年轻，虎又比马矮，故而沾了光。眼见马天飞要逃脱了，哪里肯放？正了正身，两锤全握于左手，一催黑虎，边伸出右手牢牢拽住了对方的绊甲丝绦，边说着：“你个黑小子，哪里跑？给我过来吧！”随之一用力，将马天飞拽倒马下。乌獬豹没管主人，咴儿咴儿怪叫着跑回了自家阵。

拓拔重生回头吩咐道：“来人，把他绑喽！”几名军卒迅速走上前，按肩头儿、拢二臂、四马倒攒蹄地捆了马天飞，抬回本营。

接着，拓拔重生用锤一指，傲然叫阵：“哪个不怕死的过来，与小爷比试比试，可别当孬种啊！”

---

① 今外兴安岭。

登州的战将你瞅瞅我，我瞧瞧你，没人敢动弹，小声儿嘁喳着：“兄弟，连‘皂袍神力三宝将军’都被人家活捉了，咱可别过去白白送死呀！”

“你没看见么，那只该挨刀的虎，战马一见就害怕。要想去迎战，得想法儿先治死黑虎才行。”

正这时，一员花脸战将接碴儿了：“我去，骑三宝将的乌獬豹出阵！”然后拉过身旁的黄脸战将，贴耳嘀咕了几句，黄脸将边听边点头应着，这才打马来到元帅面前请缨。

曾天豹正愁无人迎敌，见马天飞的二弟、“花面太岁”马天虎前来讨令，立刻允准道：“多加小心，出战！”

“花面太岁”回了声：“得令！”一催坐骑，奔到拓拔重生黑虎前，喝道：“呔！小毛孩子，拿命来！”说着，举起三股托天烈焰叉冲其心窝儿便刺。

拓拔重生一偏身躲了过去，指着来人高叫道：“报上名儿来，小爷再打发你见阎王！”

“某乃马天虎，人称‘花面太岁’。小儿竟敢太岁头上动土，纯粹是飞蛾投火，自来找死。看叉！”话音未落，那叉嗖地奔拓拔重生颈项而来。

拓拔重生并不慌张，用虎头瓮金锤一挡，当啷一声脆响，叉被架开。两件兵器相碰的一刹那，“花面太岁”顿感两臂肿胀难忍，头晕目眩，眼前发黑，栽了几栽，差点儿没掉下马来，自知力气敌不过小将。心中暗自思忖，本将不与你个娃儿硬碰，不妨以游斗巧计赢之。拿定主意后，便将三股托天烈焰叉舞得上下翻飞，上护其身，下护其马，找机会抽冷子进招儿。

虎与马来来去去十几个回合，不知为什么，马天虎并不用力刺。当虎、马盘旋到拓拔重生的虎头冲西、“花面太岁”的马头朝东时，突然，从登州阵中嗖嗖嗖接连放出三支刁翎箭。急如闪电，快似流星，直奔拓拔重生的坐骑黑虎而来。上射虎的后裆，中射虎的膝盖，下射虎的足腕。只要中箭，无有生路，黑虎必亡。

拓拔重生正驾虎向前，忽听背后有弓箭之声。急忙回头一看，箭已飞向黑虎，想躲肯定来不及，只好带虎避过箭锋。

就在这个节骨眼儿上，说时迟，那时快，虎背上的黑鹰扑棱一声展翅而起，左爪抓住一支箭，右爪抓住一支箭，张嘴叼住一支箭，并极为愤怒地把箭折成几段儿，丢于地上。瞬间，三支利箭被破了。

拓拔重生回过身来，用锤一指喝问道："谁在背后放冷箭，是人干的事儿吗？赢了也算不得英雄，狗熊一个！有能耐站出来，跟小爷明打明处，别把脑袋沁在裤裆里，快出来！"

原来，方才的三支箭就是马天虎出阵前，暗嘱三弟黄脸将发射的。采用射人先射马的损招儿，给渤海小将来个"明枪易躲，暗箭难防"。因"花面太岁"知道黄脸将的箭法了得，百发百中，所以出阵前才向他低声儿交代了几句。没成想暗算落空了，加上拓拔重生又连骂带叫号儿的，那黄脸将哪里受得了？只觉气往头上蹿，也顾不得讨帅令了，双脚一磕马肚子冲到了阵前。

此刻，拓拔重生仍同马天虎游斗着，登州阵放暗箭之举使他非常气愤，恨不得一锤砸死对方，锤锤风声呼啸。黄脸将见此情景，也不搭话，举起金顶枣阳槊猛扑过来。黑鹰一看，急眼了，立马嗯扇着双翅高高飞起，然后冲黄脸将头顶儿直扎下来。黄脸将一看不好，只得将槊抽回，仰着头去打黑鹰。黑鹰机敏得很，乘势来了个鹞子翻身，闪开了金顶枣阳槊。与此同时，伸出利爪扑抓黄脸将的大腿，吓得他慌忙以槊去挡。

战阵上这下可热闹了，一边儿是人对人，一边儿是鹰对人，打得好不激烈。两方将士全瞪圆了双目瞅着，头跟着摆来摆去的。登州阵有员山西战将，边看边操一口家乡土话嚷道："呜呀，二娃吃醋啦，混账驴球球难以对付嘞！"意思是："哎呀，不好啦，混账的黑鹰不好对付呀！"惹得大家不禁笑出声儿来。

曾天豹对众将说："我打了几十年仗，从未见过人与鹰战，今天算是开了眼了。当初学本领时，须练鹰爪力和鹞子翻身，今日却见真鹰使出了此套本领。人的眼力哪有鹰眼那么敏锐呀，身子哪有鹰那么轻巧哇，看着吧，'黄面金刚'马天熊肯定得吃亏在黑鹰的双爪下。"

书中暗表，黑鹰果如曾天豹所言，实在不简单。它与拓拔重生同龄，一块儿在玄悟寺长大，主人学艺，它不离左右；主人去哪儿，它跟到哪儿。曾从拓拔重生见识过武科场，随红罗女征战过吐蕃，经历了不少战阵，并记下了多种招数的套路，何况还有天生的本领呢！

回头再说鹰与人之战。只见黑鹰展翅凌空，忽地抱紧双翅，头朝地俯冲而下，两只利爪摆出鹰捉小鸡的架式，抓住了马天熊的脑袋瓜儿。哎哟，这下可要命了，"黄面金刚"被抓得满脑瓜蛋子七八个窟窿，流血不止，金顶枣阳槊也掉到地上了。一时疼得哪还顾得上捡兵刃？闭着眼睛，伸出双手欲抓黑鹰。黑鹰一抖翅膀飞向天空，不仅未抓住，连毛都没摸着。只恨得马天熊七窍生烟，气急败坏地打马跑回了本阵，身子一歪，摔于坐骑下。

马天虎见马天熊败阵落马，稍一慌神儿，便被拓拔重生刹那间拽住了绊甲丝绦，随之一下子跌下马来，摔了个嘴啃泥。立即上来几个渤海兵卒，将其寒鸦凫水式绑走了。

“花面太岁”骑的那匹乌獬豹见主人被捆了，刚要窝身往回跑，一个手疾眼快的渤海兵以八步赶鞧童子功跑入战阵，噌地跃上马背，一抖缰绳，嗒嗒嗒骑回了本队，下马交于同伴儿。然后又转身飞速返回战阵，使用鹭伏鹤行术，捡回了金顶枣阳槊。

赫连真元帅将一切看在眼里，见军卒身手矫健，武技不凡。知其功夫必出众，便问他：“你的功夫蛮不错嘛，为什么只当军卒，不报名当战将？方才的出列，是不是故意显露本领？”

军卒禀道：“回元帅，小的不敢在上司面前显能。是因看到唐将遗下的战马不怕虎，是匹良驹，很是喜欢。加上金顶枣阳槊是小的惯用武器，然而使过的槊皆没此杆出奇，一时爱槊心切，所以捡了回来。没成想偏偏让元帅看见了，小的有罪！”

赫连真说：“何罪之有？非旦无罪，反而有功！常言道：‘学会文武艺，货卖帝王家。’你既然爱马爱槊，马上功夫一定很好。眼下正值两军对垒、急需用人之际，若能亲临战阵，施展平生所学，本帅将量才录用，不知情愿否？”

军卒高兴地回道：“愿遵帅命，出阵杀敌！”

“好！现命尔换回拓拔重生，本帅在此为你观敌瞭阵。对了，还没问姓甚名谁呢，报上名儿来。”

“回元帅，小的叫云飞龙。”

“噢，知道了，出阵吧！”

云飞龙随即骑上从战阵夺回的唐将宝马乌獬豹，手持“黄面金刚”马天熊扔下的金顶枣阳槊，身上无甲，头上无盔，穿着渤海小军戎装，飞临战场。到了拓拔重生面前，拱手道：“拓拔将军，元帅请你回马。”

拓拔重生以为母帅另有吩咐，才打发小军前来召唤，便勒马回返。到本营后，向赫元帅问道：“母帅，有何吩咐？”

赫元帅回道：“儿连胜三将，可以了，遂命军卒将你替回。”拓拔重生听罢，愣怔怔地看着母帅，惊诧得脱口“啊”了一声。

赫元帅又道：“孩儿，‘啊’什么呀？没想到在关键时刻，派一个小卒上阵是吧？千万不能小瞧了军卒。常言道：‘英雄生在四野，豪杰长在八方。’他的能耐非同一般，武艺惊人，不信可静静观之。”拓拔重生见母帅说得十分肯定，想必有根据，便没敢多言。

登州曾天豹元帅见战场上来了个小将，仔细一瞧，原来是渤海军卒打扮。骑着马天飞的马，手拿马天熊的槊，可把他气得鼻子都歪了。心想：“赫连真哪，赫连真，太狂妄了吧？我军连输三阵不假，需知胜败乃兵家常事。你竟敢羞辱本帅，不仅用小卒前来对阵，还骑我的马、使我的兵刃，岂能咽下这口气？今天非同你拼了不可！”想至此，回头冲众将官喝问道：“谁敢临敌？”

话音刚落，战将中催马出来一员，向元帅报了声：“唔呀呀，末将出阵！”

曾天豹一看，正是那位山西虎将张似飞，便说：“好！将军临阵，要多加小心。”

“唔呀呀，某知道了！”张似飞边答应边飞马来到阵前，用长矛一指道：“唔呀，你个混账驴球球，叫啥名儿啊？”

“某乃渤海小卒云飞龙。山西老将，你我首次交手，该怎么称呼哇？”

“某乃登州曾元帅驾下战将、官拜记名总兵，姓张名似飞，人送美名儿‘神矛无敌将’。小娃娃，怕也不怕？”

云飞龙细瞧来将，红脸膛儿，身穿大叶赤铜甲，头顶赤铜盔，外披红缎子战袍，腰系鹿皮宽带，脚登皂靴。走兽壶中备十二支狼牙箭，背后弓袋里插一张鹊画弓，胯下一匹红砂马，手擎一杆蛇矛。心想：“既然口称‘神矛无敌将’，今天就叫你丢人现眼。让大家看看，不仅敌不过小军卒，还得被活擒，然后我好到元帅面前献功。”想到这儿，说声：“请进招儿！”

张似飞也不言语，举矛便刺，云飞龙一侧身闪了过去。张似飞向上一端蛇矛，冲对手咽喉处平扎而来，云飞龙往后一仰身，又躲了过去。张似飞并没因此手软，紧接着再一次举矛猛刺，云飞龙急忙来了个镫里藏身。

张似飞连刺三矛，云飞龙皆未还上手，心里寻思着：“好厉害的矛法呀，不愧是‘神矛无敌将’。”随即，翻身马上，双脚齐踹绷镫绳儿，提起绊甲丝绦拨转马头。哪知乌獬豹根本不听使唤，昂起头儿来咴儿咴儿直叫，站着一动不动，摆出宁可等着挨打、绝不动地儿的架式。这时，云飞龙才回过味儿来："哎呀，咋忘了呢，乌獬豹是夺敌方的。'良马比君子'，它是要害我呀！"正想着，张似飞的蛇矛噌地冲前胸刺来。云飞龙已领教过了对方一马三矛的厉害，赶紧用金顶枣阳槊去封，两兵刃相碰，发出咔咔的响声。

此刻的云飞龙欲勒回战马，乌獬豹就是死站着不动，气得真想一槊打死算了，可哪里舍得？想要跳下战马吧，还怕它跑回登州阵，前功尽弃。张似飞却得理不让人，加紧矛法，如雨打梨花儿、风吹败絮，一矛紧似一矛，一矛快似一矛，矛矛直刺对方的致命处。偏巧一矛刺向前心，逼得云飞龙万般无奈之下，只好将槊扔在地下，一扭身躲过矛尖儿，双手抓住矛杆儿往胸前用力一拉，说声："给我过来吧！"

张似飞没提防对手在这个节骨眼儿上，竟拉住了矛杆儿，结果被突然拽下马，造了个狗抢屎，摔得鼻青脸肿。刚想爬起来，遂见云飞龙跳下马来，捡起金顶枣阳槊，狠狠地向自己的天灵盖儿砸来，当即下意识地用双手捂住了头，只见眼前红光一片。

欲知"神矛无敌将"的性命如何，且听下回分解。

当云飞龙举起金顶枣阳槊刚要往下砸时，就听赫连真大声儿喊道："小将手下留人，本帅治人以服，不治人以死！"只好应声儿将槊一偏，砸在了张似飞的马头上，当即脑浆迸裂，鲜血四溅。吓得"神矛无敌将"屎尿拉满了裤裆，摸摸脑袋仍在脖子上，不由得倒吸了一口凉气，连说："好险，好险哪！"

这时，登州阵响起了噹噹的锣声，鸣金收兵。渤海营上来几名兵卒，绑了张似飞，随同云飞龙一起转身归队。

赫连真下令整队收兵，押解着俘虏的战将，率人马回到了营地。歇息片刻后，驾坐帅堂，命道："把登州败将带上来！"

侍卫听令，出帐推进三个垂头丧气的人，一个是马天飞，一个是马天虎，一个是张似飞。来到帅案前，扑通一声跪伏在地。

赫连真抬眼瞧了瞧，三员战将早已没有了战场上的那股虎气，于是吩咐道："松绑，看座。"

立马过来几个小卒，给解开了绳子，并搬过三把椅子说："元帅让你们坐下。"三人很觉意外，你看看我，我瞅瞅你，这才站了起来，并排于侧边坐下。

赫元帅又吩咐道："献茶！"

侍从端上茶，放在三人面前道："请喝茶。"

马天飞、马天虎和张似飞在战阵上分别打了十几个回合，最后生生被擒，本来早窝了一肚子的火儿。再加上连流汗带着急的，工夫又不小了，饥渴难耐。此刻一看有茶，简直像见了救星一样，哪还顾得上客气呀？便一杯接一杯地喝开了。过了一会儿，觉得喝得差不多了，方放下杯子，坐在那儿低头不语。

赫元帅缓缓说道："诸位战将，委屈你们了。敌我双方对阵，是当场不让步、举手不留情，艺高的胜艺低的，此乃古今常理。我渤海国从不杀败将，请各自带好兵刃，牵上战马回去吧。"

三人听说要放了自己，不免一惊！先是怔怔地看着赫连真，然后慢慢站起身来，抱拳拱手致谢道："谢元帅不杀之恩！"接着从侍卫手中收回兵刃，出了帅帐，牵过战马，在渤海军卒的护送下疾返登州城内。

渤海国众将军见元帅把抓来的登州大将全放回去了，大惑不解。随军参赞公冶子笑着冲赫连真言道："元帅，此种攻心战术，有可能起到分化登州将士、瓦解敌营的作用。但我们贵在速战，急奔京师，救出长史一行。这样做，恐怕会耽搁时日、贻误反唐战机呀！"

赫连真说："参赞，你只知其一，不知其二。我在受命出征时，武王、五大都监、左平章已议定了作战方案，一切都是按计划执行的。"说着，从袖口儿取出一块儿丝绢，递于参赞。

公冶子接过细瞧，见上写十六个大字："攻心为上，抚众为要，宣扬锄奸，混水得力。"下有一小注："不杀敌将，优待俘虏……"

公冶子看罢，折起丝绢交回，赫连真接过问道："参赞可明白此意？"

公冶子回道："末将懂了，谨遵王命。"于是退了出去，按元帅之嘱，请云飞龙入帐。

云飞龙进得帅堂，单腿跪地，俯身道："小的给元帅请安！"

"起来吧。"

"谢元帅！"

"看座。"

侍从搬过一把椅子，请云飞龙坐下。赫连真徐徐说道："云飞龙，此仗打得漂亮，不但在战阵上得到了对手的坐骑、兵刃，而且急中生智，取敌将于马下。不过本帅已把那匹乌獬豹和金顶枣阳槊返还了他们，你心中一定有气吧？"

"回禀元帅，小军不仅没气，反而高兴。"

"噢？"赫连真听了此话，十分诧异，心想："凡是学武的人皆爱好战骑、好兵刃，我把他得来的宝马、利槊物归了原主，怎会一点儿反应没有呢？"遂又问道："本帅不解，何以如此？"

"禀元帅，眼下失一匹良驹、一把好兵刃，将来便会有无数的好马、各种各样的精制兵器归我军使用，怎会不高兴呢！"

"这么说，你是想当战将，再到阵上去夺了？"

"不是去夺，由于元帅的恩威并重，敌方会自动送来的。"

"此话怎讲？"

"小军看出元帅使的是攻心战，有朝一日，敌将定会献城来降。偌大的一座登州城，千里驹、好兵刃何止万千？到那时，还不是任我军选取，这叫‘失之东隅，收之桑隅’。”

“好，好，好！”赫连真一连说了三声“好”，心中特别高兴。她想：“云飞龙不仅仅是个武艺高强的小将，而且眼亮明达，谈吐不凡，很有智谋，真是求之不得呀！”当即吩咐下人，赶紧在大帐摆宴，庆贺围登州取得的初胜。

只一会儿工夫，大餐备齐，杯盘罗列。菜是山中走兽、云中雁、陆地牛羊、海底鲜；酒是大曲、花雕、杜康。赫连真坐在首席，众将依次落定。云飞龙无有官衔，转身刚要退出大帐，元帅急忙唤住，让他坐了末席。

赫连真站起身形，说道：“今日围城之战，旗开得胜。出阵的只有两人，一个是拓拔重生，一个是小军云飞龙。诸位都知道，重生是我的儿子，老子不能给他敬酒。云飞龙虽然是名小军，但立了大功，应领一杯胜利酒。这样吧，由重生代表本帅给云飞龙敬酒。”

拓拔重生听罢，左手把盏，右手执壶，斟了满满一杯酒，双手送到云飞龙面前。

云飞龙慌忙站起，手足无措，欲跪下接酒。拓拔重生赶紧放下手中的壶和杯，俯身搀起，告知：“我们渤海国官兵一样，除了对国王、父母，从不跪拜。”说完，重新端起酒盏递上：“请饮下这杯酒。”

云飞龙双手接过，单腿跪地，一饮而尽，致谢道：“谢元帅！”然后归入座位。

赫连真有心提拔云飞龙，便在酒过三巡、茶过五味后，举起杯子说：“众位将军，为我军新增一名小将、首战登州立功干杯！”一仰脖儿喝了盅酒。看众将饮罢后，接着又道：“云飞龙，把你的身世、来渤海入伍当兵的经过以及都会些什么武艺，给大家讲讲吧。”

云飞龙再一次站起身形，拱手抱拳，深深一躬道：“小的遵命！小军家住辽东……”

赫连真抬手打断道：“坐下，坐下说。”云飞龙回坐在椅子上，说道：“小军家住辽东摩天岭晒马蹄，靠打猎为生。从一生下来就跟着阿玛[①]和额莫[②]住在深山老林之中，七岁时，便爱耍刀弄棒。二老见此，开始教我三脚毛、四面斗、三步短打、小开门儿等，练了两年。九岁

① 满语：父亲。

② 满语：母亲。

时，父母每天上山打猎，把我独自留在山洞里。辽东的三九天，大雪纷飞，天寒地冻。有一天，我正在洞中边烘手取暖，边烤鹿肉、獐子肉，给二老预备晚饭，一位长相古怪的老头儿进来了。穿得很单薄，上身儿是旧棉短袄，下身儿是条破棉裤，脚登一双露出靰鞡草的牛皮靰鞡，头上戴顶兔皮帽子。摘下帽子，可见红头发都擀毡了。脸如锅底，大额头，小眼睛，红眉毛，大鼻子，大嘴叉。身高五尺，手中拄着一根荼条杖，令人望而生畏。他看我吓得直哆嗦，忙说：'千万别害怕，我是人，不是鬼怪。早已又饿又渴，累得快迈不动步了，想吃点儿喝点儿。孩子，能允许喝杯热水、吃盘儿烤肉吗？'我听老头儿说话挺和气的，不仅不再怕了，还有些可怜他。于是，赶紧让到土炕上，烧了壶开水，端上了烤鹿肉，斟上一碗玉米酒。怪老头儿一看有酒，乐了，笑呵呵地摸着我的头顶儿说：'这孩子不错，挺懂事儿，将来肯定有出息。'我说：'老爷爷，快喝酒吧，好暖和暖和。'他端起酒碗，咕嘟咕嘟一口气儿喝干了，抹了抹嘴问道：'还有吗？'我告诉他：'有，一大桶呢，喝吧！'然后又给倒了两碗。老人家喝着酒，大口大口地嚼着烤熟的鹿肉，还吃了两个窝窝头。酒足饭饱后，高兴了，问我几岁了，阿玛、额莫干啥去了？我一一告知。他说：'既然父母都打猎，武艺也一定很好。他们闲下来时，教没教你武功？'我回答道：'教了一些，练过小开门儿什么的。'他说：'那你拉个架式让我看看。'我便照做了。他看后，哈哈大笑道：'嚯，小小年纪，架式拉得倒挺像模像样的！'又叫我走几趟给他看。我边练嘴里边叨咕着：'上山打虎不要忙，斜身转步逞刚强。上打双花来击顶，下踢抱马桩儿……'他瞧了几眼，一摆手说：'行了，停吧。'我问道：'老爷爷，您看怎么样啊？'他说：'这样练一辈子，顶天的本事只能防狼防黑熊，成不了大气候。'还把字儿念错了，'绕'说成'转'，'梅花桩儿'说成'抱马桩儿'，'不过架式倒有根基。'这时，门儿开了，二老背着狍子和野鹿回来了。一进屋便看到了怪老头儿，以前从未见过呀，着实吓了一跳，愣愣地瞅着。我赶忙走上前，告知：'阿玛、额莫，这位老玛发[①]教我练拳呢！你们也认识认识吧。'阿玛给老头儿鞠了一躬，问候道：'老人家，你好啊，怎么来到我家的？这孩子淘得很，不懂事儿，没惹你老生气吧？'怪老头儿说：'咳，生什么气呀？我是个老小孩儿，从你家路过便进来了，和孩子玩儿得蛮有趣儿

① 满语：爷爷。

的。你儿子不仅供我喝得酒足、吃得饭饱，还把父母教的功夫练了一遍，不会见怪吧?’阿玛说：‘哪里，哪里，就是请老人家来，都怕请不到呢!’一面答着，一面装了袋旱烟，递了过去：‘没啥好烟叶儿，对付着抽吧。’老头儿接过烟袋，猛吸了几口，嘴一张，吐出一圈儿一圈儿的烟，像喷云吐雾一般，边抽边笑着说：‘好几天没摸着烟了，今天是既过足了酒瘾，又过足了烟瘾，哈哈，好痛快呀!’接着又商量道：‘我想在家多住几天，跟孩子玩玩儿，你夫妻能答应吗?’阿玛连忙答应道：‘好，好哇!每回出去打猎，孩子自己在家，我知他额莫总是不放心。你老人家若不嫌弃，能住在这儿，那可是求之不得呀!也没啥好吃的，有的是小米饭、窝窝头，不过可以喂饱肚子。’就这样，怪老头儿住了下来。他天天领我玩儿，不是上树抓家雀儿、下河摸鱼虾，就是上山赶狍子、追鹿、跳悬崖。还不时地带着我攀爬高山，或于雪地上赛跑，告诉该如何伐木、劈柈子、耍斧子。老人一样儿一样儿耐心地教，我照他说的认认真真地做，一晃四年过去了。这时的我已经十三岁了，下河可睁眼摸鱼，上山跳悬崖轻如猿猴，纵跃上树能捉鸟，敢与狼、黑熊交手，转眼间便能追上奔跑的鹿、狍子，举二百斤重的大石头气不长出，体格十分魁梧。一日，在深山追狼，遇到了一群野马。老人说：‘孩子，赶巧了，马主动送上门儿来啦!’于是，我俩放弃了追狼，反身去捉野马。野马的本事可大了，尥蹶子踢人不说，一跳多高。怪老头儿跑着跑着，猛一蹿跃上了马背，野马当即直立起来，竟没摔下他。接着又尥蹶子，仍未甩掉他。于是开始满山狂奔，其它野马跟着炸了群，东西南北地乱窜，吓得我噌地纵上了大树。从早晨到日落，从傍晚到月上中天，老人一直骑着那匹马，用拳头把它打得浑身青紫。后来野马实在跑不动了，不得不躺在地上，咋打不动弹了。怪老头儿下得马来，脱下上衣，撕成一条条儿的，搓了根绳子做成笼头，然后用藤条儿绊住了马腿。我一看安全了，才从树上跳下来，见老人已是汗流浃背、一口接一口地喘着粗气，很是心疼，便说：‘爷爷，何苦非抓它呢?看把你都累成啥样儿了，捕头黑熊多省事儿呀!’老人说：‘别小瞧这匹马，大有用场。我歇一会儿，你看着它，千万不能跑喽。它要发性子，就抡起拳头狠揍，只有让它怕你才会老实。’我听了老人的话，看了看野马，见它又要站起来，赶紧走过去，一顿拳打脚踢，为老人出出气。心想：‘这个混账东西，险些把爷爷累死，不收拾你收拾谁呀?’由于曾跟老爷爷一起练过沙袋功，拳可打碎石块儿，脚可踢倒小树，还是挺厉害的，马哪能受得了呀？立刻躺倒了。老人说：‘孩子，这就对了。只有如此玩儿法，才能同虎豹打架，今天算是派上用场了。’到了第二天，父母见我和老爷爷没回家，怕出啥事儿，天一亮便急匆匆出来寻找。额莫首先发现了我和怪老头儿正躺在前面大树下的卧牛石上歇着呢，忙回头喊道：‘他阿玛，找到了，在那儿呢！’阿玛闻声儿跑了过来，推醒我说：‘儿呀，咋不回家呢？让阿玛和额莫担了一夜的心。’我用手一指道：‘老爷爷抓了一匹野马，累着了，所以就在外面歇了。’阿玛惊讶得瞪圆了双目：‘什么，抓野马？宁可打老虎，也不抓野马，老爷子怎么干这等险事儿呢！’老人迷迷糊糊地听到了说话声儿，睡眼惺忪地站了起来，冲我阿玛问道：‘噢，是来找我们祖孙俩的吧，带没带点儿吃喝来？’额莫笑着回道：‘还用问嘛，全带来了。’说着解开包袱皮儿，拿出酒、肉、年糕等，摆放在卧牛石上。怪老头儿操起小酒篓儿，咕嘟咕嘟地连着喝了好几口儿，气儿都不喘。喝完一抹胡子说：‘小子，来，你也喝几口。’我听话地接过酒篓儿，勉强抿了一小口儿，呛得直咳嗽。老人拍拍我的头顶儿说：‘自打来跟孩子玩儿了四年，昨天算找到了一匹好马。人是缘分哪，从见到孩子那天起，就舍不得离开了。这几年的玩儿法，实际上是教的基本功啊！’‘啊？孩子学的是武术吗？’阿玛和额莫同时惊问了一句。老人说：没错，正是武术的技巧。在浮雪上跑，练的是‘踏雪无痕’、‘草上飞’、‘渡洋渡水’；爬树捉鸟，练的是‘蝎子倒爬墙’；纵身上树，练的是‘燕子飞云纵’；拳打脚踢沙袋，练的是‘以掌击石’、‘足折柏木桩’；下河抓鱼，练的是潜水功夫。因孩子小，所以领着玩儿不受拘束。小孩儿总是见大人干什么，他也干什么，久而久之便养成了习惯，越玩儿越爱玩儿。要想玩儿好，需要有一些本领，武功随之便练成了。在领孩子玩儿的时候，看见老虎，就说虎的神技；看见蛇，就说蛇有咬、缠二绝；看见燕子，就说燕子能飞云纵；看见蜻蜓，就说蜻蜓会三点水。目的是引起孩子的注意，培养观察能力，引发学习兴趣。现在孩子已掌握了基本功，可以接着往下来，该学万人敌的本领了。不论马上、脚下，还是水旱两路的功夫，都需要一匹好马，昨天终于得到了。我品出来了，这小子挺勤快，吃得了苦、挨得了累。常言道：学会文武艺，货卖帝王家。帝王家不识，流落于行侠。你们夫妻已年过四十，膝下只有一个儿子，应该学好武功。待日后成名，老两口儿晚年有了依靠，也能享享清福啊！你们看，马有了，从今天起，准备正式教他武功了。阿玛和额莫听了这番话，激动得直掉泪，拉着我跪倒在老人面前。额莫说：‘我夫妇俩的阿玛早已不在了，从今以后，您老就是孩子的亲玛发，把他交给您了。日后成名，一辈子都要感谢老人家！’我上前拉住老人的手表示道：‘孙儿以前不懂事儿，爷爷费尽心思教练基本功，我却没十分用力，真是对不起。往后一定煞下心来好好儿学，决不辜负爷爷的期望。’老人说：‘孩子，但愿如此，那可看你的了。’当天，一家人回到山洞，在洞旁结草为庐，我同老爷爷住在一起，开始练功。刀枪箭戟，斧钺钩叉，十八般武艺样样儿少不了，其中最爱使的是槊、宝剑、暗器、金钱饼，一气儿学了六年。六年中，每天清早练气功，头午念兵书，下晌练武功，晚上练暗器。十九岁时，爷爷对我说：‘眼下的渤海乃关外的强国，兵马都元帅是武王的妹妹绿罗秀，副都元帅是夹谷后裔左平章的妹妹夹谷兰，两位皆为名声赫赫的巾帼英雄。当年她俩在武科场，一个是榜眼，一个是探花。帐下的男女战将，有的是武进士，有的是武解元。拓拔虎、东门豹、迟勿异、赫连真、东门芙蓉等，全是上山擒虎豹、下海捉蛟龙的威猛之士。听说他们要招考贤士，开文武科场，于都元帅府设招贤馆。凡有一技之长者，可量才录用，绝不埋没人才，你干脆到渤海国建功立业去吧！’我听了很高兴，便按爷爷的嘱咐，拿上父母给的十两纹银，辞别家人和故里，骑马带槊准备奔赴渤海国的上京。临行时，忽然想起一件事儿，遂问老人家：‘玛发，倘若有人向我打听武功是谁教的，该怎么回答呢？’老人长叹一声道：咳，没成想倒惹来了麻烦。这样吧，你就说跟爷爷学的。在辽东，大家称他‘怪丐’，记住没？走吧！我日夜兼程地赶路，刚刚到了上京龙泉府，却不幸染了重病。带的盘缠早用光了，可饭得吃、病不治不行啊！想来想去，没别的招儿哇，只好卖马、卖槊。在街上叫卖时，偏巧碰到一位军爷，用十两纹银买去了那匹马，槊也被人以很少的钱买走了。回来用这些银子买米买菜、去药房抓药，总算治好了病。一天，我到街上打探消息，又碰上了买走马的那位军爷。他见我骨瘦如柴，还错过了科考之时，心生怜悯，便送我到虎威军大营去当门军。刚进虎威营，恰遇元帅点兵，我就随元帅出征了。”

赫连真听罢，低下头来自言自语道：“噢，原来如此。”然后抬眼问云飞龙：“你的马可是宝马吗？”

云飞龙不无惋惜地说：“那匹马长八尺有余，浑身白毛，日行千里，夜走八百，绝对是良驹。爷爷给它起了个名字，叫‘踏雪玉狮子’。”

“可曾问过买马军爷姓甚名谁？”

“没有，只听与小的在一块儿的门军叫他‘诸葛’什么。”

赫连真高兴地点点头道：“没错，肯定是诸葛望博了。好了，你的马可以物归原主了，那把槊还要吗？”

“谢元帅！能找到马就行，槊不要了。”

于是，赫连真吩咐军卒去供应联营请诸葛望博总管来见。

元帅令下，哪敢怠慢？不多时，诸葛望博急匆匆地来到元帅府。进帐后，赫连真手指云飞龙问道：“诸葛总管，他可是你送到虎威营当门军的？”

元帅当头一问，诸葛望博看了一眼云飞龙，立时蒙了，心想：“是不是此人闯了大祸连累了我？或许是奸细，被元帅查出来了？若真是这样，如何是好？”吓得脸顿时变了颜色，由黄而白，由白而灰，硬着头皮哆哆嗦嗦地回道：“噢……是末将送的，还没来得及……禀报呢，便随元帅出征了。”

赫连真接着问：“你买过他的马吗？”

总管答道：“回禀元帅，他因得病没钱治，只好卖马。我见那是匹良驹，非常喜欢，遂用十两纹银买下了。”

“当时怎么没买他那杆槊呢？”

“因为没相中。”

“诸葛总管，大可不必多心，这员小将不简单哪，今日在两军阵前立了大功啊！可惜他现在既无坐骑，又无兵刃。你是云飞龙的推荐人，不妨把马还给他，那十两纹银由本帅代付了。”

诸葛望博听元帅说云飞龙立了战功，一直悬着的心才落了地，长出一口气道：“回禀元帅，云飞龙能为国立功，我又是举荐人，怎能让元帅替付纹银呢？情愿一文不要，将马奉还，也好交个朋友嘛！”

“好啊！这样吧，到兵器房中给他挑一杆好槊，连马一并送来。之后，你二人在一块儿好好儿叙谈叙谈。”

“元帅请放心，我立即回去牵马取槊，还可讨杯喜酒喝呢！”总管说罢，退出帐外，奔供应联营去了。

不长时间，诸葛望博进入帅帐，禀道：“元帅，末将已把马和槊送到。”

赫连真吩咐云飞龙：“你去看看那匹宝马，再掂掂兵刃，看使着称不称手。”

云飞龙随总管退下，刚到帐外，便向诸葛望博深深一躬道：“多蒙恩公推举，小的才有今天的出头之日，谢谢恩公！”

诸葛总管客气道：“哎！四海之内皆兄弟，什么恩公不恩公的。今后，你干脆叫我大哥吧，咱哥儿俩多亲近亲近就是了。”说罢，从军卒手中接了缰绳，牵过白马，交还了云飞龙。

踏雪玉狮子见了主人，像看到久别的亲人一样，高兴得咴儿咴儿直叫。云飞龙激动地抚摸着马头，眼睛湿润了，深情地说：“自从学艺时起，你就跟着我，形影不离，又一块儿到了上京。哪成想我不幸得了重病，那是上天无路、入地无门哪！实在没招儿了，不得不卖了你。多亏恩公买下了，今日才得以相聚，重新回到主人身边。今后将伴随我驰骋疆场，建功立业，再不分开了。”然后从诸葛手中接过槊，掂掂分量，不轻不重，正称手。仔细一瞅，是杆银光闪闪的好槊，心里别提多乐了！

诸葛回身从马鞍上取下一个包袱，递给云飞龙道：“兄弟，这是特意给你带来的，穿上试试，看合不合身。”

云飞龙双手接了过来，打开一看，原来里面有一副亮银铠甲、一件白缎子战袍和一双燕云皂靴，感动得一时不知说什么好了，只迸出一句话来：“谢谢大哥，想得真是太周到了！”

诸葛说：“好兄弟，实在话，那天在街上一看到这匹马，便知道你不是一般人。因此在第二次见面时，才推荐兄弟去当了门军，并打算交个朋友。现在看，大哥的眼力还行，没有看错人，果然刚上战场就立了功。慧眼识真人的赫元帅十分器重你，想要提拔哪！兄弟，好好儿干吧，前程远大呀，大哥将来会沾老弟光呢！”

云飞龙拴好战马，带上槊和铠甲随诸葛进了大帐，站在赫连真面前，单腿跪地禀道：“回元帅，诸葛总管将宝马交还小的了，拿来的银槊很是称手，还送给一副亮银铠甲。眼下已是万事俱备，只待元帅一声令下了。”

赫连真说：“好哇，是块料，不用急，有的是仗等着你去打。按照渤海国的规矩，只要入了军旅，战将都是从当记名别将开始。本帅任命你为记名别将，望勇猛拼杀，不辱帅望。今后在战场立功时，将会不断提升的。”

云飞龙抱拳道：“谢元帅提拔！”

赫连真吩咐拓拔重生：“孩儿，代母帅向总管和云飞龙各敬一杯。”拓拔重生遵命，把盏执壶给二位斟满了酒，所有在场的人皆举杯同贺。

咱们不去细讲渤海国众将的欢庆宴气氛多么热烈，回头再说登州元帅曾天豹。他于傍晚回到帅府，显现出一脸的垂头丧气，众战将精神同样萎靡不振。曾天豹长出一口气道："咳，做梦也想不到竟败得如此之惨。出马对阵四员大将，一人受重伤，三人被擒，尚不知生死，这不是兵连祸结嘛！"

坐在曾天豹身旁的一个人阴阳怪气地说："元帅，胜败乃兵家常事，打场败仗、死几个战将算得了什么？只怨他出师不利，武艺不高。世道太平时吃着国家的俸禄，荒乱时不能御敌，死有余辜。该死，真该死哟！"本是个男人在说话，却带着女人腔儿。

曾天豹听罢，勃然不悦，然而敢怒不敢言。为什么呢？因那开口的是皇上派来的监军、宫中的得宠宦官。心中暗暗骂道："你个阉奴知道啥呀？在两军对垒时，哪有净说丧气话的？总这么讲，战将们谁还肯为国卖命？"没辙呀，不敢惹呀，只好暂时咽下怒气，勉强带着笑容说道："监军说得或许在理。大敌当前，将如何对阵，眼下苦无办法，监军可有退敌良策？"

老太监跃跃欲试地说："有啥好办的？兵来将挡，水来土掩。明天本监军亲自到城楼观阵，咱们多出人，两个打一个还不行吗？"

曾天豹心想："谅你也没啥好招儿，纯粹是个馊主意，妇人之见！"遂说道："别看渤海国的赫连真是个女流，脑袋可不白给，恐怕不会吃这个亏、上这个当的。你两个对一个，她手下兵精将勇，同样会四个对两个。早闻渤海国女兵牌手久经大敌，个个手持短刀，以团牌护身，就地翻滚，专扎马腿，哪那么容易抵挡的？此乃二打一的劲敌，兵对兵、将对将的要害。拿今天的阵前惨败来说吧，拓拔重生年不满二十，那个小军亦很年轻，却伤了我方一员大将，走马活擒三员战将。况且还不是无能之辈，一个是'皂袍神力三宝将军'，一个是'花面太岁'，一个是'黄面金刚'，一个是'神矛无敌将'，皆征过契丹，官升至总兵或副总兵。可见对赫连真的属下，我方必须给以足够的重视，绝不可小觑。"很显然，说这番话的目的，一是安慰众将，再就是婉言反驳监军方才提出的馊招儿。

哪知监军听了，怒气冲顶，一拍桌案骂道："全是些酒囊饭袋、压马墩台、废物点心，死了反倒干净，给皇爷省下点儿银饷。占着茅坑不拉屎，有啥用？"

众将听后，气得双目圆瞪，搓手跺脚。曾天豹更是愤激得涨红了脸，嘴唇直哆嗦，一时不知说啥才好，反诘道："这……这么说我们都是饭桶了？"

监军不以为然，顺嘴回道："没错，正是。元帅，不管怎样，领兵的总不能只知袒护战将吧？"

正在这时，三人鱼贯而入，谁呀？大家一看，竟是被渤海军走马活擒的马天飞、马天虎和张似飞。三位大将单腿跪于帅帐，禀道："元帅，我们回来了。"

曾天豹喜出望外，忙问："是逃出来的吗？"

"花面太岁"马天虎回道："禀元帅，赫连真奉渤海郡王之命，兵进长安为的是清君侧，不为抢州夺县。她当然不杀唐朝兵将了，故而把我们放了。"

曾天豹听罢，高兴得连连道："好，好哇！回来就好，咱们可从长计议了。"

旁边的监军一瞪母狗眼，尖声儿吼道："什么？还回来就好，说得倒轻巧，分明是贪生怕死投降了敌人，前来里应外合诈城的吧？胆敢在帅堂谣言惑众，已成奸贼了留着何用？"随即一拍帅案上的虎胆命道："来人，给我上绑，推出帐外立即问斩！"

讲至此，诸位阿哥可能会问："什么是虎胆？"就是一块儿长方形的木头疙瘩，分谁用。说书人用，叫"醒木"；文官用，叫"惊堂木"；元帅用，称"虎胆"，天子用，称"龙胆"。不同的人使用，叫法各有不同。

话接前书，正在这个节骨眼儿上，只见从帐堂门口儿纵进一个满脸怒气、身穿红衣的姑娘，一个箭步跃到帅案前，高举宝剑冲监军的脑袋劈了下来。只听咔嚓一声，人头落地，鲜血四溅。众将再看，人早已死猪般躺倒在地，身首分离。

欲知此举结果如何，且听下回分解。

第五回　帅堂行刺　监军脱险

登州府帅堂地上躺倒一人，众将见状，顿时乱成一团，惶惶不知所措。只听房顶儿一女子高喊："快跑，快跑！"行刺的姑娘转身蹿出帐外，一弯腰飞身上房，同几条黑影儿穿梁越脊，霎时便隐没在夜色中。曾天豹惊愕地大睁着眼睛，愣怔了半天，方命赶紧捉拿刺客。

众将手持兵刃出了帅堂，东瞧瞧，西望望，哪里还见什么刺客？连影儿都没有，只好返回。

此时，曾天豹正手扶桌案站着，两眼死死盯着地上的死尸。听出战将们进帐了，才抬眼问道："怎么样，可曾看到刺客？"

其中一位战将回道："禀元帅，末将未发现刺客的踪迹。"

"噢，那就赶快收尸吧。"

两个将官听命，走到帅案前，见头颅已骨碌到一边，被劈成两半儿，血肉模糊。再看死尸的穿戴，并不是监军，而是监军的侍从小太监。忙禀道："元帅，被杀的不是监军。"

"是谁呀？"

"回禀元帅，乃随监军来的小太监。"

"监军哪里去了？快给我找！"

众人往帅案旁一看，监军方才坐的那把椅子向后倒了，有一只脚露在桌围外。掀起桌围子，见监军两手抱着脑袋、撅着屁股嘴啃地、藏在桌子底下不住地筛糠呢！

曾天豹走到监军跟前，低下身子伸手去搀，却碰到了裤角儿，感到湿漉漉的，吓了一跳，以为监军受伤了。抽回手一看，不是血，闻了闻，有臭味儿，原来竟是吓得屎尿齐流了。随即命令道："来人，把监军扶起来！"

两位战将蹲下身，没好气儿地把监军从桌子底下拽了出来。只见他脸色煞白，紧闭着母狗眼，头发散乱，早瑟缩成了一个球儿了。曾天豹说道："监军，让你受惊了。"

监军并不答话，元帅觉得奇怪，细细一看，身上无有伤处，原来已吓昏过去了。曾天豹心里话："呔！狗阉奴，你也有今天，吓成了这等模样。平日只知作威作福，养尊处优，应该让你尝尝苦头儿，才能知道马王爷长几只眼！”于是，向副总兵祖尚武吩咐道：“你到监军府找他的师爷，让带人将监军抬回去调治，养养神。”

祖尚武立即去了监军府，到府门前对门军说：“监军大人得了急病，需见师爷，有事儿面告。”

门军引祖尚武来到书房外，站在滴水檐下冲里面通报道：“禀师爷，元帅府派战将求见。”

里面传出话来：“什么？元帅府想干啥呀，我又不是贼人，干吗遣战将来？真是无理，报上名儿！”

祖尚武听师爷说话怪声怪气的，暗暗骂道：“龟奴才，不男不女的，还这么蛮横！本人是堂堂副总兵，在战场上出生入死，倒向你个龟奴报名儿，岂有此理！”有心回返，无奈元帅有令，只能忍气吞声，答道：“卑职登州府副总兵祖尚武。奉元帅命回禀师爷，监军大人上吐下泻，昏迷不醒。让师爷快些派人抬回，以请郎中调治。”

“噢，进来吧，详细说说。”

祖尚武掀起门帘儿走进书房，见太师椅上坐一人，手摇蒲扇，大口喘着粗气。细一瞅，长得奇形怪貌：小脑袋瓜儿，猴子脸，一对儿蛇眼，两道狗尾巴眉斜插入鬓，尖尖的耳朵扇扇着；酒渣鼻，翻鼻孔，大鼻眼儿，鼻腔壁上长有一寸多长的鼻毛；大嘴叉，一咧几乎到了耳根，龇着稀稀拉拉的大板儿牙；三绺儿山羊胡，两绺儿在上嘴唇往两边儿撇撇着，一绺儿在下嘴唇向上卷卷着；上身粗大肥胖，圆鼓轮墩，挺着向前鼓着的大肚子，着绿缎子上衣；下身细长，两条腿瘦如麻秆儿，着紫色裤子，两只大脚登一双矮靿儿皮靴。他听到战将进来的脚步声，便站起身迎了两步。祖尚武方看出师爷身高不过五尺，一迈步摇摇晃晃的，活脱脱个癞蛤蟆直立，差点儿没笑出声儿来。

师爷翻了翻蛇眼问道：“你叫什么玩意儿？”

祖尚武一听，人的姓名成了“玩意儿”，真是狗嘴吐不出象牙来，满口喷粪，便不情愿地回道：“祖尚武”。

“‘祖上’，来做什么呀？”说完一吧嗒嘴，觉得问得或许不太合适，紧接着又来一句：“你是谁的‘祖上’？”

“监军大人的。”

师爷以为祖尚武是监军的近亲或老世交，立马变了一副嘴脸，笑着手指太师椅道：“请坐，请坐！阁下有何吩咐？”祖尚武遂将方才说过的话重复了一遍。

“哎呀，这扯不扯，监军得了重病，我却稳坐钓鱼台呢！等监军大人的病好了，请阁下千万在老人家面前多美言几句，本师爷绝不是故意拖延哪！”说罢，深深作了个大揖。

祖尚武心中暗暗好笑，知道龟奴是领会错了意思。我骂是“监军的祖尚武”，对方理解为“监军的‘祖上’”，以为与监军有瓜葛。这般小人就该耍他、骂他，解解恨也是好的，痛快痛快。于是，心中无气假装怒，一拍桌案吼道：“本官因是监军故旧，所以才好意前来报信儿。你个狗奴才却端起师爷的臭架子，推三阻四、慢慢腾腾的，分明是盼着监军快死。若不然，为啥不去请郎中救治？哼，等监军大人病好了，咱们再算账，肯定跑不了你！”

此招儿还真灵，吓得师爷腿肚子顿时转了筋，羊羔儿吃奶般扑通一声跪下，两手伏地哀求道：“请副总兵大人暂息雷霆之怒，慢发虎狼之威，都是奴才不好。狗眼不识泰山，罪该万死，望高抬贵手。常言道：‘大人不见小人怪，宰相肚里能撑船。’权当奴才是将军腹中的臭气，一个屁放出去了，奴才将感恩不尽。生当结草，死当衔环！”

祖尚武见状，仍摆出一副怒不可遏的样子，大声儿说道：“滚起来！快去预备软床，把监军抬回府，好生侍候着，本将先回帅堂复命。”

师爷忙不迭地说：“是是，奴才遵命，立马遣人去。”

祖尚武转身出了书房，边走边琢磨：“这场恶作剧好哇，总算出了心中的一股恶气。什么师爷呀，纯粹是趋炎附势的小人，只知狐假虎威，狗屁不如！”又想：“那不知好歹的监军在帅堂大发淫威，骂战将们是‘酒囊饭袋、压马墩台’，还要杀从渤海营放回来的三员大将。恰在此时，突然纵进一穿红衣的姑娘行刺，才未得逞。朝中奸臣当道，宦官横行，一个阉奴做了监军。哪知道武将身临战场，把脑袋别在裤腰带上拍马迎敌，随时可能自送性命。为了保护黎民的安宁生活不受侵犯，为了国家的富强，也为图得封妻荫子，显亲扬名，名垂青史，历经多次血战才博得个副总兵职衔。那宦官有什么功劳呀，竟执掌大权。连登州府守帅在监军面前都得俯首听命，吾等战将更得惟命是从，这口气怎能咽得下？”

祖尚武越想越生气，心中像开了锅的沸水，滚上翻下，难以平静。七尺之躯凭啥受阉奴龟孙子气？一咬牙一跺脚，去他妈的吧，老子不伺候了！索性不返帅堂了，而是回到家中，吩咐家人赶紧喂马，预备一乘带棚儿的两轮马车。然后去了上房，告诉夫人："收拾细软家私，元帅命令战将们送眷属至洛阳，越快越好！"说罢转身出屋，来到书房，将大印封好，挂在房梁上，拿起笔，蘸饱墨，草草写了一行大字贴在印上。又疾步回到上房，见夫人行动很快，将一切已打点停当。家中还有儿子的奶娘、一名书童和几个仆人，全是登州人，皆已睡熟。夫人刚要唤醒他们，祖尚武摆摆手制止道："不要叫了，出去逃难，带的人多反倒成了累赘。何况今后不知去往何方，让他们留下或许好一些，咱们快走吧。"于是，夫人拉着孩子登上车，祖尚武翻身上了马，一家人直奔东门而去。

到了东门，护守的门军问道："将军，要去哪儿呀？"

祖尚武回道："我奉元帅之命，带着家眷去渤海大营假投降，是出于战术上的考虑。多一句不能对你讲，不要问了，快开门吧。"

门军见将军说得有根有蔓，又是领军的副总兵，敢不听命吗？立刻打开城门，放下吊桥，祖尚武一家就这样顺利地出了城。正是：一根抛弃名利网，哪管他人再上钩。

再说监军府的师爷见祖尚武带着满脸怒气走了，心里如同十五个吊桶七上八下的，扯开破锣嗓子喊道："来人哪，快来人！"

师爷一叫，看门儿的、烧火的、煮饭的、喂狗的、打更的、抬轿的、丫鬟、老妈子等纷纷跑进书房，问道："师爷，咋的了，出啥事儿了？"

师爷没事儿找事儿地说："哎哟，你们这些龟孙孙，刚才上哪儿去了？监军大人在帅堂得了急病，上吐下泻，昏迷不醒。快点儿预备软轿，随我去抬回府，把郎中也请到府来。"

一个快嘴老妈子说："师爷，软轿是坐的，不能抬呀！依我看，不如把监军大人平时睡的软床搬了去，可以稳稳地躺在上面，那比什么都强。"

"好好，就听你的。轿夫们，动作快点儿，去监军内室搬床。"

八个轿夫听令，进入内室，把软床抬了出来。于是，打更的放下梆子，挑起气死灯头前引路，师爷跟在后面，直奔元帅府而去。

到了帅府门前，门军见监军府的师爷带着人、抬着软床来了，知道是接监军的。便请一行人稍候，转身进入帅堂通报道："禀元帅，监军府师爷带人来了。"

曾天豹命道："让他们进来。"

门军反身出了帅堂，到了元帅府门口儿，冲来人说："师爷，元帅请你进去。"

这个师爷常来元帅府，一副满不在乎的架势，大模大样地进了帅堂。见曾元帅端坐太师椅上，众将站立两侧，便走到帅案前，抱拳一躬道："元帅，学生有礼了。"

诸位阿哥要问："师爷面见堂堂登州守帅，为什么不跪下施礼，岂不放肆？"各位说得对，这就叫狗仗人势、狐假虎威。

曾天豹漫不经心地"哦"了一声，手指案下道："师爷，你看看吧。方才郎中给监军诊了脉，灌下'仙汤活命饮'，说是无大碍，养养即可复原。"

师爷低头往帅案下一瞅，小太监倒在地上，身首分离，两半儿的脑袋瓜儿仍流着血水；监军撅着屁股头拱地，满裤裆流黄水，臭气熏天。当即傻了眼，问道："这……这是怎么回事儿？"

曾天豹说："告诉你吧，方才是刺客闹帅堂。一个穿红衣、手持明晃晃宝剑的姑娘箭步纵到案前，手起剑落劈向监军。监军一时情急，推出身旁的小太监，方脱了险，小太监却当了替死鬼。看见了吧，一个所谓监军，竟能吓成此等模样，昏过去了。赶紧抬回去，登州有不少名医，好好儿疗治疗治，可别耽误了呀！"

师爷听了元帅一番不冷不热的话，心想："帅堂闹刺客，不杀元帅单斩监军，太奇怪了，众战将是干什么吃的？其中必有鬼！监军落到了这步田地，还说风凉话儿，想推出门外不管。哼，决饶不了你们！等监军病好了，咱们再算账，非出主意治治你个小小登州守帅不可！"心里无论咋有气，在帅堂哪敢发威呀？只好命人先把监军抬到软床上，又收了小太监的尸体，匆匆离去了。

帅堂上的人你瞅瞅我，我瞧瞧你，谁也没吱声儿。曾天豹看众将默默无言，说道："没料到会出帅堂行刺的事儿，到了不可收拾的地步。哪里来的红衣姑娘呢？是渤海的，还是登州的？"

战将们纷纷说："红衣人的动作太快了，来不及看清楚，只一晃儿就不见了。"

"那么，等在房顶儿上喊'快跑'的又是谁呢？"

其中只有一人心里全明白，但不想说出口。为什么呢？因为一旦讲出去，自己和家人的生死都不知道呢，何必连累他人？

曾天豹叹了一声道："咳，苦战一天了，诸位早累了，没办法，还得耽误一会儿。我方才对监军府师爷说的话，是有意打发他尽快离开帅堂，咱们好从长计议。谁对监军和师爷知情，请说说吧。"

一位红脸战将开口道："计议啥呀？血战疆场，逃回命来，不问青红皂白地大骂饭桶不说，竟要杀头，有这么干的吗？上哪儿讲理去！"

曾天豹微微笑了笑，说："本帅何尝不为此生气呢？但我们身为武将，守土有责，应以国家为重，完全不必跟一个阉奴斗气。若因此误了大事儿，可就太不值了。"

一个黑脸战将接碴儿道："元帅，我们南征北战，东挡西杀，血染征袍。可以不讲功劳有多大，凭吗平白无故地坐受一个阉奴的窝囊气？谁能咽得下去呀！眼下事情闹大了，待监军的病好了，不知得造出多少鬼话呢。监军府的师爷让人看着就不顺眼，一走三晃的，满肚子坏水儿，到时候准向咱们头上泼来。哦，元帅问有谁了解他的底细，我知道……"

不待黑脸战将说完，红脸战将抢话道："回禀元帅，那个家伙头顶儿生疮、脚底流脓，坏透腔儿了。自幼便不是个物儿，打闷棍，套白狼，半夜三更踹寡妇门。这还不算，谁家死了人，不等隔夜，就去坟堆中刨掘新下的葬，发亡人财。好话说尽，坏事做绝，不干人事儿。他姓阙，名孟德，识字不多，馊主意不少，懂三下五去二个人生在世先入学堂的理儿。在乡里写名字时，只写'阙孟'不写'德'，怕人称他'缺德'。浑名儿'零'，又叫'蛋'。"

曾天豹问："他是怎么跟监军凑到一起的？"

黑脸战将回道："说来可笑，这叫龙找龙、虾找虾、癞蛤蟆专找淤泥洼。阉奴叫赵喜，原先是给杨国忠扫茅房的小厮。很会来事儿，每天把杨国忠老婆的便桶刷洗得干干净净，之后再喷上香料。功夫不负有心人，久而久之，被杨国忠老婆看到了。见他连着刷洗好几个便桶，擦干净后，装进一个香料袋子里。遂走过去问道：'你在做什么？'他立马跪在地上回道：'小的给太太的便桶熏香呢！'杨国忠老婆恍然大悟，说道：'噢，怪不得便桶总有香气呢，原来是你对我的孝敬啊！好好儿干，亏待不了，有机会一定让相爷提拔你。'他磕头如鸡啄米，连连感谢杨夫人的恩典。事有凑巧，阉奴原是高力士心腹之人，曾在玄宗面前保举他当监军。加上杨贵妃在枕边儿甜言蜜语地吹风儿，说赵喜如何忠诚、谨慎、有头脑。杨贵妃为啥也替他说话呢？那是看杨国忠老婆面子送的人情。玄宗皇帝当然听信了，没过多久，就派赵喜来登州当了监军。阉奴大字不识，啥也看不懂啊，便请杨国忠给找个文案。杨国忠老婆听了，忙向赵喜说：‘恭喜呀，公公做了监军。有个人可推荐给你，能写会算，又有心计。只是有一点不尽人意，其貌不扬，你看咋样?’阉奴听后，能不答应吗？当即一口应承了。举荐的人是谁呢？就是阙孟德。来到登州后，二人狼狈为奸，发了大财，渤海、北靺鞨以及唐朝使臣的珠宝、人参、鹿茸等珍稀贵重物品被勒索去不计其数。这且不算，阉奴竭尽讨好之能事，又认杨国忠老婆的内侄为义子，在登州无人不知，无人不晓。那义子更不是东西，脚一跺，地都颤。我所讲的，元帅一点儿没有耳闻吗？两个坏家伙横草不过，将来不知对咱们下啥毒手呢，令人担忧哇！远的不讲，说近的吧。从渤海营回来的三位战将，阉奴已下令杀掉，元帅想怎么办?”

曾天豹回道：“本帅岂能允许一个监军妄杀无辜？他当时刚迸出‘问斩’二字，我正要以理抗辩，红衣刺客就进来了。结果是误杀了小太监，吓昏了监军。”说到这儿，猛然想起应向副总兵祖尚武打听一下监军府的情况，看了一圈儿没有他，便问道：“祖尚武哪儿去了?”

其中一人回答：“元帅不是让他去监军府了吗？尚未回返。”

“噢，是了，谁去把他找回来?”

一白脸战将出班道：“末将愿往。”

“伍彪将军，你务必找到祖尚武。监军府若没有，再到他府上看看，越快越好。”

伍彪领了帅令，带着十几个兵卒疾步来到监军府，冲门军问道：“元帅派来的祖尚武副总兵在哪里?”

门军一下愣住了，忙回道：“是来了位将军，不过不叫祖尚武，叫‘祖上’，我们师爷去帅府前他就返回去了。”接着又将“祖上”与师爷在书房的对话学了一遍。

伍彪心想：“哪儿来的‘祖上’呢？哎呀，对了，是祖尚武借机骂人哪！可他一直没回帅府哇，到哪儿去了呢?”于是，带领兵卒去了祖尚武府邸。

一行人到了祖府前，敲开门，门军将他们让至书房，掌上灯。伍彪见无人，抬头上望，见房梁上吊着个黄缎子方包儿，贴有字柬。定睛细看，上书：“不愿受阉奴气，本将封印去了，祖尚武于午夜。”

“啊？他走了!”伍彪摘下印连同字柬，马上返回帅府。进了帅堂，将印和字柬呈上，回禀元帅："我们到了祖尚武府上，他已弃官封印，走多时了。"然后把监军府门军说的话重复了一遍。

曾天豹长叹一声道："咳，逼跑了一个，看来行刺的姑娘是祖尚武的亲人哪。不然的话，他为什么啥也不顾了，一走了之呢？"

战将们听此言，互相看了看，全懵了，谁也没出声儿。先前那个知情人却暗暗高兴，心里话："好哇，看来哪座庙都有屈死鬼呀，行刺之罪被副总兵顶替了。"

曾天豹见晨光已透入了纱窗，遂说道："咱们折腾了一宿，天大亮了，今天不出阵了，挂免战牌。现在是卯时初刻，到明天这个时候，正好一昼夜、十二个时辰。轮班儿守城，每班儿三人，多预备些灰炮、弓箭，渤海军若来攻城便放箭。本帅领两人顶头班儿，剩下的人编成名表，按时接班。暂时不接班的抓紧时间歇息，养足精神，以利再战。"

元帅令下，当即按职衔高低的顺序编完了名表，曾天豹喊声："退堂！"众将官各回本府。

单说"皂袍神力三宝将军"马天飞回到府中，来到后院儿，走进了内室。见夫人正低头暗自悲伤，满面泪痕，便问道："夫人，怎么了？"

马夫人听到丈夫的问话声儿，抬头一看，果然是天飞站在眼前，忙站起身形道："哎呀，老爷，莫非你我梦中相见？"

"好端端的大活人，青天白日怎么会梦中相见，快别说丧气话。"

"为妻惦念你呀！昨天随老爷一同上战场的兵卒回来讲，包括老爷在内的三位将军被生擒，急得我哭了一场又一场。后来又听说全被渤海军放了回来，监军不问缘由，下令问斩。如此看来，当战将的性命不是自己的，为妻伤了一夜的心哪！"

"夫人，你咋知道监军要杀我们仨呢？"

"听女儿说的。"

"她在哪里？"

"刚回闺房。女儿告诉我：'额莫，不要伤心了，阿玛回来了。'我当时还不信呢，这不，真的回来了。"说完，夫人破涕为笑了。

马天飞吩咐道："你去告知家里人，没有我招呼，谁也不准进后宅，就说老爷想静养一天。"

夫人马上叫来贴身侍女，让她传下老爷的话，丫鬟、仆妇人等全退出了后院儿。然后又认真查点了一下，并叮嘱贴身侍女，务要看住后院儿。回到房中，对丈夫说："老爷，稍候一会儿，为妻亲自下厨给你做饭去。"

"不用了，去把女儿找来，有话问她。"

马天飞夫妇已四十多岁了，膝下只有一个独生女儿，芳名马文琼，视为掌上明珠。生得花容月貌，年方一十八岁。自小从师练武，一身轻功，低来高去，飞檐走壁；马上一柄绣绒刀，技法纯熟，骁勇无畏；掌中一口宝剑，名曰青锋，杀人不见血，削铁如泥。

马夫人见丈夫吩咐叫女儿，以为是想让文琼知道阿玛回来了，孩子见上一面好放心。赶忙走到姑娘房中，见女儿早已穿戴整齐，没等母亲开口呢，孩子先说了："额莫，是阿玛回来唤我吧?"

"正是，快随额莫看看去。"

娘儿俩一前一后来到内宅，姑娘进得屋来，给父亲道了万福。马天飞脸上一点儿乐模样没有，让女儿坐下，姑娘紧挨着额莫坐在椅子上。马天飞张嘴便指责道："你是个闺门秀女，胆儿却比天大，敢去帅堂行刺，闯下了灭门之祸！别人没看出刺客是谁，我自己的女儿还能看不出来吗？到底为啥呀，咋这么鲁莽呢?"

文琼站起身形道："阿玛，请不要生气，容女儿细细告知。"

"好，讲来！"

文琼说："阿玛，事情是这样的。昨天小军来报，说阿玛等三位将军被渤海生擒。额莫听后，哭天号地，女儿当即要出马临阵，额莫再三不肯。日落后，小军又报，言称三位将军被放了回来。等到二更天，阿玛仍未回转，额莫急得放声大哭，说：'孩儿呀，怕是元帅见罪你阿玛了，凶多吉少哇，咋办哪?'女儿正欲叫人去帅府打探，文芳、文芬和张月兰三个姐妹穿着夜行衣来了，跟我说：'文琼姐，光在家等哪儿成啊？快换小打扮，去元帅府探听一下消息。'我说：'别急，等跟额莫打声招呼再走。'文芳忙阻止道：'千万不能告诉婶婶，知道了会吓破胆的，还能放你出去了吗？可对额莫说，到叔叔家听信儿去，婶婶才可能放你走。倘若问到穿夜行衣干啥，你就说一个姑娘家比不得男儿，女儿会武功，悄没声儿地来去便当。'我听了三姐妹的话，遂回明额莫。其实，额莫心里比谁都急，满口答应。我们四个出了门，走小道儿，奔元帅府而去。到了帅府院外，她们仨在房上瞭哨，我用珍珠倒卷帘的功夫，脚尖儿勾住滴水檐，手把椽子刚往帅堂里面看，猛听一声：'立即问斩！'顿时急了眼，一个鹞子翻身落了地，拔出宝剑纵进帅堂，手起剑落。这当口儿，忽听房顶儿姐妹喊：‘快跑！’我嗖地弹出帅堂，穿房越脊，跑到监军府后花园偷听消息。帅堂、监军府以及副总兵祖尚武府所发生的事儿，我们四个看得清清楚楚，听得明明白白，全知道。当听元帅说，行刺的红衣姑娘肯定是祖尚武的亲人、否则他不会逃走时，我们暗暗高兴，才放心地回家了。进了屋，告诉额莫，阿玛回来了，在帅府呢。然后回房，换下夜行衣，等候阿玛来问。”

这里说书人插一句，文琼提到的三个姑娘是谁呢？文芳乃马天虎的女儿，文芬乃马天熊的闺女，张月兰乃张似飞的千斤。

马夫人听罢，吓得浑身发抖，哆哆嗦嗦地说：“哎呀，要是……走漏了风声，全家……就没命啦！你个傻丫头，杀官如同造反，这……这可怎么好？”

马天飞说：“事到如今，埋怨也没用。去的孩子都是自家人，皆担干系，绝不能声张。元帅既然认准了行刺者是祖尚武的亲人，惟一的希望，便是找不到祖尚武本人。听元帅的口气似乎不打算寻了，只怕监军病好了，又要杀我三位大将。元帅的本意很清楚，当然是极力保护手下的将领，但他也得听皇上的。阉奴乃皇上内臣，奏上一本，元帅哪能吃得消哇？眼下只能是得过且过，随机应变，过哪儿河脱哪儿鞋了。”

文琼见阿玛没再责备自己，便道：“阿玛，监军要是坚持问斩你和马天虎、张似飞两位叔叔，我姐妹要求出战，杀敌立功，替你们赎罪。”

马天飞听女儿的话挺有志气，很是欣慰，又十分担心，说道：“孩儿有所不知，渤海的将领皆为久经战阵的老手。征吐蕃，讨西夏，名声赫赫。昨天与阿玛对阵的拓拔重生，乃渤海元帅赫连真的儿子，威猛善战，武艺高强。十三岁在长安武科场，玄宗皇帝钦封为武解元。随父母出征多年，胯下黑虎，背后黑鹰，厉害得很，天熊叔叔便是被黑鹰抓伤的。阿玛和另两位叔叔都被走马活擒，败在人家手下，你一个姑娘家胆敢出战？”

文琼问道：“阿玛，拓拔重生多大了？”

“十八九岁吧。”

“啊！”姑娘再不吱声儿了。

马天飞对夫人说：“我得睡一觉，解解乏，你到文琼房中歇息吧。”

夫人听罢，便同女儿出来了。马天飞将门插上，回身往床上一倒，便呼噜呼噜地打起了鼾声，入了梦乡。

马夫人凑进门缝儿侧耳听了听，鼻息如雷，手指屋门笑着对女儿说："看你阿玛困的，肯定是又乏又累，让他好好儿睡一觉吧。"说着同文琼一块儿前往女儿的绣房。

娘儿俩进了屋，夫人坐在椅子上低头不语，文琼倚在床头儿也不出声儿，各想心腹事。

夫人想："没有不透风的墙，行刺的事儿一旦露出去，可就糟了，如何是好哇？"

文琼想："阿玛说的拓拔重生自幼随父母出征，不到二十岁名气便很大，看来还是男儿好，出得了头、露得了脸。偏偏我是女儿身，白学了一身本事，有啥用？同样是十八九岁，却只知大门不出、二门不进，天天苦守深闺，什么时候是个头儿哇？"想到这儿，不由得"咳"了一声。

夫人听到女儿的叹息声儿，以为因闯下祸端而苦恼，便劝道："文琼，叹什么气呀？你阿玛不是说了嘛，过哪儿河脱哪儿鞋，不用犯愁，愁有何用？"

文琼说："额莫，我咋是女儿家呢，为啥不生成男儿汉？"

"净说傻话不是？额莫也盼着生个男孩儿，可天不遂人愿，又有啥法儿？"

这时，侍女来报："门外来了三位年轻书生，求见太太。口口声声称是咱家的亲人，写有现成的字柬，说是太太一看便知。"

"呈上来。"

侍女走上前，把燕翅形字柬交于太太。

马夫人接过来展开一看，乐了，边说："胡闹，该打！"边顺手递给了女儿。

文琼见字柬上写道："女扮男装，给伯父母道惊来了。"下款："芳、芬、兰秘字。"啊？原来是这几个调皮蛋呀！马上吩咐道："快请她们进来。"

侍女问："到书房吗？"

"不，请到我这儿。"

侍女吃惊不小，边往外走边想："咦？怪了，我家小姐从不见青年男子。今日不仅要见，还得请到闺房。噢，对了，或许是太太的外甥、老爷的侄子也未可知。"到了门外，很快引领来三个美男子。个个头戴文生巾，身披文生氅，脚登厚底皂靴。面如敷粉，目似朗星，齿白唇红，牙排碎玉，五官清秀，一表人才。边走边手摇羽扇，踱步进得屋来。

三位书生到了马夫人面前，深深一躬道：“给伯母道惊来迟，万望海涵。”

马夫人哈哈大笑，连说：“淘气，淘气，该打！你别说，倒挺像呢！”

侍女怔在那里，怎么看三位相公怎么面熟，可一时又想不起来。夫人见此，说道：“春梅，发什么愣啊？快去给少爷烧茶去！”侍女赶紧转身出了房门。

文琼姑娘一把拽住三人道：“你们倒蛮有兴致的，耍起花招儿来了，我的火儿可上大发了。”

文芳解释道：“不是耍花招儿，而是担心你挨骂，也是为给伯父母道道惊。这会儿来能耐了，刚才怎么不敢跟我们说话呢，怕侍女知道露出马脚是吧？哟，还挺严密的呢！”

文琼苦着脸说：“正是，倘若露出了蛛丝马迹，咱四个休想活命。你们出来了，家里知道吗？”三人皆摇了摇头。

马夫人见四个孩子攀谈起来很相投，便坐在椅子上听，一句话不插。这时，春梅进房送上茶来，夫人吩咐道：“三位少爷是老爷的侄子，从家乡来，不用侍候。你看门儿去吧，不要惊了老爷的觉是正经。我呢，想向孩子们打听打听家乡的境况，告诉所有的人，不许打扰了太太的高兴。”侍女边答应边退了出去。

春梅走后，四个姑娘全上了床，话不落地儿地唠了起来。文琼说：“可惜咱们都是女儿身，学了那么多本领不是白费劲儿嘛，有啥用？”

文芳接碴儿道：“咋没用呢？昨夜不就用上了嘛！”

文琼说：“那是闯下了大祸呀，迟早要遭殃的。阿玛说渤海营有个拓拔重生，武艺高强，年纪同姐妹们相仿。跟他一比，咱可差远了，活得多没劲哪！”

文芬插嘴道：“你只知道拓拔重生一个，我听阿玛说，一共是四个，还有夹谷猛生、东门再生、西门庆生。他们十三岁便在长安出名了，一个比一个有能耐，皆为顶天立地的男子汉。”

张月兰补充道：“我也听说了，渤海军除了他们四个，还有五个都监呢！我当时就是个不服气，想上阵跟他们较量较量。可不服有啥法儿？父母说啥不同意，这几天正为此事烦恼呢！”

马夫人听姑娘们聊什么重生、再生、猛生、庆生的，知道是在唠渤海国的年轻战将，心想：“小伙子们凑一起爱谈姑娘，姑娘们到一块儿喜谈小伙子。往下还唠些啥，是她们的秘密，自己是过来人了，有啥不懂的？别在屋呆了，挺碍眼的，何苦来打扰姑娘们的悄悄话呢？不妨看看老爷睡醒了没有。”于是站起身来，出了绣房，来到内室门口儿。推了推，门没开，知道还睡着呢。刚扶着门框想听听，就听屋里高声儿喊道：“杀呀，快给我杀呀！”当即吓了个倒仰，栽倒在地，昏过去了。

欲知后事如何，且听下回分解。

马天飞的夫人仰身栽倒，过了一会儿才苏醒过来，以为是丈夫已被监军派的人给杀了，连叫带喊地跑出厅堂外，坐在地上号啕起来。

哭声惊动了闺房中的四位姑娘，急忙奔过来问道："额莫，怎么了？"

"伯母，哭什么呀？"

马夫人泣不成声地说："这可怎么好哇，你阿玛……你们伯父叫人给杀啦！"

文琼闻听大吃一惊，双目警觉地向四周瞅了瞅，问道："额莫，来人在哪里？"

马夫人惊恐地手指内室的门说："就在那间房里！"

文琼情急之下，见窗户开着，冲窗口儿来了个燕子穿帘。扑入房中往床上一看，阿玛微张着嘴，睡得很酣畅。细细端详，瞅瞅身上，瞧瞧胳膊腿儿，并无血迹。耳朵贴近阿玛的鼻子，感到呼吸正常，便没惊动，又从窗口儿悄悄儿爬了出来，对母亲说："额莫，阿玛好端端地睡觉呢，干啥说被杀了？吓人一跳。"

"孩子，不用骗额莫了。我听得清清楚楚喊杀呀，你阿玛肯定是没命啦！"

"额莫要是不信，女儿扶你到窗前，隔窗看看。"边说搀着母亲站起身来，走到窗前，手一指道："额莫，好好儿看看，阿玛不是睡得正香吗？"

马夫人定睛细瞅，丈夫果然酣然入梦，胸脯一起一伏的，这才放心了。转身刚要离去，又听屋里大喊一声："杀！"吓得差不点儿没栽倒，被文琼一把拽住了，并笑着说："额莫，你的神经快吓出毛病了，啥事儿没有，那是阿玛在说梦话呢！"三个姑娘一听，全乐了。

马夫人低头清醒了片刻，想了想，自己也扑哧笑了，对姑娘们说："人老了，不中用了，经不起大事儿呀！当年你们伯父血染征袍，我咋没吓成这样呢？那时年轻啊，啥都能抗得住。"

文芳、文芬、月兰心中有数，伯母的年岁不算小了，四十五六了，听到昨夜发生的一些事儿，能不忧心忡忡吗？尽管伯父被渤海军放回，却一直心有余悸，神经始终处于高度紧张状态。所以，听到点儿啥，便一惊一乍的。

文琼说："额莫，回女儿房中歇一会儿吧。"

"不了，我在这儿坐着挺好，守着你阿玛。"

三个姑娘异口同声地逗趣儿道："伯母，可要小心哪，不能再吓倒了！"

马夫人笑着说："咳！小调皮鬼，真是孩子气未退。要知道，我跟你们伯父十几岁便在一起，可以说是患难与共啊！他虽是个性格粗莽的人，天天只知道打仗，但心倒蛮细的。对伯母不但十分关心，而且知疼知热的。是他把我从流浪讨饭的境遇中解救出来的，此后在一块儿过二十多年了，从不歧视，也不恶言冷语。伯母没个出息哟，时时离不开老爷，深怕他有个一差二错呢！"

三个姑娘平日只知伯父、伯母非常和睦，相亲相爱，并不知其中详情。今天听伯母谈起了过去的事儿，立马产生了兴趣，非要刨根问底儿不可。

文芬说："伯母，不如趁伯父觉未睡醒，咱娘儿几个坐在窗下聊聊天吧。"

文芳紧接着请求道："伯母，把伯父当年怎样救你的、后来又是如何成亲的，给我们讲讲好吗？早想听听啦！"

马夫人答应道："好好好，那就说说！"于是，娘儿五个坐在房檐儿下，聊起了往事。

马夫人讲道："三十年前，我家住在济南，靠近黄河边儿，阿玛、额莫给地主当雇工。我当时十四五岁，上无兄下无弟，只老哥儿一个。有一天，父母出门干活儿去了，嘱咐我看好家。忽听有人嘭嘭敲门，打开一看，来了个衙役头儿，带着一伙儿人进屋找水喝。哪成想这个混账东西一眼看中了我，第二天一早，便托地方老爷来提亲。阿玛和额莫听说对方是衙役头儿，直截了当地拒绝道：'我们小门小户的，姑娘又粗手大脚的，不配嫁给少爷。我夫妇俩只有一个女儿，想招个能吃苦会干活儿的养老女婿，后世好有靠哇！烦请你老人家在少爷面前多谢了，实在是不能从命。'哪知地方老爷一下子变了脸，瞪着一对儿牛眼，恶狠狠地骂道：'真他妈白活，不知天高地厚，给脸不要脸！明告诉你，那少爷的老父是总管钱粮的红笔师爷，在济南府也是数一数二的红人。你长天大的胆儿了，惹得起吗？识相的赶紧乖乖把姑娘送过去。攀上了高枝儿，你两口子以后就享福了，别人想攀还攀不上呢！如若不然，可别后悔，有你们好瞧的，只怕吃不了兜着走！’地方老爷正嗷嗷地嚷着，隔壁住的王大伯闻声儿来了，一进屋便插嘴道：‘地方老爷，你是管一方水土的，乃大家的靠山，为什么非给蔺不开的儿子当媒人？我年年去交租，见过他家少爷。论长相，小头尖脑，脚丫子大得出奇，脸上的麻子铜钱大，脑袋好像霜打的瓜。因长得没个人样儿，谁也看不上，一直没娶上媳妇。你作为地方官，应保护百姓才对呀，怎能把好姑娘送进火坑呢？’地方老爷听后，火冒三丈，举起手来啪啪啪给了王大伯三个满脸花，随即扔到地上十两纹银，吼道：‘给我听好喽，说啥全没用，明天就来娶亲！’然后转身哐当一声踢开门，一甩袖子扬长而去。父母当即吓蒙了，没有了主意，放声儿哭了起来。我心想：‘咳，全是因为自己才连累了二老，使他们连苦日子都过不安生。不如死了算了，倒也清静，一了百了。’一狠心，猛然拿起剪刀刺向喉咙。手疾眼快的王大伯嗖地蹿过来，一把夺去剪刀，再看咽喉处，已刺破了外皮。”讲到这儿，解开衣领，指着颏下说：“你们看，至今斑痕还在。”

姑娘们瞅了瞅，果然有一块儿红斑，清晰可见，一个个唏嘘不已。月兰急不可待地想听下文，催问道：“伯母，那后来呢？”

马夫人继续讲道：“王大伯夺下剪刀后，略一思忖，徐徐说道：‘我老头子孤身一人、无儿无女的，即使为此得罪了地方老爷也没啥，最不济一条老命顶上了。只是不忍看着你们两口子由于这桩婚姻，最后被逼无奈，将如花儿似玉的姑娘活生生给断送了。眼下又没别的招儿，咱惹不起人家，不如收拾收拾赶紧逃吧！’父母仔细一想，只能如此。穷人家有什么好收拾的？住房都是地主的，真是头顶人家房，脚踏人家地，自己无有一块儿立足之处。有点儿破烂东西和桌椅板凳全不要了，那十两纹银请王大伯还给地方老爷，父母便带着我连夜逃走了。可是四野茫茫，往哪儿去呀？阿玛说，咱们干脆去登州吧，找个老表亲，穷人靠的是力气，总能混碗饭吃。一家人到了登州，打听来打听去，终未找到老表亲，只好租间仓房住下。阿玛每天出外干零活儿，额莫为人拆拆洗洗，对付着打发日子。一晃两年，我十七岁了，出落得更漂亮了。其实呢，容貌美的姑娘没啥好的，反倒成了灾难哪！一想起这些，便替文琼担心……”

文芳忍不住插嘴道：“伯母放心吧，没人敢抢她，你老不是杞人忧天嘛！”

马夫人叹了口气道：“咳，孩子，你懂个啥呀，那可说不定啊！”

文芬等不及了，说：“伯母，别胡想了，还是快讲是怎么嫁给大伯的吧！”

马夫人接着讲道：“真是天有不测风云，人有旦夕祸福哇，不久阿玛于三伏天得了伤寒症，没过七天就撒手人寰了。扔下我们娘儿俩你说咋办吧？寡母孤女的会干个啥呀，只能靠给人缝缝补补挣几个铜钱。我当时哪还顾得上什么女孩儿家不能抛头露面哪？找块儿黑布裹住头发，身穿粗布青衣裙，开始在市场帮额莫做活儿。母女相依为命，勉强支撑着这个家，日子还算过得去。没有多久，我又招来灾祸，冤家路窄，偏偏再一次碰上了当年在济南上门找水喝的那个衙役头儿，身后仍跟着一伙儿人。他一眼认出了我，奸笑道：‘哎哟，原来躲到登州了，受了不少苦吧？今天可没处跑了，要是识相就跟我走！倘若牙缝儿里迸出个不字儿来，可别怪蔺某人不客气，必要你们母女的命！’额莫不知哪里来的胆气，忽地站起身形，手握剪刀欲拼命。我也豁出去了，大不了一死，回身拿起旁边货摊儿上的一把大砍刀，怒目瞪着他们。衙役头儿见此，命道：‘给我抢！’那伙儿人全上来了。我拼力挣脱，左砍一下右刺一下，伤了好几个狗奴才。终因力不能敌，还是被摁倒了，五花大绑地捆上了。人们纷纷围了过来，额莫高声儿求救道：‘救命啊，青天白日抢人哪！求求好心人，救救我们母女吧！’话音未落，眼见从人群中跳出一个壮小伙儿，一顿拳打脚踢，把恶奴们驱散了。回身一把抓住那个衙役头儿，喝道：‘好大的胆子，竟敢明目张胆地抢人，真是无法无天了！’吓得衙役头儿扑通一声跪在地上，磕头如捣蒜：‘爷呀，放了我吧，再不敢了！’壮小伙儿将他从地上薅起来，啪啪啪连抽了好儿记耳光，打得衙役头儿满嘴淌血，一个劲儿地求饶。壮小伙儿说：‘滚吧！先饶了你，以后再为非作歹，可别让老子碰到！’”

月兰听到此，眼睛都直了，忙问道：“伯母，仗义救人的小伙子是谁呀？”

马夫人说：“这丫头，急啥呀？听伯母慢慢讲嘛。赶跑恶奴后，小伙子从衣袋里掏出五两银子，让我们母女拿上，想法儿做个小本生意。额莫琢磨着跟人家素不相识的，怕上当，没敢接。他拍拍胸脯发誓道：‘我要是有歹意，死在刀剑下，老天不容！’说罢将纹银丢在地上，转身走了，连姓名都没留。额莫捡起银子，买了一盘小磨，一个摊煎饼锅，开起了煎饼铺。每天早早起来，我摊，额莫卖，用了一年的时间，积攒了十多两银子。娘儿俩始终忘不了救命恩人，想当面道谢，可登州好大呀，到哪儿去寻哪？偏也凑巧，有一天晌午，额莫去市场卖煎饼，正好看到那个恩人了。立马上前一把拉住他不放手，非请到家里认认门儿不可，恩人便跟着回来了。穷人家没啥好吃的，有的是大碗茶，他不嫌弃，咕嘟咕嘟连喝了两碗。额莫从被子底下拿出五两纹银，递给他说：‘多亏恩人相救，才有我们母女今天，真不知怎样感谢才好。银子请恩人收下，物归原主，已经很是感激不尽了。’他摆摆手道：‘那怎么行？本是送给你们的，压根儿没想要。’问他姓名，只是摇摇头，然后告辞走了。邻家李老伯刚巧在院子里，看见他从我家出去了，遂问额莫：‘你咋认识的马公子？’额莫便将小伙子在街上如何救我们母女的事儿讲了一遍，并说至今还不知恩人的名姓呢！李老伯说：‘他是登州府马总兵的大少爷，叫马天飞，有本事，好打抱不平。那天你们娘儿俩幸亏遇上了他，否则的话，说不上咋样儿了呢！’我和额莫方知道恩人的来历。可人家是总兵的少爷，想报恩，又怕自己身份轻，进不了总兵府的门儿，此事只好一直搁着。第二年，马天飞考上了武举人，家里需摆宴、贺喜，仆人不够用。他便来到我家，说是雇母女二人去，替下侍候他母亲的仆人去帮厨，由我和额莫照顾老人家。每月给二两白银，不会用太久，只雇两个月。额莫当然没说的，满口应承。第二天一早，额莫带着我去了马府，拜过了老夫人。老人家非常慈祥，拉着我的手嘘寒问暖的，并告知都应做些什么。我们娘儿俩为了报恩，恰巧又有个机会，自然是尽心尽力地侍候老夫人。两个月后，喜事办完了，老夫人对额莫说：‘真是舍不得这么好的娘儿俩离开呀！你家的境况儿子早介绍过了，说是出自寒门，吃了不少苦，身世清白。两个月里，也一直观察你们母女，勤勤恳恳，任劳任怨，安分守己。姑娘长相出众，贤惠聪敏，挺招人喜欢。如果愿意的话，从今以后，不妨留下来侍候我吧。对外可说是太太的表侄女，放心，下人不敢小瞧。姑娘没事儿时，我教她念书，你管内宅，怎么样，愿否？’额莫连连点头道：‘愿意，愿意，哪辈子修来的福啊，巴不得照顾太太。’于是，娘儿俩又住了两年。我跟老夫人学会了写字、诵诗、念《贤女传》，懂得了不少人情事理，也常同天飞见面。干的活儿除了专给老夫人熨烫衣服、保管首饰以及喜事、丧事的准备外，便是每天早晨沏一壶茶，送到后花园练武场，待三位少爷练完功喝。有天一早，老夫人因头天睡得晚，所以没有按时起床，我提前去后花园送茶。到那儿一看，仅大少爷一个人，正耍大棍呢！只见他舞得上下翻飞，令人眼花缭乱，很是好看。我索性把茶壶茶碗放在场边儿的桌子上，饶有兴致地看了起来。一会儿，他停住棍，走到我面前，问道：‘在府上住得咋样？习惯不，老爷和太太对你好吗？’我回道：‘都挺好，能有今天，全仗恩公啊！’他说：‘什么恩公不恩公的，见鬼去吧！我们虽是官宦人家，但阖家上下只有侍女二人、老仆妇三人，还有几个扫院子、喂牲口的，再就是你们母女俩。怎么样，不像当官的人家吧？’我说：‘少爷讲得没错，的确与别的当官人家不同。我随太太去过不少大官家，使婢唤奴，堂上一呼，阶下百诺。太太从没喊过我奴才，到别的官府去，总说我是远房侄女呢！’大少爷又问道：‘知道太太的用心吗？’我摇摇头。‘告诉你吧，老爷、太太要给咱俩成亲呢！’我一下愣住了，脸腾地涨红了，不好意思地说：‘大少爷，您说哪儿去了，可别骗人。一个奴才，哪能高攀得上呀？从来不敢想。’他笑了笑道：‘老爷、太太说你是小家碧玉，娶个亲手培养起来的儿媳，也好继承马家朴素的家风。等我今年入京考中了进士，就该迎娶了，现在便想让未来的儿媳管家呢！绝不骗人，蒙你是小狗，敢对天盟誓！’我当时不知是高兴还是怎的，竟伏在桌案上，滴滴答答地掉起了眼泪。他一看着急了，忙劝道：‘别哭哇！要是不愿意，我和老爷、太太说去，绝不强娶不愿嫁的姑娘。’我抬起头来问：‘谁说过不愿意了？’‘那你为啥哭呀，咋不笑呢？’瞅着他那个顽皮样儿，一下子把我给逗乐了，便直言道：‘我哭的是哪辈子积的德呀，做梦也想不到能嫁给一个大户人家的少爷，莫不是祖坟冒青烟了？可又一想，一个穷人家的孩子，嫁了个少爷，迟早要做弃妇的。’天飞马上捂住我的嘴，认真地说：‘哎，万不可胡猜乱想，我可不是那种人。你放心，本家祖上从来没有三妻四妾，咱俩一定能白头偕老，说话算数。’当年，他考中了武进士，我做了马府的总管事。腊月成了亲，夫妻二人从此几十年如一日，相敬如宾。因我年过四十没有儿子，只有一个女儿，所以曾多次劝天飞再娶一房，可他无论如何不肯。说是弟弟们有好几个小子，待咱闺女出阁了，抱过来一个就行了。到那时，我便解甲归田、欢度晚年了。”

文芳听罢，嚷开了：“哎呀，大伯对伯母太好了，怪不得一听‘杀’字儿就吓昏了呢！”

月兰说：“是呀，感情这么深，不吓昏才怪呢！”

正唠得热乎呢，忽听有人问道：“小调皮，嚷嚷什么呢？”

姑娘们回头一看，原来是伯父站在身后，月兰忙起身回道：“大伯，我们同伯母唠你俩当年成亲的事儿呢，可有意思啦！”

马天飞瞅瞅三个姑娘，说：“女扮男装也好嘛！渤海军正围困登州，一旦城破，你们得保护家眷回转故乡。不过女孩儿家总是受欺负，得多加小心，时时注意保护自己。当年你们伯母要不是我救了她，肯定落到恶棍手里，不知是个啥下场呢！”

姑娘们见伯父不但不责备，反而支持，高兴了。文芬说：“大伯，古今出现不少女英雄，唐初便有大公主破家私、练民勇，帮助其父唐高祖当了皇帝。我们姐妹练就了一身本领，不该无用武之地，也应上阵杀敌。我一心想为阿玛报仇，不能白让他们伤了，看看拓拔重生长的什么人模狗样儿。也早想好了，放箭先射死那只让人诅咒的鹰，他就没啥能耐了，然后来个走马活挟。”

马天飞笑了，说道：“勇气可嘉，不过还是挺幼稚，说出的话太天真了。要知道，你父放冷箭要射死拓拔重生的虎，却让黑鹰连接了三箭，并折成好几段儿，结果反被黑鹰抓伤了。噢，还没问呢，他的伤怎么样了？”

文芬回道：“据郎中讲，喝过汤药，再敷点儿外用药，很快会好的，无大碍。”

文芳说：“大伯，我们姐妹已商量好了，必须得去临阵，捉住敌将立功赎罪。依您看，元帅能答应吗？”

马天飞立刻摆出了长辈的架式，严肃地说：“胡闹！一个女孩儿家还想上阵？父母督促你们练武不假，那不是为了杀敌，而是为了防身。当年你伯母要是会武功，能轻易被人欺负吗？况且我家世代武胄，会武功的女子很多，皆恪守妇道，从没有跨马抡刀上阵的，你姐妹怎能破此规矩呢？我和你们父亲已吃够了武将这碗饭，后代人得改一改了，弃武从文。昨天兄弟几个险些死两次，天可怜见儿，转祸为福。登州平安之日，便是我兄弟辞官之时，老命眼下不是自己的，仍掐在别人手里。文芳、文芬，你俩回家别忘了传大伯的话：‘过哪儿河脱哪儿鞋吧’。可以告诉你们，副总兵祖尚武有胆略，有智谋，我不仅服气，还要学他。”说完，显露出一脸的黯然神伤。

姑娘们见此，不敢再吱声儿了，全闭嘴了。

马夫人冲丈夫说：“老爷，该用膳了。元帅不来叫，你吃过饭到她叔叔家走走，散散心。”

马天飞听了夫人的话，像忽然想起什么似的，忙对文芳、文芬、月兰叮嘱道：“我差点儿忘了，回去告诉你们各自的父母，在登州尚不稳定时，谁也不要到谁家，老老实实在自家呆着。倘若我兄弟遭到不幸，你们几个就重任在肩了，保护老幼还乡，记住没？”

三个姑娘答应道：“伯父，我们记下了。”

马天飞接着说道：“我兄弟三人幼年习武，得中武进士，皆为行伍出身。一向凭自己的能耐升迁，绝非靠祖荫和趋炎附势当的官，没成想却落到了这般田地。监军已将注意力放在我们家，他的狗师爷恐怕早于周围布下人了，探察动静。所以，你们仨只能等到夜晚再回去了。其实，死并没啥可怕的。‘大丈夫战死疆场，马革裹尸。’这是蜀汉赵云说的话，后世的武将十分佩服，皆把此言当成座右铭。然而，宁可为国捐躯，也不能倒在阉奴的暗害下，不值得。我看渤海元帅赫连真不是为了夺城争地，而是为了清君侧。只要能够迎回东王、梅娘娘和绿罗秀，别无所求，肯定罢兵。如果不像我说的，为什么放了登州三员大将？想来一个是攻心战，借以瓦解登州官兵，再一个便是怕妄杀无辜。阉奴要是被擒，他可没命了，非杀不可。祖尚武在渤海军重重包围之下，为啥能闯出去？依我的估计，是渤海国放了他。今日，渤海军绝不会攻城，因早知登州营起了内讧。再要是兵对兵，有被擒的还是得放，让登州战将自相残杀多好，人家何必伸手呢？慢慢地便会导致登州战将的心彻底凉了，成了一盘散沙，各奔他乡，渤海就可唾手得登州。杀了阉奴，登州的兵将、百姓都会感激渤海，人家采用的攻心战，一个狗屁监军怎能懂得？即使曾天豹想到了这点，阉奴在中间作梗，别看是元帅，照样没有办法。为什么呢？那阉奴乃天子的家臣，信任至极，谁敢动他？正因如此，我才不准你们姐妹临阵。要知道，假如真的出战，必将是胜而不荣，败为可耻，死得无名。怎么样，听懂了吧？”

姑娘们恍然大悟，纷纷点头道：“明白了。”

马夫人说：“行了，大伯唠叨多时了，饭菜都凉了，咱们赶紧共进午餐吧。”

这一提不要紧，一个个立马觉得饿了。于是起身去了餐厅，围坐在一桌，端起碗大口大口地吃了起来。

真应了马天飞的话了，渤海军没有攻取登州城。

第二天早晨，马总兵去帅府听点，众将齐聚帅堂。曾天豹首先开口道："我昨天去看过监军了，已醒转过来，仍不能说话。要是从此成哑巴，反倒好了，能给咱们少找麻烦。渤海一天一夜没动静，是什么意思呢？请诸位各抒己见，畅所欲言。"

众将你看看我，我看看你，谁也没吱声儿。

曾天豹又道："为啥一言不发呢？兵书上讲：'知己知彼，百战不殆。'自古以来，'将在谋而不在勇，兵在精而不在多。'渤海兵精将勇，自然硬拼不可取，那得损耗多少兵力呀？我意是智取，请诸位拿出良策。"

众将这才打开话匣子，七嘴八舌地说开了。有的提出火攻，有的坚持斗阵，有的主张水淹，有的认为干脆乘其不备、马踏连营……众说纷纭，莫衷一是。

曾天豹见大家议论得挺热烈，惟马家兄弟低头不语，遂说道："天飞将军乃武进士，久临战阵，经验丰富，本帅很想听听总兵有何高见。"

马天飞回道："禀元帅，一个败阵被擒之将，从昨天到现在只顾闭门思过，苦无良谋。"

曾天豹又冲马天虎、马天熊问道："你们二位呢？"

二人异口同声地回道："禀元帅，末将无有良策，准备束身戴罪或立功赎罪。"

曾天豹安慰道："三位将军，不要寒心，不可气馁，不能因小失大。我虽比你们早登科甲，但论起来仍是在同年。今日渤海兵临城下，将至壕边。弃城失地，万万不可，那是当武将的莫大耻辱。应以国家安危为念，至于阉奴的所言所行，何必计较？"

马天飞想了想，说道："元帅，城失不了，恐失人心。暂时可固守城池，保存实力，待监军的病好了，再做定夺。急则易败，损兵折将，不可行之。若出阵对敌，被擒去的兵将照样得放回来，因渤海采用的乃三国时马谡向诸葛亮提出的'攻城为下，攻心为上'之策略。我们按兵不动，抵制其攻心战，则必兵取洛阳。渤海出兵的目的很明显，是为了救出长史李炫全家和被囚禁的留学生及使节，这才着急进军的。登州易守不易攻，我们恰恰可利用攻心战，分散他的兵力，耗费他的粮草。待获得优势后再战，击其薄弱。"

曾天豹赞同道："将军所言极是，你我所见略同。咱们仍然免战牌高挂，拖延时间，以观动静。"在场的众将亦纷纷表示此计甚好。

于是，便出现了登州军不出城讨战、渤海兵不攻取城池的对峙局面，一直相持了半个月。

监军赵喜由于受惊吓而得的病渐渐好了，这日，来到登州元帅府大堂。一进屋，便见众将分排站立，一眼看到了列于左边的马家兄弟和张似飞。遂扭过脸来问曾天豹："元帅，马天飞他们仨从敌营回来，我说'问斩'，怎么没执行啊，是什么原因哪？"

曾天豹反问道："监军大人，事情没弄清楚，为啥随便杀人？"

"咋样才算弄清啊？"

"必须首先查明是否投敌，果真如此，必斩无疑。倘若他们在渤海大营未曾泄露我军机密，没有提供攻城方案，何罪之有？不能妄杀无辜。"

赵喜母狗眼一翻道："你是说我监军要妄杀无辜了？"

"监军大人，请不要这样讲。两军交战，只要不犯十七条五十四斩，便不能砍掉元帅的得力臂膀，那不恰好中了对方的离间计了吗？"

赵喜大嘴一撇、老鼠脑袋一晃、癞蛤蟆腿儿一蹬道："就算元帅说的对，我再问你，自从本监军有病，渤海攻城没有哇？"

曾天豹面带怒气回道："僵持半月，并未攻城。"

"啊，我方出战没有？帅堂后来又闹刺客了吗？"赵喜边问边一个劲儿地咧嘴，活像神话里刘海他妈的×？。

"我们既没动兵，帅堂也没再闹刺客，监军有啥主意，快拿出来吧。"很显然，曾天豹有些不耐烦。

"哎哟，可真怪了。没闹刺客，又不出战，过安稳日子呢，还是坐着等死呀？"监军一口的女人腔儿，尽显阉奴的原形。

你道赵喜为啥说话总是尖声尖气、嗲声嗲气的吗？因他是太监，入宫时，需施行阉割术，即齐根儿割除生殖器，早已不像个男人了。再加上天天与宫娥、彩女往来，日久天长，便学会了女人腔儿。

曾天豹听了赵喜不无讥讽地发问，忍了又忍，说道："有什么奇怪的？不出兵的缘由是准备等监军的病好了，共同坐下来，仔细商量商量下一步究竟该如何办。之所以再没有刺客闯帅堂，是因为刺客已知我方严加防范，他们那脑袋白给呀？精着呢！当然不会贸然来行刺。"

"哦，原来是这样。谁是'祖上'啊？命他来，本监军想见识见识。"

曾天豹没好气儿地说："本帅手下无此人，登州战将中，没有叫

‘祖上’的。”

“哎？不对吧，去监军府报信儿的那个人是谁呀？”

“那是副总兵祖尚武，已挂印弃官走了。行刺监军的红衣姑娘，估计是他的亲人，否则作为副总兵不会匆匆忙忙逃之夭夭。”曾天豹一气之下把话全端出来了，心想，看你个阉奴还说啥。

就在此时，忽听咕咚、咕咚、咕咚，城外号炮连声。一蓝旗慌忙奔进帅堂，呼哧带喘地报道：“禀元帅，渤海军来攻城了，口口声声要捉拿监军和元帅！”

“退下吧。”蓝旗反身出去了。

曾天豹心想：“何不趁此机会，打掉狗阉奴的嚣张气焰？”遂冲赵喜问道：“监军都听到了，渤海来攻城，我方该如何部署哇？”

“我……我不是主帅，还是元帅想对敌之计吧。”

“话不能这么说，别忘了，大人可是监军哪！耳听为虚，眼见为实，请到城楼上看看敌情吧，大家好齐心协力地破阵。”然后向众将官命道：“诸位，与本帅陪同监军大人去西门城楼观战。监军的病刚好，不能乘马，看轿伺候。”

赵喜刚想说“我不去”，“我”字儿还没来得及出口呢，便被曾天豹扯着手踉踉跄跄地拽到帅门外，推入轿内，抬起便走。

一行人来到了西门城楼上，曾天豹命侍从搬来椅子，请监军坐下。自己坐在赵喜右侧，众将一列排开。放眼望去，只见城外人欢马叫，旌旗招展，刀枪如林，箭戟如麻。距城门不远之处，并列着大炮，一门挨一门，旁边堆着火药包儿、铁丸包儿、引火绳儿，九人一伍，只等令下开炮。

此刻的赵喜觉得眼睛不够使了，东瞅瞅，西瞧瞧，越看越惊骇，浑身哆嗦成了一个团儿，干脆闭上眼不敢睁了。

曾天豹也大吃一惊，担心如果有几百门铁炮轰城，登州必燃大火，顷刻间将化为灰烬。遂侧过头来问众将：“渤海怎么有如此多的铁炮？”

其中一位黑脸战将回道：“末将早听说渤海的铁炮厉害，是左平章讨吐蕃时，在嘉峪关造的，七昼夜平了吐蕃。当年红罗女于落红峰遇难，曾用过铁炮。不仅轰倒了落红峰，契丹兵也一个没跑了，全部被歼。一头骆驼驮一门炮、二百斤火药、二百斤铁丸，而且炮分好几种。有什么开花炮，专冲城里打，房屋一倒一片。还有飞花炮等，打成堆成群的人最有效。渤海为了造铁炮，特设了一个造炮联营，年年改进技法，据说威力更大了。”

曾天豹听罢，点头道：“如此说来，理应给以足够的重视。大敌当前，本帅和监军同受皇命，将誓守登州，与城池共存亡。这样吧，监军守南门、东门，本帅守西门、北门。谁要失了城门，当必自刎，上报皇恩，下安黎民。”

赵喜早吓得屎尿齐流了，又听元帅让他守城，愈加瑟瑟发抖、浑身冒冷汗。睁开眼睛一看，见渤海营中拥出一队兵马，高挑着的“帅”字旗迎风飘荡，旗下是一位顶盔贯甲、手持令牌令箭的女元帅，身旁有四名小将护驾。骑虎的，肩立黑鹰；骑熊的，背蹲小猴儿；骑狮子的，带着老鸩；骑豹的，手牵嚎天犬。后面的战将，有骑“四不像”的，有骑似像骆驼又叫不出啥名儿的。骑马的个个银盔亮甲，威风凛凛，杀气腾腾，离城门只一箭之远排开了阵势。

队伍中一员魁伟剽悍的大将高声儿喊道：“城楼上是登州府曾元帅吗？渤海国元帅与你对话！”

曾天豹搭了腔儿：“本帅在此，请你国元帅前来！”

赫连真一催战骑来到城楼下，冲城上一指道：“曾天豹，看见了吧？渤海大军压境，无处逃遁。赶紧自己上绑，还要捆上那个狗阉奴赵喜，亲到城外跪在本帅马前！如照此做，可饶你二人不死，登州百姓也免受其难。牙缝儿里迸出个‘不’字儿来，本帅一声令下，全城顿时变成焦土。玄宗皇帝真是昏庸，竟让一个只会给皇后、妃子端屎端尿、倒肮脏臭粪、挨过刀阉的龟孙当了监军，堂而皇之地统率千军万马，他也配？看来登州真是没人了。我国出兵，首先替天行道，扫灭这般狗屁不如的豺狼！听人说曾元帅当年名登金榜，而今却甘心庇荫于狗阉奴之下，岂不可耻、可笑？你俩若识时务，就省点事儿自缚了吧！本帅之所以暂时没发炮，是不想让无辜的百姓遭涂炭，不忍目睹妻离子散、家破人亡的惨状。还可以告诉你，渤海国优待降将。你们的副总兵祖尚武出城被擒后，我国不仅放了他，还赠送了五百两纹银，并派兵护送百里之外，已安全返乡了。何去何从，自己选择！”

赫连真的话音刚落，渤海营中三军齐声儿呼喊：“登州府的战将、军兵们，不要为阉奴卖命啦，捉拿怪物有功啊！”

“快把赵喜交出来，救黎民于水火，免受炮轰之苦！”

喊声连天，响彻云霄，震动十里，此起彼伏。

大约过了半个时辰，只见女帅赫连真将手中的令旗高高举起，喊声立刻停止了。她手指曾天豹大声儿说道："曾元帅，容你考虑三天，之后放炮攻城，本帅回马了！"说罢一催坐骑，率领身边护驾的将领嗒嗒嗒飞马而去。

曾天豹收回目光，冲早已魂不附体的赵喜说道："监军，没事儿了，渤海元帅走了。临走前，告知三天内不攻城，你看我们应如何应对？"

赵喜这才长出一口气道："哎哟哟，可吓死我了。还商量啥呀？赶紧给皇上写奏章，派人送往长安搬兵吧！"

"此差事，惟监军承担最合适。"

"我去不是白白送死吗？"

"正是。你怕丢命，别人不怕吗？监军要不敢，本帅单枪匹马闯城，回京请救兵。如若冲不出去，宁愿战死疆场，落个为国捐躯，也不留下骂名。总不能坐等登州百姓起来造反，将我捆绑送交渤海大营吧？常言道：'人心齐，泰山移。'到了那个时候，可就晚三秋了，由不得咱们了。"

"这……怎么办？我作为监军，让敌帅当面儿骂个狗血喷头，倒也无妨。元帅乃军中主将，岂能离开城池？丢下我一个人怎么得了，群龙无首不行啊！"

曾天豹厉声儿说道："就这么定了，此乃万不得已，给本帅牵马来，闯出城去！"

赵喜见曾天豹决心已下，咋劝都不听，没招儿了，立马摆出一副奴颜婢膝的样子，羊羔儿吃奶般跪下了，连连哀求道："曾元帅，哎呀，元帅爷爷，你可千万不能离阵哪！"急得眼泪快要流出来了。

众战将心中明镜似的，知道元帅是要狠狠治治狗阉奴，起先都没吱声儿。现在见他跪下了，便推了推马天飞、马天虎和张似飞，意思是你们三个还不快给赵喜送个假人情，岂不正是时候？骗蒙了狗奴才，让他找不着北，大伙儿也跟着痛快痛快。

三人一齐来到曾天豹面前，单腿跪地道："末将有话禀元帅！"

"什么事儿？讲来。"

马天飞禀道："监军说得没错，元帅是奉皇帝之命镇守登州，肩上的担子很重啊！人无头不走，鸟无头不飞，您怎能去闯渤海营呢？恳请元帅深思。"

马天虎接着言道："元帅的威望甚高，百姓归心，众将皆服，并心甘情愿地从帅奋勇杀敌。登州乃重镇，一刻不能没有主帅呀！"

张似飞继续说道：“末将以为，元帅闯营回长安是自去送死，不值得！绝不要轻举妄动，动则必乱，另想退敌之策为上。”

曾天豹见有台阶可下，便就高下驴，答应道：“那好吧。监军大人，请起来，咱们回帅堂议事。”

赵喜这会儿来了心眼儿了，开始要起赖来：“哎呀，元帅爷爷，我去不了了，又犯病了。你大人大量，能者多劳，还是一人兼两份儿差事吧！”

“那怎么行？皇上要是知道了，得认为我是独揽兵权，可犯杀头的死罪呀！绝对不行。”

“我……我写份儿因病不能理事、请元帅代行职权的书柬，把监军印交给元帅爷爷，然后签字画押，由众将作证总行了吧？”

战将们见监军此刻完全显现出一副哈巴狗乞求怜悯的丑态，让人感到恶心，可气又好笑。有的实在忍不住了，背过身去，偷偷捂着嘴乐；有的不敢笑出声儿来，脸憋得通红；有的则皱着眉头干咳，以掩饰内心的厌恶之情。马天飞一使眼色，大家假惺惺地纷纷替赵喜求情道：“元帅，答应了吧，监军的病的确没好利索呢！”

曾天豹头摇得像拨浪鼓儿，连连说：“本帅不敢，不敢。”

其中一个红脸战将出主意道：“元帅，不如这样。让监军回府去写，我们在城楼候着，元帅深思之后再做定夺。”

曾天豹见要得阉奴够份儿了，方点头说：“也好。”回头命道：“来人！把监军送回府去，小心着点儿，轻抬轻放。”

抬轿人应声儿顺过轿来，赵喜抱着脑袋刚一迈步，哎呀，可不好了，屎尿哗啦啦流了一地。此刻的监军啥也顾不上了，赶忙进了轿，如同丧家之犬回窝去了。

众战将看轿走远了，才放声大笑起来。曾天豹说：“阉奴是个没有一点儿人性的东西，让他早些滚开好，咱们抓紧时间，商量一下退敌之策。”

其实，究竟怎么做才能保住登州，大家已经思虑半天了，所以都争先恐后地献计献策。

有的说：“按马天飞总兵的策略行事较为妥当，又可随机应变。渤海的铁炮要攻城，我们便深沟高垒，挖城壕，避其锋锐，现有的粮草足够用一年。”

有的说：“城中的妇孺和老人，可分散出城一部分，渤海军绝不会杀百姓的。将身强力壮的留下，编为民勇，派武官教练，帮助守城。与此同时，组织一些人挖地窖，作为敌方发炮时的安身之所。”

也有的说：“眼下最重要的是粮食。为保证正常供应，应搜查囤粮商户，派兵严加把守，监督售粮价格。以免奸商哄抬物价，逼反穷苦百姓，造成生活秩序不安定。再将秀才、举人招集到一起，让他们做专门辟谣的执笔先生。这样做有两个好处：一是有了谣言能及时揭穿，二是有利于抵制渤海的攻心战术。”

还有的说：“登州府有十几万民众，应当想法儿全部动员起来。不管是男、是女、是老、是少，也无论是和尚、老道、姑子，让他们都为守登州出把力。大家万众一心，劲儿往一处使，完全可以抵挡住渤海号称的所向无敌之雄兵。”

曾天豹听完战将们的建议，高兴了，紧绷的脸露出了笑容，不住地点头说：“好，太好了！常言道：‘三个臭皮匠，顶个诸葛亮。’咱们这些人有的是科甲出身，有的是行伍出身，看来个个头脑不简单哪，今天可是好钢用在刀刃上了。回头把诸位的好点子集中到一块儿，拿出一个最佳方案，我就不信登州保不住！”

正在此当口儿上，一个蓝旗从城下噔噔噔跑了上来，报道：“禀元帅，不好了，登州有人闹事了！一千多人手持兵刃，呼喊着造反啦，造反啦！向帅府大街奔去。”曾天豹当即惊得目瞪口呆，众战将也是一愣一愣的，茫然不知所措。

欲知缘何造反，且听下回分解。

坐在西门城楼上的曾天豹听说城内有一伙儿人起来造反了，不由得倒吸了一口凉气，心里咯噔一下。估计或许是渤海国的攻心战占了上风，或许是一些人蛊惑民众，趁火打劫，有意干扰破坏军民联合固守登州的大局。该如何办好呢？是施以武力镇压，还是利用他们，一时犹豫不决。

总兵马天飞见元帅沉思不语，知道是在琢磨应对之策，便说："元帅，依末将看，这不是坏事儿，而是好事儿。请想啊，在渤海围城的节骨眼儿上，真正爱国的百姓不可能起来造反，登州是他们的家呀，哪有甘愿拱手交出城池的？估计造反的人中，一部分是听到了渤海军的喊话，心怀鬼胎，真想投降，并借机制造混乱，能混水摸鱼更好。大多数是不明真相，跟着领头儿的随波逐流而来。前者不懂什么国家安危、顾全大局以及做人的尊严，是属于那种谁当王就给谁纳贡的下三烂或奴颜婢膝的势利小人。对他们要像剃头一样，齐根儿刮去，否则必生祸端，后患无穷。后者完全不用理会，不明真相只是暂时的。元帅，末将以为，在当前的形势下，应到造反的人群中去，以言抚之，晓之以理，动之以情，争取百姓。只有掌握群情，才能适时、果断的加以处置，乱可平，事可解。"

曾天豹听了这番话，思忖片刻，认为总兵言之有理。遂命道："诸位，立即出发，与本帅看个究竟。"

众战将随元帅下了城楼，扳鞍认镫，各催征骑，嗒嗒嗒一阵马蹄踏踏，来到了帅府大街。映现在眼前的是人挨人、人挤人、人靠人，人头攒动，将大街拥塞得水泄不通。看热闹的见一队人马来了，赶忙让开一条道儿。曾天豹骑在马上，四十多位顶盔贯甲、手持兵刃的战将跳下马来，冲到人群前面，挡住了去路。那些所谓造反的人一看，害怕了，当即便有一大半儿溜走了。

曾天豹大声儿问道："你们想干什么？谁是领头儿的，到马前回话！"

话音刚落，从人群中并排走出五个人来。

第一个膀大腰粗，头戴瓜皮帽，身穿青衣裤，脚登大草鞋。满脸横肉，疙疙瘩瘩凸凹不平，一对儿狼眼闪凶光；

第二个黄脸膛儿，宽鼻子，薄片儿嘴，眼白大，眼黑小，眼犄角儿挂着黄澄澄的眼屎，一身儿破衣烂衫；

第三个瘦小干枯，青筋暴突，尖嘴猴腮，面色灰暗，哈欠连连，似乎一阵风儿便能将他吹倒，活脱儿一个大烟鬼；

第四个又矮又胖，大脸盘子，两颊的肉堆了下来，看不见脖子，挺着圆鼓鼓的大肚子，跟肥猪没啥两样儿；

第五个高个子，长脖子，煞白的脸长得像香蕉，两头儿撅，尖下巴上长着一绺儿长短不齐的黑胡子，典型的奸佞小人相。

曾天豹眉头紧皱，心想："这几个家伙其貌不扬，诡形阴鸷，定非善类。"遂问道："你们是首领？煽动一些人造反，为什么？"

戴瓜皮帽的说："曾天豹，不认识我了？本人姓幺名作怪，家住东门墙外。曾随元帅征过突厥，严冬下，冻伤了腿。靠元帅恩典，每年领四两银子糊口，勉强活命。渤海军喊话你听到了吧？捆绑监军送渤海有功，副总兵祖尚武被擒后放了，还给五百两白银返乡。咱何必为一个狗屁赵喜被围困？应立即把他交出去得赏，投降不杀，人家优待俘虏。这几位兄弟苦日子过够了，都是人，干吗总受别人的窝囊气？我们联合了捡破烂的、蹲庙台的、卧阴沟板的、讨饭的、卖下水的一帮穷哥们儿，准备杀赃官，投渤海。常言道：'有奶便是娘'，'树挪死，人挪活'，哪块儿日子好过就应往哪儿去，不用我多说。"讲此话时，脸上现出不屑的神情。

曾天豹冲人群问道："本帅是不是赃官？"

百姓齐声儿回答："老帅是青天！"

五个家伙吓得开始筛糠了。

曾天豹说："什么'有奶便是娘'？国都不要了，何谈做人，懂不懂'可耻'二字？想借此威胁官府、投敌求荣啊，做梦！来人，把这般狗东西给我抓起来！"

众将官呼啦一下散开，手举兵刃，将造反的人围在中间。这下可全吓傻了，纷纷跪地哀求道："军爷饶命啊，饶命！"

"军爷呀，不是我们要来的。幺作怪说绑了监军送渤海，人家答应赏地呢！"

"军爷，我们哪知咋回事儿呀？幺作怪他们几个说，投了渤海肯定能享福，才跟来的。”

曾天豹一声令下：“为首的立斩！”

身披大红刑衣的刀斧手走上前来，将幺作怪等五人摁倒在地，手起刀落，咔嚓嚓，人头滚地。

曾天豹向跪地的那些人说：“念大家是盲目随从而来，不予追究，不过本帅可以成全你们。”然后回过头来喊道：“马天虎！”

“末将在！”

“你率领弓箭手，带着那些人连同家眷送出西门，让他们投降去吧！要多方注意，当心渤海乘机攻城。”

“遵命！”

当马天虎把愿投渤海国的二百多人送出西门后，赫连真元帅立即唤来参赞公冶子，让他妥善安置之。

公冶子得令，走上前一看，个个歪戴帽子斜瞪眼、腰里夹着四块板儿、吊儿郎当的，一个像样儿的没有。立马回转身来，禀道：“元帅，那些人是登州清洗出来的嘎杂子、懒汉、混混儿、害群之马，不可收容，让他们各奔他乡吧。”

“好，逐出二百里外！”

这些一心以为天上能掉馅饼的人，哪成想投了渤海国却不予收留，美梦彻底破灭了，登州又回不去了。气得有的跺着脚骂不绝口，有的呼天抢地，有的哭爹喊娘，有的干脆躺在地上耍起赖来。然而，一切都无济于事了，最后只能在官兵的押解下，乖乖走出二百里之外，来到一片密林如鸟兽散。

话说登州帅府大街刚刚平静下来，忽地又冒出一大群人来，个个手持兵刃，一青年高举着红旗，上书：“杀监军，誓保登州安宁；捉府丞，黎民免遭殃。”大大的白字，鲜明清晰。

曾天豹见此，再一次令众将横马阻拦，堵住了来人的去路。心想：“今天可怪了，走了一伙儿来了一帮儿，还没完了呢！”遂问道：“你们要干什么？”

人群中走出六七个彪形大汉，其中一个领头儿的拱手道：“军爷，我们要见曾元帅，不知您……”

“本人正是。怎么，想造反吗？”

“回禀元帅，大敌当前，军民应一致对外，缘何造反？”

“既然不是，为什么聚伙儿成群、各持家巴什儿呀?”

领头儿的用手一指红旗道：“元帅看到了吧？我们代表民众请愿来了。城中的百姓希望元帅答应大家的请求，一不要粮饷，二不要兵刃，全部自筹，誓死杀敌，保卫登州!”

曾天豹高兴地说：“谢谢你们，豪举可赞，气节可嘉！但本官有些为难之处。监军是皇帝的家臣，奉有圣谕，元帅无权撤他的职，更不要说处死了。倘若杀了监军，登州城守得再好，仍吃罪不起呀！府丞也是皇上钦封的，本官掌重权不假，岂能无缘无故斩朝廷命官?”

“禀元帅，百姓平日真是有理无处诉、有冤无处申哪，受尽了府丞之害，已到了呼天天不应、呼地地不语的地步。一肚子苦水只有向元帅倒了，请为黎民做主，行天道。登州人人皆知，蔺不开原是济南的破落户，凭着不安分的妹妹有几分姿色，拱手送给安禄山做玩物。其妹极力施展耍乖卖俏之能事，不久摇身一变，成了安禄山的小老婆。她风骚过人，以娇语淫声压倒众妾，十分得宠。于是不停地吹枕头风，给本家哥哥弄了个济南府钱粮总管之职，又调至登州任府丞。从此，鱼找鱼、虾找虾，勾结监军府的监军赵喜、师爷阙孟德同恶相济。手下的衙役更是如狼似虎，横行霸道，好事一件不做，坏事干尽。登州的百姓给他们作歌曰：‘府丞衙役门前过，务要让个座儿；虽然不是值钱宝儿，也是冷热货。若见家雀扑打了房檐子，老母猪拱了菜园子，轻的讹走几串儿铜钱，重的敲断四肢筋骨，不是躺半年，就是终生残。’想必曾元帅有耳闻吧?”

曾天豹心想：“是呀，早就听说了，又能怎样？文武各有统属，各司其责，不便过问。而今是黎民受尽欺凌，忍无可忍，才来告血泪状的，焉能置之不理？再说了，瓜熟蒂落，已到不杀不足以平民愤的地步了。”想到这儿，便问道：“你们为啥不到知府那儿去告他?”

“元帅，您或许有所不知，颜真卿知府是位好官，无奈蔺不开根子硬啊！知府曾因参奏府丞，罗列罪状，险些丢了官。那位监军听说以后，气不打一处来，带着他的狗师爷到了知府大堂。一进门儿，点着知府的鼻子又喊又骂，大发雷霆，好一顿跳老虎神！直到知府赔了情、道了过儿，才算罢休，一拂袖子走了。气得知府忧郁烦闷，身染重病，觉得没法儿继续干下去了。只好上了奏折，请求辞官还乡，眼下皇上还没御批回来呢!”

曾天豹说：“既然是这样，那好，本帅可以把师爷阙孟德、府丞蔺不开交给你们处置。不过不许搅扰监军府，必须保证监军的安全，大家能答应吗？”

众人回道：“我们答应！”

曾天豹接着说：“大战在际，军队有军队的使命，百姓有百姓的责任。军民应携起手来，齐心努力，共同对敌。本帅对大家主动前来请战、誓死保卫登州的豪举十分钦佩，谢谢你们！眼下有个重要的差事交给几位头领，需发动百姓，在短时间内完成。那就是设立民防局，所司之责是：一，清除奸细，保卫安宁；二，查清大小粮仓存粮数额，管制奸商，防止囤积居奇，保障黎民的生活所需；三，聚拢文人做好宣抚，及时辟谣，分散惰民；四，召集身怀武技之人，编成守卫队，入则守城，出则杀敌；五，组成妇女援军会，确保后勤诸事的畅达。怎么样，能做到吗？”

头领们齐呼：“能！”并向前一步抱拳道：“愿为元帅效力，誓保登州！倘渝此言，天地为证，死于刀枪之下！”然后跪地向天盟誓。

曾天豹鼓励道：“好，各位是大唐的忠实臣民，关键时刻到了，就看你们的了！”然后回过头来冲马天飞吩咐道：“马总兵，你代行副元帅之职，务将这一摊子事儿办妥。百姓是我们的后备军哪，潜力很大，千万不可小觑。”

“谨遵帅命！但末将一人恐难以胜任，最好能与知府联合行动，军、政、民三位一体，诸事才会得以顺利进行，事半功倍。”

“此建议很好。你去元帅府找李师爷传我的话，以本帅的名义，函告知府协同办理。”

“遵命！”马天飞转身去了。

曾天豹又对来请愿的几个领头儿命令道：“马上挑选十名精明强干的后生，带至元帅府，随本帅指定的战将一起去捉拿府丞，不得罪及妻孥。还要派人去监军府，想法儿把阙孟德诓出来，不可惊扰监军。将二人抓到后，杀剐任凭你们，这回满意了吧？”

领头儿的脸上绽出了微笑，抱拳道：“谢元帅信任！”随即向众人一挥手说：“走哇，按照青天大人的吩咐，干咱们的事儿去！”大家一阵欢腾，相跟着呼呼啦啦地撤走了。

曾天豹望着远去的人群，自言自语道：“人心不可侮哇！为官的只有替百姓着想，才能受到真心实意的拥护，国家亦可安宁啊！”马上拿出一支令箭，命道：“伍魁！”

“末将在！”

“带上本帅的令箭，率十名后生前往蔺府，捉拿府丞蔺不开，不得有误！”

“遵命！”伍魁接过令箭迅疾离去。

曾天豹将一切部署完毕，率领众将返回帅堂，坐下来具体商议了守城所涉及的各项事宜。一个时辰后，战将们各自回府安歇。

再表监军赵喜坐着轿子从西门城楼回到府中，连惊带吓的，早已魂飞魄散、上牙磕下牙、话也说不出来了。阙孟德见此，赶忙招呼人准备热水，给他换了衣裳洗了澡，这才问道：“监军大人，战事如何呀？”

赵喜仍止不住哆嗦，回道：“不……不……不得了啦，渤海盯着我不放啊，咱俩赶紧逃……逃命吧！”接着便把眼见的、耳听的、自己对元帅咋说的、为啥要交出监军印以及怎么回来的，一五一十地告诉了师爷。

阙孟德听罢，无奈地晃了晃脑袋，劝阻道：“大人哪，您想没想过，交出了大印，还算什么监军？那可一点儿权没有了，说啥全不灵了，千万不能交哇！”

“咳，人逢乱世，命都保不住，要权有啥用？留得青山在，不怕没柴烧，咱得往远处看。快拿笔墨来，替我书封信柬。”

阙孟德见赵喜根本不听劝，没别的招儿哇，只好从命，提起笔来问道：“大人，如何拟呀？”

“你就这样写：‘我因病不能理事，请元帅代行监军职权。此乃本人自愿，并非强迫，众将为证。’”

阙孟德按监军所言写好后，赵喜画了押，唤来小太监，将字柬连同监军大印一并交给他，吩咐送至元帅府。

小太监一溜风地到了元帅府，把两样东西呈上。曾天豹接过看了看，提笔书就了收函，由小太监带回。

小太监离开元帅府，没敢耽搁，径直回监军府。刚到府门，便见有个手持禀帖的衙役引领一乘小轿于门前落定，然后走上前对门军说：“我奉府丞大人之命，请师爷过府，有秘事相商，禀帖在此。”边说边递了过去。

门军接在手中，反身欲进去传报，小太监忙说：“把禀帖交我吧，正好要去书房回话。”门军顺手给了他。

小太监进得书房，向阚孟德禀道："师爷，府丞大人派衙役送来禀帖，请您过府叙话。现于府门外候着，望师爷穿戴好快去。"

阚孟德接过禀帖打开一看，上写："孟德兄，有机密事面告。烦大驾过府一叙，已备好小轿，请屈尊而行。蔺，手书即日。"看罢心想："既然不开老弟有秘事相告，一定很急，耽误不得。"于是，衣服都不换了，快步走出书房。

阚孟德来到大门口儿，往外一瞧，果然有一乘小轿。衙役单腿儿跪地道："小的乃府丞大人亲随，奉大老爷之命恭请师爷，请上轿。"

阚孟德看了一眼衙役，觉得面生，遂问道："府丞大人的亲随我全认识呀，怎么没见过你呢？"

衙役不慌不忙地回道："啊，小的新来乍到，师爷当然面生。小的是府丞大老爷当家的爷爷，经孙儿引见，才当上了亲随。"

"噢，如此说来，本师爷失敬了！某与府丞是莫逆之交，也该叫你一声爷爷。"

"小的不敢当，师爷，请上轿吧。"

阚孟德上了轿，衙役叮嘱轿夫起稳，轿夫边点头应着边抬起就走。大约过了半个时辰，阚孟德感到不对劲儿，心想："从监军府到蔺府的距离不太远哪，咋还没到呢？怎么觉得好像是往岔道儿走了，那是去法场的路哇！"急忙喊道："停下，快停下，走错啦！"

轿夫说："师爷，没错，就是这儿。"

阚孟德掀开轿帘儿往外一瞅，正是法场，人山人海的。气得咣地一跺脚，怒冲冲地吼道："混账！为啥把我抬到法场啊？不如狗认道儿呢！咋回事儿呀，那些人在做啥？"

"他们要杀人。"

"杀谁？"

"不知道。只知府丞大人也在，特请师爷来坐陪。"

这时，头前引路的衙役亮开了大嗓门儿："闪开，闪开，轿来了！"众人立马让出一条道儿。

轿夫抬着轿飞快地进入法场，到了地儿，没好气儿地啪嚓一声扔下轿，蹾得阚孟德一咧嘴："哎哟，混账东西，可蹾死我了。"接着大声儿训斥道："全是些没用的货！还能干点儿啥？连轿都不会抬，有这么落轿的吗？"

其中一个轿夫讥讽道："能乘上此轿是你的福气呀，别人想坐还坐不了呢！狗屁师爷，乖乖滚出来吧，死到临头了还装蒜？今天让你好好儿尝尝坐轿的滋味，以后可没机会了！”

只听人群齐声儿呐喊：“狗杂种，滚出来，滚出来！”阙孟德知道坏了，上当了，吓得顿时瘫软在轿子里。

轿夫七手八脚地将狗师爷拽出轿来，阙孟德定睛一看，木桩子上绑着个人，细瞅瞅，竟是府丞蔺不开，当即吓得真魂出了窍。过了片刻，稍微冷静下来，心想：“本人是监军府监军的师爷，小子们长几个脑袋，敢把老爷我怎么样？”壮了壮胆子，问道：“你们要干什么，想造反吗？”

那个刚刚扮成衙役的头领回道：“说得对，正是。告诉你吧，龟孙子，死期到了，今日是活在世上的最后一天啦！”

一个壮汉走过来说：“跟个杂种废什么话？赶紧结果算了！”随之举起巴掌，冲阙孟德啪啪啪左右开弓，连抽了五六个耳光。仍不解恨，又狠狠地踹了好几脚。

领头儿的忙阻止道：“别打了，得让他知道缘何被处死，先上绑！”

立刻过来几个人，将阙孟德捆在蔺不开旁边的桩橛儿上。二人你瞧瞧我，我望望你，这才不得不相信末日真的到了，无可奈何地低下了头。

领头儿的高声儿宣道：“登州的老少爷们儿、兄弟姐妹们，阙孟德和蔺不开已绑到桩橛儿上啦，耍不了威风啦！今天是大家诉冤报仇的日子，我们收集了各类冤情一千多起，字字沾满血泪，条条证据确凿。两个奸佞小人，长期以来狼狈为奸，横行不法。明为官府效力，暗里可谓山贼之首，竭尽坐地分赃之能事。他们的爪牙分散在登州各府，以衙役之名，行盗匪之实。经查，二人的罪行是：草菅人命一百五十起；霸占田产一百六十七起；强抢民女一百一十起；吞没贡品八十起；勾结桃花寨、杏林寨、野蟒川、落帆岛等处山贼、盗匪十一伙儿。绝不是诬陷他们，而是有根据的，在蔺不开府内的地窖中，搜出通匪信件二百六十封。将强抢的民女多半送往山寨，任寨主和手下恶奴糟蹋，少数留于家中当仆妇。搜出的供品有：珍珠一百五十颗，白狐皮六十八张，水獭皮一百三十张，百年人参二百株；霸占田产并私藏文契一百六十七张；草菅人命受贿书信一百二十六封；查抄黄金一万五千六百两、白银十五万两；二人合开的酒楼十座，烧锅六座，盐店五座，控有往来商船十艘。蔺不开原是济南破落户，凭借其妹是安禄山的小老婆，换来了济南府钱粮总管之职，后来又调至登州任府丞。三十多年来，以各种见不得人的手段发了大财，皆是靠讹、占、抢、霸、受贿得来的。现将财产全部没收，一一登记造册，派兵严守，作为保卫登州的经费。所犯之罪，历历在目，本应千刀万剐。考虑这样有伤天道人理，经商议，决定斩杀，不罪及妻孥。其走狗暂时免究，以观后效。阙孟德乃靠给杨国忠老婆倒便器、熏溺盆换来监军之职的赵喜的忠实奴才，所得财产和蔺不开在一处。他一向视蔺府为自家，表面上独住监军府，实际蔺不开家设的粉香楼便是阙孟德的玩娱之所，甚至连老婆都是二人共有的。如此败坏人常之徒，实乃禽兽之辈，猪狗不如。真是小人得志，鸡犬升天，只知害人利己，哪管天理良心！所列宗宗件件，罪孽深重，不杀不足以平民愤，死有余辜。刀斧手，斩！"

行刑人听令，大刀一挥，扑哧一声，红光一闪，两颗人头同时落了地，鲜血蹿出好远。

人群沸腾了，欢声雷动，高呼："解恨啦！"

"见了青天啦！"

"朝廷为百姓做主啦！"

行刑过后，民众看着蔺不开和阙孟德的尸体，琢磨该如何处置呢？

有的说："干脆抛到海里喂鳖去吧！一辈子坏事干尽，死了能让鳖吃饱，总算是做了件好事儿嘛！"

有人立马接碴儿道："不行啊，渤海军困城呢，咱去不了海边儿呀，还是挂到百尺高杆上喂老鹰吧！"

有的赞同道："好哇，好哇！连头一并挂上，送给鹰一顿丰盛的美餐，也好开开荤哪！"

大家你一言我一语地话不落地儿，兴致勃勃地出主意。

领头儿的听罢，带七八个人走上前，有扯胳膊的，有拽腿的，有提着人头的，将尸体拖到高岗处，绑在百尺杆子上竖了起来，为天上飞的食肉禽类预备了足够几天的食粮。然后冲人群大声儿说道："咱们的恨解了，仇报了，气出了，心该收回来了。眼下登州被围，大家要尽全部所能保住城池，有人的出人，有钱的出钱。经镇守登州元帅准允，成立民防局，地点选在天齐庙，乃军、政、民三位一体的为守登州统一调度的机构。总办是总兵马天飞，副总办是知府颜真卿大人，谁要有事儿可到那儿找他们。散了吧，回去各干各的差事！"人们很快离开了法场。

单说观斩的人群中，有个在监军府当差的，看到本府的师爷阙孟德和府丞蔺大人被刀斧手砍死了，吓得跌跌撞撞地跑了回来。一进府门，便与正往外走的小太监撞了个满怀。小太监顿时怒色满面，斥责道："这是谁呀？急着去死呀，没长眼睛是不是？"

当差的早已面如土色，哆哆嗦嗦地说："小……小公公，师爷……还……还有府丞，被造反的百姓给杀啦，尸体和脑袋绑在百尺高杆上示众呢！"

小太监听罢，立即跳了起来，咣地给了当差的一脚，大骂道："混账东西！活腻歪了吧，干吗咒师爷死呀？"

"哎呀，小公公，你去看看便知道了。"

"我吃饱了撑的？没那闲工夫儿，滚开！"

当差的本为了讨好儿，反倒落了个没趣儿，自认晦气。想来想去，觉得此处乃是非之地，不可久留。于是，悄悄儿卷起铺盖，带上日常所用，离开了监军府。

监军府有的门军上街回来了，也将师爷和府丞被砍的事儿向小太监说了。这回他才慌神儿了，吓得脸色发白、嘴唇发抖、全身发颤哪，急忙奔到书房，语无伦次地禀道："监军爷呀……大事不好了！阙……孟德……噢，不是，是阙德师爷被杀了！对了，还……还有府丞蔺大人也一块儿去了。"

赵喜没听明白，反问道："缺德？啥缺德呀，你慌什么？府丞上哪儿去了，到底咋回事儿？"

小太监稳了稳，回道："本府的师爷阙孟德和府丞蔺不开被斩杀了，死了一个多时辰啦！"

"啊？哟咳，谁说的？"

"当差的和门军都这么说。"

赵喜惊诧得一把拽住小太监，狼嗥般地喊道："不好了，大难临头啦！快，快点儿藏起来！"二人一头拱到床底下。

正这时，门军有事儿来报，进屋看一圈儿没人，却听到床底下有动静。掀开床围子一看，见监军和小太监趴在那儿，像打摆子似的抖成一个团儿。心中暗暗骂道："一个胆小如鼠的狗阉奴也配当监军？皇上怎么能选他呢，真是瞎了眼！"遂冲床底下喊道："监军大人，出来吧，不用害怕了，元帅派兵来保护你了。"

"哟咳，元帅爷爷可是好人哪，救了驾啦！"赵喜边说边和小太监爬了出来。

门军说："监军大人，我琢磨着元帅派来的人，咱得好好儿招待才成啊！"

"说的是呢，赶快去厨房告诉一声，每日三餐都预备酒席。对了，由你来管这事儿吧。"

"口说无凭，得有监军大人的手谕呀！"

赵喜此刻胆儿壮了，开始摆份儿了，命道："笔墨伺候！"

小太监赶忙递了过来，赵喜提起笔，蘸满墨，书就了手谕。

门军心想："狗阉奴不是个东西，平常想占他点儿便宜，可没那么容易。这个时候不乘机捞一把，还待何时？"眼珠儿一转，计上心来，说道："监军大人，依小的看，咱也得知趣儿呀，不能白白受到保护。应该给那些兵赏点儿钱，总是那么个意思，您看呢？"

"没错，你看赏多少合适？"

"来了二百多人，赏一千两不算多吧？"

"行，行！"赵喜边答应边回过头吩咐小太监取来银子交给门军。

门军接过纹银，回转门房，对元帅派来的众兵卒说："哥们儿，我方才向监军说，元帅府责令诸位来保护监军府，我们理应尽地主之谊，好生招待才是，每日三餐的酒席是必不可少的。监军答应了，并写了手谕，还赏银五百两给哥们儿买茶喝。你们看！"说着，抖了抖手中的字柬。

当兵的听说有吃喝又有银子，上哪儿找这好事儿呀，个个眉开眼笑的："哈哈，让兄弟你费心啦！"

"一家人客气啥？哥们儿放心，日后好处多着呢！才哪儿到哪儿呀！"你看门军多诡诈狡猾呀，只稍微动了动心眼儿，五百两纹银就神不知鬼不觉地落入了自己的腰包。后来有人说，此为"势去奴欺主"。

各位阿哥或许要问：曾天豹怎么忽然想起派兵保护监军赵喜呢？话得从总兵马天飞说起。

前书讲过，在没抓阙孟德和蔺不开之前，曾天豹令马天飞去元帅府找李师爷书写公函，函告知府协同行动。

马天飞按元帅之命，去了元帅府，请李师爷书就了公函。然后持书柬直奔知府衙门，到了府门前，门房通禀了知府。

卧病在床的颜真卿听说元帅派总兵马天飞来见，立刻想到了肯定有要紧的事情，便让书童扶着坐起来靠在床头儿上，令侍从去引领马总兵到内室一叙。

侍从出得门来，见了马天飞，禀道："马总兵，知府老爷卧病在床，不便前来迎接，令小的请大人去卧室。"

马天飞略一思忖，问道："卧室有内眷吗？"

"没有。夫人带着仆妇、侍女于一个月前回京了，只留一名书童伺候老爷，请吧。"

马天飞随侍从进得屋来，见知府依枕而坐，愁容满面，便抱拳道："本将军有礼了！"

颜真卿在床上以礼相还道："恕敝人偶染微恙，不能全礼，望总兵大人海涵。"

马天飞说："颜知府不要客气，请躺下说话，身子骨儿要紧。"接着开门见山地把元帅的话学说了一遍，又将公函呈上。

颜真卿展开来看过后，说道："承蒙元帅函告，这是分内应做之事，本官十分感愧。不知眼下城中情况如何，将军可否谈谈？"

马天飞便把监军为啥交印、百姓怎么造反、元帅已答应杀府丞和监军府师爷的事儿告知。并说："想来此时蔺不开和阙孟德该在法场被执行了，一块儿到阎王爷那儿报到去了。"

颜真卿听罢，忽地从床上一跃而起，激动得眼含泪花儿道："赃官终于正法，黎民得以申冤，谢天谢地！实不相瞒，本官为了参奏府丞，几乎丢官罢职。心中又气又恨，有苦无处诉，才憋闷出病来。今天真是痛快极了，觉得病体顿时大愈，让人高兴啊！你我二人马上去见元帅，兵临城下，就不留将军用午膳了，容当后补。"说罢，吩咐备轿，整饬衣冠，出得门来，与总兵一同进了轿，向元帅府而去。

到了帅府门前，门军通禀了元帅，曾天豹迎出仪门外，寒暄了一番后，让至书房。

三人坐定，颜真卿首先开口道："本官请命来了，毛遂自荐，当民防局副总办，元帅以为如何？"

"太好了，求之不得呀！军、政、民同心协力，登州城可保也。"

颜真卿说："带兵打仗这个事儿我不懂，不敢妄言。然而，怎样调动全城百姓，做好援军安民，还是有些办法的。"

曾天豹听后，心里有底了，拍了拍颜真卿的肩膀说："青天大老爷呀，你我同是封疆大吏、保卫登州的主将，守土有责。如此看来，知府大人应该是民防局的总督才对呀！"

"岂敢，岂敢。民防局虽是军、政、民三位一体的办事机构，但敌我双方交战期间，应以军为主。遇有急办之事，马总兵可直接向上司请命，省得本官去打扰，使元帅分身。”

曾天豹逗趣儿道：“那好吧，青天大老爷，只能屈尊当副总办喽!”说罢，三人都笑了。

曾天豹又让马天飞把已制定的方案拿来给知府过目，颜真卿仔仔细细地看了一遍，夸赞道：“嚯！不错嘛，挺周全的。在实施过程中，可根据进展情况，适当的加以修改和补充，使之愈加完善，效果会更好。”

三人接下来谈到监军赵喜。颜真卿说：“他尽管是个牌位，军队的事儿一点儿不懂，还时常不懂装懂地指手画脚，只能把事情搞坏，但也得好生供奉。这就应了那句话了：蘑菇不济，却长在金銮殿上。如果一旦出个什么闪失，奸臣们便有机可乘，借题发挥，大作文章，对我们不利。再说了，有监军的命在，进退有路。总归是皇上的家臣，到了关键时刻，可拿他当挡风板。说实在的，百姓之所以忿忿不平、一肚子怨气，除了由于赃官的贪赃舞弊、陷害忠良，再就是监军的无法无天、无恶不作，故而欲置他死地而后快。在目前形势下，我们别无选择，只能好好儿保护他，完全是从大局出发。”

马天飞听了颜真卿的一番话，觉得讲得很有道理，这才派二百名兵卒驻扎监军府，重点负责监军的安全。

颜真卿告辞后，曾天豹对马天飞说：“马总兵，务必想尽一切办法把民防局的事情做好，既要周密，又要稳妥。百姓是军队的坚强后盾，特别是在有战事时，将大家充分发动起来，拧成一股绳儿，共同对敌，作用将不可估量。不是已精选出一部分身怀武技的年轻后生了吗？让他们帮助守城巡街，维护社会治安，以民管民。查清所控粮草的数额，估计一下够全城人吃马嚼用多长时间，有计划地消耗。不要小看宣抚人员，战时的防谣、辟谣是必须的，稳定人心乃大前提。一切皆要做到心中有数，才能有的放矢，收到奇效。由于民防局是守住登州的支柱，事关重大。所以，本帅任命你代行副元帅职权，我也可以放心些，肩上的担子不轻啊!”

“末将明白。谢元帅信任，一定尽心竭力，不负所望!”

曾天豹接着说：“自古以来，登州乃兵家必争之地。因它是进兵之路、退兵之要塞，随时将被卷入血泪征杀的漩涡中，成为炮火连天的战场，没有逃避的余地。对大武艺的朝臣们绝不能等闲视之，他们的战略部署不外乎有两种可能，二者必选其一。一个是没有夺城的野心，围而不攻。之所以围城，只是为了救长史东王、王妃绿罗秀和梅娘娘，防止我方切断他的粮道、截住他的后路。并且会另辟海岸作为转运站，分兵采用吕蒙白衣渡江收荆州之计策，化装成难民混入洛阳、长安。同时也是为了扩大声势，打草惊蛇，震惊朝野，使之日日不安宁。对于渤海的佯攻登州，实攻洛阳、长安，我们最多一年，少则几个月便可熄灭战火。另一个当然是野心勃勃，夺下登州作为基地。即以清君侧为口实，收买人心，下大力气加紧攻城，抢州夺县，进而反唐。要知道，任何事情都是不断发展的，不是一成不变的。就渤海的两种战略部署而言，在一定条件下，前者会变成后者，后者亦会变成前者。就是说渤海救长史等人、清君侧，目的显然是保大唐。不过弄不好会急转直下，逼为抢城夺地，彻底反唐。因此，无论多么艰难，登州必须固守。马总兵，你以为如何？”

“元帅所谈极是，末将也是这么想的。”

二人又聊了一会儿，马天飞便告辞去了民防局，一头钻进诸事的筹备落实、人员的调动之中，连着三昼夜没合眼，总算有了眉目。第四天一早，马天飞来到帅府，向主帅禀报了进展情况。曾天豹听后，很是满意，十分赞赏总兵大刀阔斧的办事能力，笑着说道：“本帅没看错人，有办法，干得很好。就看今天了，如果渤海军此后再有半个月不攻城，登州可保也。你不要太辛苦了，眼睛都熬红了，整个人瘦了一圈儿，千万别累倒哇！”

“请元帅放心，末将体格强健，壮如牛，倒不下。”

“三天没回府了吧？家人肯定惦着呢，还不得日夜牵挂呀！快回去吧，好好儿歇歇，睡一觉，养足精神接着干。”

马天飞答应一声：“遵命！”转身退出帅堂。

马总兵头脚儿刚走，蓝旗后脚儿进来报道：“禀元帅，渤海赫连真元帅请您回话！”

曾天豹一挥手，蓝旗退走，遂命道：“众将官！”

“末将在！”

“随本帅去西门城楼！”

单说马天飞告辞元帅回家，刚到府门口儿，便见夫人正在院子里东张西望，站不稳坐不安地翘首企盼呢！

马夫人猛然看到丈夫进院儿了，忙迎上前，面带微笑道：“老爷呀，可回来了，还好吧?”

马天飞点点头，进了屋，坐在椅子上，夫人仔细地打量起来。见丈夫又黑又瘦，两眼充满了血丝，显得十分疲惫。心疼地说：“你看，都累成啥样儿了，是不是病了？不信冲着镜子照照。”

“照什么镜子呀？放心吧，病找不上我，睡一觉就好了。”

“听说老爷当了民防局总办，不用上阵了，心里才踏实一些。有这事儿吗?”

“有哇，不过说的也不完全对，武将哪有不上阵的？噢，文琼在家吧？把她唤来。”

“怎么了，女儿又闯祸了?”

“祸倒是没闯，是我想让孩子出去闯荡闯荡。”

夫人着急了，忙说：“哎呀，老爷累糊涂了吧？十八九的姑娘家东跑西颠、抛头露面的，成何体统？再说了，她能闯荡出啥名堂啊，还是好好儿在家呆着吧。”

“夫人哪，文琼应该锻炼锻炼，长长见识，机会难得呀！对了，还有件好事儿呢，早年夫人的仇，百姓替你报了。”然后，马天飞便将蔺家公子的老子、府丞蔺不开和监军府的师爷阙孟德被斩首的经过从头至尾讲了一遍。

夫人听罢，双手合十放于胸前，自言自语道：“阿弥陀佛，老天有眼哪，这是恶有恶报哇!”

马天飞接着说道：“元帅很是器重咱、信任咱，越是这样，啥事儿越是不能落在后面，理当起表率作用。大战在际，我琢磨着应从自家做起，老少齐上阵，府里只留侍女看门儿就行了。把咱家的银子和粮食拿出来，留下够一年用的，剩下的全部交公。你呢，可去民防局做妇女援军会的一员，当年摊煎饼的手艺算派上用场了。女儿不是会拳脚吗？让她当把色夫①，将那些功夫教给姑娘、小媳妇们，正好有用武之地了，省得天天嚷嚷一身的武技白练了。夫人，你看咋样?”

“好哇！主意不错，一会儿我去跟文琼说吧。老爷，暂时别想那些了，抓紧时间歇息要紧。是先吃饭呢，还是先睡觉?”

“睡觉，任何人不要进来打扰。”

夫人赶紧铺好了被褥，马天飞脱鞋上了炕，困得拉过被子一歪身便

① 满语：师傅。

睡着了。夫人又给盖了盖、掖了掖，这才蹑手蹑脚、悄无声息地退了出来，去了女儿的房间。

回头再说曾天豹率领众将上了西门城楼，往下一看，见赫连真早已坐在马上等候，便探出头来大声儿问道："赫连元帅，本帅非常赞赏贵国的言而有信，果然三天没攻城，不知下一步做何打算？"

赫连真反问道："曾元帅，考虑好了吧，献城不？"

"本帅和众将决定了，仍然固守城池，誓不相让，什么铁炮也奈何不了我们。你夺城，我放箭；你炮轰，我防范，不妨靠靠看。并且欢迎放炮攻城，待耗尽你所有的弹药后，我再一鼓作气包围之，使渤海军进退无路。"

"曾元帅，你是知道的，我赫连真从来不是胆小鬼。不但绝不放弃攻城，而且最后必将困得你不得不自愿献城。仔细瞧瞧吧，四面全是我的兵，难道会没有进退之路吗？"

曾天豹和众将向大海望去，大小战船布满海面，有向上游行的，载的是老百姓；有向下游行的，载的是兵将；船上盖有篷布的，不用问，载的是粮草。再往海岸一看，新筑了码头，沿海有四个村庄。村村布上了绊马索，不见一个老百姓。曾天豹心想："原来已经建好转运站了，把百姓都送到了海湾岛。这手儿挺毒哇，是将大唐子弟变成兵，再回过头来攻打大唐啊！"

正想着，又听赫连真在城下喊道："曾元帅，看到了吧？你那招儿不灵了。为了节省炮弹，我军可以不动用铁炮，只围便困死你了。本帅暂不攻城了，回马！"一抖缰绳，嗒嗒嗒催马去了。

曾天豹见此，吩咐众将散去，各干各的差事。然后下了城楼，一个人回到了帅府。

接连九天，渤海军既没挑战，也未攻城，风平浪静。

那么，登州府内几天来是怎么个情形呢？由于马天飞带头，全家参战，引起了众文武官员的热烈响应。其家属纷纷来民防局报名，踊跃捐粮、捐钱、捐物，百姓的积极性也充分调动起来了。马天飞天天马不停蹄地去各处指导，知府颜真卿督办内务，二人配合得十分默契。

第十天头晌，总兵马天飞请元帅校阅。曾天豹率众将到了教军场，放眼一看，好不威风！旌旗招展，战马嘶鸣，民勇分十个队。有作战队、护城队、给养队、留守队、运输队、宣抚队、抢救队、治疗队、服务队等，分工明确，井然有序。

其中，三个队是由年轻妇女组成的，即抢救队、治疗队和服务队，约二千多人，清一色的短身小打扮。各有各的差事，有抬担架的、背药匣儿的、洗涮的，也有挑水的、做饭的、缝补的。其他如作战队、护城队的人员，个个魁梧剽悍，全部为青壮年，手持刀枪做好了迎战准备。给养队将民众献出的物资集中在一起，认真看守；运输队备好了手推车、二马拉的车，等候命令；留守队则沿街巡防，保持战时的有秩有序。

众将看罢，精神为之一振，不由得叹道："看来功夫没白下呀，真正是男女齐上阵啦!"

曾天豹更是高兴，翻身下了马，三脚两步奔入总办指挥台，一把抓住知府颜真卿的手，夸赞道："哈哈！你这个文弱书生、青天大老爷呀，副总办当得太好了嘛，和统军元帅没啥两样儿啊!"

颜真卿不好意思地说："哪里，哪里，元帅过奖了。本人只是个助手，主要是马总兵的功劳。"

曾天豹瞅了瞅马天飞，满意地点点头，说道："好！我们今天就来个实地演习。众将官，亮队开城挑战，战旗绣上'登州铁壁铜墙，固若金汤'十个大字，越醒目越好!"

半个时辰后，咕咚、咕咚、咕咚三声炮响，城门大开，登州兵马像潮水般涌出城外，方引发渤海军炮轰登州府。

欲知后事如何，且听下回分解。

后　记

2002年3月的一天，当我手捧这两部已尘封了十一年的满族口耳相传的说部传承本时，《萨布素外传》扉页的题字蓦然映入眼帘，上面写道：

“与宁安海林关墨卿先生在英仁叔舍中相识，晤谈有缘，并听先生吟诵《比剑联姻》小段儿，声情并茂，有撰写评话之才。后得悉病逝消息，悲切甚甚。

此传本久存英仁叔处，抚文思人，使叔常怀昔日促膝切磋，共忆同书祖代遗事。然无力回天，只有叹息已已。

叔晚年将遗稿交于育光存念。

关翁不朽！

2000年11月26日　育光拜”

几行情深意切的文字，言简意赅地道出了《萨布素外传》的来龙去脉。关先生临终前，把用心血凝成的传本交给好友傅英仁先生，请其校勘、妥善保存，企望将来能想方设法得见天日。使我不由得顿感浑如人将离去“托孤”一样，把先祖对口头说部世代传承不渝的重托，把对满族文化的酷爱及一腔热忱，把讲唱根子的族史泼洒在繁衍于广袤黑土地上子子孙孙心田的责任，全部托付给了著名满族民间故事家傅老先生，这是何等令人肃然起敬的情怀，让你不能不为之极口揄扬，为之慨叹，甚而热泪盈眶！

六年后，傅英仁先生也溘然谢世了。病重期间，亦没忘故友的嘱托，遂将其遗稿又转交给了毕生以弘扬满族文化为己任的吉林省民族研究所研究员富育光先生。由于家族传承的原因，富育光对满族说部积累甚多，深深理解英仁叔的一片苦心。为实现两位老人家多年的夙愿，便趁此次搜求、征集满族说部之机，向满族口头遗产——传统说部丛书编委会提供了可谓弥足珍贵的讲述稿。

我怀着对满族文化的挚爱及对以上三位先生的敬仰之情，欣然接受了整理《萨布素外传》和《绿罗秀演义》这两部在民间辗转已久的传说，领命之时，即感到肩上的担子沉甸甸的。之后的每每伏案秉笔，一位年逾古稀、风烛残年、身体羸弱的老者盘腿坐于热炕头儿上，在如豆的昏灯下，边低头思考边趴于小桌奋笔疾书的画面总是浮现在眼前。虽然此前与关墨卿先生未曾谋面，但从老人家遗留下来的因年久已变黄的白纸上密密麻麻、难以辨认的蝇头小字和一张保存完好的头像遗照中，让我无限欣喜地感悟到了这位刚毅、真诚、勤奋、有着强烈责任感的满族说部传承人的情怀与品格。几个月以来，他那充满深沉哲思的睿智目光似乎在注视着我，鼓励着我，那慈祥的面容一直在眼前萦绕，挥之不去。究其缘由，想来或许因为老先生尽管已到垂暮之年，却没有任何奢求，惟对满族文化情有独钟。每天起早贪晚笔耕不辍，就图将老祖宗传下来的激扬慷慨的乌勒本一代代接续下去，流传不息。其执著追求、不知疲倦的忘我精神，不能不令人尊崇、敬重。

只有感动，很难把讲述稿整理成书，它应该是一个动因，成书必须用心去做。所谓用心，即不能盲目地就文字整理文字，还得在此之外下一番功夫。首先要对该说部的流传情况、讲述人的经历、从事的职业有所了解，也要对讲唱之故事发生的年代、历史背景、内容和特点由此及彼、由表及里地进行深入挖掘、细心梳理，以便有个全面、综合的认识，然后着手采录案头工作，方能把握整理的科学性。然而由于关先生已于十六年前辞世了，又出于种种原因，家里珍藏的手稿遗失殆尽，没有留下任何可供参考的材料，无形中给抢救口头传说故事增加了不小的难度。

为解决这个问题，采取了两种办法：一是前往黑龙江省宁安市，专访傅英仁先生，听听老人家对旧交的印象。在第三次登门造访时，傅老从故纸堆中找到一盘儿关墨卿先生关于满族说部《比剑联姻》传承情况的讲话录音及三页残缺不全的自我介绍提纲。从录音磁带中，我听到了老先生那喷珠吐玉般的清亮嗓音，难怪族众说他讲起故事来娓娓动听、绘声绘色，使人荡气回肠，有绕梁三日之感，此评论的确恰如其分。

再是去海林县长汀镇拜望关先生的老伴儿关玉琴、儿子、儿媳和常听他讲唱说部的街坊邻里。从他们的言谈中，知晓了关墨卿先生早年的生活、家庭状况、兴趣爱好以及发生在他身上的一些鲜为人知的事情，并意外地搜集到了四篇支离破碎的从未发表过的短篇故事手稿。面对故人的残篇断简，我仿佛看到了老先生聪颖强记、博闻广纳的天生禀赋。

尔后，又查阅了《中国民间故事集成·黑龙江卷》刊登的关墨卿先生讲述或采录之《开山格格取宝》、《满族剃头开脸的由来》、《巴海祭天》、《萨满腰铃》等七篇满族民间故事。这样一来，对讲述人由不知到有所知，由一般的感性认识到对其讲唱故事涉及到的历史范畴、社会状况以及说书人讲唱的语言总体风格有了大概的了解，回过头来再进行整理，便有了依据。以期笔起笔落，有所遵循。

这两部三百年前流布下来的民间传说，吸收了汉族评书的语言特色，运用传统说部的套子，人物穿着打扮和武打动作，全按当时的社会风尚叙述的。生动奇特，扑朔迷离，纷纭错杂，引人入胜，每回皆留下扣子，让人非接着听下去不可。

传说与正史是有距离的，传说本来就是“三实七虚”，但无论多“虚”，也不能脱离历史的真实。脱离了，则会失去原有的面貌。仅就《萨布素外传》而言，称其“外传”，当然与“正传”不同。正传者，要真名实事，基本符合历史；外传者，在基本不违背史实大格局及人物行为和性格逻辑的前提下，可虚可实，还可赋予神话色彩。书中的康熙皇帝、萨布素、巴海、静妃等，乃历史上的真实人物。康熙东巡、派官修建从吉林至爱辉的驿站、部署萨布素团结、带领各族民众抗击沙俄入侵、永戍爱辉、封他为黑龙江将军等，同样是历史上的真事儿，有史可据，此其实也；书中金圣叹咒骂满洲人的言辞、顺治的归山词以及黑妃娘娘的归隐上天、萨布素家祖坟前的“月牙河传说”等，既无史可考，亦无处可查，而是按照传承人的讲述记录下来的，此其虚也。多年来，正是虚虚实实故事的结集，构成了此部脍炙人口的民间传说。在挥洒自如的讲唱过程中，表达了劳动人民朴素、丰富的想象力及其愿望和理想，也是满族口头遗产——传统说部直观现实、记录历史的本质特征。

笔者在整理时，为力求体现民间口述史的原创性，保留满族口头语言的香气和色泽，体现说部形式的文化内涵，对书中展示的主要故事情节、每个人物的行为细节、个性化语言和性格发展脉络尽量保持原貌。只是对前后矛盾、重复的叙述、结构不合理、故事衔接不上、人物关系不清或随意变化等处，在尊重整体框架的前提下，做适当的调整。对语句缺漏、不连贯、用词不当的地方，给以慎重的补充和修订，绝不是恣意雕饰。关墨卿先生曾对傅老说“其中是否有宣扬帝王将相之嫌”，对此也给予了关注，但未做大的更动。

限于本人水平，难以为传承本增辉添彩。只是小心翼翼地力求不伤传说故事之精要，将其本质的真实和风貌奉献给广大读者，就是无愧三位先生的期盼了。《萨布素外传》、《绿罗秀演义》经十个月的整理、修改、润色，而今拂尘面世了，它是否完成了任务，还请诸位明智判断。自知有很多缺憾和不足之处，敬希批评、指正。

于 敏

2003年8月

关墨卿，男，瓜尔佳氏，满洲镶黄旗人，1913年出生于黑龙江省宁安市三家子屯，后迁至海林县长汀镇。1995年病故，享年八十二岁。黑龙江省民研会、牡丹江市民研会会员。

少年始读私塾和初小，后毕业于沈阳毓文中学。伪满时期，曾任村公所会计、小学教员等职。解放后，先任教员，后任长汀林业局会计。

自幼受家父、叔父、义祖父、义父的影响，酷爱满族文化，并从老叔关福绵处学会了讲唱民间故事和说部。其中，所讲述、采录的短篇故事《满族人剃头开脸的由来》、《开山格格取宝》、《巴海祭天》、《萨满腰铃》、《龙参》、《大酋长凡察的传说》、《踢熊头》等，发表在《中国民间故事集成·黑龙江卷》。讲述的中、长篇说部《萨布素外传》、《绿罗秀演义》（残本）、《比剑联姻》（与傅英仁合讲），被满族口头遗产——传统说部丛书编委会采用。

于敏小传

于敏，1943年生，吉林省德惠县人，大学本科，系中国戏剧家协会吉林分会会员。历任演员、播音员、《当代艺术》编辑、《中国戏剧年鉴》特约编辑、吉林省艺术研究院编审。

自80年代以来，始终致力于文化艺术研究、戏剧理论研究和文艺史志的编撰工作。主要学术成果有：在省和国家级报刊及全国性理论研讨会上发表论文、调查报告五十余篇，主编《文化管理研究》、《当代艺术信息》、《少男少女互赠箴言祝词》，任《新剧种论》、《吉林省志·文化艺术志·艺术》、《文化艺术资料汇编》第十集副主编。参与《吉林省志·文化艺术志·社会文化》（获中国地方志评比二等奖）、《吉林省志·文化艺术志·艺术》、《吉林省志·科学技术志·科技》、《吉林省志·建置沿革志》的编纂工作，其中撰稿110万字，同时被聘为《吉林省志·科学技术志·科技》的特约编辑。是《中国共产党百科要览》、《中国农业全书》、《中国改革全书》、《吉林采珍》、东北沦陷十四年史丛书《苦难与斗争十四年》的主要撰稿人。

2002年至今，投身于满族传统说部的记录、整理工作，首批问世的有《萨大人传》、《东海沉冤录》、《萨布素外传》、《绿罗秀演义》等四部，近两百万字。为满族传统说部申报国家级非物质文化遗产名录的记录片撰写解说词25 000字，并兼解说，已获国务院批准。

图书在版编目(CIP)数据

萨布素外传　绿罗秀演义(残本)/关墨卿,于敏编著.
— 长春:吉林人民出版社,2007.12
(满族说部/谷长春主编)
ISBN 978-7-206-05472-3

Ⅰ.萨…　Ⅱ.①关…②于…　Ⅲ.满族—民间故事—作品集—中国
Ⅳ.I277.3

中国版本图书馆 CIP 数据核字(2007)第 181723 号

萨布素外传　绿罗秀演义(残本)

丛书主编:谷长春
讲 述 者:关墨卿　　整 理 者:于　敏
责任编辑:邢万生　　封面设计:李晓东　　责任校对:郭春燕
吉林人民出版社出版 发行(长春市人民大街 7548 号　邮政编码:130022)
网　址:www.jlpph.com
全国新华书店经销
发行热线:0431-85395845　85395821
印　刷:北京铭传印刷有限公司
开　本:787mm×1092mm　1/16
印　张:16　　字数:255 千字
标准书号:ISBN 978-7-206-05472-3
版　次:2007 年 12 月第 1 版　　印　次:2020 年 9 月第 3 次印刷
印　数:1-3 000 册　　定　价:42.80 元